*Für Oscar*

Der Roman spielt hauptsächlich in bekannten Regionen, doch bleiben die Geschehnisse reine Fiktion. Sämtliche Handlungen und Charaktere sind frei erfunden.

FSC
www.fsc.org
MIX
Papier | Fördert gute Waldnutzung
FSC® C104608

Bibliografische Information der Deutschen Nationalbibliothek
Die Deutsche Nationalbibliothek verzeichnet diese Publikation in der Deutschen Nationalbibliografie; detaillierte bibliografische Daten sind im Internet abrufbar über https://www.dnb.de


www.niemeyer-buch.de

Umschlaggestaltung: C. Riethmüller
Der Umschlag verwendet Motiv(e) von 123rf.com
Druck und Bindung: Nørhaven, Viborg
Printed in Denmark
ISBN 978-3-8271-9293-6

# Prolog

*Sonntag, 17. Juni 1990*
*Naturschutzgebiet Seifer Wald/Westerwald*

Mit dem ersten Licht des frühen Tages kam das Leben zurück in den Wald. Zuerst waren da nur ein zaghaftes Zirpen und Pfeifen gewesen.

Doch jetzt, wo bereits vereinzelt die ersten Sonnenstrahlen durch das dichte Grün der Bäume fallen, ist der Gesang der unzähligen verschiedenen Vögel zu einer vielstimmigen Euphonie des Lebens angewachsen.

Um mich herum schwirren Insekten, wie Bienen, Hummeln, Schmetterlinge und Käfer.

Am Rande der Lichtung blüht rot der Klatschmohn.

Ich entdecke einen Fuchs, der im Morgengrauen durch das knöchelhohe Meer aus feuchtem Gras und Wildblumen schleicht. Das schlaue Tier bleibt nun stehen, verweilt einen Moment und sieht neugierig zu mir herüber.

Was wohl in dem Kopf des Räubers vorgeht? Kann er erkennen, welch schändliche Tat hier geschieht?

„Gscht", zische ich leise, worauf Reineke das Weite suchend im Unterholz verschwindet. Das ist gut so, da ich bei dem, was ich tun muss, keinerlei Beobachter ertragen kann. Weder tierische und schon gar keine menschlichen. Ich selbst bin kein Mensch mehr. Nicht nach dieser Entscheidung, die ich selbst so unendlich verabscheue. Wie konnte das passieren? Wie soll ich in Zukunft noch ohne Abscheu in den Spiegel sehen können?

Nun starren Michaelas Augen leer in den wolkenlosen Morgenhimmel. Das Feuer und die Leidenschaft, die ich immer so an ihr bewundert habe, sind für immer erloschen. Nie wieder werde ich ihr Lachen hören. Nie wieder werde ich lachen können. Die Schuld, dessen bin ich mir bewusst, wird von nun an mein Begleiter sein. Wohin ich auch gehe, was immer ich auch tue.

Im dichten Wald, keine fünfzig Meter von hier, habe ich ein Grab geschaufelt. Es war nicht schwer. Der Boden hier im Seifen ist locker und lässt sich leicht bearbeiten.

Doch der Gedanke, Michaela in Erde zu betten, sie mit Waldboden zu bedecken, widert mich an. Nein, dies ist keine gute Idee.

Ich hebe sie auf und trage sie zurück auf die Veranda des Bienenhauses.

Hier bei ihren Bienen, zumindest glaube ich das, war immer ihr Seelenort gewesen. Hier werde ich sie bestatten. Nicht in der kalten Erde. Es ist das Einzige, was ich noch für sie tun kann. Dann werde ich verschwinden. Zumindest für einige Zeit.

Das Grab im Waldboden werde ich anderweitig nutzen.

# Kapitel 1

*Samstag, 13. Juli 2024, 10:02 Uhr*
*Neue Straße, Kausen/Westerwald*

Thomas Kübler saß auf der überdachten Veranda hinter dem Haus, nippte an seinem Kaffee und ließ seinen Blick über das Tal mit dem Naturschutzgebiet Seifer Wald schweifen. Mit seiner linken Hand kraulte er Oscar, den kleinen, wuscheligen pechschwarzen Schäferhundmischling, aus Kroatien, der neben ihm auf der bequemen Hollywoodschaukel ruhte, hinter den Ohren. Vor ihm auf den Holzdielen lag die weiße Herdenschutzhündin Alba und beobachtete durch die Streben des gedrechselten Holzgeländers die Kühe und Pferde, die friedlich auf ihren Weiden grasten.

„Sag mal, Mausbär, wolltest du heute Morgen nicht den Hang mähen?", fragte seine Frau Alexandra, trat neben den großen weißen Hund und sah auf die verwilderte Fläche hinter dem Geländer, wo üppig blühende Disteln, Brennnesseln und anderes undefinierbares Gestrüpp wucherten.

„Seit wann willst du, dass ich den Hang mähe? Ich dachte, du magst es, wenn es so urwüchsig ist", wunderte er sich.

Thomas mochte es ordentlich. Was nicht nur mit seinem Beruf als deutscher Kriminalbeamter zu tun hatte. Nein, bereits als Kind war es ihm immer wichtig gewesen, dass die Dinge klare Strukturen und ihre Ordnung hatten.

Seine Frau Alexandra war da anders. Die war mehr so eine Ökohippietussi, der es zum einen nicht bunt genug und auch nicht Natur genug sein konnte.

Im Grunde, wenn er so darüber nachdachte, passten sie beide eigentlich so gar nicht zueinander. Doch vielleicht war gerade dies das Geheimnis ihrer perfekten Partnerschaft. Ja, sie beide waren wie der sprichwörtliche Topf mit dem passenden Deckel.

„Wegen mir musst du das auch nicht mähen. Aber du hattest gesagt, dass du es wolltest“, stellte sie klar und verscheuchte dann mit einem „Tüt tüt“ Hund Oscar von der Hollywoodschaukel.

„Lust hab ich auch eigentlich gar keine“, gab er zu und balancierte die Tasse in seiner Rechten aus, während Alex sich neben ihn plumpsen ließ.

Nein, wenn er ehrlich war, würde er am liebsten einfach nur hier sitzen, Kaffee trinken und die Ruhe genießen. Wobei es samstagsvormittags niemals ruhig in diesem Dorf und den umliegenden Wäldern war.

Nein, allerweilen tuckerte irgendeiner der Dorfbewohner mit seinem Traktor vorbei. Diese Vehikel aus den Fünfzigern, Sechzigern oder Siebzigern gab es in so einem Westerwalddorf wie Kausen gefühlt in jedem zweiten Haushalt. Viele heizten hier noch mit selbst geschlagenem Holz aus den umliegenden Wäldern. Das musste ja irgendwie nach Hause gebracht werden. Thomas vermutete auch, dass nicht wenige der Traktorfahrer aus purer Freude ihren Trecker ausführten.

Hinzu kamen das samstägliche Knattern von Rasenmähern, Freischneidern und das Heulen von Motorsägen. Ruhe kehrte in so einem Dorf dann erst wieder am Abend zur Dämmerung ein.

„Dann lass es. Wiese mähen wird eh vollkommen überbewertet", seufzte sie und hielt plötzlich eine ihrer selbst gedrehten, medizinischen Kippen in der Hand.

„Ach Bärchen, muss das hier sein?", stöhnte er genervt.

„Ja, das muss sein", erwiderte sie, ließ das Feuerzeug klicken, entzündete den Joint, nahm einen tiefen Zug und blies den Rauch in den wolkenlosen Himmel.

„Mausbär, du solltest das auch mal probieren. Du wirst sehen, wie dich das entspannt", fand sie wie so oft und hielt ihm die Zigarette hin.

„Ich bin entspannt", antwortete er wie bereits so oft zuvor.

Kübler wusste, wie das jetzt laufen würde. Sie nahm noch ein paar Züge, begann irgendwann albern zu kichern, wurde immer flapsiger und dann ziemlich anhänglich. Meistens endete es dann damit, dass sie beide übereinander herfielen. Was er jetzt aber eigentlich gar nicht so schlimm fand.

„Wo sind eigentlich die Kinder?", erkundigte er sich und blickte sich um.

„Linus ist zum Feuerwehrhaus, und Leah wollte zu Emma und Emilia“, erklärte sie und lehnte sich bei ihm an.

Thomas nickte wissend, nahm noch einen Schluck Kaffee und stellte die Tasse dann auf dem Beistelltisch neben der Schaukel ab, da das Mobiltelefon in seiner Brusttasche zu läuten begann.

„Moin Thomas“, grüßte ihn die Stimme von Polizeihauptmeister Jürgen Wacker.

„Moin Jürgen“, antwortete er und war gespannt, was der Kollege der Schutzpolizei wohl an einem Samstagvormittag von ihm wollen könnte.

Nur so zum Spaß oder aus Langeweile rief der sicherlich nicht an.

„Sag mal, Kübler, bist du zu Hause?“, erkundigte er sich.

„Ja, bin ich. Was gibt es denn?“

„Wir hatten gerade einen Anruf auf der Leitstelle. Von einem Herrn Friedrichs. Dem Mann gehört ein altes Bienenhaus im Naturschutzgebiet Seifer Wald zwischen Kausen und Molzhain. Kennst du das?“, erkundigte sich Wacker.

Kübler erhob sich von der Hollywoodschaukel und trat an das Geländer der Veranda.

„Ja, kenne ich. Ist Luftlinie keine eintausend Meter von mir. Aber Bienen gibt es da schon lange nicht mehr. Das ist mehr ein Trümmerhaufen als ein Bienenhaus. Was soll denn damit sein?“, hakte er nach.

An der verfallenen Hütte im Wald kam er gelegentlich auf seinen Spaziergängen mit den Hunden vorbei.

Menschen war er dort noch nie begegnet. Wem die Ruine und das Waldstück drum herum gehörten, wusste er nicht.

„Dieser Herr Friedrichs hat das Gelände gemeinsam mit einem Freund gekauft und glaubt, er habe dort sterbliche Überreste eines Menschen gefunden", berichtete Wacker.

„Eine Leiche? Hier? Direkt bei mir hinter dem Haus im Wald?", war er erstaunt.

„Ja … Nein … da sind wohl nur Knochen … glaub ich", stammelte Wacker.

„Dann würde ich sagen, ihr fahrt mal hin und schaut euch das an", fand Thomas.

„Würden wir ja … wir sind ja bereits auf dem Weg. Dummerweise wissen wir nicht genau, wo wir lang müssen."

Thomas kniff die Augen zusammen und blickte über das Waldstück hinweg in Richtung Molzhain. Was hatte er von hier doch für einen sensationellen Ausblick über das Tal und die dahinterliegenden Berghänge, kam ihm seit Langem noch einmal dieser Gedanke. Je länger er hier wohnte, umso selbstverständlicher wurde der Anblick dieses wunderbaren grünen Flecks Erde. Ob es den Menschen, die am Meer lebten, wohl ähnlich ging? Konnte man sich am Anblick der tosenden Wellen sattsehen?

„Ihr seid zu weit unten. Ihr müsst zurück ins Dorf und dann weiter oben über den Feldweg rein. So quasi hinter dem Bürgerhaus", erklärte er den Kollegen, nachdem er den Streifenwagen hinter dem Wald erspäht hatte. Zumindest hoffte er, dass es sich bei dem Wagen tatsächlich um den der Kollegen handelte. Genau konnte er es auf diese Entfernung und ohne ein Fernglas nicht sehen. Er würde schätzen, dass es gut und gerne zwei Kilometer Luftlinie zwischen ihm und den Kollegen waren.

Der Wagen setzte nun zurück.

„Wenn der Anrufer sich nicht irrt und es sich tatsächlich um die Knochen eines Menschen handelt, wäre das ja eigentlich ein Fall für euch", meinte Wacker nun.

„Wenn, mein Lieber, wenn", fand Thomas und beobachtete, wie das Auto nun wendete und im Dorf verschwand.

Eine Berührung an seinem Bein ließ Thomas zum Boden blicken. Oscar. Der kleine schwarze, wuschelige Mischling war anhänglicher als eine Klette und brachte Thomas auf eine Idee.

„Weißt du was, Jürgen? Ich schnappe mir den Hund und komme euch ein Stück entgegen. Bis gleich", beschloss er spontan und legte auf.

„Nimmst du Alba auch mit?", erkundigte sich Alexandra.

„Klar, wenn sie will."

Alba wollte nicht. Der Herdenschutzhund reagierte noch nicht einmal, als Thomas ihn rief und mit der Leine winkte.

Wobei … doch. Die Hündin drehte sich demonstrativ von ihm weg, erhob sich, sprang zu Alex auf die

Hollywoodschaukel und legte ihren Kopf auf Frauchens Schoß. Dieser Hund wurde wahrlich mit jedem Tag fauler.

„Bis gleich, ihr beiden", lachte Alex und kraulte dabei die Hündin hinter den Ohren.

Thomas und Oscar benötigten keine zehn Minuten bis zu der verfallenen Hütte im Wald. Er staunte nicht schlecht, als er die Lichtung zwischen den hohen Buchen und Eichen betrat. Vor etwa zwei Wochen war an dieser Stelle nämlich noch gar keine Lichtung gewesen. Irgendwer war der zugewucherten Bude gehörig mit Motorsäge und Freischneider zu Leibe gerückt. Der Weg von Molzhain kommend, war ebenfalls vom Gestrüpp befreit. Dort parkten ein VW Sharan und der Einsatzwagen der Schutzpolizei.

„Moin Kübler", begrüßte ihn der Mann in Arbeitskleidung, der mit einem weiteren Herrn und den beiden Uniformierten vor der Ruine stand.

„Friedrichs, was machst du hier?", erkannte er den ehemaligen Wirt des Stadthallenrestaurants sofort. Mit dem hätte er hier nun so gar nicht gerechnet. Das Letzte, was er gehört hatte, war, dass der als Restaurantleiter bei einem Kölner Rotlichtgangster gearbeitet hatte.

„Der Christian und ich renovieren hier unser Bienenhaus", antwortete er und deutete auf den zweiten Mann in Arbeitskluft, der freundlich grüßte.

„Euer Bienenhaus?", war Thomas erstaunt und überlegte krampfhaft, woher er diesen Christian kannte.

Der war ihm doch auch schon einmal irgendwo über die Füße gelaufen.

„Ja, unser Bienenhaus. Wir haben die Bude vor sechs Wochen ersteigert", klärte der Gastronom ihn auf.

„Ähm, wofür? Was wollt ihr mit der Bruchbude?"

„Mensch, Kübler, wozu braucht man ein Bienenhaus? Bestimmt nicht, um hier Waschbären zu züchten", antwortete Dominic Friedrichs genervt und deutete dann zu der Hütte. „Bevor du noch mehr dämliche Fragen stellst, sollten du und deine Kollegen lieber mal schauen, was wir unter den Dielen der Veranda gefunden haben."

Thomas trat näher und schaute zwischen den morschen und bereits teilweise herausgerissenen Bodendielen einer überdachten Veranda hindurch.

Um zu erkennen, dass der Schädel und die Knochen zu einem Menschen gehörten, musste man kein Mediziner sein. Nein, das war ziemlich eindeutig.

„Und, Kübler? Was meinst du? Die sieht aus, als läge sie schon länger da", raunte Polizeihauptmeister Wacker ihm zu.

Thomas drehte seinen Kopf und sah ihn erstaunt an.

„Wie kommst du auf eine Sie? Könnte doch genauso gut ein Kerl sein."

Wacker zuckte mit den Schultern.

„Ähm … nur so. Gefühlsmäßig würde ich sagen, dass der Kopf … die Zähne … also, keine Ahnung. Aber ich würde wetten, dass es sich um eine Frau handelt“, mutmaßte der Uniformierte, wie Thomas fand, ziemlich unprofessionell. Ob es sich bei den sterblichen Überresten um Männlein oder Weiblein handelte, sollte man nämlich den Profis, sprich der Gerichtsmedizin, überlassen. Solange die nichts festgestellt hatten, musste man alle Möglichkeiten in Betracht ziehen.

Kübler besah das Skelett eine Weile und schoss dann ein paar Fotos mit dem Mobiltelefon.

„Ich würde sagen, ihr beide sperrt das jetzt hier mal weiträumig ab, und ich verständige den Rest der Mannschaft“, beschloss er dann.

„Wie, absperren? Ach, Kübler, sag mal, spinnst du? Wir wollen hier weiterkommen“, beschwerte sich prompt Dominic Friedrichs.

„Sorry, Friedrichs. Hier ist erst mal Baustopp, bis die Spurensicherung das untersucht hat“, stellte Thomas klar, während er die Fotos samt Standort an Kriminalhauptkommissarin Nina Moretti sendete.

Nina genoss diese ruhigen Tage am Wochenende, an denen sie morgens ausschlafen konnte. Gegen neun Uhr war sie aufgestanden, hatte ein paar Runden im heimischen Swimmingpool gedreht und saß nun gemeinsam mit ihrem Mann Klaus und den Zwillingen auf der Terrasse am Frühstückstisch. Es gab frische

Brötchen, Croissants und sogar ein Rührei. Dazu dieses wunderbare Sommerwetter. Ein Morgen wie in einem Kitschroman. Herrlich!

„Fein habt ihr das gemacht“, lobte sie die Zwillinge, die nach den Sommerferien bereits in die zweite Klasse gehen würden. Wahrlich, an den Kindern sah man, wie man selbst älter wurde. Groß waren sie geworden.

„Das Rührei habe ich heute ganz alleine gemacht“, erklärte Matteo stolz.

„Wirklich? Wow! Aus dir wird bestimmt einmal ein richtig guter Koch“, antwortete Nina nicht wirklich ernst gemeint.

„Nein, Mama. Wenn ich groß bin, werde ich Commissario in Neapel, genauso wie Onkel Antonio“, antwortete er.

„Ach … wie Onkel Antonio. Aber hier in Betzdorf brauchen wir doch auch Polizisten? Warum wirst du nicht hier Kriminalkommissar?“, hakte sie scherzhaft nach und griff nach ihrem Mobiltelefon, das auf dem Tisch neben dem Teller vibrierte. Irgendwer schickte ihr Nachrichten.

„Nein, doch nicht in Betzdorf. Ich möchte lieber nach Neapel. Das liegt am Meer, und da ist es auch sonst viel schöner“, fand der Siebenjährige.

Obwohl Nina bereits eine Antwort auf den Lippen lag, sagte sie nichts, sondern betrachtete die Fotos, die ihr Kübler gerade gesendet hatte.

„Is was?“, erkundigte sich Klaus irgendwann besorgt und neugierig zugleich.

„Nein … ich weiß nicht. Ich glaub, ich muss gleich mal kurz zu Kübler“, antwortete sie ausweichend und hielt Klaus, der rechts neben ihr saß, kurz das Display des Mobiltelefons hin.

„Oh. Das sieht so aus, als ob das heute nichts gibt mit unserem Ausflug in den Kletterwald und zum Tierpark nach Bad Marienberg“, meinte er.

Nina bemerkte die enttäuschten Gesichter der Zwillinge.

„Doch. Das gibt was. Ich fahr nur eben schnell zu Thomas, schau mir das an und bin in einem Stündchen wieder da. Ihr könnt in der Zeit ja schon mal den Picknickkorb packen“, erklärte sie und bemerkte Matteos fragenden Blick auf ihr Handy. Zu gerne würde der kleine Vorwitz wissen, was es da zu sehen gab. Doch die Fotos, die Kübler ihr gerade geschickt hatte, waren bestimmt nichts für einen erst siebenjährigen zukünftigen neapolitanischen Commissario. Überhaupt hoffte sie, dass Matteo seinen Berufswunsch irgendwann noch einmal überdenken und etwas Anständiges lernen würde. Etwas, bei dem er keine Pistole tragen müsste.

Bis sie am Bienenhaus im Wald ankam, brauchte Nina keine zwanzig Minuten. Wobei sie die meiste Zeit darauf verwendet hatte, sich zu Hause eben schnell umzuziehen und ihre Dienstwaffe aus dem Safe zu holen. Die reine Fahrzeit hatte noch nicht einmal fünf Minuten betragen.

Am Leichenfundort warteten Kübler, die beiden uniformierten Kollegen Wacker und Peters sowie zwei Zivilisten auf sie.

Mit den Letzteren hätte sie hier und heute allerdings nicht gerechnet.

Sie parkte ihren Käfer direkt hinter Wackers Streifenwagen und bemerkte im Rückspiegel dann einen alten Opel Corsa, der nun hinter ihr hielt. Eindeutig der Wagen von Gerichtsmedizinerin Frau Doktor Kim Kunze. Nina würde erst wieder wegfahren können, wenn auch Kim wieder fuhr. Das war nicht gut. Kim war gründlich und würde nicht so schnell wieder abdampfen. Nina stieg aus ihrem Käfer und vernahm, wie sich auf dem Waldweg noch weitere Fahrzeuge näherten. Der silberne Mercedes Kombi von Kriminalhauptkommissar Torsten Liebig und der Golf von Kriminalkommissar Leon Schwert. Dass dieser zeitgleich mit der hübschen Gerichtsmedizinerin am Tatort eintraf, fand Nina nicht ungewöhnlich. Die beiden waren ein Paar, taten aber vor den Kollegen zumeist, als würden sie sich nur flüchtig kennen. Nina hatte keine Ahnung, was dieses Versteckspiel sollte, da es sowieso jeder wusste, der nicht vollkommen blind war. Seit Kurzem wohnten die beiden sogar zusammen. Warum die jetzt in getrennten Wagen kamen, war ihr schleierhaft.

„Moin Männers“, begrüßte Nina nun erst einmal die Gruppe um Thomas Kübler, die, wie es sich gehörte, hinter einer Polizeiabsperrung wartete.

Nacheinander gab sie den Herren die Hand.

„Und was macht ihr beiden hier?“, musste sie wissen, als sie bei Dominic Friedrichs und Christian Haas, dem Küchenchef des Hotels Zum weißen Stein, angelangt war.

„Wir sind die neuen Eigentümer des Bienenhauses“, erklärte Christian.

„Ach, stimmt, ihr beiden seid ja unter die Imker gegangen“, fiel ihr wieder ein Gespräch mit dem Koch aus dem Frühjahr ein, als sie sonntags mit Ninas Schwiegermutter im Weißen Stein zum Dinner gewesen waren.

Zugegeben, Kim hatte sich das Wochenende etwas anders vorgestellt. Gestern am Abend waren sie und Leon auf einem Konzert in Koblenz gewesen. Vorher hatten sie gelost. Er hatte verloren und daher fahren müssen, während sie trinken durfte. Es war dann doch etwas mehr geworden als geplant, weshalb sie das Ganze gerade heftig bereute. Ihr Kopf fühlte sich an, als steckte er in einem Schraubstock. Das Aspirin, das sie sich nach dem Aufstehen eingeworfen hatte, schien, zumindest bisher, noch nicht zu wirken.

Als Thomas Küblers Nachricht sie erreicht hatte, lag Kim noch im Bett, während Leon bereits einkaufen war. Dies war der Grund, weshalb sie schon einmal vorgefahren war. Jetzt war er sauer. Sie habe noch

Restalkohol, hatte er gemeint und damit vermutlich recht. Wer wusste das nicht besser als sie selbst?

Während sie sich einen der frischen Einwegoveralls überzog, sah sie zu ihm herüber. Leon beobachtete sie, weshalb sie ihm nun erst einmal die Zunge herausstreckte. Er grinste. Das war gut und ein untrügliches Zeichen dafür, dass er sich bereits wieder beruhigt hatte. Sie sah zum Himmel, wo dichtes Laubwerk den Blick zur Sonne verbarg und angenehmen Schatten spendete. Das Klima hier im Wald würde sie als äußerst angenehm bezeichnen, dennoch hoffte sie, dass Leon keine gefrorenen oder verderblichen Lebensmittel eingekauft hatte und diese nun im Kofferraum spazieren fuhr.

Nachdem Kim sich umgezogen hatte, machte sie sich auf den Weg zu dem Bienenhaus. Dort glaubte sie ihren Augen gerade nicht zu trauen. An der Absperrung stand Nina Moretti mit Thomas Kübler, zwei Uniformierten und zwei Kerlen in Arbeitskleidung und unterhielt sich. Was ja auch in Ordnung war. Was allerdings überhaupt nicht ging, war der schwarze, wuschelige Hund, der gerade direkt vor der Veranda des Bienenhauses seinen Rücken krümmte und ein Häufchen machte.

„Ach, Leute, das gibt es ja wohl nicht! Wessen Köter kackt denn da direkt neben den Fundort?", beschwerte sie sich nun erst einmal lautstark.

Es war Kriminaloberkommissar Kübler, der schlagartig panisch wurde und den Hund beim Namen rief.

Sie hätte es sich denken können. Dieser Kübler war ein seltsamer Kauz. Mit dem würde Kim in diesem Leben nicht mehr wirklich warm werden.

Den Hund mit dem Namen Oscar schienen die Rufe seines Herrn vollkommen kalt zu lassen. Anstatt herbeizueilen, begann der nun auch noch zu buddeln.

Kim schlüpfte unter dem Flatterband hindurch und stapfte zornig auf den Vierbeiner zu.

„Gscht. Ab mit dir", scheuchte sie das schwarze, wuschelige Wollknäuel, das daraufhin das Weite suchte.

Kim mochte Hunde. Ja, sie könnte sich sogar vorstellen, irgendwann selbst einmal einen zu besitzen. Was sie nicht mochte, waren Typen wie diesen Kübler, die es einfach nicht auf die Kette bekamen, ihre Viecher zu erziehen.

„Wegmachen. Sofort!", stellte sie klar, sah dabei zu Kübler und deutete auf den Haufen, von dem ein wirklich übler Geruch ausging.

Langsam trat sie auf das Bienenhaus zu und blieb dann vor den aufgerissenen und teils arg vermoderten Dielenbrettern stehen. Das Skelett – vielmehr der Leichnam – schien auf dem Rücken abgelegt worden zu sein. Zumindest deutete die Position des Schädels darauf hin. Was aber auch nichts heißen musste, da Tiere die Lage der Knochen verändert haben könnten. Organisches Gewebe gab es keines mehr. Kim beugte sich vor und betrachtete den Schädel genauer. Dann wanderte ihr Blick hinab bis zum Becken, welches, wie auch der Rest der Knochen, sehr gut erhalten war.

Der sogenannte Beckenring lag frei von Erde und war eher kreisförmig ausgelegt. Es handelte sich also ziemlich eindeutig um eine Frau.

„Was meinst du?", erkundigte sich Leon, der neben sie getreten war und sich nun ebenfalls vorbeugte. Er trug wie sie Schutzkleidung.

„Eine Frau. Noch nicht sehr alt", sagte sie das, was ihr in den Sinn kam.

„Was ist das?", fragte er und deutete auf einige kreisrunde dunkle Punkte.

„Das dürften Knöpfe sein. Drei, vier, vielleicht von einer Jacke oder Jeanshose", überlegte sie laut.

„Du meinst, sie war bekleidet?", meinte er.

Kim nickte.

„Ja, sieht so aus. Auf alle Fälle liegt sie schon ziemlich lang hier", war sie sich sicher.

„Was meinst du mit lang?"

Sie zuckte mit den Schultern.

„Keine Ahnung. Ein paar Jahre. Vielleicht auch ein paar Jahrzehnte. Das kann ich erst sagen, wenn ich sie bei mir im Institut habe", antwortete sie und betrachtete dann noch einmal den Schädel genauer.

„Denke, du machst erst mal ein paar Fotos, und anschließend fangen wir an, alles Stück für Stück zu bergen", beschloss sie und erhob sich, um aus dem Auto ihren Koffer zu holen. Leon folgte ihr. Seine Kamera lag ja vermutlich auch noch in seinem Wagen.

„Wie geht es dir?", erkundigte er sich leise im Gehen.

„Frag nicht. Ich glaube, ich werde langsam zu alt für zu viel Alkohol“, winkte sie ab.

Nina beobachtete von hinter der Absperrung aus, wie Kim und Leon einen ersten Blick auf die skelettierte Leiche warfen und sich dabei leise unterhielten.

Dass der Fund der sterblichen Überreste ein Fall für die Kripo war, stand für Nina außer Frage. Der oder die Tote lag schon länger dort. Zumindest war dies ihr Gedanke gewesen, als sie Küblers Fotos am Frühstückstisch zum ersten Mal gesehen hatte.

Das Bienenhaus war, dies hatten die beiden Hobbyimker ihr vorhin berichtet, irgendwann vor dem Zweiten Weltkrieg errichtet und seitdem mehrfach renoviert und umgebaut worden. Nina ging nicht davon aus, dass es sich bei den Dielen der Veranda noch um die Bretter handelte, die dort vor dem Krieg verarbeitet worden waren. Nein, die waren bestimmt schon zwei- oder dreimal in der langen Zeit erneuert worden. Bei diesen Arbeiten wäre der Leichnam sicherlich ebenfalls entdeckt worden. Der oder die Tote musste dort also irgendwann zwischen der letzten Renovierung des Holzbodens und heute abgelegt worden sein. Ein Skelett aus der Vorkriegszeit oder aus einer noch weiter zurückliegenden Epoche schied in ihren Augen daher aus.

Das Bienenhaus war seit über dreißig Jahren nicht mehr in Gebrauch und seitdem Stück für Stück verfallen. Ergo mussten die Bretter aber mindestens dreißig Jahre alt sein. Ob der Mensch unter der Veranda eines gewaltsamen Todes gestorben war, würden Kim Kunze und ihr Team hoffentlich herausfinden. Dass hier etwas im Argen lag, war offensichtlich. Kein Mensch wurde legal unter dem Fußboden einer Hütte im Wald bestattet.

„Wusstest du, dass die Bude hier steht?“, erkundigte sie sich bei Kübler, der gerade mit einem Klappspaten in der Hand unter der Absperrung hindurchschlüpfen wollte.

„Ja klar. Das Bienenhaus steht hier schon ewig. Ich geh hier schon mal mit den Hunden. Aber nur im Sommer. Im Winter, oder wenn es mal ein paar Tage geregnet hat, ist es drum herum ziemlich matschig. Dann ersäufst du hier im Morast“, wusste er zu berichten, bevor er in Richtung des Hundehaufens weiterging.

Nina blickte sich um. Etwas abseits bei dem Streifenwagen standen Polizeihauptmeister Jürgen Wacker und Kriminalhauptkommissar Torsten Liebig, der innerhalb des Teams gemeinsam mit Kriminalkommissar Leon Schwert für die Spurensicherung zuständig war und dementsprechend über die nötigen Qualifikationen verfügte. Die beiden unterhielten sich angeregt. Wobei … nein … das Ganze wirkte auf Nina, als stritten sie. Um was es genau ging, konnte sie nicht verstehen, da die beiden recht leise aufeinander einsprachen.

Sie wusste, dass Wacker und Liebig auch privat Kontakt pflegten. Nicht nur im Schützenverein. Die kannten sich wohl bereits seit ihrer Jugend.

Nina war von Haus aus neugierig, weshalb sie nun einfach zu den Kollegen hinüberschlenderte, um zu hören, um was es da ging.

Als Wacker und Liebig sie bemerkten, unterbrachen sie ihr Gespräch.

Es war also, wie es schien, nicht für ihre Ohren bestimmt. Vermutlich ging es um irgendetwas Privates.

„Hallo Torsten“, begrüßte sie den Kollegen.

„Moin Nina“, erwiderte er kurz angebunden und ging dann einfach an ihr vorbei in Richtung der Hütte.

Sie wandte sich daher Wacker zu, dessen Laune, seinem Gesichtsausdruck nach, ebenfalls nicht die Beste zu sein schien.

„Sag mal, Jürgen, was für eine Laus ist dem Torsten denn über die Leber gelaufen?“

„Dem Liebig? Keine Ahnung. Vielleicht Stress daheim. Frag ihn“, tat der etwas beleibte Beamte ab, griff in seine Jacke und zog eine Schachtel Zigaretten hervor.

„Habt ihr beiden Zoff?“, blieb sie weiter am Ball.

„Nein. Wie kommst du darauf? Alles bestens“, tat er verwundert. Nina hatte einen guten Riecher dafür, wenn man sie belog. Irgendetwas war hier faul, und weder Wacker noch Liebig wollten mit ihr darüber reden.

## Kapitel 2

*Samstag, 13. Juli 2024, 20:02 Uhr*
*Karl-Stangier-Str., Betzdorf/Westerwald*

Der Tag war, trotz des morgendlichen Leichenfundes, doch noch sehr entspannt verlaufen. Nina und Klaus waren wie geplant gegen Mittag nach Bad Marienberg in den Kletterwald gefahren. Während er mit den Kindern durch die Wipfel der Bäume kletterte, war sie nach ersten kläglichen Versuchen lieber am Boden geblieben, hatte sich ein schattiges Plätzchen gesucht und gelesen. Das mit der Kletterei war definitiv nicht ihr Ding.

Im Anschluss waren sie gemeinsam zu Oma Inge Moretti in die Karl-Stangier-Straße gefahren. Hans Peter Thiel, der Lebensgefährte ihrer Mutter, hatte den Grill angeheizt. Zu den Würstchen gab es Inges selbst gemachten Kartoffelsalat und frisch gebackenes Brot. Ein einfaches Mahl und dennoch ein Genuss.

Um den Fall Bienenhaus würde Nina sich am Montag kümmern.

Eile war hier nicht geboten. Dies hatte Gerichtsmedizinerin Kim Kunze Nina bereits am Fundort der Leiche bestätigt.

Die Tote, Kim war sich sicher, dass es sich um eine Frau handelte, lag dort, genau wie auch Nina es bereits nach Betrachten der von Kübler gesendeten Fotos vermutet hatte, seit Jahren. Es machte keinen Sinn, sich bereits heute in die Arbeit zu stürzen.

Normalerweise zählte bei den Ermittlungen in Mordfällen jede Stunde. Ein Wettlauf gegen die Zeit. Je früher man begann, die Zeugen zu befragen und Spuren auszuwerten, desto höher war die Wahrscheinlichkeit, den Fall zu lösen. Doch nicht so in diesem Fall. Zuerst würden sie die Obduktion abwarten und dann im nächsten Schritt versuchen, die Identität der Toten zu klären. Hauptkommissar Liebig und sein Team hatten Unmengen an Spuren gesichert. Diese auszuwerten würde Tage dauern.

Die Spurenlage rund um die Hütte im Wald war nicht dürftig. Nein, im Gegenteil. Es gab Hunderte von Puzzlestücken, von denen die meisten aber vermutlich überhaupt nichts mit dem eigentlichen Puzzle zu tun hatten, welches es hier zu lösen gab. Hunderte Menschen und Tiere waren in den letzten Jahren dort gewesen und hatten ihre Spuren und somit auch jede Menge Unrat hinterlassen.

Zu unterscheiden, welche Dinge mit der toten Frau zu tun hatten und welche nicht, war faktisch unmöglich. Dennoch hatten die Kollegen der Spurensicherung über den kompletten Tag alles gründlichst dokumentiert und aufgesammelt, was von Bedeutung erschien.

Das Bienenhaus selbst war eine Ruine. Die Wände gemauert, der Rest aus Holz. Auf einer Seite war der Bau offen, dort hatten sich wohl die Kästen mit den Bienen und dem Honig befunden. Dutzende der teils zerstörten Kisten hatten überall verstreut herumgelegen. Die meisten davon wohl ein Fall für den Müll.

Überhaupt war es im Grunde total schwachsinnig, das Bienenhaus wiederherzurichten. Das Einfachste würde es sein, die Bude abzureißen und neu zu bauen. Doch dies war leichter gesagt als getan.

Auch Nina hatte einen Moment gebraucht, bis sie den Sinn hinter der aufwendigen Instandsetzung verstand. Dominic und Christian, die beiden neuen Eigentümer, hatten es ihr erklärt.

Das Gelände lag in einem Naturschutzgebiet. Da durfte man nicht einfach mal so ein kleines Häuschen errichten. Noch nicht einmal, um Bienen zu halten.

Früher war so etwas weniger kompliziert gewesen. Da hatte es niemanden interessiert, wer was wo im Wald errichtete. Doch nicht so im Deutschland 2024. Da ging nichts mehr, ohne den Amtsschimmel einmal kräftig wiehern zu lassen. Rechtlich war es einfacher, die bestehende Hütte zu sanieren, als eine Genehmigung für ein neues Häuschen zu bekommen. Die Chancen für einen Neubau tendierten, zumindest behaupteten dies die beiden Jungimker, gegen null. Nina war gewillt, dies zu glauben.

„Was ist das da eigentlich für eine Sache mit diesem Bienenhaus?“, erkundigte sich Kriminaloberkommissar a. D. Hans Peter Thiel, der bis vor etwa zehn Jahren Ninas Partner in der Kriminalinspektion gewesen war und ungefähr genauso lange nun mit ihrer Mutter zusammenlebte.

Thiel war, obwohl sie es ihm gegenüber niemals zugeben würde, so etwas wie ihr Ersatzvater. Darüber hinaus war der alte Bulle aber auch ein Freund, auf den sie sich blind verlassen konnte.

„Ach, das. Da hat wohl jahrelang eine tote Frau unter den Dielenbrettern der Veranda gelegen. Wir sind da noch ganz am Anfang und wissen im Grunde gar nichts. Weder, wie lang sie da schon lag, noch, wer sie sein könnte", gab sie brav Auskunft, obgleich ihn das eigentlich gar nichts mehr anging und sie über Dinge, die die Arbeit betrafen, nicht mit Außenstehenden reden durfte. Bei Thiel machte Nina da aber wie so häufig eine Ausnahme. Irgendwie gehörte der nämlich auch nach so vielen Jahren im Ruhestand immer noch zum Team. Gelegentlich half er sogar schon mal aus, wenn Not am Mann und die Personaldecke wieder einmal dünn war. Angeblich besaß er einen Beratervertrag mit der Staatsanwaltschaft. Gesehen hatte den, soweit Nina das wusste, bisher noch niemand. Aber es gab ihn wohl.

„Wo genau ist dieses Bienenhaus?", hakte der Alte nach und trank einen Schluck Bier aus der Flasche.

„Das ist im Wald direkt bei Kübler hinter dem Haus. In diesem Naturschutzgebiet", gab sie Auskunft.

Er nickte und schien angestrengt nachzudenken.

„Gab es in den letzten Jahren, also vor meiner Zeit, mal irgendeinen Vermisstenfall, den ihr nie aufklären konntet?", fragte sie nun einfach einmal nach.

„Ja, da waren schon einige. Weißt du ja selbst. Es verschwinden ja öfter schon mal Leute. Wobei die meisten aber nach einiger Zeit wieder auftauchen. Spontan fällt mir keiner ein, den ich mit dem Fund der Toten in Verbindung bringen würde. Bei diesem Bienenhaus bin ich auch noch nie gewesen. Wusste noch nicht einmal, dass es da so etwas gibt", antwortete er.

Nina nahm ihr Mobiltelefon vom Tisch und öffnete eines der Fotos, die Kübler ihr am Morgen von dem Skelett und der Umgebung gesendet hatte. Dann reichte sie das Gerät an Thiel weiter.

Dieser stellte seine Flasche ab, griff danach und betrachtete die Bilder. Dabei schüttelte er immer wieder den Kopf.

Nina beobachtete ihn interessiert. Thiel war alt geworden, war aber immer noch fit wie ein Turnschuh. Ja, selbst in der Grillschürze mit der Aufschrift *Das Schwarze kann man abkratzen* machte er eine gute Figur. Er schien angestrengt zu überlegen und betrachtete Foto für Foto mit Bedacht.

„Was ist das?", fragte er und zog mit zwei Fingern eines der Bilder auf dem Display größer.

Nina lehnte sich zu ihm hinüber. Auf dem Bildschirm erkannte sie den Schädel der Toten und einige Knochen. Dazwischen etwas Kleines, Glänzendes, welches das Sonnenlicht reflektierte.

„Keine Ahnung. Könnte eine Kette mit einem Anhänger daran sein", glaubte sie es zu erkennen.

„Ja, das ist eine Kette mit einem Anhänger in der Form eines Fisches", meinte er.

„Eher ein Delfin", erwiderte sie und wunderte sich gerade, dass ihr das Schmuckstück vorhin vor Ort nicht aufgefallen war.

Nina hatte, nachdem Kim Kunze und die Kollegen der Spurensicherung grünes Licht gegeben hatten, die Leiche noch selbst näher betrachtet. Vielleicht hatten Torsten oder Leon das Objekt zu dem Zeitpunkt aber auch schon in einem der Asservatenbeutel gesichert. Ja, das hatten sie bestimmt, da es ihr ansonsten doch aufgefallen wäre.

„Die Kette könnte uns helfen, die Identität der Toten zu klären", dachte sie laut und nahm dann von Thiel das Telefon entgegen. Der Alte lehnte sich zurück und trank einen weiteren Schluck aus seiner Bierflasche. Dabei schien er angestrengt nachzudenken. Irgendetwas ging da gerade in seinem Kopf vor.

„Da gab es mal einen Fall in den Achtziger- oder Neunzigerjahren. Eine junge Frau, eine Schülerin hier aus Betzdorf, ist damals von zu Hause abgehauen", sagte er irgendwann.

„Und sie ist nie wieder aufgetaucht?", fragte Nina nach und glaubte die Antwort bereits zu kennen. Weil, wäre das Mädchen wohlbehalten zurückgekehrt, hätte Thiel sie vermutlich gerade erst gar nicht erwähnt.

„Nein, zumindest nicht, soweit ich mich erinnern kann. Wir haben den Fall auch nie wirklich bearbeitet, da es im Grunde auch gar kein Fall war. Es gab keine Vermisstenanzeige", sagte er leise und sah zu Ninas Mama Inge und zu Klaus, die gerade aus dem Wohnzimmer kommend auf die Terrasse traten. Inge trug in jeder Hand je eine Flasche Rotwein und Klaus die dazugehörigen Gläser.

„Nina, Liebes, magst du auch einen? Zur Auswahl stehen einen Spätburgunder aus Baden oder der Vitello Primitivo von Aldi", erkundigte Mama Inge sich bei ihr.

Ihren Lebensgefährten Thiel würde ihre Mutter erst gar nicht fragen, da sie dessen Antwort bereits kannte. Thiel und Wein, das passte einfach nicht zusammen. Der trank, wenn überhaupt, nur Bier.

„Nee, Mama, lass mal. Ich bleib bei Bier", entschied sie sich, ohne lange zu überlegen, und wandte sich dann wieder Thiel zu.

„Kannst du dich noch an den Namen der jungen Frau erinnern?", interessierte es sie brennend.

Thiel schüttelte den Kopf.

„Nein. Ich weiß nur, dass die beste Freundin von dem Mädchen damals bei uns vorstellig geworden ist und eine Vermisstenanzeige aufgeben wollte. Dem sind wir dann auch nachgegangen und haben die Eltern kontaktiert. War aber falscher Alarm. Der Vater hat uns damals ziemlich glaubhaft versichert, dass seine Tochter mit Sack und Pack davon sei. Da gab es wohl öfter mal Zoff. Du weißt ja selbst, dass Pubertiere und ihre Eltern nicht immer einer Meinung sind. Außerdem war das

Mädchen bereits achtzehn oder neunzehn. Die konnte gehen, wohin sie wollte. Es gab keinerlei Hinweise auf ein Verbrechen. Die hat ihre Klamotten gepackt, sich auf ihr Motorrad gesetzt und ist auf und davon", erklärte er.

Nina nickte und sah zu den Zwillingen, die auf der Hollywoodschaukel saßen und leise kicherten. Was die wohl wieder ausheckten? Bisher, das musste sie unumwunden zugeben, waren ihre beiden äußerst pflegeleicht. Wobei Matteo schon ein Wildfang war.

„Sag mal, Thiel, wenn da nichts gewesen ist, wenn dieses Mädchen einfach nur ihre Klamotten gepackt hat und auf und davon ist: Warum kommt sie dir dann jetzt gerade in den Sinn?", hakte Nina nach, da ihr dies gerade schon seltsam vorkam, dass Thiel sich an genau diesen Fall erinnerte.

„Weil ihr Vater damals getobt hat. Die Kleine hat nämlich nicht nur ihre Sachen mitgenommen, sondern auch die Kasse vom Haustürverkauf der Eltern", wusste er.

„Was meinst du mit Haustürverkauf?"

„Die Honigkasse. Die Eltern hatten Bienen. Er war Imker und hat den Honig in Gläsern an der Haustüre verkauft. Da war so ein Schild im Garten, dass es da Honig gibt. Die hatten da eine Blechkassette auf dem Schrank in der Diele, und die Tochter hat sich mit den Einnahmen samt der Kasse aus dem Staub gemacht", meinte er grinsend.

Nina nickte wissend. Sie hatten heute eine Tote unter den Dielenbrettern eines verfallenen Bienenhauses gefunden, und die Eltern des entlaufenen Mädchens waren Imker gewesen. Das musste nicht zwangsläufig etwas heißen, könnte aber ein Ansatz sein. Auf alle Fälle würde sie am Montagmorgen als Erstes recherchieren, wer in den letzten Jahren alles Besitzer der Ruine gewesen war. Dominic und Christian, die beiden Jungimker, hatten den Namen des Vorbesitzers nicht gekannt. Versteigert worden war das Gelände mit dem Häuschen vom Amtsgericht Betzdorf. Wohl im Auftrag einer Bank, da der letzte Besitzer vermutlich seine Schulden nicht mehr hatte zahlen können. So etwas kam öfter vor, als man dachte.

Beim Amtsgericht hätte sie am Montag sowieso angerufen. Auch ohne Thiels Hinweis führte die erste Spur zu den ehemaligen Besitzern der Bude. Weil, wer immer die Leiche dort versteckt hatte, musste sich ausgekannt haben. Ein Fremder käme sicher nicht auf die Idee, unter dem Fußboden einer unbekannten Hütte eine Leiche zu verstecken. Die Gefahr, dass die Tote durch den Besitzer des Gebäudes entdeckt würde, war einfach zu groß. Sicherlich musste es in den Tagen nach der illegalen Beisetzung rund um das Bienenhaus nicht nur nach Wald und Blumen, sondern auch nach Tod gerochen haben.

„Weißt du noch, wie die Leute hießen oder wo die gewohnt haben?“, erkundigte sie sich bei Thiel.

„Nicht genau. Ich meine, das war irgendwo im Kreuzland. Bin mir aber wie gesagt nicht wirklich sicher“, antwortete er.

Nina nickte in Gedanken. Auch dies würde sie am Montag herausbekommen.

„Du sagtest, in den Achtziger, oder Neunzigerjahren. Geht es nicht doch ein bisschen genauer?“, wollte sie dann noch wissen.

Thiel schüttelte abermals den Kopf.

„Nein, mein Engel. Das ist schon zu lange her“, antwortete er, schielte kurz zu Inge und hob sein Bier, um mit Nina anzustoßen. Für Thiel schien das Thema fürs Erste beendet. Er hatte noch nie gerne im Beisein ihrer Mutter über polizeiliche Dinge gesprochen, da er vermutlich glaubte, er müsste sie, wieso und warum auch immer, von Dingen wie diesen fernhalten.

Vielleicht hatte er sogar recht damit. Es war Samstagabend, und sie saßen hier bei einsetzender Dämmerung im familiären Kreis zusammen. Die Polizeiarbeit hatte Zeit bis Montagmorgen um acht.

Thomas Kübler hockte auf der Terrasse hinter dem Haus und beobachtete die dunkelrot glühende Sonne, wie sie Stück für Stück hinter dem Steinerother Kopf verschwand. Die Vögel des nahen Waldes, die am Morgen noch um die Wette gezwitschwert hatten, waren mittlerweile verstummt. An ihrer Stelle setzten nun die Grillen ein, von denen vermutlich Tausende den Hang unterhalb seines Freisitzes und die dahinterliegenden Wiesen bevölkerten.

„Ich muss immer noch an diese Frau denken, die da unter dem Bienenhaus begraben war. Die geht mir einfach nicht aus dem Kopf. Ich bin da die Tage erst noch mit den Hunden gewesen", flüsterte Alexandra und schmiegte sich an ihn.

Thomas legte seinen Arm um sie und sah weiter der Sonne zu, deren oberster Rand gerade in diesem Moment hinter dem Berg verschwand. Jetzt dauerte es vermutlich nur noch Minuten, bis das Tal in Dunkelheit versank und wie bereits am Vorabend unzählige Glühwürmchen aus den Wiesen aufstiegen. Er sog die Luft ein. Irgendwo in der Nachbarschaft brannte ein Lagerfeuer.

„Die Frau Doktor Kunze meint, die Tote könnte da schon Jahrzehnte gelegen haben", erzählte er, obgleich dies seine Frau eigentlich gar nichts anging, da es sich bei diesen Informationen ja quasi um Dienstgeheimnisse handelte.

Thomas gehörte nicht zu der Sorte Menschen, die Dienstliches nach außen trugen und Sachen herumtratschten. Die Einzige, der er fast alles erzählte, war seine Frau Alexandra. Sie beide hatten keine Geheimnisse voreinander. Zumindest fast keine.

Nein, es tat ihm sogar gut, mit ihr über Dinge zu sprechen, die ihn beschäftigten oder gar belasteten.

„Mausbär, meinst du, sie wurde ermordet?", wollte Alex wissen.

Thomas zuckte mit den Schultern.

„Keine Ahnung, Bärchen. Wir sind da ja noch ganz am Anfang der Ermittlungen. Aber warum sollte jemand sie da verstecken, wenn sie eines natürlichen Todes verstorben ist?“, stellte er eine Gegenfrage und bemerkte, wie sie sachte zustimmend nickte.

„Wir könnten hingehen und eine Kerze für sie anzünden“, schlug Alex nach einer Weile vor.

Thomas seufzte.

„Nein, Bärchen. Es hat seit Wochen nicht geregnet. Der Waldboden und das morsche Holz von dieser Hütte sind furztrocken. Nachher fackelt noch der ganze Wald ab“, versuchte er ihre Euphorie zu bremsen, während sie sich bereits aufrichtete.

„Dann lass uns wenigstens ein paar Blumen hinlegen“, entgegnete sie.

„Bärchen, nein. Die ist doch schon längst nicht mehr da. Die Kollegen haben alles, was von ihr übrig ist, eingepackt und in die Gerichtsmedizin gebracht“, versuchte er es weiter.

Nein, Thomas hatte keine Lust, jetzt noch einmal in den Wald zu rennen, um dort Blumen oder sonst etwas an diesem blöden Bienenhaus abzulegen. So etwas war vertane Zeit. Er wollte einfach nur hier sitzen, seinen Tee schlürfen und den Tag ausklingen lassen.

„Ich zieh mir nur schnell Schuhe an“, schien sie da jedoch ganz andere Pläne zu verfolgen.

„Ach, Alex. Lass uns doch einfach hierbleiben. Du gehst jetzt in dein Atelier, holst dir einen deiner Joints, und wir bleiben einfach hier hocken und … und lassen mal Fünf gerade sein“, schlug er ihr nun sogar vor, obwohl er es nicht guthieß, dass sie gelegentlich kiffte.

„Okay, ich geh jetzt hoch ins Atelier, hol mir was zu rauchen, ziehe Schuhe an, und wir gehen dann einfach noch eine Runde mit den Hunden. Die müssen ja eh noch einmal raus", gab sie einfach keine Ruhe.

„Na gut. Wenn du meinst. Dann gehen wir noch eine Runde mit den Kötern", schnaubte er.

Ja, Thomas wusste nach all den Jahren mit ihr, wann es an der Zeit war, aufzugeben und sich ihrem Willen zu fügen. Wenn seine bessere Hälfte sich etwas in den Kopf gesetzt hatte, würde die nicht eher Ruhe geben, bis sie ihren Willen bekam. Wenn er sich weigerte, schmollte sie den ganzen Abend und ging alleine in den Wald. Am Ende würde sie dann doch noch eine Kerze anzünden oder andere Dummheiten machen.

Keine fünf Minuten später betraten sie durch das Törchen an der hinteren Grundstücksgrenze das Naturschutzgebiet Seifer Wald, das sich tatsächlich bis direkt an ihren Garten erstreckte.

Die Hunde liefen an langen Schleppleinen einige Meter voraus. Sie bei Dunkelheit hier freilaufen zu lassen, war Thomas eindeutig zu unsicher. Mehrfach hatte er in den letzten Tagen Rehe mit ihren Kitzen in den Wiesen beobachtet. Zwar jagten ihre beiden Wuffis für gewöhnlich keinem Wild hinterher, doch sicher war sicher.

Anders als am Morgen hatte auch Herdenschutzhündin Alba sich nun von ihrem Posten erhoben und beehrte sie bei dieser Nachtwanderung mit ihrer Anwesenheit. Alexandra hakte sich bei Thomas unter.

„Leah ist wegen Hannahs Besuchs morgen total aufgeregt", raunte sie ihm zu und erinnerte ihn damit wieder an die Gäste, die er morgen Mittag am Flugplatz in Katzwinkel abholen sollte. Hannah Bechersheim, ein Mädchen, das die Kinder im Frühsommer auf Langeoog kennengelernt hatten, würde die nächsten zwei Wochen ihrer Sommerferien bei ihnen verbringen. Ihr Vater, der Inselarzt Jan Martin Bechersheim, brachte die Zehnjährige mit seiner einmotorigen Cessna, blieb zum Essen und würde am Abend wieder zurück auf die Insel fliegen. Thomas mochte den jungen Arzt, genau wie den Rest seiner Langeooger Freunde. Spätestens im nächsten Sommer, oder vielleicht sogar schon in den Herbstferien, würde die ganze Familie Kübler deshalb wieder an die Nordsee fahren.

„Und was meint Linus? Freut er sich auch auf den Besuch von der Insel?", interessierte es Thomas, als sie bereits eine Weile gegangen waren.

Während er dies sagte, musste er grinsen. Hannah und Leah waren beide zehn Jahre alt, Linus mit seinen dreizehn Lenzen also deutlich älter als die beiden Mädchen. Drei Jahre Altersunterschied waren bei Kindern, anders als bei Erwachsenen, eine Menge. Dennoch hatte Thomas das Gefühl, dass Hannah total verknallt in den älteren Jungen war. Beim Küblerschen Aufenthalt auf der Nordseeinsel über Pfingsten hatte sie wie eine Klette an Linus gehangen. Der hatte es tapfer ertragen.

„Nee. Ich glaube, der ist ziemlich genervt", kicherte Alexandra.

„Na ja, lass den mal noch zehn Jahre älter sein. Dann ist er bestimmt nicht mehr genervt, wenn ein drei Jahre jüngeres Mädchen ihm hinterherläuft", erwiderte er amüsiert, während sie Arm in Arm weitergingen und aufpassen mussten, nicht zu stolpern.

Hier, mitten im Wald im Schatten der Bäume, war es mittlerweile stockfinster geworden. Nur der Weg, der eine Schneise in dem dichten Grün bildete, wurde ein wenig vom Mondlicht erhellt, das durch die Wipfel der Eichen fiel. Es ärgerte ihn, dass er weder eine Taschenlampe noch sein Mobiltelefon eingesteckt hatte.

Tausende von Glühwürmchen tummelten sich nun vor ihnen auf dem Weg und in den Büschen links und rechts von ihnen. Doch obwohl deren Hinterleib leuchtete, machten die Viecher kein Licht.

„Schon irgendwie gruselig mit den kleinen Flatterkäfern", amüsierte sich Alex und blieb dann unvermittelt stehen.

„Was ist?", erkundigte er sich und vernahm im selben Moment ein Knurren, das eindeutig von Alba stammte. Irgendetwas schien dem großen weißen Hund nicht zu passen.

„Guck mal, da vorne zwischen den Bäumen. Da ist doch jemand mit einer Taschenlampe", zischte Alexandra. Thomas starrte in die Dunkelheit.

„Wo? Also ich sehe da keine Tasch… doch, da ist was", entdeckte er nun auch das Aufblitzen einer Lampe.

„Wer ist denn so bekloppt und rennt hier nachts im Wald herum?", empörte Alexandra sich.

„Ähm, wir, Bärchen. Wir sind so bekloppt und rennen nachts sogar ohne Licht durch den Wald. Wer immer das da hinten ist, hat uns was voraus. Er oder sie hat nämlich eine Lampe dabei“, erwiderte er.

„Ist das da, wo das Bienenhaus ist?“, ging sie auf seinen Kommentar gar nicht erst ein.

„Ja, da ist das Bienenhaus“, antwortete er und überlegte angestrengt, was es wohl zu bedeuten hatte, dass da jemand nachts an dem Ort herumschnüffelte, an dem sie erst am Morgen eine Leiche geborgen hatten.

„Ich denke, wir sollten da mal nachsehen“, entschied Alexandra und zog ihn mit.

Bis zu dem verfallenen Häuschen waren es noch nicht einmal fünfzig Meter. Während sie näher gingen, ließ Thomas die Geschehnisse nicht aus den Augen. Immer wieder flammte die Taschenlampe auf und erlosch gleich wieder. Zumindest hatte Thomas dies geglaubt, bis er begriff, dass der oder die Fremde im Inneren der Ruine herumstöberte und die Mauern das Licht daher gelegentlich verdeckten.

„Hallo Sie! Was machen Sie denn da?“, hörte er plötzlich Alex neben sich rufen, als sie vom Weg auf die Lichtung traten.

Im Haus war ein Poltern zu hören, dann kam eine Gestalt herausgelaufen und blendete Kübler so dermaßen, dass er für einen Moment überhaupt nichts mehr sah.

Er hörte Schritte, die sich entfernten, und überlegte einen Moment, die Leinen der Hunde einfach loszulassen. Doch zum einen waren die beiden keine Wachhunde, sondern eher zu groß geratene Schoßhunde, und zum anderen hatte er viel zu viel Angst, dass jemand den Tieren etwas antun könnte. Dass die im Gegenzug jemandem etwas antaten, würde er ausschließen. Die wollten wahrhaftig nur spielen und rumkläffen.

Als seine Augen sich wieder an die Dunkelheit gewöhnt hatten, waren die Gestalt und auch der Kegel der Taschenlampe verschwunden.

„Wo ist der denn jetzt hin?", erkundigte sich Alexandra, die plötzlich ihr Mobiltelefon in der Hand hielt. Na super! Hätte er das gewusst, hätten sie doch eben schon damit leuchten können.

„Warum hast du das Ding nicht schon früher angeschaltet?", zischte er ihr vorwurfsvoll zu.

„Hab ich nicht darüber nachgedacht. War doch so schön romantisch mit den Glühwürmchen und dem Sternenhimmel", erwiderte sie und ließ das Gerät wieder in ihrer Hosentasche verschwinden.

Thomas lauschte in die Nacht. Kurz glaubte er in einiger Entfernung das Schlagen einer Autotür zu hören. Dann entdeckte er in einigen Hundert Metern Entfernung am Waldrand des Nachbardorfes die Scheinwerfer eines Wagens. Irgendwer drehte da und fuhr schließlich über den Feldweg davon.

„Ich glaube, der ist weg", sagte er leise.

Alexandra hatte sich von ihm gelöst und war nun bis an die Veranda des Bienenhauses getreten.

„Komm, Bärchen, lass uns zurückgehen", schlug er vor und vernahm dann das Klicken eines Feuerzeuges.

Die Flamme beleuchtete nun Alex' Gesicht, während sie sich einen Joint anzündete.

„Muss das sein?", stöhnte er.

„Mensch, Mausbär. Du weißt auch nicht, was du willst. Du hast mir doch vorhin sogar vorgeschlagen, dass ich mir einen reinziehen soll", erinnerte sie ihn wieder an seinen törichten Vorschlag.

Thomas erwiderte nichts. Seine Gedanken waren immer noch bei dem Unbekannten. Warum war der Typ geflüchtet? Er war sich fast sicher, dass es sich um einen Mann gehandelt hatte. Wie er genau darauf kam, wusste er nicht. Dennoch kam es ihm merkwürdig vor. So verhielt sich doch nur jemand, der etwas Verbotenes getan hatte. Morgen früh nach dem Aufstehen würde Thomas noch einmal mit den Hunden hierhergehen und nachschauen, ob sich seit der Bergung der Knochen irgendetwas verändert hatte.

# Kapitel 3

*Sonntag, 14. Juli 2024, 20:02 Uhr*
*Instituts für Rechtsmedizin/Bonn*

„Ich hoffe, du magst Accept?“, fragte Kim Kunze an den Schädel der toten jungen Frau gewandt, der gemeinsam mit einem Teil der geborgenen Knochen auf dem Tisch in der Mitte des Raumes ruhte, und drehte dann die Musikanlage noch etwas lauter.

Die Entscheidung, am Sonntag ins Institut zu fahren, um sich die Knochen anzusehen, war die beste, die sie für den heutigen Tag hatte treffen können. Vermutlich gab es nur wenige Orte wie diesen, an dem sie heute ihre Ruhe hätte. Draußen, im Rest der Republik, herrschte nämlich gerade Ausnahmezustand. Heute fand das Endspiel der Fußball-Europameisterschaft statt. Kim hasste Fußball. Wobei es nicht das Spiel an sich war, welches ihr auf die Nerven ging. Nein. Vermutlich machte es sogar Spaß, gemeinsam mit einundzwanzig anderen hinter einem Ball herzurennen und sich so richtig auszupowern. Sinnlos und ziemlich unspannend fand sie es lediglich, das Ganze als Zuschauer anzusehen. Da verdienten Typen Millionen damit, dass andere ihnen beim Ballspielen zusahen. So etwas war in ihren Augen total krank.

Leon, ihr Lebensgefährte, sah das anders. Der war schon am Mittag mit seinen Kumpels aufgebrochen, um sich beim Public Viewing zu betrinken. Dabei fing das Spiel doch erst am Abend um einundzwanzig Uhr an. Kim hatte kein Problem damit. Solange Leon nicht von ihr verlangte, mitzukommen und sich den Unsinn anzusehen, war alles gut.

Sie musste zugeben, dass sie das Institut noch nie so ausgestorben vorgefunden hatte wie heute. Sie war auf dem Weg vom Parkplatz bis in den Seziersaal keiner Menschenseele begegnet. Außer ihr selbst schienen tatsächlich alle Menschen in diesen Mauern tot zu sein. Aber auch dies störte sie nicht. Nein, sie genoss die Ruhe förmlich. Wobei man bei der lauten Musik nicht wirklich von Ruhe sprechen konnte.

„Tja, meine Liebe, magst du mir nicht doch verraten, was du da unter diesen Holzdielen getrieben hast? Wer hat dich bloß da abgelegt?“, fragte sie, während sie weiter einen Knochen nach dem anderen auf den mit einem grünen Tuch bedeckten Tisch legte. Jeden an die Stelle, an der er früher einmal gewesen war, als die junge Dame noch lebte. Die Verstorbene war noch nicht sehr alt gewesen. Kim würde schätzen, dass sie, als sie starb, circa sechzehn bis maximal zwanzig Jahre alt gewesen war. Der Ersatz von Knorpel durch Knochen während des Skelettwachstums begann bereits beim Embryo, ab etwa der sechsten Woche, und dauerte bis über das zwanzigste Lebensjahr hinaus an. Dadurch ließen sich wunderbar Rückschlüsse auf das Alter der Verstorbenen ziehen.

Bereits bei der Bergung der Knochen war ihr das Zungenbein der Toten aufgefallen. Ein etwa drei Zentimeter kleiner hufeisenförmiger Knochen mit zwei Hornansätzen, der, wie es der Name sagte, unterhalb der Zunge saß. Dass dieses winzige Knöchlein nach all den Jahren überhaupt noch vorhanden war, war pures Glück. Solch kleine Knochen wie das Zungenbein zersetzten sich meist zuerst oder wurden auch gerne einmal von Tieren weggeschleppt. Überhaupt war das Skelett – oder vielmehr die beiden Skelette – in einem hervorragenden Zustand. Das Alter des Ungeborenen würde sie auf etwa die fünfzehnte bis sechzehnte Schwangerschaftswoche schätzen. Vorsichtig hob Kim die beiden Teile des zerbrochenen Zungenbeins mit einer Pinzette auf und betrachtete sie nacheinander. Auch ohne dass sie die Bruchstelle bisher unter dem Mikroskop betrachtet hatte, war sie sich sicher, was die Todesursache betraf: Die junge Frau war stranguliert worden. Wie genau dies vonstattengegangen war, würde sie anhand der Knochen nicht mehr herausfinden können. Nur dass irgendetwas den Hals der jungen Frau abgeschnürt hatte, war eindeutig. Dies konnten ein Strick, ein Draht, ein Tuch oder auch nur Hände gewesen sein. Der Fundort, das Versteck der Toten, sprach dafür, dass jemand, der nicht wollte, dass sie gefunden wurde, sie dort abgelegt hatte. Einen Suizid konnte sie, genau wie einen Mord, nicht ausschließen. Dies herauszufinden war Aufgabe der Kripo.

Sie legte das Zungenbein auf ein Tablett und widmete sich weiter dem Knochenpuzzle auf dem Tisch.

Die Halswirbel waren unauffällig. Im Laufe der Untersuchung entdeckte sie noch drei ältere bereits verheilte Frakturen. Eine an der Speiche des rechten Unterarmes, eine am rechten Schienbein und eine weitere am Schulterblatt.

„Tja, meine Liebe. Entweder warst du als Kind ein rechter Wildfang oder du wurdest geschlagen. Was meinst du?“, fragte sie an den Schädel gewandt, bekam jedoch, wie so oft in solchen Fällen, keine Antwort. Für diese war sie selbst verantwortlich. Und Kim würde ihr Bestes geben, um diese Antworten zu finden.

Kriminalhauptkommissarin Heike Friedrich-Liebig saß an ihrem Lieblingsort, dem Strandkorb im heimischen Garten, und versuchte sich auf das Buch, einen Roman von Rudolf Utsch aus den 1940er-Jahren, welchen sie sich gestern auf dem Flohmarkt gebraucht gekauft hatte, zu konzentrieren. Doch es gelang ihr nicht. Sie konnte ihre Gedanken einfach nicht auf die Buchstaben und Wörter fokussieren. Immer wieder sah sie zu ihrem Mann Torsten, der im Schatten einer großen Tanne auf der selbst gezimmerten Bank hockte. Vor ihm auf dem alten verwitterten Biergartentisch stand sein Laptop, auf dem er immer wieder herumtippte, um dann wieder längere Zeit darauf zu starren. Heike ließ das Buch sinken. Irgendetwas war anders an ihm, seit sie gestern am

Nachmittag nach Hause gekommen war. Morgens, bevor sie mit den Kindern aufgebrochen war, um altes Spielzeug und zu klein gewordene Kinderbekleidung auf dem Trödelmarkt zu veräußern, war er noch ganz normal gewesen. Er hatte gelacht und Späße gemacht. Nachmittags dann, als er von dem Einsatz im Wald zurückkam, war er sehr still und in sich gekehrt gewesen. Ein Zustand, der sich auch über den Abend nicht verändert hatte.

Zuerst hatte Heike sich dabei nichts gedacht. Torsten war ein sehr sensibler Mensch, der sich das Schicksal der anderen öfter einmal mehr zu Herzen nahm, als es ihm guttat.

Er war nicht der Typ, der von einer Leichenbergung zurückkam und sofort wieder in Partystimmung verfiel. Nein, es war ganz normal, dass er an dem, was er gelegentlich während der Arbeit erlebte, zu kauen hatte. Ihr ging es nicht anders. Glücklicherweise hielt dieser Umstand aber zumeist nicht lange an. Spätestens am nächsten Morgen, nach dem Schlafen und mit etwas Abstand, war er dann wieder der nette lustige Typ, den sie so mochte.

Doch nicht so heute. Mittlerweile bezweifelte Heike sogar, dass Torsten überhaupt geschlafen hatte. Als sie gegen zehn Uhr abends ins Bett ging, hatte er noch in seinem Arbeitszimmer vor dem Computer gesessen. Als sie am Morgen aufwachte, lag er zwar neben ihr, war aber bereits wieder oder immer noch wach.

Auf ihre Frage, was los sei, hatte er verwundert getan und gemeint, es sei alles in bester Ordnung. Sie erkannte es, wenn er sie anlog. Und dies war eindeutig eine Lüge gewesen.

Irgendetwas beschäftigte ihren Mann, und sie würde wetten, dass es etwas mit dem Fund des Skeletts unter dem Bienenhaus zu tun hatte.

Heike schob das Buch beiseite, ging zu ihm hinüber, legte ihre Hände auf seine Schultern und schaute dabei auf den Monitor. Darauf war das gelbstichige Foto eines Mädchens zu sehen. Daneben das Bild einer Frau um die fünfzig.

„Wer ist das?“, erkundigte sie sich neugierig.

„Das ist Michaela … Michaela König“, antwortete er, legte den Kopf in den Nacken und sah sie an.

„Und wer ist diese Michaela König?“, siegte wie so oft ihre Neugierde.

„Ein Mädchen aus meiner Klasse. Wir haben 1990 zusammen Abitur gemacht. Kurz nach der Abifeier ist sie damals abgehauen“, antwortete er.

„Und was interessiert dich gerade heute an ihr? Hast du sie gesehen oder getroffen?“, fragte sie weiter, ging um die Bank herum und setzte sich zu ihm.

„Nein … wobei … ich bin mir nicht sicher. Kann sein, dass wir sie gestern unter der Terrasse dieses Bienenhauses gefunden haben“, antwortete er und schluckte.

„Du meinst, die Leiche von gestern ist diese Michaela?“, war sie erstaunt und deutete auf den Monitor.

„Ja. Ist aber nur so eine Idee. Ich bin damals ein paarmal mit meinen Kumpels bei diesem Bienenhaus gewesen. Wir haben da sogar mal gezeltet. So mit Lagerfeuer, lauter Musik und viel Bier. Das Bienenhaus, die Lichtung und ein kleines Stück des Waldes drum herum gehörten damals Michaelas Eltern“, erklärte er ihr.

„Ach so“, verstand sie nun, was ihn beschäftigte, und deutete dann auf das Foto der älteren Frau.

„Und wer ist das?“

„So könnte Michaela heute aussehen. Ich habe das Foto von 1990 mithilfe des Computers mal um vierunddreißig Jahre altern lassen“, erklärte er ihr.

„Eine wirklich gut aussehende Frau“, stellte sie fest.

„Nicht so hübsch wie du, mein Schatz“, meinte er, und Heike musste nun doch lachen.

„Was ist? Ich meine das ernst“, beschwerte er sich.

„Meine Güte, du bist so ein Schleimer“, antwortete sie, gab ihm einen Kuss und wurde dann wieder sachlich.

„Was lässt dich zum Schluss kommen, dass es sich bei der Toten um Michaela handelt?“, wollte sie nun viel lieber wissen.

„Nichts außer der Tatsache, dass sie damals verschwunden ist und dass diese Leiche ausgerechnet an einem der Orte auftaucht, an dem Michaela früher gerne und oft gewesen ist“, antwortete er.

„Du hast im Netz nach ihr oder einem Foto von ihr gesucht?“, vermutete sie.

„Ja. Das habe ich vor Jahren schon mal, als wir wegen eines Klassentreffens recherchiert haben. Michaela ist wie vom Erdboden verschluckt. Wobei, nein: Es gibt Gerüchte, dass sie heute in Neuseeland lebt. Angeblich hat sie ihren Eltern von dort einen oder mehrere Briefe geschrieben. In den sozialen Netzwerken brauchst du nach einem Namen wie dem ihren gar nicht erst zu suchen. Allein bei Facebook gibt es über einhundert Frauen, die Michaela König heißen. Hab sie mir alle angesehen. Unsere Michi ist nicht dabei. Außerdem weiß ich ja noch nicht einmal, welchen Namen sie heute trägt. Vielleicht – oder bestimmt – ist sie, wenn sie noch lebt, verheiratet", winkte er ab.

„Gibt es noch Angehörige? Eltern, Geschwister, Tanten oder Onkel, von denen wir eine DNA-Probe bekommen könnten?"

„Ja, gibt es. Der Vater von Michaela wohnt hier im Altenheim, und es gibt noch einen älteren Bruder. Laut Melderegister lebt der in Koblenz", hatte Torsten auch dieses schon überprüft.

„Was meint Nina dazu? Ist sie schon aktiv in dem Fall?", wollte Heike wissen.

Torsten hob die Schultern und verzog dann das Gesicht.

„Nein, ich wollte erst einmal selbst schauen, ob ich was finde, bevor ich die Pferde scheu mache", gestand er.

„Du hast mit ihr gestern am Fundort also noch gar nicht über deinen Verdacht gesprochen?", wunderte sie sich.

„Nein. Wie gesagt, ich wollte erst sicher sein."

Sie beugte sich vor, griff nach seinem Mobiltelefon, das neben dem Notebook lag, und hielt es ihm hin.

„Ruf sie an und erzähl ihr von deinem Verdacht. Sie erfährt es eh früher oder später, dass du die Verstorbene gekannt hast. Und du weißt, wie sie reagiert, wenn man sie belügt", erzählte sie ihm nichts Neues.

Torsten nahm das Gerät und schüttelte dabei den Kopf.

„Nein, Heike, nicht heute und nicht am Telefon. Morgen früh um acht geh ich sofort zu ihr und erzähle ihr davon", fand er, steckte das Telefon ein, schnappte sich auch den Laptop und erhob sich.

„Okay. Wenn du meinst, dann mach das so", seufzte sie.

„Ich bring das rein und mach dann mal Feuer im Grill. Ralf und Lisa stehen bestimmt gleich schon auf der Matte", wechselte er nun das Thema und erinnerte sie gleichzeitig wieder an den zu erwartenden Besuch.

Sie sah ihm hinterher, wie er durch die Terrassentüre im Haus verschwand.

Vielleicht hatte Torsten recht. Heute war Sonntag, und Nina hatte frei. Dennoch stellte sie sich die Frage, warum er gestern bei der Bergung der Leiche nicht schon mit der Kollegin über seinen Verdacht gesprochen hatte. Wie gut hatte ihr Mann diese Michaela tatsächlich gekannt? War sie nur eine Schulfreundin gewesen oder …? Die Gedanken in Heikes Kopf wirbelten. Nein, sie musste aufhören, darüber nachzudenken. Sie steigerte sich hier gerade wieder in irgendetwas hinein. Sie sah Geister, wo keine waren. Dennoch war sie auf die morgige Besprechung mit dem Team gespannt. Spätestens da würde Torsten vor den Kollegen begründen müssen, warum ihm erst über das Wochenende die Erkenntnis über die mögliche Identität der Verstorbenen gekommen war.

Es war etwa gegen sechzehn Uhr an diesem doch sehr schönen Sonntag gewesen, als Ninas Mobiltelefon auf dem kleinen Beistelltisch neben ihrem Liegestuhl klingelte.

Sie griff nach dem Gerät, blickte kurz auf das Display und nahm den Anruf dann entgegen.

„Moin Thiel, was gibt es?“, fragte sie ohne Umschweife.

„Michaela König. Das Mädchen damals hieß Michaela König. Ihr Vater lebt laut deiner Mutter im Seniorenheim hier in Betzdorf. Ist aber wohl nicht mehr der Fitteste“, polterte Thiel ebenfalls gleich mit der Tür ins Haus.

„Und das ist dir jetzt einfach so wieder eingefallen?“, hakte sie nach, da sie sich dies nicht vorstellen konnte.

„Nein, erst als Inge mir den Namen gesagt hat, da hat es bei mir klick gemacht.“

„Mama hat die junge Frau gekannt?“, war Nina überrascht.

„Ja. Hat sie. Der Vater war wohl ein Arbeitskollege von deinem Papa.“

„Gib mir Mama mal“, wies sie ihn an.

„Die hat gerade keine Zeit. Wir haben überraschend Besuch bekommen. Inge sagt, ich soll dir und Klaus sagen, dass es Schwarzwälder Kirsch und Eistorte gibt. Der Kaffee läuft auch schon durch. Also, bis gleich", erwiderte er.

„Was … warum? Wer ist denn … Thiel? Hallo?", fragte sie und starrte dann fassungslos zuerst auf das Gerät in ihrer Hand und dann zu Klaus, der auf dem zweiten Liegestuhl auf der anderen Seite des Pools lag, in der Sonne döste und sie nun über den Rand seiner Sonnenbrille fragend anblickte.

„Der hat einfach aufgelegt. Die haben wohl überraschend Besuch bekommen. Mama hat gebacken, und wir sollen auch vorbeikommen", beschied sie ihn.

„Wann?"

„Na, jetzt."

„Und was für Besuch ist das?", hakte er nach.

„Keine Ahnung. Das hat er nicht gesagt. Nur, dass es Schwarzwälder Kirsch und Eistorte gibt. Von der hat sie ja immer welche für Notfälle in der Kühltruhe", antwortete sie und bemerkte, wie sich sein Blick bei den Worten „Schwarzwälder Kirsch" aufhellte.

„Tja, wenn das so ist, sollten wir sie nicht warten lassen. Ich sag dann mal den Zwillingen Bescheid, während du dir was anziehst. Oder magst du lieber im Bikini bleiben?", amüsierte er sich, schwang sich von der Liege und ging ins Haus.

Nina staunte nicht schlecht, als sie keine zwanzig Minuten später mit Klaus und den Zwillingen den Garten ihrer Mutter betrat.

„Frau Nina, da tust du aber staunen tun", lachte Martin von Schlechtinger, der mit Hans Peter Thiel, Ninas Mama und Annemarie Hansen an dem hübsch gedeckten Tisch saß und gerade eine große Kaffeetasse zurück auf selbigen stellte.

Zugegeben, mit den Besuchern von Langeoog hätte sie hier und heute bestimmt nicht gerechnet.

„Martin, Annemarie, was zum Kuckuck verschlägt euch denn in den Westerwald?", erkundigte sie sich.

Martin war es, der antwortete.

„Der Schwiegerdoktor, der Jan Maddin, der hät dat Hannah zu den Küblers gebracht und hät uns gestern spontan gefragt, ob mir zwei nit mal mit ihm in seinem Flugzeug mitfliegen wollten. Der hat ja insgesamt vier Sitzplätze. Und jetzt sind mir hier", erklärte Martin.

„Und wer kümmert sich um eure Ferienhausvermietung?", erkundigte sich Klaus, während er Annemarie drückte, die sich nun erhoben hatte.

„Das bekommt Gina Marie auch mal einen Tag alleine hin. Es wird Zeit, dass Martin und ich uns auch mal etwas gönnen", antwortete die Ostfriesin und umarmte dann auch Nina freundschaftlich.

Am Morgen, noch vor dem Frühstück, war Thomas Kübler mit den Hunden noch einmal zu dem alten Bienenhaus im Wald gegangen. Doch wie bereits erwartet, hatte er nichts gefunden, was auf den Besuch des Unbekannten dort in der letzten Nacht deutete. Was hatte der dort gewollt? Oder könnte es sich auch um eine Frau gehandelt haben? Immer wieder rief er sich die Szene vor Augen.

„Ihr habt es echt richtig schön hier", riss ihn die Stimme von Doktor Jan Martin Bechersheim, der an dem Geländer der Veranda stand und seinen Blick über das Tal schweifen ließ, aus seinen Gedanken.

Kübler hatte den Arzt und seine drei Passagiere gegen Mittag am Flugplatz abgeholt. Zum Glück war er wegen des Gepäcks von Hannah nicht mit dem 911er, sondern mit Alexandras Bulli gefahren. Mit den beiden älteren Passagieren, die nach dem Doktor und dessen Tochter Hannah aus dem Flugzeug stiegen, hatte Thomas so überhaupt nicht gerechnet. Es sei wohl auch eher eine kurzfristige Idee gewesen, seine Schwiegereltern zu dem Ausflug in den Westerwald mitzunehmen, hatte Jan Martin berichtet.

„Sagt einer, der einen der schönsten Strände der Nordseeküste direkt vor der Haustüre hat", musste Thomas nun einfach mal auf die gerade getätigte Aussage erwidern.

Jan Martin grinste und wackelte mit dem Kopf.

„Ja, schon klar. Auf Langeoog ist es natürlich auch wunderschön. Da bekommt mich auch so schnell niemand vertrieben. Aber auch der Westerwald hat seinen Reiz. Dieses Meer aus Grün, die bewaldeten Berge, das ist schon der Wahnsinn", fand er und blickte dabei über das Naturschutzgebiet.

Thomas wusste, was er meinte. Jede Art von Landschaft hatte ihren Reiz. Für den einen mehr, für den anderen weniger. Wobei er den Begriff „Berge“ schon als übertrieben ansah. „Hügel“ würde es besser treffen.

Bei seinem Urlaub zu Pfingsten hatte er sich schon auch mal vorgestellt, wie es wäre, an der See zu leben. Der Gedanke hatte ihm gefallen. Vielleicht würden er und Alex irgendwann, wenn er pensioniert war, ans Meer ziehen. Bis dahin waren es zwar noch über fünfundzwanzig Jahre, aber man konnte ja wenigstens schon mal davon träumen.

„Sag mal, Jan Martin, darf ich dich mal etwas als Arzt fragen?“, wechselte er jetzt einfach mal das Thema.

„Ja klar. Wo drückt der Schuh, fehlt dir was?“, fragte er interessiert zurück.

„Mir? Nee. Ich bin kerngesund. Es geht mir mehr um so eine Veranda wie diese, auf der wir hier sitzen.“

„Um die Veranda? Ich glaube nicht, dass die in mein Fachgebiet fällt“, amüsierte sich der Arzt.

Thomas schüttelte den Kopf und deutete dann auf den Fußboden.

„Diese Terrasse, die ist ja eigentlich mehr so eine Art niedriger Balkon, ein überdachter Freisitz auf Stelzen. Unter den Brettern, auf denen wir stehen, ist ein Hohlraum. Theoretisch könntest du vom Hang her bis hier unter die Hollywoodschaukel kriechen“, begann er zu erklären.

„Ja, ich verstehe, was du meinst. Aber was hat das mit mir als Arzt zu tun?“, wollte der Inseldoktor wissen, während Thomas angestrengt überlegte, wie er das, was er gerade ausdrücken wollte, in Worte fassen könnte.

„Stell dir vor, also jetzt mal rein hypothetisch, ich würde eine Leiche unter diesen Fußbodenbrettern verstecken: Meinst du, das würde hier draußen stark riechen? Ich meine, wir haben das ja öfter schon mal, dass einer unserer Kunden Tage oder Wochen in seiner Wohnung liegt. Das stinkt dann ja zum Himmel. Aber jetzt im trockenen Sommer mit ordentlich Belüftung?"

Der Arzt, der in etwa in Küblers Alter war, starrte ihn mit großen Augen an und sah dann kurz zu der Türe, durch die man ins Haus gelangte.

„Wen um Himmels willen willst du um die Ecke bringen? Deine Frau?", fragte er scheinbar nicht ganz ernst gemeint zurück.

„Nein! Quatsch! Ich will doch keinen … Es ist mehr so ein berufliches Interesse. Wir haben da derzeit einen Fall, bei dem eine Frau wohl jahrelang unter dem Boden einer überdachten Veranda gelegen hat", stellte er klar.

Die Frage, ob so etwas unbemerkt bleiben könnte, geisterte Thomas schon seit gestern Morgen im Kopf herum. Warum hatte niemand etwas davon mitbekommen?

„Puh. Das ist wahrlich eine schwere Frage, und ich bin vermutlich nicht der Richtige, um sie zu beantworten. Du solltest dich damit besser an einen Pathologen wenden. Habt ihr bei euch keinen Gerichtsmediziner, den du fragen könntest?", meinte Bechersheim.

„Doch. Natürlich. Aber die gute Frau ist etwas kompliziert. Außerdem kann ich die erst morgen fragen. Es ist halt nur, weil mir das Ganze seit dem Fund der Toten nicht aus dem Kopf geht. Das muss man doch gerochen haben, dass da eine Leiche liegt", antwortete Thomas.

„Ja, bestimmt. Aber wie stark, das hängt von zig Faktoren ab. Wie du schon sagtest, Umgebung, Temperatur, Belüftung, der Boden darunter, das Dach darüber, Insektenbefall und, und, und", zählte der Arzt auf und fügte dann an: „Wenn du ganz sichergehen willst, holst du dir ein verendetes Schwein und legst es hier unter deine Veranda und wartest ein paar Wochen ab, wie sich der Geruch entwickelt."

Thomas nickte erst, schüttelte dann aber den Kopf.

„Nee, das kann ich nicht bringen. Meine Frau und die beiden Köter drehen dann total am Rad", winkte er ab.

„Du hast dir da nicht tatsächlich ernsthaft Gedanken zu gemacht?", fragte der Arzt amüsiert.

„Nein. Quatsch", log er, da er doch einmal ganz kurz über einen solchen Versuch nachgedacht hatte. Aber wirklich nur ganz kurz.

# Kapitel 4

*Montag, 15. Juli 2024, 7:35 Uhr*
*Kriminalinspektion Betzdorf/Westerwald*

Zur ersten Amtshandlung bei Dienstbeginn in einer guten deutschen Amtsstube gehörte es, den Kaffee aufzusetzen. So war es auch an diesem sonnigen Montagmorgen.

Gerade als Nina dabei war, die Löffel mit dem Kaffeepulver abzuzählen und in den Filter zu schaufeln, klopfte es an ihrer Bürotür.

„Herein“, rief sie und war gespannt, wer das wohl so früh sein würde.

Für Kübler war es noch nicht an der Zeit, der stand zumeist erst pünktlich um acht Uhr auf der Matte. Außerdem klopfte der nicht an, da es sich bei dem Büro um ihren gemeinsamen Arbeitsplatz handelte. Es hatte sich über die Jahre als effektiver erwiesen, wenn sie beide sich ein Zimmer teilten.

„Moin Nina. Hast du einen Moment für mich?“, fragte Hauptkommissar Torsten Liebig und streckte den Kopf durch den Türspalt.

„Klar. Komm rein, setz dich. Kaffee ist leider noch in der Mache“, bat sie ihn herein, schaltete die Kaffeemaschine ein und ging dann zu ihrem Schreibtisch.

Torsten nahm auf einem der Besucherstühle Platz.

„Ich hätte eine Idee, wer die Tote vom Bienenhaus sein könnte", erklärte er ohne große Umschweife.

„Ach, du auch. Dann schieß mal los", war sie überrascht.

„Ja, dieses Bienenhaus hat früher einmal einer Familie König gehört. Die Tochter, Michaela König, ist 1990 in der Nacht nach der Abifete, verschwunden", berichtete er das, was auch Nina mittlerweile dank ihrer Mama herausgefunden hatte.

Sie nickte wissend.

„Ja, das deckt sich mit dem, was ich gehört habe. Woher weißt du es? Hast du etwa am Wochenende durchgearbeitet?", hakte sie nach.

„Ich … kannte Michaela. Wir sind zusammen in die Schule gegangen. Wir waren in der Oberstufe sogar in vielen gleichen Kursen."

„Du kanntest sie?", fragte sie noch einmal nach, da sie gerade glaubte, sich verhört zu haben.

„Ja."

„Und das ist dir am Samstag, als wir die Tote geborgen haben, nicht in den Sinn gekommen", sagte sie schroffer, als sie es beabsichtigt hatte.

„Nein … Ja … schon. Klar ist es mir kurz in den Sinn gekommen. Aber ich habe ja all die Jahre geglaubt, Michi wäre irgendwo in Australien, Neuseeland oder weiß der Kuckuck, wo", blaffte er nun auch etwas lauter zurück.

Nina sank in ihren Bürostuhl, dachte nach und beobachtete den Kollegen. Schweiß stand auf Torstens Stirn, ob es an der stickigen Luft lag? Sie selbst hatte diese, als sie vorhin das Büro betrat, ebenfalls als äußerst unangenehm wahrgenommen und deshalb direkt das Fenster weit geöffnet.

„Wie kommst du auf Neuseeland und Australien?", fragte sie nach, da ihre Mutter gestern genau die gleichen Länder genannt hatte.

„Angeblich hat sie ihren Eltern oder irgendwem anderen von dort mal einen Brief oder eine Postkarte geschickt. Ich habe seit vorgestern Abend nach irgendeiner Spur von ihr im Internet gesucht. Bildsuche, soziale Netzwerke, Google und, und, und. Leider erfolglos", zählte er auf.

Auch diese Aussage deckte sich mit dem, was ihre Mama gestern erzählt hatte. Michaela hatte ihren Eltern angeblich mehrfach geschrieben, dass es ihr gut gehe und sie sich keine Sorgen machen müssten. Irgendwann waren dann aber keine Briefe mehr gekommen, und Michaelas Mutter war vor Sorge krank geworden und am Ende vor Kummer gestorben. Obgleich Nina sich das so nicht vorstellen konnte, würde sie auch dem nachgehen. Interessant war es allemal.

„Wir brauchen eine DNA-Probe, um sie mit dem Skelett abzugleichen. Entweder von Michaela, was schwierig werden könnte, oder von einem nahen Verwandten", schlug sie die einzig logische Vorgehensweise vor.

„Ihr Vater lebt noch hier in Betzdorf im Seniorenzentrum", wusste Torsten.

„Sonst noch Angehörige?"

„Michaela hat noch einen älteren Bruder. Sascha König, lebt laut Melderegister in Koblenz. Die Adresse kann ich dir schicken."

„Schön. Mach das. Ich fahre gleich, wenn Kübler da ist, mal mit ihm ins Altenzentrum zu dem Herrn König senior", beschloss Nina, öffnete eine ihrer Schreibtischschubladen und entnahm gleich mehrere der DNA-Teströhrchen. Man konnte ja nie wissen, ob man nur eines oder gleich mehrere davon brauchte.

„Ich könnte auch mit dir mitfahren. Ich kenn den alten König noch von damals", schlug Torsten derweil vor.

Nina schüttelte den Kopf.

„Nein, ist besser, ich fahre eben mit Kübler hin. Du könntest in der Zeit mal eine Liste mit allen Personen machen, die dir aus Michaelas damaligem Umfeld noch einfallen. So eine beste Freundin wäre hilfreich. Wenn sie tatsächlich nur abgehauen ist, weiß die Freundin bestimmt, wohin", war Nina sich sicher.

„Michis beste Freundin?", fragte er und schien von dem Gedanken an diese nicht eben begeistert.

„Ja. Sie wird ja wohl irgendeine gehabt haben, mit der sie sich ausgetauscht hat", wurde Nina deutlicher. Sie konnte sich entsinnen, dass Thiel gestern gemeint hatte, dass eine Freundin damals Michaela als vermisst hatte melden wollen. An deren Namen hatte der alte Bulle sich allerdings nicht mehr erinnern können. Was Nina nach all den Jahren aber nachvollziehen konnte.

Sie kannte die Namen von Zeugen, die sie vor vier Wochen befragt hatte, heute schon nicht mehr. Es waren einfach zu viele Menschen, denen man in ihrem Beruf über den Weg lief.

Torsten verzog das Gesicht und schien gerade angestrengt nachzudenken.

„Die waren immer zu viert. Michaela, Katrin, Andrea und … boah, wie hieß noch diese Rothaarige? Keine Ahnung. Aber vermutlich werden die anderen beiden Mädels wissen, wen ich meine", ließ er sie an seinen Gedanken teilhaben.

Nina stand auf, ging ans Fenster und sah hinunter auf den Parkplatz. Von Küblers Porsche war noch nichts zu sehen. Brauchte sie den Kollegen überhaupt, um mit dem alten Mann zu sprechen? Nein, im Grunde könnte sie das auch eben alleine erledigen.

Sie verabschiedete Torsten Liebig, goss sich einen Kaffee mit Milch in den großen Mehrwegbecher ein, schnappte sich ihre Autoschlüssel und verließ dann das Büro. Auf dem Weg zu ihrem Wagen musste sie über ihre eigenen Worte von vorhin nachdenken. Ja, auch sie hatte damals eine beste Freundin gehabt. Lara Schmitz. Mit Lara hatte sie alles geteilt. Sie beide hatten nach dem Abitur sogar einige Jahre zusammen in einer Kölner WG gewohnt. Als Nina von dem Verhältnis, das Lara und Ninas damaliger Lebensabschnittsgefährte Robert hinter ihrem Rücken führten, erfuhr, war aber nach über zwanzig Jahren Freundschaft ruckzuck Schluss damit gewesen.

Heute, Jahre später, war der Kontakt zu Lara eher als sporadisch und unterkühlt zu bezeichnen. Der Schlange komplett aus dem Weg zu gehen, war schwierig, da sie die Schwester von Ninas Mann Klaus und somit mittlerweile ihre Schwägerin war. Zum Glück war das Verhältnis unter den Geschwistern aber auch nicht so innig, dass man sich zu oft in die Quere kam. Hinzu kam, dass Lara mittlerweile mit ihrem blaublütigen Ehemann, dem Freiherren Harald von Friedwitz, auf dessen Anwesen in der Eifel lebte und sich eher selten zu ihrer bürgerlichen Verwandtschaft in den Westerwald verirrte.

„Moin Nina. Wo willst du denn schon so früh wieder hin?", grüßte Kübler, der ihr an der Türe zum Parkplatz von draußen entgegenkam.

„Ich muss kurz wegen einer DNA-Probe hoch zum Altenzentrum. Aber wo ich dich schon mal hier treffe, gibst du mir bitte die Schlüssel vom Dienstporsche?", bat sie und hielt ihm die Hand hin.

„Du willst zum Altenzentrum hier bei uns in Betzdorf? Aber doch wohl nicht mit dem Auto?", fragte er empört und glotzte dabei auf den Kaffeebecher in ihrer Hand.

„Ja, natürlich mit dem Auto. Dienstmotorrad haben wir ja keins", zischte sie genervt zurück. Es war unfassbar, wie Kübler sich jedes Mal aufs Neue wegen der alten Karre anstellte. Der tat gerade so, als wäre der Porsche sein Eigentum. Dabei war es nur geduldet, dass er den Sportwagen, der früher einmal einem Kriminellen gehört hatte, mit nach Hause nehmen durfte.

„Nina, bis zum Altenzentrum sind es keine fünfhundert Meter. Meinst du nicht, du könntest mal was für dich und die Umwelt tun und zu Fuß gehen? Dabei kannst du dann auch in Ruhe deinen Kaffee fertig trinken, ohne die komplette Karre einzusauen", schimpfte er.

„Nein, kann ich nicht. Und jetzt gib mir die Schlüssel", forderte sie ihn auf und bemerkte bereits, wie ihr Puls in die Höhe schoss.

Ja, sie hätte zu Fuß gehen können oder wie geplant mit ihrem Volkswagen fahren können. Doch wenn der Dienstwagen jetzt schon mal da war, würde sie natürlich diesen nutzen. Hier ging es gerade ums Prinzip. Der Porsche stand ihnen beiden zu, weshalb sie jetzt damit zu einer Befragung fahren würde. Wie sie aus seiner Aussage gerade schloss, schob Kübler wieder einmal Panik, sie könnte den Wagen einsauen. Dabei konnte man den gar nicht noch mehr verunreinigen, als er es eh schon war. Okay, der Innenraum wirkte auf den ersten Blick gepflegt, da Kübler das Teil jeden Freitag gründlich aussaugte und wusch. Doch wehe dem, der die Lammfellsitzbezüge anhob und einen Blick darunter wagte. Der Vorbesitzer des 911 hatte nämlich, bevor er das Ding an die Leitplanke setzte, einen seiner Kumpels darin abgestochen. Eine Wahnsinnssauerei, verbunden mit Flecken, die man niemals mehr aus dem hellen Leder herausbekommen würde.

Kübler schien den Anstieg ihres Adrenalinspiegels ebenfalls zu spüren. Grimmig dreinschauend, griff er in die rechte Tasche seiner Schimanski-Jacke, zog den

Schlüssel heraus, reichte ihn ihr und knirschte: „Bitte schön."

„Danke, Thomas, und ja, ich hab dich auch lieb", konnte sie es sich jetzt nicht verkneifen.

Kübler machte auf dem Absatz kehrt und rannte ins Gebäude. Was er sich dabei noch in seinen nicht vorhandenen Bart nuschelte, konnte sie zwar nicht mehr verstehen, aber es entlockte ihr ein Grinsen. Es war immer wieder schön, mit welch einfachen Dingen man ihn ärgern konnte. Spätestens in ein paar Minuten würde er sich auch wieder beruhigt haben.

Thomas Kübler hätte gerade platzen können oder sogar einen Mord begehen. Ja, so manches Mal könnte er Nina den Hals umdrehen.

Musste die jetzt wieder den Wagen nehmen?

Konnte die nicht einfach zu Fuß gehen oder ihre eigene Karre mit ihrem blöden Kaffee versauen?

Zornig rannte er die Treppe hinauf in ihr gemeinsames Büro, hängte seine Jacke auf und knallte seinen Lederranzen ziemlich unsanft auf die Schreibtischplatte. Während sein Computer hochfuhr, goss er sich einen Kaffee ein. Vielleicht war es ganz gut, dass Nina erst einmal ins Seniorenheim gefahren war, um dort, warum auch immer, eine DNA-Probe zu besorgen. Wenn sie nicht im Büro war, dann ging sie ihm auch nicht auf die Nerven. Ja, der Gedanke gefiel ihm, und er merkte, wie sein Ärger über sie langsam verebbte.

Während er also in Ruhe seinen Kaffee schlürfte, begann er damit, seine eingegangenen E-Mails zu checken. Anschließend würde er dann die Zeitung lesen, die er wie jeden Morgen beim Verlassen des Hauses in der Zeitungsrolle vorgefunden und in seinem Ranzen verstaut hatte. Die Zeitung war das Einzige aus Papier, was er noch las. Ein Stück Gewohnheit, welches er beibehielt, obwohl er ansonsten eher auf digitale Medien zurückgriff.

Doch zuerst waren, wie gesagt, die E-Mails an der Reihe.

Verwundert war er über die Nachricht von Gerichtsmedizinerin Kim Kunze, die bereits den vorläufigen Obduktionsbericht der unbekannten Toten vom Samstag enthielt. Damit hatte er heute Morgen noch nicht gerechnet. Schnell war die Frau Doktor ja, das musste man ihr lassen. Er hätte nicht gedacht, dass die sich die Leiche bereits am Wochenende ansehen würde. Nein, vor Dienstag oder Mittwoch hätte er nicht mit einem Bericht von ihr gerechnet. Dennoch würden Kim Kunze und er in diesem Leben keine Freunde mehr werden. Kübler könnte noch nicht einmal sagen, was er nicht an ihr mochte. Die war eben einfach nicht so auf seiner Wellenlänge. Nicht mehr und nicht weniger. Im Gegenzug glaubte er, dass die ihn auch nicht leiden konnte. Wenn er nur an das Gezeter dachte, welches sie am Samstag wegen des Hundehaufens gemacht hatte. Unfassbar!

Interessiert las er ihren Bericht. Laut der Kunze lag die Leiche bereits zwischen zwanzig und vierzig Jahre an der Stelle unter dem Bienenhaus. Genauer ließe sich dies bisher nicht eingrenzen, da es dafür noch eingehendere Untersuchungen bräuchte, die aber noch einige Tage in Anspruch nehmen würden. Todesursache war Erdrosseln. Wie dies stattgefunden hatte, war nicht mehr zu ermitteln. Sowohl Fremdverschulden als auch Suizid konnten nicht ausgeschlossen werden.

Die Tote war zu Lebzeiten etwa einhundertsiebzig Zentimeter groß, vermutlich dunkelblond und bei ihrem Ableben zwischen sechzehn und zwanzig Jahre alt. Das Skelett wies mehrere bereits verheilte Frakturen auf. Sie war in der fünfzehnten Woche schwanger.

Thomas ließ sich zurücksinken. Die junge Frau war noch keine zwanzig und bereits schwanger gewesen. Für sein Dafürhalten ein wenig zu jung für ein Wunschkind.

Kübler war kein Mediziner. Doch die Chancen, dass die Gerichtsmediziner noch die DNA des Ungeborenen entschlüsseln würden, waren nach seiner Erfahrung gar nicht mal so übel. Vor ein paar Jahren, als er zur Polizei gekommen war, wäre das nach so langer Zeit noch ziemlich schwierig gewesen. Doch die Medizin und auch die Kriminaltechnik entwickelten sich in einem dermaßen rasanten Tempo weiter, dass es einem fast schwindelig wurde. Wenn sie die DNA des Kindes hatten, dann hatten sie im Umkehrschluss auch die DNA des Kindsvaters. Zumindest würden sie sie mit den

Proben von möglichen Kandidaten abgleichen können. Fälle wie dieser waren oft Beziehungstaten. Eifersucht und Streitigkeiten zwischen Lebenspartnern oder zumeist ehemaligen Paaren waren das Mordmotiv Nummer eins. Was jetzt nicht hieß, dass der Erzeuger des Kindes automatisch der Lebenspartner oder gar der Mörder war. Nein, das Kind konnte auch von einem anderen Typen als dem Partner sein und somit vielleicht der Anlass für den Streit. Da kamen verschiedene Konstellationen in Betracht.

Doch derjenige, der sein genetisches Material an das Kind weitergegeben hatte, könnte, auch wenn er nicht der Täter war, zur Klärung des Falles vermutlich einiges beitragen.

Angehängt an den mehrseitigen Bericht gab es noch einige Fotos der Knochen. Thomas fand es immer wieder erstaunlich, welche Informationen diese Gerichtsmediziner nach so langer Zeit noch aus den wenigen Überresten eines Menschen lesen konnten. Ja, diese Kunze und ihre Kollegen hatten schon was drauf. Was jetzt aber nicht hieß, dass er sie deshalb besser leiden konnte.

„Zum Herrn König möchten Sie?“, fragte die Pflegerin, die Nina auf dem Gang der Station ansprach, überrascht zurück.

„Ja, zu dem möchte ich. Ihre Kollegin unten an der Pforte sagte mir, dass ich ihn hier finden würde“, erwiderte Nina.

„Na, dann kommen Sie mal mit. Der Fridolin ist bestimmt in seinem Zimmer“, antwortete die Pflegerin und setzte sich in Bewegung.

Nina folgte ihr und war gespannt auf den älteren Herrn, der früher einmal ein Arbeitskollege ihres Vaters gewesen war. Angeblich, laut Ninas Mama, sei der ein komischer Kauz und gesundheitlich nicht mehr so auf der Höhe. Näher umschreiben konnte oder wollte sie dies dann allerdings nicht.

„Das wirst du schon selber sehen“, hatte sie nur gemeint.

„Wie ist denn der Herr König so? Ist der noch klar … so vom Kopf her?“, erkundigte Nina sich im Gehen bei der Pflegekraft.

„Na, wie man es nimmt. Er hatte vor zwei Jahren einen leichten Schlaganfall, den er aber ziemlich gut weggesteckt hat. Mit dem Laufen geht es seitdem nicht mehr so gut. Vom Kopf her ist er aber noch ganz gut dabei, zumindest wenn er will“, antwortete sie, blieb dann vor einer der Türen stehen und hob die Hand, um anzuklopfen.

„Und wenn er nicht will?“, hakte Nina noch schnell und im Flüsterton nach.

Die Frau ließ die Hand wieder sinken.

„Dann spricht er kein Wort. Der kann stur sein wie ein alter Esel“, flüsterte sie zurück und schob dann gleich noch eine Frage hinterher: „Sind Sie eigentlich eine Verwandte oder was wollen Sie von ihm?"

Nina griff in ihre Jackentasche und zog ihren Ausweis hervor.

„Nina Moretti. Kriminalpolizei", stellte sie sich nun erst einmal vor.

„Sie sind von der Polizei? Hat der Fridolin was verbrochen?"

„Nein, hat er nicht. Es geht um die Tochter von Herrn König", gab Nina mehr preis, als sie es durfte.

„Welche Tochter? Soweit ich weiß, hat der Fridolin nur einen Sohn, wobei ich den noch nie hier gesehen habe. Der scheint sich nicht für seinen Vater zu interessieren", seufzte die Pflegerin.

„Interessiert sich denn sonst wer für ihn? Bekommt Herr König viel Besuch?"

Die Frau schüttelte den Kopf. „Nein. Der bekommt gar keinen Besuch, der geht nicht raus, und er beteiligt sich an keinerlei Aktivitäten, die wir hier anbieten. Der hockt den ganzen Tag in seinem Zimmer, schaut fern oder guckt aus dem Fenster", antwortete sie, hob dann erneut ihre Hand und klopfte gegen die Tür.

„Ja bitte?", vernahm Nina leise aus dem dahinterliegenden Raum, dessen Tür die Pflegerin nun öffnete.

„Hallo Fridolin, du hast Besuch", trällerte sie, ließ Nina an sich vorbei ins Zimmer treten und schloss die Türe dann wieder von außen.

„Guten Morgen, Herr König. Mein Name ist Nina Moretti, ich bin von der Kriminalpolizei", stellte sie sich erst einmal vor und zeigte auch ihm ihren Dienstausweis, von dem er aber keinerlei Notiz zu nehmen schien.

Stattdessen betrachtete er sie abschätzend von Kopf bis Fuß. Auch Nina taxierte den alten Mann.

König war weder klein noch schmächtig. Das sah sie sofort, obgleich er in einem Rollstuhl saß und fernsah. Der alte Mann war ein wahrer Hüne mit einem Doppelkinn, wie es damals der Bundeskanzler Kohl gehabt hatte. Dem er auch irgendwie ähnlich sah. Ansonsten wäre der verstorbene Altkanzler Nina bei Königs Anblick sicherlich nicht in den Sinn gekommen. Der Kohl war auch so ein Riese gewesen.

„Moretti? Bist du mit dem Marcello Moretti verwandt?“, erkundigte er sich dann mit einer klaren, aber rauen Stimme.

„Ja, bin ich. Marcello Moretti ist … war mein Vater“, bestätigte sie.

Er nickte, deutete auf einen Stuhl vor dem Fenster und schaltete dann mit der Fernbedienung den Fernseher aus, auf dem bis gerade eine Dokumentation oder ein Lehrfilm über Wildtiere geflimmert hatte.

Nina nahm Platz und besah sich kurz das Tablett mit dem Geschirr, welches auf dem Tisch neben dem Stuhl stand. König schien erst vor Kurzem gefrühstückt zu haben.

„Sieh an, sieh an. Die Tochter vom Marcello. War ein feiner Kerl, dein Vater“, stellte er fest, nickte wohlwollend und betrachtete sie dann fragend.

Natürlich, König war verständlicherweise neugierig, was Nina von ihm wollen könnte.

„Herr König, es geht um Ihre Tochter Michaela“, kam sie daher ohne Umschweife zur Sache.

Sofort bemerkte sie, wie sich sein Blick verfinsterte. Langsam bewegte er den Kopf hin und her.

„Das interessiert mich nicht. Ich habe keine Tochter“, antwortete er schroff.

„Laut meinen Informationen schon. Sie haben eine Tochter namens Michaela und einen Sohn namens Sascha“, erwiderte Nina das, was sie von ihrer Mutter wusste.

Fridolin König hob die Hände und blickte sich theatralisch im Raum um. „Siehst du hier jemanden? Nein! Ich habe weder einen Sohn noch eine Tochter noch sonst irgendwen“, schnaufte er verächtlich.

„Dennoch müssen wir über Michaela und ihr Verschwinden damals reden“, gab sie Kontra.

„Nichts muss ich. Abkratzen muss ich irgendwann. Michaela hat damals entschieden, abzuhauen … das undankbare Flittchen. Dass sie damit die ganze Familie ins Unglück stürzt, war ihr scheißegal. Und mir, mir ist es heute scheißegal, was mit ihr ist. Michaela ist für mich an dem Tag gestorben, als sie ihre Koffer gepackt und sich davongemacht hat“, donnerte er.

„Was macht Sie so sicher, dass sie abgehauen ist?“, entgegnete Nina.

„Na, was denn sonst?“, meinte er nur und drehte sich weg.

„Vielleicht ist sie auch gar nicht fortgelaufen. Vielleicht ist ihr damals auch etwas zugestoßen und sie ist deshalb nicht mehr nach Hause gekommen?“, schlug sie vor und überlegte angestrengt, wann es an der Zeit war, ihm von dem Leichenfund unter den Bodendielen des Bienenhauses zu erzählen.

Er schüttelte den Kopf.

„Quatsch. Sie hat ihre Klamotten gepackt, ihr Sparbuch geplündert und mich sogar noch beklaut. Über zweihundertzwanzig Mark waren damals in der Honigkasse. Dieses Luder hat es von langer Hand geplant, abzuhauen. Meine Frau, die ist damals wahnsinnig geworden vor Sorge. Am Ende hat sie die Ungewissheit nicht mehr ausgehalten und ihrem Leben ein Ende gesetzt. Nein, ich habe keine Tochter mehr“, schrie er nun sogar.

In seinen Worten lag so viel Hass, wie Nina es zuvor von einem Vater gegen das eigene Kind noch nie erlebt hatte.

Ja, vielleicht hatte Michaela tatsächlich geplant, von zu Hause wegzulaufen. Nina musste an die Worte ihrer Mutter am Vorabend denken. „Der ist ein komischer Kauz“, hatte sie wortwörtlich gemeint. Nina würde nicht meinen, dass der komisch war.

Nein! In ihren Augen war König einfach nur ein verbitterter alter Mann. Und wenn er damals schon so gewesen war, wie er sich gerade präsentierte, dann war es kein Wunder, dass niemand vorbeikam, um ihn zu besuchen. Dass seine Kinder sich abgewendet und seine

Frau ihrem Leben selbst ein Ende gesetzt hatten. Wobei sie in Bezug auf Königs Gattin noch nicht gewusst hatte, was da passiert war. Ihre Mama hatte gestern gemeint, Frau König sei vor lauter Kummer gestorben. Er selbst sprach eben davon, sie habe ihrem Leben ein Ende gesetzt. Aber auch dies würde Nina noch genauer in Erfahrung bringen.

Bereits vorgestern am Bienenhaus war Nina der Gedanke gekommen, dass ein Fremder das Versteck unter dem Fußboden vermutlich nicht gewählt hätte. Der Täter oder zumindest derjenige, der die Tote dort versteckte, hatte sich vor Ort ausgekannt. Eigentümer des Bienenhauses war Fridolin König gewesen. Was, wenn er seine Tochter in der Nacht beim Plündern der Honigkasse überrascht und sie in seiner Wut selbst getötet hatte? Sie hatte weglaufen und er sie daran hindern wollen. Der Streit war eskaliert, das Mädchen am Ende tot und er ein Mörder. Es wäre nicht der erste Fall, in dem ein wütender Vater sein eigen Fleisch und Blut tötete.

„Herr König, am Samstag wurde bei Arbeiten an Ihrem ehemaligen Bienenhaus im Seifer Wald das Skelett einer jungen Frau gefunden", ging Nina nun in die Offensive.

König starrte sie ungläubig an.

„Wir benötigen eine DNA-Probe von Ihnen, um sie mit der DNA der Toten zu vergleichen", wurde sie konkreter, ohne ihm direkt zu sagen, dass es sich bei der Leiche um seine Tochter handeln könnte. Man musste bei solchen Spekulationen höllisch aufpassen.

König überlegte einen Moment, schüttelte dann den Kopf und deutete zur Tür. „Es ist besser, du gehst jetzt."

„Ja, sobald ich einen Abstrich aus Ihrer Wange habe, bin ich verschwunden", antwortete sie, zog eines der Testrohre aus ihrer Jacke und riss die Verpackung von selbigem auf.

„Nein. Ich kenne meine Rechte. Ich muss das nicht machen", schaltete König auf stur.

„Okay, dann komme ich mit einem richterlichen Beschluss und einem Arzt wieder, um Ihnen eine Blutprobe zu entnehmen. Diese Amtsärzte halten sich nicht lange mit Wattestäbchen auf. Da gibt es dann das volle Programm", behauptete sie jetzt einfach mal.

König grinste boshaft.

„Mädchen, tu was du nicht lassen kannst, aber hau jetzt endlich ab. Ich habe zu tun", schnaufte er und schaltete dann den Fernseher wieder an.

Nina ballte die Faust. Dabei dachte sie krampfhaft nach. Sie brauchten Königs DNA, um zu überprüfen, ob es sich bei der Toten um Michaela handelte. Abermals fiel ihr Blick auf den Tisch neben ihrem Stuhl, auf dem sich das benutzte Geschirr befand.

„Gut, dann sehen wir uns später wieder, wenn ich den Beschluss habe", sagte sie, erhob sich und griff sich dann das Frühstückstablett.

„Was soll das? Was machst du da?", blaffte er sie an.

„Ich? Ich nehme das mit und gebe das bei der Schwester vorne ab. Ich bin eben ein hilfsbereiter Mensch", behauptete sie frech.

„Stell das wieder hin. Ich bin noch nicht fertig damit", brüllte er nun.

„Doch, Sie sind fertig. Auf Wiedersehen", sagte sie und verließ unter lautstarkem Protest des alten Mannes das Zimmer.

Draußen auf dem Gang kam ihr bereits die Pflegerin entgegengeeilt.

„Meine Güte, was ist denn los, dass der Fridolin so herumschreit?", wollte sie wissen.

„Nichts. Der beruhigt sich gleich wieder. Würden Sie das bitte kurz festhalten?", fragte Nina und drückte der verdutzten Dame das Tablett in die Hände.

Dann zog sie einen Asservatenbeutel aus ihrer Jackentasche, stülpte diesen über die benutzte Kaffeetasse und verschloss ihn luftdicht.

„Ähm, was soll das?", fragte die Pflegekraft.

„Das nennt sich Sicherung von Beweismitteln", erklärte Nina.

„Nehmen Sie die Tasse jetzt mit?"

„Ja. Aber ich werde dafür sorgen, dass sie wieder zurück ins Altenzentrum kommt, wenn wir sie nicht mehr benötigen", sagte Nina, bedankte sich, wünschte noch einen schönen Tag und machte sich dann aus dem Staub.

Ihr Gefühl sagte ihr, dass sie noch nicht zum letzten Mal mit König gesprochen hatte. Warum hatte der Alte dem Abstrich nicht zustimmen wollen? Hatte der etwas zu befürchten oder war der einfach nur ein Querulant, der anderen das Leben schwermachen wollte? Sie würde es früher oder später herausbekommen.

# Kapitel 5

*Montag, 15. Juli 2024, 9:05 Uhr*
*Kriminalinspektion Betzdorf/Westerwald*

„Was ist das?“, erkundigte sich Staatsanwalt Doktor Flender, als Nina gerade den Beutel mit Königs Kaffeetasse an Kriminalkommissar Marcello Berlutschi übergeben wollte, damit dieser sie am besten heute noch bei Gerichtsmedizinerin Kim Kunze abgab.

„Das? Das ist eine Kaffeetasse“, antwortete sie wahrheitsgemäß.

„Frau Moretti, ich bin nicht blind. Ich sehe selbst, dass dies eine Kaffeetasse ist. Aber nun gut. Entschuldigen Sie bitte meine unkorrekte Formulierung, da die Frage eigentlich lauten müsste: Woher stammt diese Tasse, und was hat es damit auf sich?“, erwiderte er mit einer gehörigen Prise Selbstironie.

Nina lächelte ihn an. Im Grunde konnte sie den Staatsanwalt, der in etwa in ihrem Alter war, schon ziemlich gut leiden. Flender war okay und ließ ihr und den Kollegen weitgehend freie Hand. Bei seinem Vorgänger Lambrecht war dies gänzlich anders gewesen. Der war einfach nur ein arroganter Mistkerl gewesen und hatte die Ermittlungen gelegentlich mehr behindert als unterstützt.

Das große Manko an Flender war, dass bei ihm alles immer korrekt und in geregelten Bahnen und somit streng nach Vorschrift laufen musste. Improvisation in Grauzonen mochte er nicht. Bei ihm gab es nur Schwarz oder Weiß. Vermutlich brachte sein Job das so mit sich.

„Herr Doktor Flender, glauben Sie mir, es gibt Dinge, die wollen Sie gar nicht wissen", antwortete sie daher ausweichend und zuckersüß.

„Gibt es die?", fragte er noch immer lächelnd.

„Ja, die gibt es. Aber Sie können beruhigt sein. Diese Tasse ist so gut verpackt, dass sie Ihnen unmöglich auf die Füße fallen kann oder Sie darüber stolpern könnten. Es geht nur darum, etwas zu bestätigen, was wir eh schon zu wissen glauben", antwortete sie weiterhin schwammig und ließ sich neben ihm auf einem Stuhl an dem großen Besprechungstisch nieder.

„Gut, Frau Moretti, wenn Sie das sagen, wird es wohl so sein. Ich hörte vom Kollegen Kübler, dass Sie heute Morgen für eine DNA-Probe zum Altenzentrum St. Josef gefahren sind. Ich hoffe, Sie waren erfolgreich?", war Flender besser informiert, als sie gedacht hätte.

„Das wird sich zeigen, wenn wir das Ergebnis haben", antwortete sie und sah dann zu Torsten Liebig, der sich nun erhob und damit begann, über erste Erkenntnisse aus den Untersuchungen am Fundort des Skeletts zu berichten.

Im Grunde erzählte er jedoch nur Dinge, die sie sowieso schon wusste. Allerdings fiel ihr eines bei seinen Ausführungen auf. Zwar erwähnte er, dass er Michaela

König gekannt hatte, tat aber fast so, als wäre dies nur eher flüchtig und aus der Ferne gewesen. Er kenne sie aus der Schulzeit. Dass sie sogar in einer Stufe waren, erwähnte er nicht. Nina wurde das Gefühl nicht los, dass Torsten diese Michaela besser gekannt hatte, als er es gerade vor den Kollegen im Raum, zu denen heute Morgen auch seine Frau gehörte, zugab. Des Weiteren vermisste sie in seinem Bericht den kleinen goldenen Fisch- oder Delfinanhänger, den Thiel am Samstagabend auf den Fotos entdeckt und Nina gezeigt hatte.

„Entschuldige, Torsten, könntest du uns noch einmal ein Bild zeigen, auf dem der Hals- und Brustbereich des Skelettes zu sehen ist?", fragte Nina daher nach, als er am Ende seiner Ausführungen war.

Er sah sie einen Moment fragend an und suchte dann nach einem passenden Foto auf seinem Computer, welches Sekunden später auf dem großen Bildschirm an der Wand zu sehen war. Nina erhob sich, ging zu dem Monitor und deutete auf die Stelle, an der Thiel und sie das Schmuckstück gesehen hatten und welches auf diesen Fotos definitiv nicht mehr vorhanden war.

„Kannst du diesen Bereich bitte einmal vergrößern?", fragte sie, da sie immer noch die Hoffnung hegte, es einfach zu übersehen.

Torsten tat, wie sie ihm sagte, und zoomte den Bildausschnitt heran. Nina kniff die Augen zusammen. Doch da gab es nichts zu entdecken.

„Wo ist denn die dünne Halskette mit dem Delfin hin?", fragte sie und sah ihn dabei direkt an.

Torsten schaute irritiert.

„Welcher Delfin?“, erkundigte er sich dann.

Nina deutete auf die Stelle, wo am Samstag auf den Fotos noch der kleine goldene Delfin aus dem Schmutz und Dreck gelugt hatte.

„Da! Genau an dieser Stelle lag eine feingliedrige goldene Kette mit einem Anhänger in Form eines Delfins oder eines Fischs daran“, wurde sie konkreter, kramte bereits nach ihrem Mobiltelefon und suchte darauf nach dem Foto, welches Kübler morgens noch vor dem Eintreffen der Kollegen mit seinem Handy aufgenommen und an Nina gesendet hatte.

„Da war nichts, Nina“, stritt Torsten Liebig ab.

Derweil hatte sie das gesuchte Bild gefunden. Sie öffnete es und zog das Foto mit Zeigefinger und Daumen so groß, dass nur noch der Delfin und einige Glieder der Kette zu sehen waren.

„Dieses Foto hat Thomas morgens vor eurem Eintreffen geschossen und mir zugeschickt. Auf diesem ist deutlich eine Halskette zu sehen“, wurde sie nun lauter.

Sie hasste Schlampereien wie diese.

„Nee, die ist mir nicht aufgefallen. Da war nichts. Vielleicht hat Frau Doktor Kunze sie versehentlich mit den Knochen eingepackt“, hob nun auch Torsten seine Stimme.

Nina sah kurz zu Leon Schwert, der am Samstag ebenfalls vor Ort gewesen war. Aber auch dieser schüttelte den Kopf.

„Dann fragt Kim. Hängt euch ans Telefon und ruft sie an. Das Ding kann sich ja nicht in Luft aufgelöst haben, wobei … Nein! Lasst es. Ich frag sie gleich selbst. Kümmert ihr euch lieber um die Liste mit Michaelas Freundinnen und die anderen möglichen Spuren, die wir am Bienenhaus gefunden haben."

„Stopp, Frau Moretti. Für die Befragung von Michaela Königs damaligem Umfeld erscheint es mir noch etwas verfrüht. Vielleicht sollten wir, bevor wir etwaige Zeugen in diesem Fall kontaktieren, abwarten, bis wir die Identität der Toten zweifelsfrei geklärt haben. Es bringt nichts, die Pferde scheu zu machen, wenn wir noch gar nicht sicher sind, dass es sich bei der Leiche überhaupt um die vermisste Michaela König handelt. Im Grunde wird die Frau ja noch nicht einmal wirklich vermisst. Was, wenn an den Gerüchten doch etwas dran ist und sie lebt heute irgendwo in Down Under?", mischte sich Staatsanwalt Flender nun ein.

„Entschuldigung, Herr Doktor Flender, da bin ich anderer Meinung. Dieses Schmuckstück in der Form eines Delfins ist doch sehr auffällig. Wir sollten bereits jetzt, an diesem Punkt der Ermittlungen, die damaligen Freundinnen von Michaela König befragen. Vielleicht kann sich eine von ihnen an das Schmuckstück erinnern und uns somit helfen, die Tote zu identifizieren", widersprach Nina dem Staatsanwalt.

Dieser überlegte einen Moment und nickte dann.

„Gut, Frau Moretti. Wenn Sie meinen. Aber seien Sie behutsam mit Ihren Aussagen. Ich möchte vermeiden, dass wir jemanden für tot erklären, der lediglich die Brücken zu seiner Vergangenheit und der alten Heimat abgebrochen hat", antwortete er, wandte sich dann Kübler zu und bat diesen, kurz die Ergebnisse der Obduktion zusammenzufassen.

Nina war nicht für ein Büro gemacht, sondern immer schon mehr ein Kind der Straße gewesen. Anders als ihr Kollege Thomas Kübler, bei dem es sich um einen wahren Stubenhocker handelte, musste sie raus. Da es im Außendienst derzeit nicht wirklich viel zu tun gab, würde sie die Gelegenheit nutzen, um nach Bonn in die Gerichtsmedizin zu fahren. Die Idee, die ausgeliehene Kaffeetasse selbst ins Labor zu bringen, war ihr vorhin spontan in den Sinn gekommen.

Eine halbe Stunde nach der Besprechung mit dem Team rollte Nina daher zum zweiten Mal für diesen Tag vom Hof der Kriminalinspektion. Der Beutel mit der Tasse lag wieder neben ihr auf dem Beifahrersitz. Sie musste an das Geplänkel mit dem Staatsanwalt denken und lächelte. Flender hatte genau gewusst, was es mit der Tasse auf sich hatte. Dass sie Königs DNA gegen dessen Willen und ohne einen richterlichen Beschluss untersuchen ließ, war, wenn man es genau nahm, nicht legal. Dass der Alte ihr einen Strick aus der Sache mit der Tasse drehen würde, glaubte sie nicht. Nein, der war zwar ein Schreihals, aber bestimmt kein Typ, der sofort seinen Anwalt kontaktierte. Anwälte kosteten Geld, und davon hatte König keines. Seine Arbeiterrente deckte vermutlich noch nicht einmal die Kosten für die Unterbringung in dem Seniorenheim. Dass seine Bank das Haus und die Grundstücke hatte versteigern lassen, sprach dafür, dass bei Fridolin König nichts mehr zu holen war. Nein, der würde sich keinen Anwalt nehmen und rechtlich gegen die Polizei vorgehen, nur weil eine Kommissarin Moretti ihn geärgert hatte.

Sie nutzte eine Lücke im fließenden Verkehr und schoss mit dem Porsche geradewegs über die Fahrbahn in den gegenüberliegenden Barbaratunnel. Wegen der Baustellen oberhalb von Betzdorf in Richtung Hachenburg wählte sie die Strecke durch das Siegtal über Wissen und Altenkirchen. Unterwegs kamen ihr kurz Zweifel. Was, wenn Kim Kunze heute Morgen gar nicht in ihrem Leichenkeller, sondern irgendwo unterwegs war?

Ein Anruf bei ihr brachte Gewissheit. Kim befand sich im Institut und hatte Zeit für Nina. Sogar ein gemeinsamer Kaffee sei noch drin, meinte die nette Pathologin noch, bevor sie auflegte. Dazu würde Nina nicht Nein sagen.

Während der Fahrt wirbelten die Gedanken wie so oft wild und unsortiert in ihrem Kopf herum. Eine Frage beschäftigte sie jedoch mehr als alles andere: Wo war dieser goldene Delfin abgeblieben? Dass Doktor Kim Kunze das Schmuckstück eingepackt und mitgenommen hatte, war möglich, aber ziemlich unwahrscheinlich. Je mehr Nina darüber nachdachte, umso unsinniger schien ihr dieser Verdacht. Nein, die Kunze machte so etwas nicht.

Die war überkorrekt und dokumentierte alles. Auch in der Kriminaltechnik war der goldene Delfin nicht angekommen. Wo also steckte das Ding? Wer sonst könnte die Halskette an sich genommen haben? Zwischen Küblers Foto und denen, die Leon Schwert gemacht hatte, lag eine Zeitspanne von etwa anderthalb Stunden. In Gedanken ging sie die Personen durch, die am Samstagvormittag bei dem Bienenhaus anwesend gewesen waren. Zum einen Kübler, den würde sie allerdings kategorisch ausschließen. Zwar stellte der Kerl sich gelegentlich schon einmal etwas ungeschickt an, doch war er kein Lügner oder Dieb. Hätte er etwas mit dem Verschwinden des Delfinanhängers zu tun, hätte er es vorhin sofort zugegeben.

Des Weiteren waren da noch die beiden Kollegen Wacker und Peters von der Schutzpolizei dabei gewesen. Nina kannte die zwei schon seit Jahren. Den Horst Peters, obwohl der ein paar Jahre älter als sie war, sogar seit ihrer Kindheit. Peters war immer schon der große Nachbarsjunge von nebenan gewesen und äußerst zuverlässig. Das Gleiche galt für Wacker, obgleich sie den erst am Tag ihres Dienstantrittes kennengelernt hatte.

Nein, warum sollte einer der beiden Kollegen das Schmuckstück entwenden? Wirklich wertvoll schien so ein Teil auch nicht zu sein. Nina hatte das vorhin mal gegoogelt. Im Netz gab es Hunderte ähnlicher Schmuckstücke zu kaufen. Goldene Delfine an Halsketten oder Armbändchen schienen recht beliebt und lagen preislich zwischen dreißig und hundert Euro.

Dann waren da noch die beiden Jungimker Dominic und Christian. Wenn einer von den beiden den Delfin hätte klauen wollen, dann hätte er vermutlich die Gelegenheit genutzt und dies vor dem Informieren der Polizeibeamten getan. Kein Dieb rief erst die Polizei und wartete mit dem Diebstahl eines Schmuckstücks, bis diese vor Ort war. Das war totaler Schwachsinn. Weil, als Kübler das Foto gemacht hatte, war das Teil ja noch da gewesen. Als Nächstes waren Kim Kunze, Leon Schwert und schlussendlich Torsten bei den sterblichen Überresten der jungen Frau gewesen. Wie gut hatten Torsten und Michaela sich tatsächlich gekannt? Waren die wirklich nur Schulfreunde gewesen oder doch mehr? Der Gedanke wollte Nina einfach nicht aus dem Kopf. Alles in ihr schrie, dass Torsten das Teil an sich genommen hatte. Aber warum? Ohne weitere Hinweise oder einen handfesten Beweis für ihren Verdacht durfte sie sich nicht dazu hinreißen lassen, Torsten mit ihren Vermutungen zu konfrontieren. Solche Beschuldigungen wären für das Betriebsklima innerhalb des Teams der Supergau. Andererseits, müsste sie nicht eigentlich sogar sofort handeln und ihn aus dem Rennen nehmen? Weil er eventuell in irgendeiner Weise befangen sein könnte? Was wusste er noch außer dem, was er ihnen vorhin erzählt hatte? Torsten und sie arbeiteten jetzt seit über vierzehn Jahren zusammen. Bisher hatte Nina immer ein sehr vertrauensvolles Verhältnis zu ihm gehabt. Er war ein zuverlässiger und sympathischer Kollege. Dennoch kamen ihr gerade Zweifel, ob sie ihm in diesem speziellen Fall noch vertrauen konnte. Wenn es mal eng wurde, war jeder sich selbst der Nächste.

„Hallo Torsten“, sagte Heike und streckte den Kopf in das Büro ihres Mannes, welches sich direkt unter dem Dach im Obergeschoss der ehemaligen Bergbauverwaltung befand.

„Hallo, was gibt es denn?“, schien er von ihrem Besuch während der Arbeit überrascht.

Heike schloss die Tür, trat hinter ihn und legte ihre Hände auf seine Schulter.

„Sag mal, diese Sache mit der Halskette bei der Toten, ist die dir wirklich nicht aufgefallen? War die tatsächlich nicht mehr da, als du und Leon …“, druckste sie herum.

Er fuhr ruckartig herum und starrte sie wütend an.

„Du glaubst mir nicht? Denkst du, ich hätte das Ding eingesteckt, um irgendetwas zu vertuschen oder was?“, blaffte er sie zornig an.

Eine Reaktion, die sie so nicht an ihm kannte und die sie auch nicht erwartet hätte.

„Gibt es denn etwas zu vertuschen?“, stellte sie deshalb eine Gegenfrage, die ihr bereits seit dem Gespräch gestern in ihrem Garten nicht mehr aus dem Kopf ging. Warum hatte Torsten am Samstagmorgen den Kollegen nichts von seinem Verdacht bezüglich der Identität der Toten gesagt?

„Nein! Gibt es nicht!", blaffte er aufgebracht, sprang von seinem Stuhl auf und blickte sie wie von Sinnen an. „Was willst du mir da gerade unterstellen? Denkst du, ich hätte etwas mit Michaelas Verschwinden damals zu tun gehabt und wollte jetzt irgendetwas ... was auch immer ... unter den Teppich kehren?", tobte er.

„Keine Ahnung! Sag du es mir! Seit Samstag, seit du an diesem verdammten Bienenhaus gewesen bist, erkenn ich dich ja nicht mehr wieder. Du schläfst nicht und schaust durch mich und die Kinder hindurch, als wären wir aus Glas. Wenn du nichts zu verbergen hast, warum benimmst du dich denn so, als ob?", wurde auch sie nun lauter.

„Da ist nichts, was es zu verbergen gäbe. Du siehst Gespenster."

„Ach, ich sehe Gespenster. Dass ich nicht lache! Wer von uns beiden rennt denn rum und tut gerade so, als wäre ihm ein Geist begegnet?", ereiferte sie sich.

„Heike, ich sage es dir jetzt noch einmal: Ich habe diese Kette nicht genommen. Ich weiß nicht, wo das Ding abgeblieben ist. Es gibt nichts, was ich versuche zu vertuschen. Und wenn du mir nicht glaubst ... dann ... dann kann ich dir auch nicht helfen", sagte er barsch, riss die Bürotür auf, ging hinaus und knallte sie hinter sich zu.

Heike zuckte zusammen. Ihr Plan, in Ruhe mit ihm zu reden, war gründlich schiefgegangen. Doch reagierte jemand so, wenn er nichts zu verbergen hatte? Sie war nun seit fast zwanzig Jahren Polizistin. Ihre Erfahrung, ihr Instinkt sagten ihr, dass mit Torsten etwas faul war. Die Frage war nur, was? Dass er mit dem Tod der jungen Frau etwas zu tun haben könnte, wollte sie nicht glauben. Nein, nicht Torsten. Ihr Mann war doch kein Mörder oder Gewalttäter. Der hatte weder gegen sie noch gegen die Kinder oder sonst einen Menschen jemals seine Hand erhoben.

Sie ließ sich auf seinen Bürostuhl sinken und schaute auf den Monitor. Zu sehen war eine Liste mit Namen. Bestimmt die seiner ehemaligen Mitschüler und der Freunde aus den Neunzigern, um die Nina ihn gebeten hatte. Heike überflog sie. Die meisten sagten ihr nichts. Einige schon. Unter Torstens Freunden und Bekannten von heute waren tatsächlich noch einige von denen, die er bereits zur Schulzeit gekannt hatte. Bei Heike war dies gänzlich anders. Sie hatte mit niemandem mehr Kontakt, mit dem sie als Teenager die Schulbank gedrückt hatte. Was aber auch daran lag, dass sie und ihre Mutter nach der Trennung ihrer Eltern mehrfach umgezogen waren und sie daher fast jährlich die Schule hatte wechseln müssen. Sie war immer und ständig die Neue gewesen. Sobald sie sich dann irgendwo eingelebt hatte, waren sie und Mama wieder umgezogen. Zumeist wegen eines neuen Jobs ihrer Mutter und zweimal auch wegen eines neuen Kerls.

Bei Torsten lag der Fall gänzlich anders. Der war hier geboren und ziemlich verwurzelt. Betzdorf war, das hatte sie auch erst lernen müssen, nicht wirklich eine Stadt, auch wenn dieses so auf dem Ortsschild stand. Nein, die Endung -dorf hinter dem Betz- traf es ziemlich gut. Die Alteingesessenen kannten sich untereinander. Man traf sich auf Festen und in Vereinen. Alleine auf Torstens Liste auf dem Bildschirm entdeckte sie vier Mitglieder des Schützenvereins, in dem auch sie seit der Heirat mit Torsten Mitglied war. Seine Freunde von damals waren mittlerweile auch ihre Freunde.

Heike würde noch einmal mit Torsten reden müssen. So, wie es gerade war, durfte es nicht bleiben. Sie beide waren nun seit gut zehn Jahren zusammen, und bis vor wenigen Minuten hätte Heike ihre Ehe auch als äußerst harmonisch beschrieben. Der Typ, der gerade total ausgeflippt war und das Büro beinahe fluchtartig verlassen hatte, war nicht der Mann gewesen, den sie zu kennen glaubte. Sie war sich sicher, dass das Ganze mit dieser Michaela und dem Auftauchen ihrer Leiche zu tun hatte. Wenn es denn überhaupt die von Michaela war. Doch Heike hatte, was dies betraf, nur wenig Zweifel. Alles sprach dafür. Der Fundort, das von der Pathologin geschätzte Alter sowie die errechnete Körpergröße der Verstorbenen sprachen eine eindeutige Sprache. Heike erhob sich wieder und verließ den Raum. Da sie wegen der Kinder nur halbtags arbeitete, blieben ihr noch etwa zwei Stunden bis zum Feierabend. Sie würde die Zeit nutzen und Michaelas Bruder Sascha aufspüren. Vielleicht konnte der ein wenig Licht ins Dunkel bringen.

„Nee, Nina, als ich am Fundort ankam, war da kein goldener Anhänger", meinte Kim Kunze, schüttelte den Kopf und reichte ihr das Mobiltelefon mit dem geöffneten Foto darauf zurück.

„Seltsam. Auf den Fotos von Kübler ist es drauf und auf denen, die Leon und Torsten geschossen haben, nicht mehr."

„Dann hat es wohl jemand eingesteckt. Aber ich hab das wirklich nicht mitbekommen. Ich könnte schwören, dass da keine Halskette war, als ich zum Fundort kam. Was mir und dann auch Leon sofort aufgefallen ist, waren die Levi's-Knöpfe aus Messing. Die Tote hat eine blaue Levi's-Jeans zum Knöpfen ohne Reißverschluss getragen. Wir konnten sogar noch einige Fasern der Hose sichern, und natürlich die Knöpfe. Dazu trug sie einen schwarzen Ledergürtel mit Nietenversatz, der in Fragmenten ebenfalls noch gut erhalten ist. Persönliche Gegenstände hatte sie keine dabei, außer einem Feuerzeug. Wobei sie das nicht unweigerlich am Körper oder in der Kleidung getragen haben muss. Das könnte auch der Täter oder jemand ganz anders dort verloren haben", zählte Kim Fakten auf, die Nina aus der morgendlichen Besprechung bereits wusste.

„Wir glauben, dass es sich bei der Toten um Michaela König handeln könnte. Angeblich ist sie im Sommer 1990 von zu Hause weggelaufen und wurde seitdem nicht mehr gesehen. Das Grundstück mit dem Bienenhaus gehörte damals ihrer Familie", erklärte Nina und reichte Kim dann den Plastikbeutel mit der Kaffeetasse, die sie am Morgen im Altenzentrum ausgeliehen hatte.

„An der Tasse dürfte sich die DNA ihres Vaters befinden, wäre super, wenn ihr das mal checken könntet", bat sie Kim.

„Warum nimmst du keine ordentliche Probe mittels eines sterilen und DNA-freien Wattestäbchens?", kam prompt die Frage, mit der Nina bereits gerechnet hatte.

„Offiziell hatte ich kein Probenröhrchen dabei, und inoffiziell magst du es gar nicht erst wissen", antwortete Nina und konnte sich dabei ein Grinsen nicht verkneifen.

„Ach so … verstehe. Der Herr Papa wollte nicht, und du hast dann der Einfachheit halber seine Kaffeetasse eingesteckt", meinte die Rechtsmedizinerin und übernahm die Tüte.

„Ich bräuchte die Tasse aber bei Gelegenheit zurück. Die ist nur ausgeliehen", fügte Nina noch an.

„Okay, dann würde ich sagen, du nimmst dir schon mal bei mir hier einen Kaffee, und ich mach das eben schnell. Dauert nur zwei Minuten", antwortete Kim und bestätigte Nina damit wieder einmal, wie flexibel und hochmotiviert sie war.

Ja, Nina musste ehrlich zugeben, dass Kim eine wahre Bereicherung für ihre Arbeit war.

Als sie der jungen Pathologin mit der roten Wuschelmähne und den unzähligen Sommersprossen vor etwa anderthalb Jahren zum ersten Mal an einem Tatort begegnet war, hatte Nina noch gedacht, dass sie mit der doch noch sehr jungen Kim so gar nicht klarkommen würde. Eine klare Fehleinschätzung.

„In deinem Bericht schreibst du, die Tote sei schwanger gewesen. Besteht eine Chance, dass ihr nach all den Jahren von dem ungeborenen Kind noch eine DNA-Probe nehmen könnt?", erkundigte Nina sich, während sie Kim dabei beobachtete, wie sie die Proben von der Tasse nahm.

„Ja vielleicht. Zumindest hoffe ich es. Wir sind bereits dabei. Ist aber nicht so einfach und wird ein paar Tage dauern. Die Proben enthalten nämlich nicht nur die gesuchte DNA des Embryos, sondern auch bakterielles Erbgut und andere Verunreinigungen. Das voneinander zu trennen, ist echt aufwendig", erklärte sie Nina.

„Was ist mit dem Schädel, könnt ihr daraus ein Gesicht rekonstruieren?", fragte Nina weiter, obwohl sie ja wusste, dass es möglich war, jedoch zumeist an den Kosten scheiterte. Darüber hinaus dauerte eine solche Rekonstruktion mit Knete, Plastilin und Farbe Monate.

Kim drehte sich um, nahm ihren Mundschutz ab und gab Nina die benutzte Kaffeetasse von König zurück.

„Ist schon in Arbeit. Wenn es gut läuft, kann ich dir das Ergebnis heute Abend noch per Mail schicken", antwortete Kim amüsiert.

„Wie geht denn das so schnell?", war Nina erstaunt.

„Eigentlich und offiziell noch gar nicht. Aber eine Kollegin von mir hier in Bonn arbeitet mit zwei ihrer Studierenden an einer neuen Software, bei der mittels eines Laserscanners der Schädel zuerst dreidimensional abgetastet wird. Den Rest macht dann innerhalb von Sekunden der Computer. Die Zeiten von Knete an Schädelmodellen dürften damit irgendwann endgültig vorbei sein. Die Entwicklung in der Technik ist rasant", erklärte sie zu Ninas Verwunderung.

„Und das funktioniert sicher?"

„Ja, das funktioniert sogar sehr gut", bestätigte die Pathologin, überlegte kurz und sagte dann: „Wenn du magst und Zeit hast, können wir uns das aber auch mal gerne anschauen."

„Ja klar. Da sag ich nicht Nein", freute sich Nina und folgte Kim hinaus auf den Gang.

Das alte Schulfoto von Michaela, welches Torsten ihnen am Morgen gezeigt hatte und welches sich mittlerweile auf ihrem Mobiltelefon befand, würde sie der Pathologin und deren Kollegen erst dann präsentieren, wenn diese mit ihrer Arbeit fertig waren. Nicht, dass die noch beeinflusst wurden. Ein Gedanke, der vermutlich unsinnig war. Dennoch war sie auf den Vergleich mit dem Ergebnis der Computerrekonstruktion gespannt.

Enttäuscht legte Heike Friedrich-Liebig den Hörer auf, sank zurück in ihren Bürostuhl, starrte an die Zimmerdecke und überlegte. Das Gespräch mit Sascha König war kurz und zugegebenermaßen recht unbefriedigend verlaufen. Ihr Ziel war es gewesen, ihn zu einer Befragung und zur Abgabe einer freiwilligen DNA-Probe herzubitten. Am besten noch heute.

Ja, dazu sei er grundsätzlich auch bereit, bekäme dies aber auf die Schnelle nicht hin, da er sich gerade auf einer Baustelle mitten in der Wüste in Dubai befinde. Auf Heikes Frage, ob er in den letzten Jahren etwas von seiner Schwester gehört habe, zögert er erst, verneinte sie aber dann. Anschließend hatte er Heike dann ziemlich schnell abgewimmelt, da er angeblich gerade in einem Kundengespräch sei.

„Wann sind Sie wieder einmal in Deutschland?", hatte sie zuletzt noch gefragt.

„Ich lande am Freitag gegen vierzehn Uhr in Frankfurt", hatte er behauptet und dann einfach aufgelegt. Sascha König lebte, genau wie Heikes Mutter, in Koblenz-Pfaffendorf. Vielleicht sollte sie sie am nächsten Samstag einfach mal wieder besuchen und bei der Gelegenheit Sascha König ein wenig auf den Zahn fühlen. Vielleicht konnte der ihr auch etwas über Torsten und dessen Beziehung zu Michaela erzählen. Wobei Sascha König Heikes Mann ja nicht zwingend kennen musste, nur weil dieser mit der jüngeren Schwester in die Schule gegangen war. Doch wie gesagt, Betzdorf war ein Dorf, die Leute kannten sich hier.

Der Streit mit Torsten am Vormittag lag ihr schwer im Magen. Heike würde sich privat als einen eher harmoniebedürftigen Menschen sehen. Sie hasste es, sich mit Torsten oder den Kindern zu streiten. Nein mit Krach im Hause Friedrich-Liebig konnte sie nicht gut umgehen. Sie würde am Nachmittag noch einmal in Ruhe mit ihm reden müssen, bevor da etwas aus dem Ruder lief. Ihr lag viel an Torsten. Ja, er war die Liebe ihres Lebens, und die ließ sie sich nicht von einer Frau kaputtmachen, die vermutlich schon seit vierunddreißig Jahren tot war.

„Habe ich euch doch gesagt, dass es hier nichts zu sehen gibt", maulte Linus Kübler und trat gegen eine morsche Holzkiste, in der früher vermutlich einmal Bienen gelebt hatten. Von denen gab es hier an dem alten Bienenhaus im Seifer Wald jede Menge. Ansonsten war die Hütte aber eine ziemliche Bruchbude.

Wenn es nach ihm gegangen wäre, dann säße er jetzt immer noch ganz gechillt in seinem Zimmer an seinem Computer und zockte Minecraft. Immerhin waren Ferien.

Doch er hatte seiner Mama versprochen, auf die Mädchen aufzupassen. Damit die nicht auf blöde Gedanken kamen. Seine Schwester Leah hatte nämlich gelegentlich ziemlich bekloppte Ideen.

Als er deshalb mitbekam, dass Hannah und Leah unbedingt zu dem verfallenen Bienenhaus wollten, war er mitgegangen. Die beiden Mädchen alleine im Wald, nein, das war ihm dann doch zu unsicher. Es trieb sich eine Menge Gesindel herum. Zumindest behauptete das sein Papa Thomas, und der war immerhin Polizist und musste es wissen. Außerdem hatte Linus gehört, dass es auch im Seifer Wald alte Stollen geben könnte. Gesehen hatte er noch keinen. Aber das war ja nun auch das tückische an diesen Schächten. Da rannte man einfach nur in eine kleine Senke, und schwupps war man weg vom Fenster.

Nein, da war es besser, dass er als großer Bruder ein Auge auf die beiden Hühner hatte.

Seine Schwester Leah hatte unbedingt nachschauen wollen, wo die tote Frau gelegen hatte, in deren Fall Papa gerade ermittelte. Und zugegeben, ein bisschen neugierig war Linus auch gewesen. Doch wie befürchtet gab es hier nichts zu sehen. Lediglich Unrat und Dreck. Davon allerdings jede Menge.

„Da muss sie gelegen haben", meinte Leah und deutete auf eine Stelle am Boden direkt vor dem Loch in der Wand, in dem sich vermutlich früher einmal die Bienenstöcke befunden hatten. Deutlich waren im Inneren noch Gestelle zu sehen, die von der Größe her genau unter die Holzkästen passten.

„Puh, das ist echt gruselig", erwiderte Hannah und schüttelte sich.

„Ja, vermutlich spukt es hier deshalb im Wald. Das ist bestimmt der Geist von der toten Frau", behauptete Linus jetzt einfach mal, um den beiden Gören ein wenig Angst zu machen.

„So ein Unsinn. Dachtest du, wir bekommen Schiss, wenn du so einen Quatsch von dir gibst?“, lachte Hannah jedoch, während Leah angestrengt nachzudenken schien.

Linus glaubte nicht an übersinnliche Dinge. Er war eher ein Realist und baute auf Wissenschaft und Technik. Da war er genau wie sein Papa. Bei Leah lag der Fall anders. Die kam nämlich mehr nach Mama und nahm sämtlichen spirituellen Nonsens für bare Münze. Außerdem kam Mama, genau wie seine Schwester, ebenfalls ständig auf bekloppte Ideen.

Linus besah sich die Stelle, an der die Tote gelegen hatte, genauer. Die Beamten der Spurensicherung hatten wirklich jeden Krümel aufgeräumt, der hier nicht hingehörte. Da war rein gar nichts. Das hatte er aber bereits vermutet, als sie vorhin die Lichtung betraten und es keinerlei polizeiliche Absperrungen mehr gab. Papa hatte auch gemeint, dass der Fundort heute schon wieder freigegeben würde, damit die Leute, denen das Bienenhaus gehörte, daran weiterbauen könnten.

„Wo sind die Köter eigentlich hin?“, fiel ihm auf, als er sich erneut umblickte, da er sie gerade nirgends entdecken konnte.

Wie selbstverständlich waren die Hunde vorhin, als er mit den Mädchen das heimische Grundstück durch das Tor zum Naturschutzgebiet verließ, hinterhergelatscht. Selbst die weiße Herdenschutzhündin Alba hatte sich von ihrem Wachposten auf der Veranda erhoben und war mitgekommen. Eine Leine, oder gar zwei davon, hatte Linus nicht dabei. Nein, dann hätte er ja noch mal zurück ins Haus laufen müssen, um sie zu holen. Leinen waren aber auch in Linus' Augen vollkommen unnötig, da die beiden eh nicht wegliefen. Auch mit anderen Hunden gab es selten Probleme. Die Viecher waren, was dies betraf, total gechillt.

„Vielleicht jagen sie einem Kaninchen oder Hasen hinterher", meinte Hannah.

„Quatsch, da sind die viel zu faul dazu", winkte er ab und rief die beiden dann bei ihren Namen. Wie erwartet tat sich nichts.

„Oh. Das ist ja lecker", rief Leah nun, worauf Hannah sie verständnislos anblickte. Linus musste grinsen und setzte gleich noch einen drauf.

„Hmmm. Lecker. Frühstück", stieß er so begeistert aus, als säße er gerade an einem mit Köstlichkeiten überladenen Frühstückstisch.

„Oh", „Hmm", „Lecker" und „Frühstück" waren nämlich absolute Trigger für die beiden verfressenen Fellmonster. Wie erwartet raschelte es nur Sekunden später im angrenzenden Unterholz. Der Erste, der auf die Lichtung flitzte, war Oscar, dicht hinter ihm Alba.

„Och nee. Ihr seid total fies. Ihr könnt doch nicht so tun, als hättet ihr was zu essen für die zwei, und ihnen dann nichts geben", schimpfte Hannah, während die Hunde sich brav vor Linus hinsetzten und ihn erwartungsvoll anschauten.

Nun gut, so ein bisschen hatte Hannah schon recht. Aber wenn die halt sonst nicht anders hörten, musste man gelegentlich mal in die Trickkiste greifen.

„Was haltet ihr davon, wenn wir im Wald auf Schatzsuche gehen?“, wechselte Leah nun geschickt das Thema.

„Was gibt es denn hier für Schätze zu finden?“, musste Linus sie da doch mal fragen. Das Einzige, was sie in diesem Wald finden würden, war Unrat, den die Leute in den letzten Jahrzehnten achtlos weggeworfen hatten. Einige Hundert Meter südlich von hier, oberhalb des Friedhofes, hatte es früher wohl mal einen alten Müllabladeplatz gegeben. Zu sehen war davon heute nichts mehr. Einzig das Dach eines alten VW Käfer guckte da noch aus dem Waldboden. Im letzten Jahr hatte er mit zwei Freunden versucht, das Ding ein Stück auszubuddeln. Als sie dann nach wenigen Zentimetern feststellten, dass von der alten Kiste nichts mehr übrig war außer Rost, der zwischen den Fingern zu Staub zerbröselte, hatten sie es dann doch sein gelassen.

„Mein Freund, der Käpt‘n Krischan, der findet auch immer ganz tolle Sachen am Strand. Einmal hat er sogar ein echtes teures Goldstück gefunden“, schien Hannah im Gegensatz zu Linus von der Idee seiner kleinen Schwester total begeistert.

„Nee, ich bin raus. Da geh ich lieber eine Runde Computer zocken“, winkte er ab.

„Okay, dann suchen wir beide eben alleine“, schaltete Leah auf stur.

„Macht das", entschied er und gab den Hunden ein Zeichen, ihm zu folgen. Wie so oft erfolglos. Die Köter erhoben sich zwar, aber nur um sich bei den beiden Mädchen einzuschleimen. Resigniert stapfte er davon.

Schatzsuche! Auf so eine blöde Idee konnte auch wieder nur Leah kommen. Während er zurück zum Haus ging, kamen ihm Bedenken, dass er die beiden alleine zurückgelassen hatte. Wobei sie ja nicht wirklich alleine waren, sondern die Hunde bei sich hatten. Linus war davon überzeugt, dass die beiden überdimensionalen Schoßhunde, wenn es hart auf hart kam, auch anders konnten. Als er bereits die Hälfte des Weges bis zum Haus zurückgelegt hatte, vernahm er hinter sich das Geschnatter der beiden. Erleichtert musste er grinsen und verlangsamte seine Schritte.

Bestimmt hatten die alleine im Wald doch Schiss gehabt.

„Dachte, ihr wolltet nach Schätzen suchen?", erkundigte er sich amüsiert, als die beiden am hinteren Gartentörchen zu ihm aufgeschlossen hatten.

„Wollen wir auch immer noch. Gleich nach dem Mittagessen, wenn Mama zum Yoga fährt, geht es los", beschied seine Schwester ihn und klang ziemlich entschlossen.

„Warum wollt ihr warten, bis Mama zum Yoga fährt?", musste er da aber doch mal nachfragen.

„Damit sie nicht mitbekommt, dass wir Papas Metalldetektor ausborgen", zischte Leah.

Linus blieb ruckartig stehen.

„Mit der Sonde? Spinnst du? Das Teil hat eine Menge Knete gekostet. Wenn Papa es erfährt, rastet er aus und streicht uns für die nächsten Monate das Taschengeld. Außerdem ist das Sondeln im Wald ohne eine behördliche Genehmigung verboten, und an anderen Orten braucht man die Erlaubnis des Grundstückseigentümers", glaubte er zu wissen, da sein Papa ihm dies genau so erklärt hatte, als er mit Linus auf einem ehemaligen Bergwerksgelände nach Metall gesucht hatte. Natürlich mit einer Erlaubnis des Besitzers.

„Dann suchen wir eben nur auf der Lichtung rund um das Bienenhaus. Da ist ja jetzt gar kein Wald mehr, weil die Leute die Bäume gefällt haben", schlug Hannah vor.

Linus überlegte kurz und ließ dabei die Hunde durch das Gartentor zurück in den Garten huschen. Als Leah vorhin gemeint hatte, sie wolle Schatzsuche spielen, hatte er an irgend so ein blödes Kinderspiel gedacht. Die Idee, sich mit dem Metalldetektor auf die Suche nach verborgenen Dingen zu machen, war hingegen sehr verlockend.

„Okay, damit ihr beiden keinen Unsinn macht oder Papas Detektor zerstört, gehe ich doch besser mit. Aber kein Wort zu Papa oder Mama", entschied er daher und war gespannt, was sie so alles finden würden. Reichtümer erwartete er nicht. Aber interessant könnte es dennoch werden.

# Kapitel 6

*Montag, 15. Juli 2024, 13:54 Uhr*
*Altenzentrum Betzdorf/Westerwald*

„Bitte schön. Wie versprochen heil zurück“, meinte Nina und reichte der Mitarbeiterin des Altenzentrums die am Morgen entliehene Kaffeetasse.

„Oh, ich hatte fest damit gerechnet, dass wir die nicht wiedersehen“, schien die Dame sichtlich amüsiert.

„Weshalb? Wenn ich sage, dass ich etwas zurückbringe, dann mache ich das auch“, antwortete Nina gespielt trotzig und sah dann zu der Türe, hinter der Fridolin König seinen Lebensabend verbrachte. „Hat Herr König sich denn wieder beruhigt?“

Die Pflegerin hob die Schultern.

„Keine Ahnung. Kann man schlecht sagen. Der ist ja auch sonst nicht leicht in der Handhabung, der Fridolin. Aber zumindest tobt er nicht mehr, wie er es heute Morgen getan hat, nachdem Sie bei ihm waren. Im Gegenteil. Ich habe das Gefühl, dass er seitdem sehr in sich gekehrt ist. Das, was Sie ihm gesagt haben, muss ihn ziemlich nachdenklich gemacht haben“, antwortete sie.

Auf der Fahrt von Bonn nach Betzdorf hatte Nina überlegt, ob es gescheit wäre, Fridolin König erneut einen Besuch abzustatten, um ihm den Ausdruck von der Rekonstruktion des gefundenen Schädels zu zeigen. Doch was würde es bringen? Sie war sich immer noch nicht sicher, ob König tatsächlich glaubte, dass seine Tochter irgendwo am Ende der Welt lebte, oder ob es sich dabei eher um Wunschdenken handelte. Für Nina war die Sache mittlerweile, auch ohne das Ergebnis der DNA-Untersuchung, ziemlich eindeutig. Michaela König war weder in Australien noch in Neuseeland oder sonst irgendwo. Das Mädchen war tot. Irgendwer hatte sie erdrosselt und unter diesen Dielenbrettern versteckt. Vermutlich jemand, der das Bienenhaus gekannt hatte.

„Ich muss noch einmal mit König reden", entschied sie sich nun doch spontan für ein weiteres Gespräch mit ihm.

Die Pflegerin seufzte und verdrehte ein wenig die Augen. „Muss das sein?"

„Ja, das muss sein. Herr Königs Tochter ist vor vierunddreißig Jahren spurlos verschwunden. Angeblich weggelaufen. Mittlerweile gibt es neue Erkenntnisse in dem Fall. Wir müssen derzeit leider davon ausgehen, dass die junge Frau damals einem Gewaltverbrechen zum Opfer gefallen ist", erklärte Nina vage, um was es ging. Es würde sowieso nicht mehr lange dauern, bis der halbe Westerwald über den Fund der skelettierten Leiche Bescheid wusste.

„Oh. Das ist ja ein Ding. Bis heute Morgen wusste ich ja noch nicht einmal, dass der Fridolin jemals eine Tochter gehabt hat. Was ist denn da passiert?"

„Das kann ich Ihnen leider nicht sagen. Aber ich müsste dann jetzt mal kurz zu Herrn König“, blockte Nina ab, ging dann einfach zu der Türe und klopfte sachte dagegen.

„Ja? Was ist denn jetzt schon wieder?“, hörte sie von drinnen die mürrische Stimme Königs und trat ein.

„Du schon wieder“, maulte er, als er Nina entdeckte.

Anders als am Morgen war der Fernseher ausgeschaltet. König saß in seinem Rollstuhl vor der offenen Balkontüre und musterte Nina mit steinerner Miene.

„Ja, ich schon wieder“, antwortete sie, faltete den Ausdruck auseinander und hielt ihn König hin.

„Was soll ich damit?“, blaffte er.

„Erkennen Sie die junge Frau?“

„Mädchen, ich bin zwar alt, aber nicht bekloppt. Was soll das?“, knirschte er, wandte seinen Blick ab und schaute nach draußen, wo er aus seiner sitzenden Position nicht viel mehr als die Balkonbrüstung, die Spitzen der Bäume und den blauen Himmel darüber sehen konnte.

„Das Bild ist eine Rekonstruktion. Die Gerichtsmedizin hat mithilfe eines Computerprogramms und des Schädels das Gesicht der Toten, die wir am Samstag im Seifer Wald gefunden haben, wiederhergestellt“, erklärte sie ihm und beobachtete dabei seine Reaktion.

Fridolin König sah über den Balkon in den wolkenlosen Sommerhimmel und zeigte keine Regung.

„Wie ist sie gestorben?“, fragte er, als Nina schon glaubte, dass der Mann überhaupt nichts mehr sagen würde.

Seine Stimme klang emotionslos. Seine Wut war gewichen. Er wirkte kraftlos und resigniert.

„Das wissen wir noch nicht genau. Wir gehen aber davon aus, dass es sich um ein Gewaltverbrechen handelt“, log sie abermals. Dass Michaela vermutlich stranguliert worden war, wusste außer der Polizei derzeit nur der Täter. Dabei würden sie es auch erst einmal belassen.

„Dann hatte meine Frau wohl doch recht“, sagte er leise.

„Womit hatte Ihre Frau recht?“, hakte Nina nach.

„Meine Frau hat immer gesagt, sie würde spüren, dass Michaela etwas Schlimmes passiert sei. Meine Frau war der festen Überzeugung, dass der Herrgott sie zu sich genommen hat“, antwortete er.

„Aber Sie haben das nicht geglaubt. Sie waren davon überzeugt, dass Michaela fortgelaufen ist?“, schlussfolgerte Nina.

Er nickte und drehte den Kopf. Nina erkannte Tränen in seinen Augenwinkeln. Eine Weile sah er sie schweigend an. Dann rollte er zu einer Kommode, zog die oberste Schublade heraus und reichte ihr einen abgegriffenen braunen DIN-A4-Umschlag.

Nina nahm ihn und sah hinein. Der Umschlag enthielt einige Papiere. Wie es schien, mehrere Briefe und Postkarten.

„Sind das Briefe von Michaela?“, erkundigte sie sich erstaunt.

„Nein, nicht nur. Michaela hat zwei Postkarten gesendet. Die eine kam aus Sydney, die zweite aus irgendeinem Ort in Neuseeland. Das andere sind Unterlagen, die meine Frau von ihrem Schreibtisch genommen hat. Keine Ahnung, warum oder was sie glaubte, darin zu finden", erklärte er.

„Okay, gibt es sonst noch irgendwelche Dinge, die Michaela gehörten und die Sie über die Jahre verwahrt haben?", erkundigte sie sich, obgleich sie da keine großen Hoffnungen hatte. Das Haus, in dem die Familie damals lebte, war, zumindest glaubte Ninas Mama dies zu wissen, vor einigen Wochen versteigert worden. Vermutlich, um die Pflege und Heimkosten von Herrn König zu begleichen. So eine Unterbringung in einem Seniorenheim war nicht billig.

„In ihrem Zimmer auf dem Dachboden gab es noch einen Schrank mit Kleidung, ihre Schallplatten und jede Menge anderes Zeugs. Meine Frau konnte sich nicht davon trennen. Ist vermutlich aber mittlerweile genau wie der Rest meines Lebens auf dem Müll. Nachdem meine Frau verstorben war, bin ich da auch nicht mehr …", er winkte ab. „Alles, was ich noch habe, ist nun in diesen vier Wänden", erzählte er weiter und sah sich dabei in dem Raum um.

Königs Tonfall hatte sich gegenüber vorhin deutlich gemäßigt. Die Feindseligkeit in seiner Stimme war gewichen.

„Würden Sie mir jetzt bitte eine DNA-Probe von Ihnen geben, damit wir auch gerichtsfest bestätigen können, dass es sich bei der gefundenen Toten um Ihre Tochter handelt?", versuchte sie es jetzt noch einmal, zog eines der Röhrchen mit dem Wattestäbchen aus der Jackentasche und hielt es ihm hin.

König sah sie eine Weile an und zuckte dann mit den Schultern.

„Wegen mir. Wird dir aber nichts bringen. Michaela war nicht meine leibliche Tochter. Meine Frau war schon mit ihr schwanger, als wir uns damals kennenlernten“, antwortete er zu Ninas Verwunderung und griff nach dem Teströhrchen.

Sie überlegte einen Moment, ob es in diesem Fall überhaupt Sinn machte, die Probe zu nehmen. Eigentlich war es doch Quatsch. Aber egal, wer wusste schon, wofür sie Königs DNA im weiteren Verlauf der Ermittlungen noch brauchen konnten. Wobei sie die ja auch bereits von der Kaffeetasse genommen hatte. Aber so war es wenigstens offiziell und korrekt.

Als hätte er dies schon zigmal gemacht, zog König das Wattestäbchen aus dem Schutzrohr und nahm den Abstrich von der Innenseite seiner Wange, dann schob er es zurück in die Verpackung und reichte es Nina.

„Darf ich den Umschlag mitnehmen? Ich bringe die Unterlagen zurück, sobald sie nicht mehr benötigt werden“, fragte sie freundlich.

„Brauchst du nicht wiederbringen. Was soll ich noch damit?“, antwortete er barsch, drehte sich weg und sah nun wieder aus dem Fenster auf den blauen Himmel.

Für König schien das Gespräch beendet.

„Okay. Danke schön. Wir melden uns dann, wenn wir noch Fragen haben oder es etwas Neues gibt“, verabschiedete sie sich und verließ, als er ihr keine Antwort gab, das Zimmer.

„Ist Nina nicht da?“, erkundigte sich Torsten Liebig und sah sich im Büro um, als erwartete er, dass sie plötzlich aus dem Boden wachsen könnte.

„Wie Sie sehen, sehen Sie nichts“, antwortete Thomas Kübler und deutete dann auf die Unterlagen in Torstens Händen. „Was gibt es denn?“

„Das ist die ausgedruckte Liste mit den Personen aus Michaelas damaligem Umfeld, um die Nina mich gebeten hat. Die Datei habe ich ihr zusätzlich als Mail gesendet“, erklärte Torsten und reichte Thomas die dünne Mappe.

Der schlug sie auf und überflog die Ausdrucke. Es war wahrlich ein Unding, dass Nina immer noch auf Papier beharrte. In diesem Punkt war sie wahrlich in den Neunzigern stehen geblieben.

„Du solltest es bei unserer Kollegin demnächst bei einer Datei belassen. Wenn sie den Kram auf Papier ausgedruckt haben möchte, dann soll sie es gefälligst selbst machen“, musste Thomas jetzt einfach mal loswerden.

Torsten verdrehte die Augen und deutete noch einmal auf die Akte.

„Richte ihr bitte aus, ich hätte versucht, die Namen ein wenig nach Priorität zu sortieren. Die Personen, die

Michaela am nächsten standen, oben und die, mit denen sie kaum etwas zu tun hatte, unten", erklärte er.

Thomas schloss die Akte und warf sie auf Ninas Schreibtisch, der sich direkt gegenüber dem seinen befand.

„Warum sagst du es ihr nicht selbst? Vermutlich hat sie eh, wenn sie hier gleich aufschlägt, eine Reihe an Fragen dazu. Immerhin kennst du diese Leute ja von früher noch alle. So wie ich Nina einschätze, wird sie wollen, dass du sie in den nächsten Tagen zu den Befragungen begleitest", war sich Thomas ziemlich sicher.

Wäre er an Ninas Stelle, würde er es nämlich genau so machen. Wenn Torsten dabei war, würden seine ehemaligen Schulfreunde bestimmt eher ins Plaudern kommen als bei zwei fremden Polizisten.

„Ich weiß, mein Lieber. Und genau aus diesem Grunde werde ich gleich in den Urlaub verschwinden. Ich war gerade bei Kriminalrat Dirken und habe kurzfristig Urlaub eingereicht."

„Du hast was?", war Kübler nun erstaunt.

„Urlaub, Thomas. Ich mache Urlaub. Ich muss hier raus. Wenn ich gleich nach Hause komme, packe ich meine Klamotten, setze mich auf meine Maschine und mache für ein paar Tage die Biege."

„Alleine?", erkundigte Thomas sich, obgleich dies ja logisch war, da der Chopper von Torsten nur einer Person Platz bot. Die alte Harley aus den Siebzigern hatte der Kollege sich vor drei Jahren zu seinem Fünfzigsten selbst geschenkt. Bis dato hatte Kübler noch nicht einmal gewusst, dass Torsten Liebig auf Motorräder stand, geschweige denn einen Führerschein für diese großen Maschinen besaß.

„Ja, klar, alleine. Wie gesagt, ich muss einfach mal raus."

„Und was sagt deine Frau dazu?", interessierte es Thomas brennend, da er sich so etwas gar nicht trauen würde.

Käme er gleich nach Hause und würde seiner Alex eröffnen, dass er für ein paar Tage alleine mit dem Motorrad in Urlaub führe, würde die vermutlich total ausflippen. Wobei Kübler auf so eine Idee überhaupt nicht käme. Zum einen besaß er noch nicht einmal ein Moped. Des Weiteren hätte er auch gar keine Lust, ohne Alex wegzufahren. Das hatten sie bisher auch noch nie getan. Ihn und seine Alex gab es nur im Doppelpack oder gar nicht. Im letzten Sommer musste er nach einem Treppensturz vier Tage im Krankenhaus liegen. Da wäre er vor Heimweh und Sehnsucht nach ihr beinahe eingegangen. Nein, so etwas ging gar nicht.

„Heike weiß es noch nicht. Ich fahr jetzt heim und sag es ihr. Ich denke, sie versteht das", meinte Torsten, drehte sich um und verließ ohne ein weiteres Wort den Raum.

Thomas blickte ihm, obwohl die Bürotür schon längst geschlossen war, hinterher.

Dieser Fall mit der verschwundenen Schulfreundin ging Torsten Liebig verdammt nah. Das war Kübler bereits am Samstag aufgefallen, obwohl er da noch nicht gewusst hatte, dass Liebig die Tote gekannt hatte.

Dieser Delfinanhänger kam Thomas wieder in den Sinn. Ihm selbst war das Ding am Samstag überhaupt nicht aufgefallen, obwohl er die Aufnahmen gemacht hatte, auf denen das Teil nachher zu sehen gewesen war. Auf den offiziellen Fundortfotos, die Torsten und Leon im Zuge der anstehenden Bergung der sterblichen Überreste gemacht hatten, war die Kette nicht mehr vorhanden. Das Abhandenkommen des Schmuckstücks wäre ohne Küblers Handyfotos also gar nicht aufgefallen. Außer Nina hatte er die Bilder niemandem geschickt. Ergo hatte auch niemand gewusst, dass es Fotos des Delfins gab. Wobei die beiden Imker direkt neben ihm standen, als er die Aufnahmen machte. Die hatten das bestimmt mitbekommen. Warum entfernte jemand nach dem Fund einer Leiche ein Schmuckstück an selbiger? Eigentlich gab es dafür nur drei Erklärungen Erstens: Die Kette war wertvoll, und der Dieb wollte sie stehlen. Zweitens: aus Schlampigkeit. Ein Kollege hatte sie genommen, eingepackt und wieder verschludert. Drittens: um etwas zu vertuschen. Vielleicht hatte der Täter die Kette, als er die Leiche damals versteckte, verloren oder vergessen und sie nun gestohlen, da sie eine Spur war, die die Polizei auch heute noch zu ihm führen könnte.

Alles war möglich.

Thomas hoffte nur inständig, dass es sich nicht um die dritte Variante handelte. Weil, dann wäre der Täter von damals jemand, den er kannte. Entweder ein Kollege oder einer der beiden Hobbyimker. Mit denen war er zwar nicht direkt befreundet, aber zumindest gut bekannt. Einen Mord würde er aber keinem der beiden zutrauen.

Aus einer Eingebung gab er den Namen von Dominic Friedrichs in seinen Computer ein. Der Mann war ein unbescholtenes Blatt. Zum Zeitpunkt von Michaela Königs Verschwinden war der gerade einmal dreizehn Jahre alt gewesen. Das Gleiche galt für Dominics Kumpel Christian. Der war Jahrgang 1990 und somit in dem Jahr erst geboren worden, als Michaela König starb. Nein, die schieden als Täter definitiv aus.

Anders sah das bei Torsten aus. Er war der gleiche Jahrgang wie die Verstorbene. Doch wäre der Kollege wirklich zu einer solchen Tat fähig? Thomas hatte keine Ahnung. Doch er schämte sich gerade sogar für seine Gedanken. Torsten Liebig war ein wirklich netter Kollege und darüber hinaus auch privat ein feiner Kerl. Der hatte bestimmt nichts mit Michaelas Verschwinden zu tun gehabt.

Nina parkte den Wagen direkt vor der Einfahrt des Siebzigerjahre-Hauses in der Brucknerstraße im Betzdorfer Kreuzland. Sie hatte nicht wirklich Ahnung, warum die Einheimischen das Gebiet unterhalb des Alsbergs als Kreuzland titulierten, vermutete aber, dass es etwas mit der Kapelle am Waldrand und dem daran angrenzenden Kreuzweg zu tun haben könnte. Sie würde bei Gelegenheit mal ihre Mama danach fragen. Die wusste so etwas bestimmt.

In der Einfahrt vor der Garage des in die Jahre gekommenen Wohnhauses stand ein großer Container, wie sie zumeist für Müll und Bauschutt verwendet wurden. Das Gras im Vorgarten stand hüfthoch. Die Beete waren total verwildert. Brombeeren rankten an dem baufälligen dunkelbraunen Jägerzaun. Nina blickte die Fassade des Hauses empor. So ein paar Eimer Farbe und ein bisschen Pflege würden der Bude wahrlich guttun. Der alte Herr König lebte erst seit einigen Monaten im Seniorenzentrum. Bestimmt hatte der sich in seinem fortgeschrittenen Alter und nach dem Schlaganfall einfach nicht mehr um das Haus kümmern können. So ein Grundstück verwilderte schneller, als man gucken konnte. Der Mann war früher nur ein einfacher Arbeiter gewesen, da war für einen Gärtner bestimmt auch kein Geld über. Nina sah das bei ihrem Elternhaus. Seitdem Thiel und ihre Mama manchmal monatelang mit Thiels Wohnmobil unterwegs waren, gab es da gelegentlich auch schon einmal den einen oder anderen Renovierungsstau. Zum Glück kümmerten sich Sarika und Marcello, die in der Wohnung unter dem Dach lebten, ein wenig um das Haus, wenn die Senioren wieder einmal auf Tour waren.

Nina hatte keine Ahnung, was sie hier an Königs ehemaligem Wohnhaus zu finden hoffte. Es war mehr so eine Eingebung gewesen, hierherzufahren. In diesem

Haus hatte Michaela König bis zu ihrem Tod gelebt. Derzeit sah die Bude allerdings recht unbewohnt aus. Dennoch würde sie einfach mal klingeln und sich, falls jemand öffnete, kurz vorstellen. Vielleicht hatte sie ja Glück und der neue Besitzer ließ sie hinein. Die Chance, nach all den Jahren noch etwas zu finden, was an Michaela erinnerte oder ihr etwas über sie verriet, war gering. Gebäude vergaßen ihre ehemaligen Bewohner zumeist schnell wieder. Das einzig Stete war der Wandel. König hatte gemeint, dass noch einige von Michaelas Sachen in deren ehemaligem Zimmer waren, als er auszog. Doch in Anbetracht der Zeit, die seitdem vergangen war, und dem Container in der Einfahrt besaß sie da wenig Hoffnung, dass dem immer noch so war.

Nina ging zur Haustür und hatte bereits ihren Arm ausgestreckt, um den Klingelknopf zu betätigen, als sie die einen Spalt weit offene Tür bemerkte. Sie zögerte einen Moment und schob dann doch mit der Spitze ihrer Sneakers die Türe noch ein Stück weiter auf.

Ein etwas muffiger Geruch, so wie wenn Häuser länger nicht geheizt wurden, drang ihr aus dem Inneren entgegen.

„Hallo?", fragte sie und machte einen Schritt in den Flur.

„Hallo. Ist jemand zu Hause?", rief sie noch einmal und ging noch einige Schritte weiter in den schmalen Flur, in dem sich rechter Hand eine Treppe in die obere Etage wandte. Links stand eine Zimmertüre offen. Es handelte sich um die Küche, die, soweit sie das beurteilen konnte, noch ziemlich komplett schien und bis auf die leeren Pizzaschachteln und Bierflaschen auf dem Tisch auch einen sehr ordentlichen Eindruck machte. Die Möbel und Tapeten stammten allesamt aus den Siebzigern. Beim Anblick der leuchtend grünen Einbauküche musste Nina lächeln. So eine hatten ihre Eltern damals auch gehabt. In den Siebzigern todschick, dann irgendwann total out, in den Zweitausendern zumeist entsorgt, heutzutage wieder irgendwie retro und gar nicht mal so übel. Wenn ihre Freundin Alex Kübler die sah, würde die vor Begeisterung vermutlich ausflippen.

Sie trat an den Küchentisch und besah sich die Reste des letzten Mahls. Zwischen den Kartons entdeckte sie den Kassenbon einer ortsansässigen Pizzeria. Sie hob ihn auf und studierte ihn. Drei Pizzen zur Abholung. Am Sonntag, dem 14. Juli, um achtzehn Uhr einundfünfzig für zweiunddreißig Euro und siebzig Cent. Bestellt auf den Namen Friedler und bezahlt mit EC-Karte. Das war erst gestern gewesen. Vermutlich hatten sich also am Wochenende Minimum drei Personen hier im Haus aufgehalten. Draußen in der Einfahrt ein Container. Bestimmt hatten die neuen Besitzer damit begonnen, die ersteigerte Hütte auszuräumen. Gekauft wie gesehen mit allem Drum und Dran.

Von über ihr war nun ein Poltern zu hören. War da etwa doch jemand im Haus zugange?

Bestimmt! Ansonsten wäre die Haustüre ja nicht angelehnt gewesen. Nina ging zurück in den Flur und stieg dann die Treppe in die obere Etage hinauf.

Viel geräumt worden war hier noch nicht. Direkt oberhalb der Küche befand sich ein Schlafzimmer, daran angrenzend ein Arbeits- oder eher Hobbyraum mit einer großen Modelleisenbahn.

Nina öffnete den Kleiderschrank und sah hinein. Er war leer. In dem großen Doppelbett fehlten die Matratzen und Lattenroste. Sie trat ans Fenster und sah hinunter in die Einfahrt. Unterhalb des Fensters stand der große Müllcontainer, in dem sich bereits einige blaue und graue Müllsäcke sowie einige sperrige Teile befanden. Darunter die Matratzen.

In einer Ecke des Schlafzimmers türmten sich Umzugskartons. Hier wurde eindeutig ausgeräumt und sortiert. Vermutlich landeten die noch gut erhaltenen Sachen auf dem Flohmarkt, bei einem Trödler oder bei eBay. Sie konnte sich zum Beispiel nicht vorstellen, dass jemand mit gesundem Menschenverstand die Modelleisenbahn im Nebenzimmer im Müll entsorgte. Soweit sie informiert war, kostetet der Kram auch gebraucht richtig Kohle.

Erneut hörte sie das Poltern, welches eindeutig von noch weiter oben, vom Dachboden, zu kommen schien. Sie vernahm Schritte. Da wandelte entweder ein Mensch oder ein Geist über ihr. Da Nina an Zweiteres nicht glaubte, handelte es sich dann wohl um mindestens eine Person. Sie ging zurück in den Flur und stieg nun auch noch die etwas schmalere Treppe hinauf unter das Dach. Einen Moment überlegte sie, nach ihrer Dienstwaffe zu greifen, entschied sich dann aber doch dagegen.

„Hallo? Ist da jemand?“, rief sie lieber noch einmal etwas lauter, während sie die letzten Stufen erklomm.

Sie hörte Schritte, die näher kamen, dann wurde die Türe am oberen Ende der Treppe geöffnet.

„Was machst du denn hier?“, war sie beim Anblick des älteren Herrn, der sie da nun verwundert musterte, erstaunt.

„Das könnte ich dich auch fragen, mein Engel“, erwiderte Hans Peter Thiel und deutete dann hinter sich in den Raum, bei dem es sich wohl um den Dachboden handelte.

„Das solltest du dir mal ansehen. Hier oben wurde wohl noch nicht mit dem Ausräumen begonnen“, meinte er und grinste.

Nina ballte die Faust. So manches Mal könnte sie den alten Bullen tatsächlich erwürgen. Was hatte der hier im ehemaligen Haus der Familie König verloren? Warum konnte der nicht einfach, so wie andere Pensionäre es taten, zu Hause im Garten sitzen und Zeitung lesen?

Im Grunde kannte sie die Antwort auf ihre Fragen. Thiel war krankhaft neugierig und bekam es einfach nicht in seinen Sturschädel, dass er kein Polizist mehr war. Der konnte nicht ohne seinen ehemaligen Job.

Sie erklomm die letzten Stufen und trat dann in den großen Raum. Zugegeben, sie hatte hier unter dem Dach einen Speicher mit allerlei Plunder erwartet. Doch dem war nicht so. Die Dachschrägen waren ordentlich tapeziert. Es gab gut zwei Dutzend Poster, darunter das lebensgroße eines Sängers, der Nina zwar irgendwie bekannt vorkam, dessen Name ihr aber nicht mehr einfallen wollte. Was sie wusste, war, dass es diese Plakate in den Achtzigern als sogenannten Starschnitt in der *Bravo* gegeben hatte. In der hinteren linken Ecke stand ein Bett. Daneben ein Nachtschrank. Es gab ein altmodisches Sofa mit einem flachen Glastisch davor. Darauf ein Aschenbecher. Nina trat vor und betrachtete die Zigaretten. Die Staubschicht, die auf allem ruhte, war locker mehrere Millimeter dick. Hier oben war schon verdammt lange niemand mehr gewesen. Es handelte sich bei dem Raum unter dem Dach eindeutig um das Jugendzimmer eines Mädchens. Hier hatte Michaela also gelebt.

Thiel stand mitten im Raum und sah zu einem dicken Balken, der in etwa zwei Metern Höhe von einer Schräge zur anderen verlief.

„An dem Balken hat damals die Mutter gehangen", sagte er leise und deutete nach oben.

„Die hat sich hier im Kinderzimmer das Leben genommen?", war Nina tatsächlich schockiert.

„Ja. Das muss so um das Jahr Zweitausend herum gewesen sein. Die Frau war wohl hochgradig depressiv", wusste Thiel.

Dass Frau König Selbstmord begangen hatte, wusste Nina ja bereits von Fridolin König. Beschäftigt hatte sie sich jedoch damit noch nicht, da es für ihren eigentlichen Fall, den Mord an Michaela König, im Grunde nicht relevant war. Dennoch verstand sie jetzt, was König vorhin hatte sagen wollen. Deshalb hatte er diesen Raum nicht mehr betreten.

Nina sah sich um. Wenn man einmal von dem Staub absah, könnte man den Eindruck gewinnen, dass Michaela noch vor Stunden hier gewesen war. Vierunddreißig Jahre waren eine lange Zeit. Hatte Fridolin König tatsächlich bis heute immer noch die Hoffnung gehabt, dass die verschwundene Tochter zurückkommen könnte? Vielleicht. Die Hoffnung starb bekanntlich zuletzt.

„Vielleicht sollten wir die Spurensicherung informieren, damit die sich hier mal genauer umsehen", überlegte sie laut.

Thiel sah sie skeptisch an. „Meinst du, die finden hier noch etwas?"

„Keine Ahnung. Aber einen Versuch ist es allemal wert. Das Zimmer ist ja fast wie eine Zeitkapsel", antwortete Nina und wechselte dann das Thema. „Sag mal, Thiel, wie bist du hier eigentlich reingekommen? War die Haustür bereits offen oder hast du da irgendwie nachgeholfen?"

„Weder noch, mein Engel. Ich habe geklingelt, dem neuen Besitzer des Hauses meinen Dienstausweis gezeigt und ihn gefragt, ob ich mich mal umsehen dürfte", erklärte er und grinste feist.

„Welchen Dienstausweis? Du hast doch gar keinen."

„Das weißt du. Der Herr Friedler, so heißt der Mann, wusste das aber nicht und hat sich das Kärtchen deshalb auch nicht genauer angesehen", antwortete Thiel.

Nina stöhnte.

Nein, vermutlich wollte sie gar nicht wissen, was Thiel dem Mann gezeigt hatte, weshalb sie auch nicht weiter fragen würde.

„Wo ist der neue Eigentümer jetzt?", interessierte es sie vielmehr.

„Der ist kurz zum Baumarkt. Müllsäcke holen", wusste der alte Bulle, öffnete den Kleiderschrank und begann die Wäsche zu durchsuchen, die vermutlich seit vierunddreißig Jahren unberührt dort gelegen hatte.

## Kapitel 7

*Montag, 15. Juli 2024, 14:32 Uhr*
*Seifer Wald/Westerwald*

Die Schatzsuche, das musste Linus zugeben, lief gar nicht mal so schlecht. Neben allerlei Unrat, darunter gut einem Dutzend rostiger Kronkorken, hatten sie auch einige Münzen und sogar einen goldenen Ring gefunden. Die Münzen waren allesamt alt. Pfennige und Markstücke, so wie es sie vor der Einführung des Euros gegeben hatte. Mit denen kannte er sich aus, da der alte Flipperautomat im Küblerschen Hobbykeller ebenfalls mit Ein-, Zwei- und Fünf-Markstücken gefüttert werden wollte, bevor man daran spielen konnte.

Zum Glück besaßen sie einen Schlüssel für den Kasten. So konnte man das Geld, welches man zuvor hineingeworfen hatte, auch wieder herausholen, um es dann für eine nächste Runde wieder im Automaten zu versenken. Sein Papa Thomas liebte diese Dinge aus den Achtzigerjahren. Neben dem Flipper und einem Spielautomaten gab es im Keller auch noch jede Menge anderen Kram aus dieser Zeit. Alte Spielekonsolen, Computer, Videorecorder und, und, und.

„Scheint etwas Größeres zu sein“, stellte Hannah fest, als der Metalldetektor am Rande der Lichtung erneut und nun sogar mit ziemlich heftigem Radau schlug.

Das Mädchen war, genau wie ihre Freundin Leah, mit einem Spaten bewaffnet. Während Linus als Sucher den Sensor des Gerätes knapp über den Waldboden gleiten ließ, war es die Aufgabe der Mädchen, zu buddeln, wenn das Teil anschlug.

„Ja, was immer das Gerät da aufgespürt hat, scheint verdammt groß zu sein“, fand auch Linus und fragte sich, was da unter ihren Füßen im Erdreich wohl war. Vielleicht ein vergrabenes Auto oder irgendein Behältnis aus Metall? Die Leute hatten ja früher die unmöglichsten Dinge einfach im Wald vergraben, nur um sie loszuwerden.

„Lass mich mal ran“, meinte seine Schwester Leah, schob ihn beiseite, rammte ihren Spaten in den Boden und begann zu graben. Hannah tat es ihr gleich.

Linus schwenkte die Sonde weiter knapp über dem Boden und musste sich ein Grinsen verkneifen. Er fand die Arbeitsaufteilung, so wie sie gerade war, bestens.

Hannah war es, die als Erste auf etwas Hartes, Metallisches stieß und damit begann, es vorsichtig weiter freizulegen.

„Was ist das für ein Ding?“, wollte Leah wissen, sank auf die Knie, schob Hannahs Spaten beiseite und begann dann, den Dreck mit den Fingern wegzukratzen.

„Irgendetwas aus Gummi oder Kunststoff“, fand Hannah, die der Freundin gespannt zusah.

„Ja, aber da muss auch Metall drinnen sein. Die Sonde reagiert nicht auf Plastik“, belehrte Leah sie und buddelte weiter.

Linus beobachtete sie dabei genau.

„Das ist der Gasgriff von einem Moped“, glaubte er irgendwann zu erkennen.

„Ja, das ist ein Motorrad, das auf der Seite liegt. Das rostige Rohr unten dran ist der Lenker“, quiekte Leah vergnügt.

Linus lehnte den Metalldetektor an einen Baum und griff sich dann Leahs Spaten, der neben ihr auf dem Boden lag, während sie immer noch mit bloßen Händen scharrte. Der Waldboden war lockerer, als man auf den ersten Blick dachte. Vermutlich würde er, je weiter sie in die Tiefe gruben, dann immer fester.

Er stieß den Spaten in den Boden und begann zu schaufeln. Er wollte jetzt wissen, um was für eine Maschine es sich da handelte und in welchem Zustand sie sich befand. Das Stück Lenker, das er bisher erkennen konnte, sah schon mal bei Weitem besser aus als die Fragmente des Volkswagens oberhalb des Friedhofes. Linus fand Mopeds cool. Doof war nur, dass seine Eltern ihm keins kaufen wollten, da sie Angst hatten, er könnte damit stürzen.

Es war kurz nach fünfzehn Uhr gewesen, als Nina das Haus am Kreuzland verließ. Gemeinsam mit Thiel hatte sie sich noch gründlich in dem ehemaligen Jugendzimmer umgesehen und ein paar von Michaelas Sachen in einen der Umzugskartons gepackt, von denen es jede Menge in den unteren Etagen gab. Darunter alte Fotos, Alben und Schreibhefte mit Notizen und kleinen Zeichnungen. Die würde sie sich in Ruhe in der Dienststelle ansehen.

Irgendwann war dann noch der neue Besitzer des Hauses aufgetaucht. Herr Friedler war, nachdem Nina ihm grob erklärt hatte, um was es ging, sehr kooperativ gewesen. Er versprach, den Raum unter dem Dach erst einmal nicht zu räumen oder gar zu betreten. Dies sei auch nicht dramatisch, da der Dachboden eh ganz zum Schluss an die Reihe kommen. Er und seine Lebensgefährtin würden versuchen, das Haus systematisch und nachhaltig zu räumen. Viele Dinge könnten ja noch weiterbenutzt werden. Wenn nicht von ihnen, dann vielleicht von anderen. Nur was gar nicht mehr zu gebrauchen sei, komme dann schlussendlich in den Container. Für den nächsten Samstag habe er sogar einen Hausflohmarkt geplant. Dies spare nicht nur Entsorgungskosten, sondern bringe auch noch ein wenig Bargeld in die Renovierungskasse.

Nina fand diese Einstellung toll. Wenn jeder so dächte, gäbe es vermutlich eine Menge Müll weniger. Sie selbst ging da ebenfalls mit gutem Beispiel voran. Ihr Maggiolino war seit nunmehr über fünfzig Jahren im Gebrauch.

Nachhaltiger ging es doch kaum noch. Wozu sollte sie auch einen neuen Wagen kaufen, wenn der alte es doch noch tat? Wobei dies natürlich nicht der ganzen Wahrheit entsprach. Sie würde sich niemals von dem alten Käfer trennen können, weil da immer noch die Erinnerungen an ihren Papa mitfuhren. Ihm hätte es gefallen, dass Nina das gute Stück hegte und pflegte.

Sie versprach dem Hausbesitzer, zumindest zu versuchen, die Untersuchungen von Michaelas Kinderzimmer bis zu dem Flohmarkt abzuschließen. Ob sie dieses Versprechen halten könne, hänge allerdings von den Kollegen der Spurensicherung ab.

„Machen Sie sich keinen Stress, Frau Moretti. Wenn es nicht klappt, bleibt der Krempel eben noch ein paar Tage länger stehen. Meine Lebensgefährtin und ich benötigen das Zimmer unter dem Dach vorerst noch nicht“, sah der neue Hauseigentümer die Sache allerdings noch wesentlich gechillter als sie selbst.

Als sie wieder in ihrem Wagen saß und damit langsam in Richtung Steinerother Straße tuckerte, rief sie den Kollegen Leon Schwert von der Spurensicherung an. Zwar wäre Torsten Liebig als ranghöchster Beamter der Truppe eigentlich ihr Ansprechpartner, doch Nina hatte kein gutes Gefühl dabei, den Kollegen mit weiteren Untersuchungen im Fall Michaela König zu betrauen. Torsten war einfach zu nah dran. Und dann war da ja immer noch die Sache mit dem verschwundenen Delfin und einem Verdacht, den sie nicht wagte, zu Ende zu denken.

Dies erklärte sie, zumindest im Ansatz, auch Leon und war dann sehr verwundert, als dieser ihr berichtete, dass Torsten Liebig sich aus genau diesen Gründen Urlaub genommen habe und bereits auf dem Weg nach Hause sei.

Kurz überlegte sie, zu Torsten nach Hause zu fahren, um mit ihm noch einmal zu sprechen, entschied sich dann aber dagegen. Auch den Gedanken, Heike anzurufen, verwarf sie schnell wieder. Es war nicht an ihr, die Konversation mit dem Kollegen zu suchen. Wenn Torsten etwas zu sagen hätte, dann hätte er dies am Morgen tun können. Dennoch überlegte sie nun krampfhaft, wie sie seine Flucht, nichts anderes war es in ihren Augen, einzuordnen hatte.

Auf der Hellerbrücke bog Nina nach links in die Friedrichstraße und setzte dann abermals den Blinker nach links, um auf den Hof der Kriminalinspektion zu fahren. Noch während sie auf eine Lücke im Gegenverkehr wartete, entschied sie sich um, fuhr dann nach rechts in den Barbaratunnel, drehte eine Runde durch den großen Kreisverkehr und kam erneut an der Wache vorbei, um dann über die Kreuzung in Richtung Alsdorf zu brettern.

„Moin Friedrichs", grüßte sie den Gastwirt, als sie den Biergarten der Grünebacher Bürgerstube betrat.

„Frau Kriminalhauptkommissarin Moretti, was treibt Sie denn in mein feines Etablissement?", unkte Dominic zurück, der gerade damit beschäftigt war, einen der mächtigen Sonnenschirme aufzuspannen.

„Nix Bestimmtes. Wollte mir nur mal deine neue Wirkungsstätte anschauen", log sie, da sie eigentlich wegen etwas ganz anderem hier war.

Die Sache mit dem Delfinanhänger ließ Nina einfach keine Ruhe.

„Und? Gefällt es dir?", fragte der Wirt.

Nina sah sich um.

„Tja, weiß nicht. Der Biergarten ist ja schon mal fein. Sieht recht gemütlich aus. Aber die Optik ist hier ja nicht entscheidend, mein lieber Herr Friedrichs. Interessant wäre es zu sehen, was du auf der Karte hast ... und wie das dann so schmeckt", antwortete sie nun ganz ehrlich.

„Dann würde ich sagen, du kommst ab achtzehn Uhr mit Klaus und den Zwillingen noch mal vorbei und probierst dich durch. Gerade ist die Küche leider noch nicht besetzt. Aber was zu trinken könnte ich dir anbieten. Natürlich aufs Haus", meinte er auffordernd.

„Ja, wenn das so ist, nähme ich doch glatt eine Cola light", ließ sie sich da nicht zweimal bitten.

„Kommt sofort, gnädige Frau. Nimm so lange schon mal Platz", lachte der Wirt, deutete auf einen Stuhl an einem der großen runden Tische und eilte dann in die Gaststube.

Nina setzte sich hin und sah sich dann erst einmal um. Diese Dorfgaststätte war das krasse Gegenstück zu dem Kölner Nobelschuppen, in dem sie sich zuletzt von Dominic Friedrichs hatte bewirten lassen. Das Harlekin an der Ecke Severin Straße und Spielmannsgasse war eine der besten Adressen in der Domstadt. Doch wie sie bereits herausgefunden hatte, war Dominic hier in Grünebach kein Angestellter mehr, sondern der selbstständige Pächter des Lokals. Vermutlich war es hier auch für Leib, Leben und Seele wesentlich gesünder und entspannter als ein Angestelltendasein bei der Kölner Rotlichtgröße Ralf Hackenthal.

„Bitte schön. Die Speisekarte und eine Cola light mit viel zu viel Eis. Genau so, wie die Frau Kommissarin es am liebsten mag", wusste er tatsächlich noch, was sie früher immer bei ihm bestellt hatte.

Er reichte ihr die Speisekarte, stellte das Glas vor sie auf einen Bierdeckel und setzte sich dann ebenfalls mit einer Cola ihr gegenüber hin.

„Und, Nina, warum bist du wirklich hier?", fragte er, während sie die erste Seite der Karte aufschlug.

Nina musste lächeln. Sie mochte es, wenn Leute direkt zur Sache kamen und nicht erst stundenlang um den heißen Brei herumquatschten.

„Sagt dir der Name Michaela König etwas?", fragte sie daher geradeheraus.

„Klar sagt der mir was."

„Woher? Hast du sie gekannt?", hakte sie verwundert nach, da sie damit gerade gar nicht gerechnet hatte.

„Nee, gekannt hab ich die nicht. Aber ich habe mich natürlich seit dem Fund von dem Skelett am Samstag mal ein bisschen schlaugemacht und mich umgehört. Dieser Michaela König oder vielmehr deren Familie hat jahrzehntelang unser neues Bienenhaus gehört. Das Mädchen ist vor über dreißig Jahren spurlos verschwunden. Danach haben ihre Eltern sich nicht mehr um die Hütte im Wald gekümmert, und sie ist verfallen. Das Bienenhaus war wohl immer Michaelas Ding. Da sollen auch schon mal wilde Partys gestiegen sein", wusste er und grinste dabei.

„Wow. Unser Friedrichs ist also nicht nur ein emsiger Gastronom, sondern auch noch ein hervorragender Hobbyschnüffler", rutschte es ihr heraus.

Dominic verdrehte die Augen.

„Nina, ich bin Wirt in einem Dorf mit etwas mehr als fünfhundert Einwohnern. Ich komm von hier. Die Leute kennen mich, so lange ich auf der Welt bin. Was meinst du, was ich hier abends alles zu hören bekomme, wenn die Jungs aus dem Nest ein paar Bier getrunken haben? Als Wirt erfährst du in so einem Dorf Dinge, die du gar nicht wissen willst. An so einer Theke wird mehr gelabert als beim Pastor im Beichtstuhl", lachte er dann.

Und ja, Nina wusste ziemlich genau, wie das so im Ländlichen ablief. Da brauchte es keine Zeitung.

„Ihr habt hier weder eine Kirche noch einen Pastor", fiel ihr ein.

„Eben. Merkst du was?", amüsierte es ihn.

Sie nahm ihr Mobiltelefon, suchte das Foto mit dem Delfin darauf und zeigte es ihm.

„Ist dir am Samstag dieser goldene Anhänger aufgefallen?", erkundigte sie sich dann.

Er nickte.

„Ja klar. Das Ding hat geblinkt und geglitzert wie eine Bordelltüre in der Sonne", antwortete er und grinste.

„Das ist ein Zitat aus einem Film?", glaubte sie zu wissen.

„Ja. *Mein Name ist Nobody* mit Terence Hill. Sehr geiler Streifen. Lief die Tage auf einem der Dritten Programme", wusste er.

Nina ging nicht darauf ein, sondern hakte noch einmal wegen des Delfins nach.

„Haben du oder Christian das Schmuckstück angefasst?"

Er überlegte kurz und schüttelte den Kopf.

„Nein. Wir haben da außer den Dielenbrettern eigentlich gar nichts angefasst und die auch nur mit Handschuhen. Außerdem hatten wir die ganze Zeit Staubmasken vor Mund und Nase. Bei dem Dreck der Jahrzehnte weißt du nämlich nicht, was du da alles einatmest. Nachdem wir die Knochen entdeckt haben, sind wir sofort auf Abstand gegangen, damit wir da nichts mit unserer DNA kontaminieren", erklärte er.

„Ach so", war sie darüber verwundert.

„Ja, das sagen die doch immer in den Fernsehkrimis, dass man nichts anfassen soll und … Na ja, egal. Wir haben da auf alle Fälle nichts angerührt, sondern sofort deine Kollegen verständigt", winkte er ab.

„Und du hast auch niemanden gesehen, der die Kette vielleicht an sich genommen haben könnte?", hakte sie zur Sicherheit noch einmal nach und überflog dabei weiter die Speisekarte.

Dominic hob die Augenbrauen. „Nö. Aber wieso fragst du? Ist das Teil weg?", war er erstaunt.

„Ja, der Delfin ist spurlos verschwunden. Als die Kollegen Schwert und Liebig Fotos von der Toten gemacht haben, war er schon nicht mehr da", gestand sie.

„Und was sind das für Fotos, die du mir da gerade gezeigt hast?"

„Die hat Kübler gemacht, noch bevor er mich verständigt hat."

„Ach so, ja, stimmt. Der hat da mit seinem Mobiltelefon herumgeknipst", murmelte er und schien nun angestrengt nachzudenken.

„Was überlegst du?", war Nina neugierig.

„Außer Christian und mir waren da aber nur eure Leute, aber vielleicht hat es ja ein Vogel geklaut."

Nina tippte sich an die Stirn.

„Ein Vogel? Sag mal, hast du was geraucht?", erkundigte sie sich.

„Nee. Wieso? Ich habe seit über zwei Jahren nicht mal mehr eine Kippe angerührt", schien er gerade gar nicht zu verstehen, was sie meinte.

„Ein Vogel … Tzzz. Du kommst auf Ideen", winkte sie ab.

„Weshalb? Kann doch sein. Was meinst du, was da auf dieser Lichtung im Wald los ist? Da sagen sich nicht nur Fuchs und Hase Gute Nacht. Letztens hockten da gleich sechs fette Elstern. Und dass die Elstern glänzende Dinge klauen, weiß doch eigentlich jeder", beschwerte er sich.

„Friedrichs, das ist ein Mythos. Elstern klauen keinen Schmuck", belehrte sie ihn.

„Nein, Nina, das ist so nicht richtig. Elstern schnappen sich glänzende Dinge und schleppen sie weg, weil es sie irritiert. Das hab ich letztens im Fernsehen in einer Doku gesehen", war er sehr beharrlich.

„Ich glaub, du guckst zu viel fern. Sag mir lieber mal, was du mir für heute Abend empfehlen kannst", wechselte Nina jetzt einfach mal das Thema, da sie keine Lust hatte, mit ihm weiter über solch einen Schwachsinn zu diskutieren.

„Alles, was da auf der Karte steht. Alles immer frisch und selbst gemacht. Unsere derzeitigen Verkaufsschlager sind die Rouladen nach dem Rezept meiner Mutter und der Grillteller Grünebach", antwortete er, erhob sich und eilte noch einmal ins Lokal. Nina sah ihm hinterher und war gespannt, was nun passieren würde.

Keine zehn Sekunden später kam er mit einem Mobiltelefon zurück.

„Wen rufst du jetzt an?", erkundigte sie sich neugierig, während er auf dem Telefon herumtippte.

Eine Antwort bekam sie nicht, da er das Gerät bereits ans Ohr nahm und ihr ein Zeichen gab, sie möge sich gedulden.

„Moin Christian. Du, hör mal. Die Frau Kommissarin Moretti sitzt hier bei mir im Biergarten und …", er unterbrach kurz und wandte sich ihr zu. „Schönen Gruß von Christian."

„Gruß zurück", erwiderte sie und hörte dann zu, wie er den Imkerfreund nach der Kette mit Delfinanhänger fragte.

„Du hast auch nicht gesehen, ob die einer weggenommen hat? … Ja … nee … ich hab auch nichts mitbekommen. Aber sag mal, Christian, waren diese verdammten Elstern am Samstag vielleicht an den Knochen? … Ach so … Hast du auch nicht drauf geachtet. Ja … okay. Wenn dir noch was einfällt, kannst du Nina ja direkt anrufen. Bis die Tage. Tschüss", verabschiedete er sich und beendete dann das Gespräch.

„Friedrichs, veräppelst du mich gerade? Das mit den Elstern, das glaubst du doch selbst nicht?", fragte sie und legte die Speisekarte vor sich auf den Tisch.

„Doch, Nina. Das ist mir todernst. Diese Biester machen so was", antwortete er entschlossen, und Nina war gewillt zu glauben, dass es ihm tatsächlich ernst war.

„Und, fündig geworden?", wollte er dann wissen und deutete auf die Karte.

„Ja, bin mir aber noch nicht sicher. Hast du auch Cordon bleu?", stellte sie eine Gegenfrage, da sie dies auf der Karte vermisste, darauf aber gerade im Moment Appetit hatte.

„Nicht auf der Karte. Ist aber kein Problem, Nina. Wenn die Frau Hauptkommissarin das haben möchte, schmieren wir ihr in der Not auch noch ein Nutellabrot zum Nachtisch", grinste er.

„Okay. Muss ich reservieren, falls ich heute Abend mal mit Klaus und den Kindern vorbeikommen möchte oder bekommst du uns auch unter, wenn wir spontan reinschneien?"

„Nee, das passt schon. Jetzt in der Woche dürfte das kein Problem sein. Außerdem hab ich für meine Lieblingspolizistin doch immer ein Plätzchen frei."

„Boah, Friedrichs, schleimen kannst du", konnte sie nun auch nicht mehr ernst bleiben.

Heike Friedrich-Liebig befand sich in einem emotionalen Ausnahmezustand. Für das, was gerade in ihr vorging, gab es kein Wort, um es einfach und passend zu beschreiben. Es waren Wörter wie Wut, Trauer, Sorge, Unverständnis bis hin zu Verständnis und Hoffnung. Von allem ein bisschen. Weinend mit geballten Fäusten sah sie dem Motorrad, das gerade aus der Einfahrt brauste, hinterher.

„Heike, ich muss einfach mal raus. Wieder einen klaren Kopf bekommen", hatte er unter anderem gesagt, während er seine Klamotten in seinen Rucksack stopfte.

„Und das kannst du nicht hier bei uns, bei mir und den Kindern?", hatte sie lauter geschrien als beabsichtigt.

„Das hat doch mit dir und den Kindern überhaupt nichts zu tun", hatte er abgewehrt.

„Mit wem denn? Mit dieser Michaela? Was war das mit euch beiden? Hattest du was mit ihr? Hast du was mit ihrem Tod zu tun?"

„Nein. Aber … aber ich muss da einige Dinge klären, die mich beschäftigen. Ich melde mich“, waren seine letzten Worte, bevor er aus dem Haus rannte, sich auf die alte Harley-Davidson schwang und davonbrauste.

Was waren das für Dinge, die ihr Mann, der ihr mit einem Mal wie ein Fremder war, klären musste? Wo wollte er hin?

Ging es tatsächlich um das Wiederauftauchen dieser Michaela oder gab es einen anderen Grund für sein seltsames Verhalten?

Heike brauchte ebenfalls Klarheit. Wie sie das anstellen sollte, wusste sie noch nicht genau. Sie lehnte sich mit dem Rücken in den Rahmen der offen stehenden Küchentür, schloss die Augen und atmete mehrmals tief ein und aus. Sie musste sich beruhigen. Sie war nun seit über zwanzig Jahren bei der Kripo. Es war ihr Job, Dinge herauszufinden, die andere vor ihr verbargen. Dies funktionierte allerdings nur, wenn sie sich beruhigte und sie sich auf das, was zu tun war, fokussierte.

Auslöser für den derzeitigen labilen Zustand ihres Ehemannes war, da war sie sich sicher, das Auffinden der Leiche. Torsten hatte daraufhin fast das ganze Wochenende an seinem Computer gesessen und Dinge recherchiert. Dies hätte er vermutlich nicht getan, wenn er etwas mit dem Tod des Mädchens zu tun hatte.

Entschlossen stieß sie sich von dem Türrahmen ab und ging hinauf ins Arbeitszimmer. Torstens Laptop lag zugeklappt auf seinem Schreibtisch. Heike setzte sich, klappte das Display nach oben, schaltete den Kasten an und gab, als der Computer sie dazu aufforderte, das Passwort ein. Einen kurzen Moment befürchtete sie, Torsten könnte es vielleicht geändert haben, da er ahnte, dass sie ihm hinterherschnüffeln könnte. Doch dem war nicht so.

Heike würde mit dem Browserverlauf anfangen und Torstens digitaler Spur, die er seit Samstag unweigerlich im Netz hinterlassen hatte, folgen. Sie musste lesen, was er recherchiert und dabei herausgefunden hatte. Vielleicht würde sie dann verstehen, was tatsächlich los war.

Doch bevor sie damit begann, gab es noch eine Sache, die wichtiger als alles andere war. Heike zog ihr Mobiltelefon aus der Hosentasche und wählte die Nummer ihrer Mutter.

„Hallo Mama, wie geht's? Sag mal, hättest du Zeit und könntest die Kinder ein paar Tage zu dir nehmen? Es sind ja gerade Ferien, und Torsten und ich stecken bis zum Hals in einer Mordermittlung", log sie nicht wirklich.

Den heutigen Arbeitstag würde Thomas Kübler rückblickend als äußerst gechillt bezeichnen. Keine großen Ereignisse, keine ungeklärten Todesfälle, außer dem der Bienenkönigin, wie Michaelas Freunde sie damals genannt hatten.

Den Fall Michaela König würde Thomas auch als nicht dringlich erachten. Es war fraglich, ob der Tod der jungen Frau vor vierunddreißig Jahren strafrechtlich überhaupt noch irgendwelche Konsequenzen nach sich ziehen würde. So wie er das sah, ließ sich ein Mord an Michaela nach dieser Zeit nicht mehr klar nachweisen. Sie war entweder mit bloßen Händen erwürgt oder mit irgendetwas erdrosselt worden. Dazu benötigte man kein spezielles Werkzeug oder gar eine Waffe. Nein, es war durchaus möglich, jemanden mit einem Gegenstand zu erdrosseln, den man nicht extra und somit geplant mitbringen musste. Solche Taten passierten zumeist im Affekt und wurden von Gericht und Staatsanwaltschaft nicht als Mord, sondern Totschlag gesehen. Im Gegensatz zu Mord verjährte Totschlag im Affekt nach zwanzig oder in schweren Fällen nach dreißig Jahren. Beide Fristen waren verstrichen. Wenn sich der Täter von damals also morgen stellte und behauptete, dass er Michaela im Affekt, im Streit ohne einen Vorsatz, erwürgt habe, würde die Sache zu den Akten gelegt werden. Wie um Himmels willen sollte die Polizei auch in diesem Fall noch einen Mord nachweisen? Außer natürlich der Täter von damals würde gestehen, Michaela vorsätzlich getötet zu haben, oder es gäbe Zeugen, die die Mordthese stützen würden.

Wie dem auch sei, der Fall Bienenkönigin eilte nicht. Es gab keinerlei Gründe, die deswegen Überstunden rechtfertigten.

Um Punkt siebzehn Uhr war daher bei ihm der Hammer gefallen. Feierabend für heute.

Als er gegen zwanzig nach fünf die Haustür des Küblerschen Eigenheims aufschloss, war, außer den beiden Hunden, niemand daheim. Alex hatte ihm geschrieben, dass sie nach dem Yoga, wegen der gähnenden Leere im Kühlschrank, noch zum Einkaufen fuhr.

Da der Hühnerstall, wie Alex ihren alten VW Bulli stets zu nennen pflegte, nicht in der Einfahrt parkte und auch der Kühlschrank immer noch nicht überquoll, war sie wohl noch im Supermarkt oder hatte sich wieder irgendwo festgequasselt.

Doch wo zum Kuckuck steckten die Kinder?

Klar könnte er deren Standort ganz einfach mithilfe seines Handys checken. Doch wollte er das auch? Nein, die würden schon wieder irgendwann auftauchen. Außerdem war es doch auch mal schön, zu Hause zu sein und dabei seine Ruhe zu haben.

Thomas ging ins Schlafzimmer, entledigte sich seiner Arbeitskleidung und schlüpfte in eine Badehose. Er würde jetzt erst einmal in Ruhe eine Runde im heimischen Pool planschen. Zum Schwimmen war das Teil mit dem aufblasbaren Beckenrand und den gerade einmal sechzig Zentimeter Wassertiefe zu klein. Zum Abkühlen und Chillen nach der Arbeit jedoch optimal. Schade, dass die Kinder so langsam das Interesse an dem Planschbecken verloren. Wenn es nach denen und Alexandra ginge, hätte er das Teil im Frühjahr gar nicht mehr aufgestellt. Nein, die wollten stattdessen einen richtig großen Pool hinter dem Haus, so wie Nina und Klaus einen im Garten ihrer Villa besaßen.

„Ups“, hatte Alex lediglich gemeint, als er ihr im Internet zeigte, was so ein Teil kostete. Von der Kohle, die ein großer massiver Pool verschlang, könnten sie locker einige Sommer lang zum Baden ans Meer fahren.

Dennoch blieb das Gefühl, dass die Diskussionen im Hause Kübler über die Anschaffung eines massiven Beckens mit allem Zipp und Zapp noch nicht abgeschlossen waren.

Auf dem Weg in den Garten machte er einen Schlenker durch die Abstellkammer, wo sich die große Gefriertruhe befand. Er öffnete sie und entnahm ihr die große Zwei-Liter-Dose Walnusseis. Das mochte außer ihm in der Familie niemand, weshalb er sich da auch keine Sorgen machen musste, dass die anderen es ihm wegaßen. Darüber hinaus war es auch nicht schlimm, wenn er das Zeug direkt aus der Dose löffelte.

Das Badethermometer, welches am Beckenrand dümpelte, zeigte angenehme sechsundzwanzig Grad und entlockte Kübler damit ein Lächeln. Mit der geöffnet Eisdose samt Löffel in der einen und seinem Mobiltelefon in der anderen Hand stieg er über den hüfthohen Rand in den Pool.

Herrlich. Während er sich langsam versuchte, hinzusetzen, ohne dass dabei das Eis oder gar das Telefon nass würden, entdeckte er am Waldrand drei Gestalten, die über den Feldweg geradewegs auf das Haus zu kamen.

Um wen es sich da handelte, begriff er sofort. Was sich ihm nicht erschloss, war der Inhalt des uralten

Bollerwagens, einem Erbstück von Oma Finni, den die Kinder da hinter sich herzogen. So wie die drei sich ins Zeug legten, schien die Fracht relativ schwer zu sein.

Thomas seufzte, stieg wieder aus dem Pool, stellte die Eisdose auf dem Gartentisch ab und trat dann an das Geländer der Veranda.

Angestrengt, mit der Hand über den Augen, versuchte er zu erkennen, was die drei da transportierten.

Leah hob nun ihre Linke und winkte ihm zu. Thomas winkte zurück. Langsam kam der Tross näher. Dann begann es ihm zu dämmern, was da gerade angeschleppt wurde. Ein total vergammeltes und verdrecktes Motorrad.

Na super! Irgendwelche Ferkel hatten ihren Müll im Wald entsorgt, die Kinder hatten es gefunden, und Thomas konnte nun zusehen, wie er den Dreck wieder loswurde.

Okay, er würde es den Kids nicht übel nehmen, dass diese den Müll der anderen aufsammelten. Im Grunde war es ja sogar löblich, dass sie etwas für die Umwelt taten. Es gab nämlich genügend Zeitgenossen, die dies nicht für nötig hielten und denen es total egal war, wenn ihr Müll den Wald und die Gewässer belastete. Der Schmutzfink, dem dieses Motorrad einmal gehört hatte, hatte das Öl aus dem Motor bestimmt nicht abgelassen und fachgerecht entsorgt, bevor er das Vehikel achtlos im Wald zurückließ.

„Papa, Papa, guck mal, wir haben ein Moped gefunden!“, quiekte Leah und war total aus dem Häuschen.

„Fein, Schatz. Das habt ihr toll gemacht“, rief er zurück und verkniff es sich tunlichst, ihr zu sagen, dass es besser gewesen wäre, das olle Ding dort zu lassen, wo es die letzten Jahre gelegen hatte. Überhaupt fragte er sich, wie die drei Halbwüchsigen so eine schwere Maschine ohne technisches Gerät hatten auf den Bollerwagen wuchten können. Das war schon eine Leistung.

Sicher war, dass die drei, so wie sie aussahen, allesamt eine Dusche und frische Kleidung dringend nötig hatten.

„Das ist eine Yamaha RD80, und die hat sogar noch ein Nummernschild mit Stempeln drauf“, präzisierte Linus die Aussagen seiner Schwester.

„Na, hoffentlich hat der Hobel auch noch TÜV“, antwortete Thomas eher scherzhaft gemeint.

„Nö. TÜV ist schon im März 1991 abgelaufen“, antwortete sein Sohn und deutete lachend auf das Nummernschild am Heck der Maschine. Thomas glaubte sich gerade verhört zu haben. Die Kinder hatten im Wald ein noch zugelassenes Motorrad gefunden, bei dem die Hauptuntersuchung 1991 fällig gewesen wäre. Michaela war angeblich 1990 mit ihrem Motorrad abgehauen.

„Linus, fahr das Moped mit dem Bollerwagen außen herum bis in die Einfahrt und rührt es dann bitte nicht mehr an. Ich zieh mir nur eben schnell was über und komm dann zur Haustür raus“, gab er seinem Ältesten klare Anweisung und flitzte dann durchs Haus zurück ins Schlafzimmer, um sich zumindest ein T-Shirt überzuziehen. Dann rief er Nina an.

## Kapitel 8

*Montag, 15. Juli 2024, 18:44 Uhr*
*Neue Straße/Kausen im Westerwald*

Nein, Nina würde die Kinder nicht ausschimpfen, nur weil diese Michaelas Motorrad ausgegraben hatten. Die Kids hatten die Maschine, so wie es aussah, eher zufällig im Wald gefunden und dann aus Neugierde ausgebuddelt. Kinder machten solche Sachen. Wenn die kleine Nina Moretti damals über einen solchen Fund gestolpert wäre, hätte sie das Gleiche getan. Leah, Linus und Hannah hatten ja nicht ahnen können, dass sie damit eventuell die Spuren eines Mordes, der vor vierunddreißig Jahren geschehen war, verwischten oder unbrauchbar machten. Falls es da überhaupt nach solch langer Zeit noch Spuren gab.

Die Kollegen von der Kriminaltechnik würden sich die Maschine genauestens ansehen müssen. Außer dass das Wrack vergammelt war, machte die alte Yamaha auf Nina einen ziemlich kompletten und unbeschädigten Eindruck. Einen Unfall schien sie nicht gehabt zu haben. Es war sogar noch Luft in dem Vorderreifen. Ein Umstand, den sie nach der langen Zeit äußerst erstaunlich fand.

Klar, fahren würde das Teil nicht mehr können, dazu waren die Rostschäden am Motor und dem Rahmen einfach zu groß. Dennoch grenzte es an ein Wunder, dass nach all den Jahren im Boden überhaupt noch so viel übrig war. Das lag wohl auch daran, dass viele Teile der Yamaha aus Plastik, Gummi und Aluminium waren. Die Maschine war ursprünglich weiß mit roten, blauen und schwarzen Streifen gewesen. Vermutlich würden die Kunststoffteile nach einer ordentlichen Reinigung und mit ein wenig Politur sogar noch zu gebrauchen sein. Auch die Aluminiumräder sahen noch nicht einmal übel aus.

„Und das Moped lag direkt bei der Hütte im Boden vergraben?", hakte Nina noch einmal bei Linus nach, der aussah, als habe er sich im Morast gewälzt.

„Ja … nee. Die lag etwa fünfzig bis hundert Meter von der Hütte entfernt im Wald", gab er mit einem Seitenblick auf die Mädchen zu.

„Könnt ihr mir die Stelle zeigen?"

Die drei nickten.

„Das Loch haben wir wieder, wie es sich gehört, zugeschaufelt", sagte Leah hastig.

„Ja, Schatz, das war ja auch gut von euch gemeint, aber ich denke, dass wir, also die Kollegen von der Spurensicherung, das Loch wieder aufgraben müssen, um zu schauen, ob es da noch mehr zu finden gibt."

„Nee, das müsst ihr nicht. Da ist sonst nix. Wir haben alles rausgeholt, was nicht in den Wald gehört", erklärte Linus und deutete auf drei schmutzige blaue Müllsäcke.

Nina trat an einen der prall gefüllten Säcke, zog ihn auf und sah hinein. Auf den ersten Blick jede Menge Unrat. Darunter Verpackungsmüll, vergammelte Getränkedosen und leere Flaschen in allen Größen und Farben.

„Das habt ihr alles in dem Loch bei dem Motorrad gefunden?“, war sie erstaunt.

„Nein, der Müll lag überall im Wald verstreut. Dabei ist das doch ein Naturschutzgebiet. Nachher verletzen sich die Tiere noch an den Flaschen und Dosen“, schimpfte Hannah und bekam dafür nickend Zustimmung ihrer Freunde.

Nina öffnete einen weiteren Sack und riskierte einen Blick hinein. Auch hier das gleiche Bild.

„Und das ist alles, was ihr gefunden habt? Oder waren da auch noch Schätze dabei, die man hätte gebrauchen können?“, kam ihr ein Gedanke.

Es stand den dreien förmlich in ihre schmutzigen Gesichter geschrieben, dass Nina mit ihrer Frage einen Treffer gelandet hatte. Zögerlich schüttelte Linus den Kopf.

„Nee, Tante Nina, wir haben da nur Müll aufgesammelt“, log der sie nun ziemlich eindeutig an.

Nina blickte zu Thomas, der grinsend den Kopf schüttelte. Auch ihm schien es nicht zu entgehen, dass sein Ältester gerade flunkerte, was das Zeug hielt.

„Okay, Linus, wo ist das Zeugs, das ihr gefunden habt?“, erkundigte der Kollege sich daher.

„Wir haben doch gar ni…“

„Lüg mich nicht an, Linus. Ich habe gesehen, dass du vorhin, bevor ich rauskam, den Metalldetektor und einen Beutel mit Krempel noch hastig in die Garage gebracht hast. Was war da drin?", fuhr Thomas ihm über den Mund.

Linus überlegte kurz, lächelte verlegen, drehte sich um und ging in die Garage.

Nur Sekunden später kam er zurück und reichte Nina einen kleinen, schmutzigen Plastikbeutel. Sie nahm ihn entgegen und blickte hinein. In der Hauptsache waren da Münzen. Groschen, Markstücke und Pfennige aus der Zeit vor der Euro-Einführung. Doch etwas anderes erweckte ihr Interesse.

Ein unförmiger rostbrauner Metallklumpen. Vorsichtig zog sie das Ding aus dem Beutel und betrachtete es.

„Eine alte Pistole", stellte sie fest und reichte sie Kübler.

„Könnte mal eine Makarow gewesen sein", wagte der eine Einschätzung, die Nina sich in Anbetracht des verrotteten Zustandes nicht getraut hätte.

„Lag die bei dem Motorrad?", erkundigte sie sich bei den Kindern.

„Nee, die lag wohl noch ein Stück weiter im Wald. Die hat Leah gefunden, während Hannah und ich noch mal zu Hause waren, um den Bollerwagen und einen Flaschenzug aus der Garage zu holen", berichtete Linus.

„Du hast deine Schwester alleine im Wald gelassen?", war Thomas nicht gerade begeistert.

„Ich bin doch kein Baby mehr. Außerdem musste ja jemand aufpassen, damit uns niemand unser Zeug klaut", schimpfte Leah.

Nina musste zugeben, dass das Mädchen Biss hatte. Hinzu kam, dass Leah ein kluges Köpfchen war. Die würde es bestimmt einmal zu etwas bringen.

„Sonst noch was?", hakte Nina noch einmal nach und schaute dabei ihr Patenkind direkt an.

Das Mädchen verdrehte die Augen, griff mit ihren kleinen schmutzigen Händen in ihre Hosentasche und reichte Nina einen schlichten, goldenen Ring.

Sie griff danach, betrachtete ihn und las laut die Gravur auf der Innenseite: „A. J. 4.8.1922."

„Ein Ehering aus dem Jahr 1922. Das sind über einhundert Jahre. Die Eheleute dürften somit schon lange über den Jordan sein", schlussfolgerte Kübler.

„Meint ihr, der ist aus echtem Gold?", fragte Leah.

„Ja, ich denke schon, dass der aus Gold ist", antwortete Nina und überlegte, was sie nun mit den Fundsachen anstellen sollten. Die paar Münzen und der Ring würden sie nicht weiterbringen. Der könnte schon Jahrzehnte im Wald gelegen haben. Vermutlich hatte ihn irgendwer dort verloren und nicht mehr wiedergefunden. Von Dominic Friedrichs wusste sie, dass die Lichtung rund um das Bienenhaus früher gelegentlich auch als Partylocation oder Zeltplatz hatte herhalten müssen. Die Pistole könnte hingegen interessant sein. Wobei die ja nicht unbedingt etwas mit dem Fall Michaela König zu tun haben musste. Die könnte auch irgendwer anders dort vergraben oder verloren haben. Pistolen dieser Bauart gab es vermutlich schon vor dem Zweiten Weltkrieg. Dennoch könnte es interessant sein, die Waffe einmal näher untersuchen zu lassen. Vielleicht existierte unter dem ganzen Dreck und Rost sogar eine Seriennummer oder zumindest ein Hinweis auf den Hersteller.

Nina gab Leah den Ring zurück und reichte Linus die Tüte.

„Ich denke, das Zeug bringt uns in unserem Fall nicht weiter. Ist das jetzt wirklich alles? Habt ihr sonst noch irgendetwas beim Sondeln gefunden? Vielleicht eine Kette mit einem goldenen Anhänger in Form eines Delfins?“, hakte sie noch einmal explizit nach und erntete damit ein synchrones Kopfschütteln der drei Schatzsucher.

„Nee, Tante Nina. Ganz großes Ehrenwort. Das ist jetzt wirklich alles, was wir gefunden haben“, sagte Leah und hob zwei Finger zum Schwur, als wollte sie vor Gericht unter Eid aussagen.

„Okay, die Pistole ist hiermit konfisziert. Die dürft ihr nicht behalten. Ich rufe jetzt Leon und die Kollegen von der Spurensicherung an, damit die sich das Moped und den Müll mal vornehmen“, sagte Nina resigniert zu Kübler.

Sie glaubte nicht, dass die Spurensicherung in dem Schrott noch etwas finden würde. Doch sicher war sicher, und die Hoffnung starb bekanntlich zuletzt.

„Ich würde sagen, die sollten sich dann aber auch noch einmal die Stelle ansehen, an der das Motorrad lag“, schlug Kübler vor.

„Ja klar, das sehe ich ähnlich", bestätigte Nina und hielt einen Moment inne. Diese Sache mit dem Motorrad war äußerst merkwürdig. Warum grub jemand ein Loch, so groß, um ein Motorrad darin verschwinden zu lassen, und legte den Leichnam der Fahrerin dann unter die Veranda des Bienenhauses? Wäre es nicht einfacher, die Fahrerin gleich mit der Maschine zu bestatten? Hatte der Täter etwa gewollt, dass man Michaela fand? Aber warum hatte er dann ihr Motorrad verbuddelt? Warum lag die Leiche an dem einen und das Moped an einem anderen Ort?

„Was passiert denn anschließend mit dem Motorrad? Wird das verschrottet oder dürfen wir das behalten, wenn eure Kollegen es fertig untersucht haben?", riss die Stimme von Linus Nina aus ihren Gedanken.

„Ähm, das Motorrad? Keine Ahnung. Ich denke, das wird entsorgt, wenn die Spurensicherung damit fertig ist", antwortete sie verwundert und etwas verunsichert, da sie sich darüber überhaupt keine Gedanken gemacht hatte und vermutlich auch nicht machen würde. Sie war nur an den Untersuchungsergebnissen interessiert. Was mit dem Moped anschließend geschah, war ihr ziemlich egal. Die Polizei konnte unmöglich alle Beweismittel endlos aufheben.

„Also bevor es verschrottet wird, würde ich es gerne haben wollen, um es wieder fit zu machen", klang Kübler junior ziemlich entschlossen.

„Vergiss es, Linus. Das Vehikel lag über dreißig Jahre im Wald vergraben. Das wird nie mehr laufen. Außerdem haben wir schon genug unnützen Plunder“, fand Thomas und schüttelte verständnislos den Kopf.

Linus zog eine Schnute, und Nina war sich sicher, dass das Thema im Hause Kübler noch nicht vom Tisch war.

„Was haltet ihr davon, wenn wir heute Abend alle zusammen etwas essen gehen?“, wechselte sie nun einfach mal schnell das Thema, bevor die beiden hier und jetzt eine endlose Diskussion begannen.

Heike Friedrich-Liebig ließ sich schwer auf den Sitz ihres Wagens fallen, zog die Türe hinter sich zu und sah noch einmal zurück zu dem Haus, in dem ihre Mutter seit einigen Jahren mit ihrem derzeitigen Lebensabschnittsgefährten wohnte. Es war kein Problem gewesen, dass Heike ihr die Kinder für ein paar Tage in Obhut gab. Im Gegenteil, ihre Mama hatte sich über den Ferienbesuch der Enkelkinder gefreut.

Heike schloss die Augen und versuchte, einen weiteren Weinkrampf zu unterdrücken.

„Reiß dich zusammen, Heike. Reiß dich verdammt noch mal zusammen. Es gibt doch gar keinen Grund zu flennen“, flüsterte sie wie ein Mantra mehrmals vor sich hin.

Und ja, es gab tatsächlich keinen Grund, in Tränen auszubrechen. Es war doch auch gar nichts Schlimmes passiert. Ihr Mann Torsten war lediglich ein paar Tage mit seinem Motorrad zu einer Tour aufgebrochen. Er hatte sie und die Kinder doch nicht endgültig verlassen. Andere Männer taten so etwas doch auch. Es war das Normalste auf der Welt. In drei, vier Tagen würde Torsten wieder zurück sein, und alles war wieder so, wie es war.

Sie war es, die sich da in etwas hineinsteigerte. Torsten liebte sie. Da war sie sich ganz sicher. Und egal, was damals mit dieser Michaela gewesen war, es war lange vorbei. Mit ihrem Tod hatte er nichts zu tun. Nein, ihr Mann könnte keiner Fliege etwas zuleide tun.

Nun gut, das Verschwinden seiner Schulkameradin und der Fund ihrer Leiche hatten ihn berührt. Aber auch dies war doch vollkommen normal. Eigentlich war es doch sogar mehr als anständig von ihm, dass ihm das Schicksal seiner Freunde, oder in diesem Fall einer ehemaligen Freundin, nicht gleichgültig war.

Dennoch war Heike davon überzeugt, dass Torsten nicht einfach nur mal so abgehauen war. Nein. Je mehr sie darüber nachdachte, umso mehr kam sie zu der Einsicht, dass er irgendeiner Spur nachging. Einer Spur, die vielleicht zu irgendwem führte, dessen Namen er nicht im Kreise der Kollegen aussprechen wollte. Vielleicht ein weiterer Freund von damals? Jemand, der heute, vierunddreißig Jahre später, in einer anderen Stadt lebte. Egal, wie es war, Heike würde es herausfinden. Es widersprach ihrer Natur, die Hände in den Schoß zu legen und nichts zu tun. Sie war schon immer ein eher offensiver Mensch gewesen.

Entschlossen startete sie den Wagen und bog auf die Straße. Bevor sie nach Hause fuhr, um sich in Ruhe weiter dem Computer ihres Mannes zu widmen, hatte sie noch etwas hier in Koblenz zu erledigen.

Keine fünf Minuten später parkte sie vor dem Einfamilienhaus, in dem Sascha König, der ältere Bruder von Michaela König, gemeldet war. Es dämmerte mittlerweile, und hinter einem der Fenster in der unteren Etage erkannte Heike Licht. Sascha König hatte am Telefon behauptet, er befinde sich noch bis Freitag in Dubai. Wobei dies ja nicht bedeutete, dass seine Wohnung verlassen war. Der Mann war Mitte fünfzig und bestimmt in irgendeiner Form liiert. So genau hatte sie dies im Vorfeld gar nicht überprüft. Im Grunde hatte sie auch nur mal schauen wollen, wo und wie Sascha König lebte. Aussteigen und an der Haustüre schellen hatte nicht auf Heikes Plan gestanden. Aber wo sie jetzt schon einmal hier war und das Haus nicht verlassen schien, könnte es auch nicht schaden, sich kurz vorzustellen und ihren Kenntnisstand aufzufrischen.

Sie schwang sich aus dem Wagen und ging durch den wirklich sehr gepflegten Vorgarten zur Haustür. König, oder wer immer hier sonst noch mit ihm wohnte, schien ein Faible für Rosen zu haben, die überall üppig und in vielen Farben in den Beeten blühten. Der Rasen war ordentlich gestutzt, die Kanten der Rosenbeete sauber und akkurat abgestochen. Fast sah es aus, als hätte hier ein Profi gearbeitet.

*Hier wohnt Familie König*, stand auf einer Tontafel oberhalb des Klingelknopfs, den sie ohne zu zögern betätigte.

Von drinnen vernahm sie einen Dreiklanggong, der dem bei ihr zu Hause ähnelte.

Es dauerte nur Sekunden, bis geöffnet wurde und Heike in das fragende Gesicht einer jungen Frau blickte, die sie auf maximal dreißig schätzen würde. Die Rothaarige mit den unzähligen Sommersprossen machte einen abgehetzten und genervten Eindruck. Auf ihrem Arm trug sie ein Kleinkind in einem gelben Strampler, auf dem vorne ein Löwengesicht zu sehen war. Oder war das doch ein Tiger?

Der Junge, Heike würde wetten, dass es einer war, hatte hochrote, etwas schorfige Bäckchen und vom Weinen verquollene Augen.

„Ja bitte?", stöhnte sie, während der kleine Bube schluchzend sein Gesicht an ihre Schulter drückte.

Heike glaubte die Lage gerade ganz genau einschätzen zu können. Als Mutter kannte sie diese Situation nur allzu gut. Es war nun fast zweiundzwanzig Uhr. Der Kleine wollte nicht schlafen und hielt die mittlerweile sehr genervte Mama auf Trab. Entweder drückten den Kleinen die Zähne, er hatte Bauchweh oder sonst etwas in dieser Art. Und dann klingelte auch noch eine wildfremde Frau an der Haustüre. So etwas brauchte kein Mensch.

„Guten Abend. Mein Name ist Kriminalhauptkommissarin Heike Friedrich-Liebig, ich ermittele im Todesfall Michaela König. Hätten Sie einen Moment Zeit, um mir einige Fragen zu beantworten?", stellte sie sich vor, ohne überhaupt zu wissen, was sie fragen könnte.

„Ähm, wie? Jetzt? Um diese Zeit? Nee, eigentlich ist es gerade ungünstig. Ich kenne diese Michaela auch gar nicht", war die Jüngere sichtlich überrascht.

„Aber hier wohnt doch Herr Sascha König?", versuchte Heike es weiter.

„Ja schon. Aber er ist nicht da. Mein Vater kommt erst am Freitag von einer Dienstreise zurück."

„Oh, das ist schade. Es wäre nämlich sehr wichtig gewesen", tat Heike, als wäre diese Information neu für sie, und wechselte dann geschickt das Thema. „Was hat der Kleine denn? Etwa die Zähne?", lenkte sie das Gespräch geschickt in eine andere Richtung und tat dabei besorgt-mitfühlend.

„Keine Ahnung. So geht das schon die ganzen letzten Tage", stöhnte die junge Mutter, die gerade ziemlich überfordert und hilflos schien.

Heike beugte sich vor und betrachtete das Baby genauer. Sie würde meinen, dass der Kleine etwas älter als ein halbes Jahr war. Er sabberte, kaute an Mamas T-Shirt, dazu die roten Bäckchen. Genau so war es gewesen, als ihre Florentina damals ihre ersten Zähne bekam.

„Das sind bestimmt die Zähne. Haben Sie Zahnungsgel im Haus? Dentinox oder etwas in der Art?", erkundigte sie sich.

Die Rothaarige schüttelte den Kopf.

„Dann vielleicht Salbei oder Kamillentee?"

„Wir haben Fenchel, vielleicht auch noch Kamille. Wir trinken so etwas eigentlich nicht“, war sie verunsichert.

„Was halten Sie davon, wenn Sie jetzt mit dem Kleinen hineingehen, Wasser aufsetzen und ich fahre eben schnell in die nächste Notdienst-Apotheke und hole etwas Zahnungsgel“, schlug sie der verdutzten jungen Mutter vor.

„Warum wollen Sie das machen?“, stammelte sie.

„Weil ich selbst zwei Kleinkinder großgezogen habe und ich mir in solchen Momenten oft gewünscht habe, dass jemand kommt und mir hilft. Die Polizei, dein Freund und Helfer in jeder Lage“, erklärte sie sich, lächelte, machte dann auf dem Absatz kehrt und hastete zu ihrem Wagen.

Heike wäre, als sie damals alleine mit ihrer Floh war, tatsächlich auch froh gewesen, wenn ihr jemand geholfen hätte. Nur zu gut konnte sie sich noch an die Zeit als alleinerziehende Mutter in der Großstadt erinnern. Ihre Mama hatte damals in Dortmund gelebt, sie hier in Koblenz. Der Erzeuger ihres Kindes hatte sich aus dem Staub gemacht und sie mit ihren Sorgen, Nöten und der kleinen Florentina alleinegelassen. Heike würde der jungen Mama jetzt beistehen und, wenn es gut lief, noch einiges über deren Vater Sascha König erfahren. Eine Win-win-Situation.

Thomas Kübler schaukelte pappsatt und mit sich und der Welt zufrieden in der Hollywoodschaukel auf seiner Veranda. Wahrlich, ein sehr schöner Abend. Nicht nur wegen des leckeren Abendessens mit den Kindern und Freunden in der Grünebacher Bürgerstube. Nein, alles war gerade gut, so wie es war. Sie waren gesund, hatten keinerlei finanzielle oder andersgeartete Sorgen.

Verträumt betrachtete er die Lichter des Nachbardorfes Molzhain am Hang hinter dem Wald. Dabei lauschte er dem Zirpen der Grillen und anderen entfernten Geräuschen, die durch die Dunkelheit zu ihm herdrangen. Das Brummen eines Autos und das Bellen eines Hundes, welches von Hündin Alba, die zu seinen Füßen lag, sogleich mit einem leisen Knurren beantwortet wurde.

Zu seiner Rechten schnarchte Wuschelhund Oscar, und zu seiner Linken schmiegte sich Alex an ihn. Dabei las sie auf ihrem Mobiltelefon und zog immer wieder an ihrem Joint.

„Du, Mausbär?“, fragte sie leise, ohne von dem Gerät aufzusehen.

„Ja, Bärchen?“, fragte er und schielte dabei auf das Display ihres Smartphones.

Zu sehen war ein Video. Wie es schien, ein Tutorial bei YouTube. Er erkannte einen Mann, der hellblaue Folie in einem Becken aus Beton verklebte. Thomas schwante Übles.

„So ein Schwimmbecken wie das von Nina und Klaus kann man auch selbst bauen. Dann ist das auch gar nicht mal so teuer wie ein fertiges. Man buddelt einfach ein Loch, da kommen ein bisschen Beton und Steine rein, dann noch die Folie kleben, Wasser rein, und fertig ist der Pool“, erklärte sie ihm, wie er fand, sehr überschwänglich und als wäre der Bau eines Schwimmbades die einfachste Sache der Welt.

„Und wann sollen wir das noch machen?“, stöhnte er, da seine Frau sich solche Dinge immer viel zu einfach vorstellte. Wenn es nur darum ginge, ein Loch zu buddeln und etwas Beton hineinzuschütten, würden es vermutlich alle machen.

„Also wegen mir könnten wir schon am Samstag damit anfangen zu buddeln. Die Kinder werden bestimmt auch helfen“, schlug sie vor.

„Samstag wollen wir doch mit den Kindern nach Elspe zu den Karl-May-Festspielen“, erinnerte er sie.

„Ach ja … da war ja noch was“, schien es ihr nun auch wieder einzufallen.

Thomas starrte wieder in die Dunkelheit des Naturschutzgebietes. Wer hätte gedacht, dass dort all die Jahre eine Leiche gelegen hatte? Er bestimmt nicht.

Die Sache mit dem Motorrad war peinlich. Michaelas Yamaha hatte nur etwas mehr als fünfzig Meter vom Bienenhaus entfernt im Waldboden gelegen, und sie von der Polizei hatten sie nicht gefunden.

Nein, da hatten erst drei halbwüchsige Schatzsucher mit einer chinesischen Billigsonde aus dem Internet kommen müssen, um den Profis zu zeigen, was sie übersehen hatten. So etwas ging gar nicht.

Je mehr er darüber nachdachte, umso mehr kam ihm jedoch der Verdacht, dass die Kollegen das alte Mopped vielleicht gar nicht hatten finden wollen. Dass zumindest einer der Kollegen absichtlich nicht richtig hingesehen hatte. Laut äußern würde Thomas seinen Verdacht gegen Torsten nicht. Zumindest noch nicht. Er mochte den Kollegen und wollte sich nicht vorstellen, dass der etwas mit dem Tod seiner damaligen Bekannten zu tun haben könnte. Doch da war ja auch noch die Sache mit dem verschwundenen goldenen Delfin.

Morgen würden er und Nina damit beginnen, Torstens Liste abzuarbeiten. Dass der Kollege das nicht selbst hatte machen wollen, verstand Thomas. Ihm selbst wäre es ebenfalls ein Graus, seine ehemaligen Schulkameraden abzuklappern und polizeilich zu befragen. Wobei in seinem Fall „Kameraden" hier das falsche Wort wäre. Die waren nämlich nicht seine Kameraden oder gar Freunde gewesen. Diese Jugendlichen von damals waren eben einfach nur zufällig in die gleiche Klasse gegangen wie er. Nicht mehr und nicht weniger. Die meisten von denen hatte Thomas seit dem Abiball damals in der Stadthalle nicht mehr gesehen. Was zum einen gut war und zum anderen vermutlich auch daran lag, dass die in alle Himmelsrichtungen verstreut lebten. Zumindest glaubte er das. Thomas war als Kind und auch später in seiner Jugend immer eher ein Einzelgänger gewesen. Während andere mit ihren Kumpels um die Häuser zogen, hatte er lieber in seinem Zimmer gehockt und sich mit seinem Computer beschäftigt. Computer waren ihm auch heute noch oft sympathischer als Menschen. Die logen einen auch seltener an. Die Sprache der Computer bestand aus Nullen und Einsen. Diese Sprache verstand Thomas.

Seine erste Freundin Sabine hatte er bei einem Praktikum im Finanzamt kennengelernt. Sie beide waren sich schon irgendwie ähnlich gewesen. Zwei Einzelgänger, die sich gefunden hatten und zusammengekommen waren. Heute wusste er, dass er nie in sie verliebt gewesen war. Sie hatten zueinander gefunden, weil sie beide gleich tickten und sonst kein anderer potenzieller Partner in Aussicht gewesen war. Anfangs hatten sie sogar Sex miteinander gehabt. Ansonsten eine Art Zweckgemeinschaft, die irgendwann hatte zerbrechen müssen.

Bei Alexandra war das anders. Die hatte keinerlei Berührungsängste anderen Menschen gegenüber. Egal, wo Alex auftauchte, kam sie mit anderen ins Gespräch. Die hätte keine Probleme damit gehabt, einfach einen Typen anzuquatschen und abzuschleppen. Doch sie tat es nicht. Alex hatte sich für ihn entschieden. Sie war die Liebe seines Lebens. Zwischen sie beide passte kein Blatt.

„Du, Mausbär? Ich denke, es ist doch besser, wir besorgen uns einen Bagger. So etwas kann man ja auch mieten“, unterbrach sie seine durchaus positiven Gedankenströme.

„Und wer bitte schön soll den bedienen?“, seufzte er.

„Na, ich. So schwer kann das nicht sein", antwortete sie nun genau das, was er befürchtet hatte. Ja, an Selbstbewusstsein mangelte es ihr jedenfalls nicht.

Thomas drehte den Kopf und blickte sie an.

„Is was?", erkundigte sie sich.

„Nee ... ich überleg nur gerade, ob ich nicht vielleicht doch das Kiffen anfangen sollte", antwortete er nicht wirklich ernst gemeint.

Aus der Nummer mit dem Pool würde er nicht mehr herauskommen. Das Schwimmbecken war längst beschlossene Sache. Nur dass er das wie so oft noch nicht gewusst hatte. Aber dafür hatte er ja sie.

Alex hielt ihm ihren Joint hin. Er nahm ihn, zog daran und musste dann so dermaßen husten, dass ihm beinahe der Grillteller Grünebach und das leckere Nutellabrot vom Nachtisch wieder hochgekommen wären.

Es war fast ein Uhr morgens, als Heike ihren Wagen in der heimischen Einfahrt abstellte und schlaftrunken zur Haustüre tapste. Es wurde Zeit, dass sie ins Bett kam. Der Tag, der Streit mit Torsten und nun auch die Fahrt von Koblenz nach Hause hatten ihre letzten Kräfte aufgebraucht. Ihre Augenlider waren während der Fahrt über den Westerwald mit jedem Kilometer schwerer geworden. Kurz hatte sie sogar überlegt, unterwegs anzuhalten, um ein paar Minuten auszuruhen, den Gedanken aber dann doch wieder verworfen. Die Gefahr, dass sie irgendwo im Wald so lange schlafen würde, bis der neue Tag anbrach, war einfach zu groß.

Das letzte Mal, als sie die Nacht schlafend in einem Wagen verbracht hatte, war bereits Jahre her. Tagelang hatte ihr danach jeder Knochen ihres Körpers wehgetan. Nein, für solche Dinge war sie einfach zu alt.

Sie schloss auf, trat ins Haus, entledigte sich ihrer Schuhe und ging ins Schlafzimmer. Torstens Laptop im Arbeitszimmer würde bis morgen warten müssen. Den könnte sie auch einfach mit zur Arbeit nehmen und dort überprüfen.

Sie kleidete sich aus, kroch unter ihre Bettdecke und löschte das Licht. Wie sie da so lag und in die Dunkelheit starrte, überkam sie ein seltsames Gefühl der Einsamkeit. Hatte sie, seit sie mit Torsten zusammen in diesem Haus lebte, jemals eine Nacht ganz alleine in diesen vier Wänden verbracht? Soweit sie sich entsinnen konnte, nicht. Zumindest eines der Kinder war immer bei ihr gewesen. Hoffentlich ging es den beiden bei ihrer Oma gut. Wo Torsten wohl gerade steckte? Vielleicht sollte sie ihn anrufen?

Ihr Mobiltelefon fiel ihr ein. Das Gerät befand sich noch immer in ihrer Handtasche. Nein, das ging gar nicht. Was, wenn nachts etwas mit den Kindern oder Torsten war? Sie musste erreichbar sein.

Heike schwang sich aus dem Bett, hastete in den Hausflur, holte das Gerät und entsperrte, während sie zurück ins Schlafzimmer ging, das Display. Torsten hatte vor fast einer Stunde versucht, sie anzurufen. Wie es schien, hatte sich das Gerät während der Fahrt wieder einmal nicht mit dem Audiosystem ihres Wagens verbunden und sie den Anruf somit nicht mitbekommen. Einen Moment schwebte ihr Finger über dem grünen Hörersymbol. Könnte sie ihn um diese Zeit noch zurückrufen? Was, wenn er bereits schlief? Wollte sie ihn wecken? Ja, wollte sie. Entschlossen wählte sie also seine Nummer und war dann enttäuscht, als sich nach einiger Zeit lediglich seine Mobilbox meldete und sie bat, eine Nachricht zu hinterlassen.

Es dauerte einen Moment, bis sie lediglich ein: „Ich vermiss dich so. Komm nach Hause, damit wir reden können", hauchte und dann wieder auflegte.

Von Torsten wanderten ihre Gedanken zurück nach Koblenz zu Nele König. Die junge Mutter war ebenfalls allein. Wobei, nein, nicht ganz. Der kleine Noah war bei ihr und schlief nun hoffentlich. Heike hatte recht behalten. Es waren die ersten Zähne, die den sieben Monate alten Zwerg peinigten. Obgleich Nele vermutlich eine gute Mutter war, machte sie auf Heike einen total überforderten Eindruck. Es hatte der jungen Frau sichtlich gutgetan, dass jemand kam und ihr half. Auch wenn die fremde Frau eine Kriminalpolizistin aus dem Westerwald war, die versuchte, den Mord an der vor vierunddreißig Jahren verschwundenen Tante aufzuklären. Nele war achtundzwanzig und bereits seit vor der Geburt ihres Babys wieder Single. Der Erzeuger des Kindes, mit dem sie zuvor zwei Jahre zusammen gewesen war, hatte gemeint, es sei noch zu früh für ein Kind, und von ihr verlangt, sie solle es wegmachen lassen. Genau dies seien seine Worte gewesen und schlussendlich auch der letzte Beweis, dass es sich bei dem Typen um ein Arschloch gehandelt habe. Dennoch hatte sie, als sie es Heike erzählte, kurz geweint. Heike hatte dann versucht, das Thema auf Michaela und deren Verschwinden vor vierunddreißig Jahren zu lenken. Viel hatte Nele tatsächlich nicht über die Tante gewusst, die angeblich im fernen Neuseeland lebte. Ihr Vater würde kaum bis gar nicht über seine Schwester sprechen. Was Nele aber darauf schob, dass die beiden sich wohl nie sonderlich nahe gewesen seien.

„Eigentlich sind Papa und Michaela auch gar keine richtigen Geschwister. Papa wurde mit sieben oder acht Jahren von den Königs adoptiert. Davor hat er in einem Waisenhaus gelebt", erzählte Nele ihr dann auch noch eine Neuigkeit, die Heike bis dato nicht gewusst hatte. Den Gedanken, die Leiche Michaelas über einen DNA-Abgleich der Geschwister einwandfrei zu identifizieren, konnten sie somit definitiv verwerfen.

Heike fragte sich allerdings, warum Sascha König ihr dies nicht bereits am Nachmittag am Telefon erzählt hatte, als sie ihm die anstehende Entnahme einer Speichelprobe nach seiner Rückkehr nach Deutschland angekündigt hatte.

Sascha König arbeitete als Exportleiter für ein Koblenzer Maschinenbauunternehmen und reiste häufig geschäftlich ins Ausland. Heike hatte natürlich sofort nachgehakt, ob der Papa denn gelegentlich auch schon mal nach Neuseeland oder Australien reisen müsse. Nele hatte die Frage allerdings nicht mit Sicherheit beantworten können. So genau wüsste sie gar nicht, wo der sich immer herumtrieb.

Sascha König war zweimal verheiratet und genauso oft wieder geschieden worden.

Seine erste Frau, Neles Mutter, hatte ihn verlassen, als Nele in die erste Klasse kam. Saschas zweite Frau, eine Japanerin, lebte heute wieder in ihrer Heimat. Nele war bei ihrer Mutter in Frankfurt aufgewachsen. Der Kontakt mit Papa Sascha sei als Kind eher immer nur sporadisch gewesen, da der ja sowieso nie zu Hause gewesen sei. Erst mit achtzehn, nach einem Streit, sei sie dann bei ihrer Mutter aus- und bei ihm in Koblenz eingezogen.

Bei Neles Erzählungen hatte Heike unwillkürlich an ihre Florentina denken müssen. Flohs Papa hatte sich bisher ebenfalls nie um seine Tochter geschert. Da gab es noch nicht einmal einen Anruf zum Geburtstag oder eine Kleinigkeit zu Weihnachten. In vier Jahren wurde Florentina volljährig. Der Gedanke, dass ihre Tochter dann zu ihrem Erzeuger zöge, den wollte Heike gar nicht zu Ende denken. Was aber bestimmt auch nie passieren würde. Floh hing an Torsten. Sie kannte ihn seit ihrem dritten Lebensjahr und nannte ihn ganz selbstverständlich auch Papa. Sie waren eine Familie, und Heike würde alles, was in ihrer Macht stand, tun, damit dies auch so blieb.

# Kapitel 9

*Dienstag, 16. Juli 2024, 7:55 Uhr*
*Berlin-Charlottenburg*

Zum ersten Mal seit Tagen hatte Torsten Liebig den Umständen entsprechend einigermaßen gut geschlafen. Was vermutlich auch daran lag, dass er es einfach nicht gewohnt war, stundenlang mit dem Motorrad über die Autobahn zu fegen. So eine lange Fahrt auf einem Bike schlauchte schon heftig.

Kurz vor Mitternacht war er in einem Motel an der A2, kurz vor Berlin, total erschöpft in die Federn gefallen. Vor dem Einschlafen hatte er noch erfolglos versucht, mit Heike zu telefonieren. Sie hatte nicht abgenommen. Weshalb er schon enttäuscht war. Am Morgen nach dem Aufwachen hatte er dann gesehen, dass sie um kurz nach eins in der Nacht versucht hatte, ihn zurückzurufen. Da hatte er aber bereits geschlafen, und sein Handy war auf lautlos geschaltet gewesen. Ein Umstand, der ihn ärgerte. Gerne hätte er nämlich noch einmal mit ihr gesprochen und versucht, ihr zu erklären, was ihn dazu getrieben hatte, einfach abzuhauen.

Nach einer kalten Dusche und einem ausgiebigen Frühstück fühlte er sich nun ausgeruht und hellwach.

In den letzten Tagen waren seine Gedanken fast ununterbrochen bei Michaela und den Geschehnissen von vor vierunddreißig Jahren gewesen. Jetzt und hier, kurz vor seinem Reiseziel, musste er aber immer häufiger an Zuhause denken. Ja, obwohl er noch keine vierundzwanzig Stunden fort war, fehlten Heike und die Kinder ihm. Die wenigen Worte, die sie ihm in der Nacht auf seine Mobilbox gehaucht hatte, waren wie ein Schlag in seine Eingeweide gewesen. Er hatte ihr, ohne es zu wollen, wehgetan.

Doch die Flucht, er selbst empfand es als eine, war dringend nötig gewesen. Torsten brauchte Antworten auf Fragen, die er sich schon vor langer Zeit gestellt, aber auch jahrelang zurückgestellt oder gar verdrängt hatte.

Vielleicht, weil er sie als unsinnige Hirngespinste abgetan hatte. Erst die Erkenntnis, dass Michaela tot war, hatte ihn kalt erwischt und eben diese Fragen wieder aufgeworfen.

Er war immer davon ausgegangen, dass sie noch lebte. Irgendwo, weit weg am anderen Ende der Welt. Wobei er sich gerade nicht sicher war, ob es sich bei diesen Gedanken nicht vielleicht doch nur um Wunschdenken gehandelt hatte und er tief in seinem Inneren immer geahnt hatte, dass ihr etwas zugestoßen war.

Michaela und er waren damals Freunde gewesen. Gute Freunde. Vielleicht auch mehr. Wobei sich dieses „mehr“ schlecht in Worte fassen ließ. Torsten war schon irgendwie auch verknallt in Michaela gewesen.

Sie aber, zumindest hatte er es so verstanden, nicht in ihn. Er war ihr Seelentröster. Während er gerne mehr für sie gewesen wäre, hatte sie ihm regelmäßig ihr Herz ausgeschüttet. Seine Schulter zum Anlehnen und Ausweinen gebraucht, wenn sie wieder einmal Stress mit anderen Typen hatte. Eine für ihn sehr unangenehme Situation. Da hatte er stundenlang mit seiner Traumfrau zusammengehockt und sich deren Beziehungsprobleme angehört, ohne auch nur einmal seine Klappe aufzumachen, um ihr zu sagen, dass er doch vielleicht die Lösung ihrer Beziehungsprobleme sein könnte.

Heute konnte Torsten nur noch den Kopf über den dummen, naiven Bengel von damals schütteln.

Michaela war tot. Dies war nun Fakt. Die unumstößliche Tatsache hatte ihn überrascht. Trauer verspürte er keine. Nein, es war mehr so eine Wut auf sich selbst, damals vielleicht nicht das Richtige getan zu haben.

Seine Gefühle für die Jugendfreundin waren heute längst verblasst. Genau wie die Erinnerung an sie und die Zeit in den späten Achtzigern und frühen Neunzigern.

Als Nina ihn am Montag bat, eine Namensliste mit sämtlichen Schülern seiner damaligen Jahrgangsstufe zu schreiben, war ihm dies extrem schwergefallen. Alle hatte er gar nicht mehr zusammenbekommen. Aus den Augen, aus dem Sinn.

Torsten hegte Zweifel, dass die Liste Nina und die anderen Kollegen weiterbrachte. Er würde auch jede

Wette eingehen, dass der Name des Mörders nicht darauf war.

Nein, je länger er über das alles nachdachte, umso mehr kam er zu der Erkenntnis, dass die Spur des Täters nicht in der Stufe von damals zu suchen war. Die Spur führte nach Berlin. Wobei, nein. Sie führte nicht nach Berlin, sie begann dort. Genauer gesagt, im Herbst des Jahres 1989. Es war der Beginn einer Geschichte, die ihr tragisches Ende dann im Juni 1990 im Westerwald fand. Eine Story, für die es weder Beweise noch Zeugen gab. Außer seinen eigenen teils löchrigen Erinnerungen.

Mehrfach hatte er am Wochenende darüber nachgedacht, ob er mit Heike und Nina über seinen Verdacht sprechen sollte, es aber immer wieder verworfen. Alles war viel zu vage. Er konnte sich ja noch nicht einmal mehr an die vollständigen Namen der beteiligten Personen erinnern.

Nein, bevor er seinen Verdacht bei den Kolleginnen und Kollegen äußerte, benötigte er handfeste Fakten. Er musste zurück zum Anfang der Geschichte gehen.

Torsten hatte gedacht, dass es ihm helfen könnte, sich zu erinnern, wenn er an die Orte von damals zurückkehrte. Nach Berlin. Zum letzten Mal hatte er die Stadt an Ostern 1990 besucht. Danach hatte ihn nichts mehr hergezogen. Torsten mochte keine Großstädte. Das Gewimmel in diesen menschlichen Ameisenhaufen war ihm zuwider. Er, der Junge vom Fuße des Westerwaldes, konnte mit so vielen Menschen und dem Krach und der Hektik, die mit einer Großstadt einhergingen, einfach nichts anfangen.

Mit Erschrecken musste er am heutigen Morgen feststellen, dass es das Berlin, welches er gekannt hatte, nicht mehr gab.

Die Metamorphose, die die Metropole an der Spree in den letzten vierunddreißig Jahren durchlaufen hatte, war gigantisch.

Das Berlin von heute hatte kaum noch etwas mit dem von 1990 zu tun. Wenn sich eine Stadt auf diesem Planeten in den letzten vierunddreißig Jahren grundlegend verändert hatte, dann war dies Berlin. Es würde schwer werden, nach so langer Zeit die Spuren von damals wiederaufzunehmen. Doch einen Versuch war es wert.

Während des Frühstücks hatte er Heike geschrieben, dass es ihm gut gehe. Sie solle sich bitte keine Sorgen machen und die Kinder von ihm drücken. Eine Antwort hatte er nicht bekommen, obgleich sie die Nachricht sofort nach Erhalten gelesen hatte. Im Nachhinein ärgerte es ihn, sie nicht doch angerufen zu haben. Heike war sauer auf ihn, und ja, sie hatte jeden Grund dafür.

Vermutlich würde sie sein Handeln verstehen, wenn er mit dem, was er herausfinden wollte, weitergekommen war. Ein Unterfangen, an dem er heute Morgen bei seiner ersten Fahrt durch die Stadt jedoch zweifelte. Er suchte hier gerade die Nadel in einem vierunddreißig

Jahre alten Heuhaufen, von der er nicht wusste, ob sie überhaupt jemals da gewesen war.

„Moin Thomas“, grüßte Nina ihn, als er um Punkt acht das gemeinsame Büro betrat.

„Moin“, antwortete er brav, hängte seine alte Schimanski-Jacke an die Garderobe und schlurfte zu seinem Schreibtisch.

„Mach es dir nicht zu bequem, wir wollen gleich los“, erinnerte sie ihn an den anstehenden Außendienst.

„Warum zum Kuckuck müssen wir schon wieder in der Gegend herumrasen? Können wir die Leute nicht einfach anrufen und einbestellen? So wie es jedes andere Amt auf dieser Welt macht?“, musste er jetzt einfach mal loswerden. Thomas hasste dieses sinnlose In-der-Gegend-herumfahren. Seiner Meinung nach wäre es wesentlich effektiver, Termine zu vereinbaren und die potenziellen Zeugen vorzuladen. Andere Dienststellen taten dies nämlich tatsächlich so. Den Grund, warum dies bei ihnen nicht funktionierte, kannte er nur zu gut. Es lag an Nina. Die Kollegin und beste Freundin seiner Gattin hatte Hummeln im Hintern. Diese Frau konnte nicht einfach mal dasitzen und konzentriert Dinge abarbeiten. Ein klarer Fall von hyperaktiv. Wobei die beiden Freundinnen sich in dieser Beziehung nichts gaben. Thomas würde es derzeit nicht wundern, wenn er irgendwann mal nach Hause käme und ein Bagger in ihrem Garten stände.

Eine absurde Vorstellung eigentlich. Es gab Männer, die trugen Sorge, dass sie mal früher nach Hause kämen und ihre Frau mit einem anderen Kerl im Bett erwischten. Diese Sorge hatte Kübler nicht. So etwas würde Alex nicht machen. Die bestellte gleich einen Bagger oder einen ganzen Trupp fremder Kerle, um sich von denen den Garten umgraben zu lassen.

„Nein, können wir nicht. Wenn wir die vorher anrufen, haben die zu viel Zeit, sich über das, was sie sagen, Gedanken zu machen. Ich möchte, dass mir die Leute spontan sagen, was ihnen durch den Kopf geht. Dabei muss ich ihnen in die Augen sehen und schauen, wie sie reagieren", konterte Nina wie so oft mit denselben abgedroschenen Argumenten.

Thomas würde ihr nichts erwidern. Es brachte nichts, mit Nina zu diskutieren. Sie war die Chefin und bestimmte, was zu tun war. Was im Übrigen noch eine Parallele zu seiner Alex war. Er setzte sich an seinen Schreibtisch, fuhr den Computer hoch und packte seinen alten Lederranzen aus. Die morgendliche Zeitung, eine Flasche Wasser, einen Apfel und natürlich seine Pausenbrote.

„Wusstest du, dass unser Kollege Wacker ebenfalls mit Michaela in die Schule gegangen ist?", fragte Nina, als er gerade seine Brotdose öffnete, um einen Blick hineinzuwerfen.

„Nein, liebe Nina, woher sollte ich?", antwortete er und betrachtete die Schnitten, die seine Frau ihm geschmiert und eingepackt hatte. Eine mit Käse und Salami, die zweite mit Mortadella. Dazu ein paar Streifen Paprika, eine Tomate und natürlich die beiden Hasenbrote, die mit einem gelben Zettel als solche markiert waren.

Das mit den sogenannten Hasenbroten war auch so eine Sache, die ein Außenstehender nur schwer begreifen würde. Im Volksmund bezeichnete man als Hasenbrot ja ein Pausenbrot oder auch eine Mahlzeit, welche nicht aufgegessen worden war und von der Arbeit wieder mit nach Hause gebracht wurde. So etwas war früher bei Thomas gelegentlich auch das eine oder andere Mal vorgekommen. Zumeist dann, wenn Nina ihn wieder einmal dazu bequatscht hatte, mittags irgendwo einzukehren, oder wenn sie von unterwegs etwas Leckeres ins Büro mitbrachte. Die von Alexandra geschmierten und nicht aufgegessenen Brote hatte Thomas dann halt wieder mit nach Hause gebracht und noch an der Haustüre zu gleichen Teilen an die beiden Hunde verfüttert. Da war die Freude der Vierbeiner immer groß gewesen. Doof und enttäuschend wurde es dann an den Tagen, wenn er mal nichts mitbrachte, weil er selbst alles aufgegessen hatte. Die beiden Wuffis waren dann jedes Mal so richtig geknickt. Seitdem schmierte Alexandra einfach zwei Leberwurstbrote zusätzlich.

„Ich denke, wir sollten mit Michaelas drei besten Freundinnen anfangen", meinte Nina und riss Kübler damit aus seinen Gedanken.

„Du bist die Chefin", seufzte er und schloss den Deckel der Brotdose. Vermutlich würde er heute wieder alle vier Schnitten mit nach Hause nehmen müssen. So wie er Nina kannte, würden sie vor Feierabend sicherlich nicht zurück ins Büro kommen und gegen Mittag wieder in irgendeinem Schnellimbiss zwischenlanden. Manche Dinge änderten sich nie.

Im Treppenhaus kam ihnen die Kollegin Heike Friedrich-Liebig entgegen. Nina erklärte ihr mit knappen Worten, wohin sie und Kübler fuhren.

„Ich war gestern Abend noch bei meiner Mutter in Koblenz. Auf dem Rückweg bin ich dann noch kurz zu Sascha Königs Haus gefahren", berichtete Heike.

„Ich dachte, der wäre irgendwo in der Wüste?", war Nina verwundert.

„Ist er auch. Aber seine Tochter Nele und der kleine Enkel waren daheim. Viel konnte sie mir nicht über die verschwundene Tante erzählen. Ich weiß jetzt aber, dass ihr Vater gar kein leiblicher Bruder von Michaela war. Die Königs haben den Jungen damals mit sechs oder sieben Jahren adoptiert, weil sie selbst keine Kinder bekommen konnten. Michaela stammte wohl aus einer vorehelichen Beziehung ihrer Mutter. Sascha Königs DNA wird uns also nicht weiterbringen", wusste Heike.

Nina begann zu strahlen, als hätte sie gerade eine Erleuchtung.

„Das erklärt dann auch, warum Sascha König das ältere der beiden Geschwister ist."

Thomas hatte keine Ahnung, was Nina damit meinte, und auch Heike schaute verwirrt. Nina, die die Unsicherheit der Kollegen wohl bemerkte, erklärte sich.

„Ich war doch gestern im Seniorenzentrum bei dem alten Fridolin König. Der hat mir da schon erzählt, dass er nicht der leibliche Vater von Michaela sei. Als er seine Frau kennenlernte, war die bereits mit dem Mädchen schwanger. Später fiel mir dann ein, dass du oder Torsten gemeint hatten, dass Michaela noch einen älteren Bruder habe. Das hatte mich dann etwas irritiert."

„Und? Ist Torsten gestern noch auf große Fahrt gegangen?", erkundigte sich Kübler nach dem Kollegen, da es ihn brennend interessierte, wie Heike es fand, dass ihr Mann alleine weggewollt hatte. Er konnte sich immer noch nicht vorstellen, dass Torsten sich einfach so auf sein Motorrad schwang und für ein paar Tage wegfuhr. Das passte so gar nicht zu dem Familienmenschen, den Kübler kannte.

Der dunkle Schatten, der sich kurz auf Heikes Miene legte, sprach Bände. Doch nur Sekunden später lächelte sie bereits wieder. Zumindest versuchte sie es.

„Jaja. Der musste einfach mal ein paar Tage raus. Es geht ihm aber gut. Wir haben uns heute Morgen noch über WhatsApp geschrieben", winkte sie lässig ab und sah auf ihre Armbanduhr.

„Oh, schon so spät. Ich muss dann mal", sagte sie hastig, rannte die Treppe hinauf und dann um die Ecke in den Korridor zu ihrem Büro.

„Hui. Da ist aber mächtig dicke Luft im Hause Friedrich-Liebig“, zischte Nina Kübler genau das zu, was auch ihm gerade durch den Kopf ging.

„Ich frage mich, warum sie Torstens Notebook mit zur Arbeit bringt“, war ihm noch der Computer mit dem markanten AC/DC-Aufkleber aufgefallen, den Heike dabeigehabt hatte.

„Das war nicht ihrer?“, fragte Nina.

„Nee, ihrer ist silber und der von Torsten schwarz mit einem AC/DC-Aufkleber auf dem Deckel.“

„Na ja. Vielleicht soll sie was für ihn darauf nachsehen“, fand Nina das wohl nicht so verdächtig wie Kübler und setzte sich nun ebenfalls wieder in Bewegung.

Auf der Fahrt zu ihrem ersten Hausbesuch an diesem Morgen dachte Nina über die Kollegin Heike Friedrich-Liebig und deren Mann Torsten nach. Irgendetwas war da faul. Am Morgen, nachdem Nina aus Torstens Liste erfahren hatte, dass der Kollege Wacker Michaela ebenfalls kannte, war ihr wieder der leise Wortwechsel der beiden Männer am Bienenhaus eingefallen. Wacker und Liebig hatten, nach dessen Eintreffen am Fundort, miteinander gestritten oder zumindest ziemlich aufgeregt diskutiert. Schon am Samstag hätte Nina gerne gewusst, um was es da zwischen den beiden gegangen war. Einfach so aus Neugierde. Jetzt wollte sie es unbedingt wissen. Sie würde ihren Hintern verwetten, dass die beiden über Michaela gesprochen hatten. Jürgen Wacker und Torsten Liebig hatten zu diesem Zeitpunkt schon ganz genau gewusst, wessen Knochen da unter der Veranda des Bienenhauses ruhten. Die hatten sie beide verarscht. Und wenn Nina etwas auf den Tod nicht leiden konnte, dann waren das Freunde und Kollegen, die sie belogen. Von ihren Kunden, den Verdächtigen und Zeugen, die sie tagtäglich befragte, war sie es gewohnt, dass die sie anschwindelten. Das war deren gutes Recht, und ihr Job war es, diese Lügen aufzudecken. Bei Freunden war das anders. Nina kannte auch Heike Friedrich-Liebig lang genug, um zu bemerken, dass mit ihr etwas nicht stimmte. Die trug auch nicht nur so zum Spaß Torstens Computer mit zur Arbeit. Die Kollegin suchte vermutlich ebenfalls nach Antworten. Nina würde sie in einer ruhigen Minute und unter vier Augen darauf ansprechen.

Aus dem Dienstplan wusste Nina, dass Jürgen Wacker diese Woche Nachtdienst schob. Der Kollege schlief jetzt also vermutlich. Dennoch würde sie sich ihn heute noch vorknöpfen. Ihn und seine Frau Gaby gleich mit. Die kannte Michaela nämlich ebenfalls noch aus der Schule. Außerdem waren die beiden mit Torsten befreundet. Das stank doch alles zum Himmel.

Die Erste auf Ninas Besuchsliste war eine gewisse Andrea Wirtgen, geborene Steinel, wohnhaft in Katzwinkel. Dummerweise schien dort aber niemand zu Hause zu sein.

„So ein Mist“, schimpfte Nina, nachdem auch nach dreimaligem Klingeln niemand öffnete.

„Die Bewohner werden vermutlich wie alle rechtschaffenen Menschen um diese Zeit bei der Arbeit sein“, meinte Kübler und grinste dabei auch noch blöd.

Vermutlich freute der sich gerade diebisch, dass niemand öffnete. Spätestens, wenn sie gleich wieder im Auto saßen, würde er ihr dann zum x-ten Mal erklären wollen, dass es besser sei, vorher einen Termin zu machen und die Leute einzubestellen. Hauptsache, der Herr Kübler musste seinen Schreibtisch nicht verlassen.

„Hör auf zu grinsen“, schnauzte sie ihn daher direkt einmal prophylaktisch an, bevor er auch noch den Mund aufmachte.

„Sorry, dass ich lebe“, erwiderte er und grinste dabei immer noch.

„Die Wirtgens sind im Urlaub. Die kommen erst in zwei oder drei Wochen zurück“, hörte Nina die Stimme eines Mannes rufen und fuhr herum. Keine fünf Meter hinter ihr stand ein älterer Herr in einem blauen Kittel. In der einen Hand einen Pinsel, in der anderen einen Farbtopf.

Nina ging auf den Herrn zu, der getrennt von einem etwa hüfthohen Holzzaun vom Nachbargrundstück herüberglotzte.

„Guten Morgen, Nina Moretti, Kriminalpolizei. Und Sie sind?“, erkundigte sie sich und hielt ihm dabei ihren Dienstausweis hin.

„Flottmann, Otto Flottmann. Ich weiß schon, wer Sie sind, Frau Moretti. Mein alter Freund Hans Peter Thiel ist doch mit Ihrer Mutter zusammen", winkte der Rentner, der tatsächlich ungefähr in Thiels Alter war, ab und strahlte dabei.

„Ein Freund von Hans Peter? Ach ja, der hat ja früher auch mal hier im Dorf gewohnt", fiel es ihr wieder ein, und sie fragte sich gerade ernsthaft, ob Thiel tatsächlich so etwas wie Freunde besaß. Vermutlich übertrieb dieser Herr Flottmann gerade ein wenig.

Der Herr mit dem Pinsel nickte nun.

„Ja, die Thiels wohnten hier vorne gleich schräg gegenüber", wusste er und deutete in die Richtung.

„Sagen Sie, Herr Flottmann, Sie wissen nicht zufällig, wie man die Wirtgens im Urlaub erreichen kann? Haben Sie vielleicht eine Mobilnummer für uns?", kam Nina wieder zum eigentlichen Grunde ihres Besuchs, bevor der Alte noch begann, irgendwelche Anekdoten aus Thiels bewegter Jugend auszuplaudern.

„Natürlich habe ich die Nummer von den beiden. Aber was ist denn los? Haben die was ausgefressen?"

„Meine Güte! Warum nur sind alte Leute immer so neugicrig? Dieser flotte Otto war schon ein nerviger Zeitgenosse", stöhnte Nina, als sie sich Minuten später wieder in den Beifahrersitz von Küblers Dienstporsche sinken ließ. Wobei es sich ja bei dem Wagen, das musste man immer wieder betonen, nicht um Küblers persönlichen Dienstwagen, sondern um ein Fahrzeug der

Dienststelle handelte, welches von allen genutzt werden durfte. Dummerweise vergaß Kübler dies gelegentlich.

„Da bleibt uns ja nur zu hoffen, dass du im Alter nicht noch neugieriger wirst, als du es heute schon bist", musste ihr Chauffeur nun wieder einmal ungefragt seinen Senf loswerden.

„Bei mir ist das mein Job. Und jetzt gib mal Gas, Kübler. Wir haben nicht den ganzen Tag Zeit", stöhnte sie und deutete nach vorne auf die Straße.

„Wenn du mir sagst, wo wir jetzt hinfahren."

„Als Nächstes nach Bruche zu den Wackers", antwortete sie.

„Ich glaub, der Jürgen hatte Nachtschicht", war Kübler ebenfalls über den Dienstplan des Kollegen informiert.

„Ja. Dann wird er ja jetzt wohl zu Hause sein."

„Vermutlich", meinte Kübler und startete endlich den Wagen.

Es war Gaby Wacker, die Nina und Kübler wenige Minuten später die Haustüre öffnete und ziemlich verwundert über den Besuch am frühen Morgen schien.

„Ist was passiert?", fragte sie verwundert.

„Nein, Gaby, wir hätten nur ein paar Fragen an dich und Jürgen in der Sache Michaela König", antwortete Nina.

„Ach so, da hätte ich ja auch von alleine drauf kommen können. Na, dann kommt mal rein. Jürgen ist in der Küche. Wir frühstücken gerade. Mögt ihr einen

Kaffee oder was mitessen?", erkundigte sich die Frau des Kollegen, die Nina im Grunde nur flüchtig kannte.

Man traf sich gelegentlich bei irgendwelchen Feiern im Kollegenkreis. Das letzte Mal war sie Gaby, wenn sie sich richtig entsann, auf Torsten Liebigs Geburtstagsparty in dessen Garten begegnet. Wirklich gesprochen hatte sie mit der Frau noch nie. Hallo, Guten Morgen und Auf Wiedersehen. Mehr nicht.

„Zu einem Kaffee würde ich nicht Nein sagen. Beim Frühstück muss ich leider passen. Wir hatten schon was", log sie, da sie tatsächlich heute Morgen noch nichts gegessen hatte. Morgens brauchte Nina so etwas auch nicht. Da reichte ihr Kaffee, von dem sie allerdings viel mehr konsumierte, als es ihrer Gesundheit vermutlich zuträglich war.

Das Haus der Familie Wacker kannte Nina bisher nur von außen. Sie wusste, dass Jürgen und Gaby zwei Kinder hatten und vor Kurzem zum ersten Mal Großeltern geworden waren.

„Moin Jürgen", grüßte sie den Kollegen, der in einem Trainingsanzug auf der Eckbank hinter dem Küchentisch saß und sie überrascht anguckte.

„Moin ihr beiden. Mit euch hätte ich jetzt aber so gar nicht gerechnet", tat er, als wüsste er nicht, um was es bei ihrem Besuch ging.

„Du kannst dir nicht denken, weshalb wir hier sind?", tat Nina nun ebenfalls erstaunt und ließ sich auf den Platz am Tisch sinken, an dem nicht gedeckt war. Nein, sie würde bestimmt nichts essen wollen. Es ging heute nicht um einen netten Plausch unter Kollegen.

„Ist es wegen Michaela König?"

„Ja. Ihr beide …", sie deutete auf Gaby und Jürgen, „kanntet sie ja aus der Schule?"

Nina formulierte ihre Aussage mit Bedacht als eine Frage, obgleich es natürlich ein Fakt war, dass die drei sich gekannt hatten.

„Genau, Michaela war damals in unserer Stufe", meinte er, während Gaby lächelte und dann noch anfügte: „Da kannst du mal sehen, wie lange wir beide schon zusammen sind."

„Ihr wart damals schon ein Paar?", fragte Kübler verwundert dazwischen.

„Ja, mein lieber Thomas. Alte Liebe rostet nicht", lachte Jürgen.

„Thomas, magst du ebenfalls einen Kaffee?", unterbrach Gaby Wacker die Konversation und setzte Nina eine dampfende Tasse Filterkaffee vor.

Kübler bejahte, und Jürgen schob Nina derweil einen Tetra Pak mit H-Milch über den Tisch. Der wusste genau, wie sie ihren Kaffee mochte.

„Ich würde auch noch ein bisschen Zucker nehmen", orderte Thomas und lehnte sich, mit in den Taschen seiner Jacke vergrabenen Händen, an die Anrichte der Einbauküche.

„Wie eng wart ihr beiden eigentlich damals mit Michaela befreundet?", kam Nina auf das eigentliche Thema zurück.

Jürgen stieß die Luft aus und sah fragend zu seiner Frau.

„Na, wirklich eng war das nicht. Ich hatte so gut wie gar nichts mit ihr am Hut. Man kannte sich eben. Gaby kannte sie ein bisschen besser, oder?", gab er die Frage an seine Frau weiter.

„Ja. Eine Zeit lang waren wir mal ziemlich gut befreundet. Das ließ dann aber kurz vor dem Abi etwas nach. Michi hatte damals diesen Typen kennengelernt und sich immer mehr von der Clique abgesondert", antwortete sie und sah wieder zu Jürgen.

„Stimmt. Die hatte da doch was mit diesem Berliner Ossi angefangen", schien der zu wissen, von wem seine Frau sprach.

„Wie hieß der Mann?", grätschte Nina dazwischen und beobachtete dabei die Eheleute.

Jürgen hob die Schultern.

„Keine Ahnung. Aber der war wie gesagt nicht von hier. Den hat sie damals in Berlin kennengelernt", antwortete er, während Gaby immer noch zu überlegen schien.

„Michaela war in Berlin?", wunderte sich Nina, da sie dies bisher noch nicht gehört hatte.

„Ja, das waren wir alle. Abschlussfahrt mit der Oberstufe im Herbst 1989. Drei Tage nach dem Mauerfall. Da war was los. Meine Güte, das könnt ihr euch nicht vorstellen. Da habe ich das erste Mal in meinem Leben einen Trabi gesehen. Was heißt einen, die Dinger waren plötzlich überall. Eine richtige Trabi-Invasion", amüsierte Jürgen sich.

„Du warst kurz nach dem Fall der Mauer in Berlin?“, tat Thomas jetzt so ehrfürchtig, als wollte er den Kollegen Wacker mit einem Rockstar auf eine Stufe stellen.

„Ja, das war totaler Zufall. Als wir die Abschlussfahrt damals planten, hätte doch keiner von uns auch nur geahnt, dass die DDR da schon beinahe Geschichte war“, erzählte der Kollege.

„Und die Michaela hat bei dieser Jahrgangsfahrt einen jungen Mann aus Ostberlin kennengelernt?“, versuchte Nina das Gespräch wieder auf das Wesentliche zu lenken.

Sie wusste nur zu gut, dass Kübler ein Faible für die Achtzigerjahre besaß. Der Typ sammelte sogar Automaten, Videorecorder und Computer aus dieser Zeit. Wenn der jetzt ins Schwärmen kam, gab das hier kein Ende.

Doch sie waren nicht hier, um die deutsch-deutsche Geschichte der späten Achtziger aufzuarbeiten, sondern um einen Todesfall aufzuklären.

„Ja, ich glaube, der hieß Rico oder Enrico“, schien Gaby nun der Name wieder eingefallen zu sein.

„Genau, so hieß der“, bestätigte ihr Mann, während Nina den Namen in ihrem Notizbuch notierte.

„Und wie weiter? Der wird ja wohl auch einen Nachnamen gehabt haben.“

Wieder schauten sich die Eheleute einen Moment betreten an und schüttelten dann beide und ziemlich synchron die Köpfe.

„Sorry, Nina. Das ist fast fünfunddreißig Jahre her. An den kann ich mich beim besten Willen nicht mehr erinnern", antwortete Wacker und biss dann ein Stück von seinem Brötchen ab.

# Kapitel 10

*Dienstag, 16. Juli 2024, 9:07 Uhr*
*Eisenacher Straße/Berlin*

Torsten saß im Außenbereich des Café Burger unter einem der großen bordeauxfarbenen Sonnenschirme, nippte an seinem Milchkaffee und ließ den Blick über die Kreuzung Eisenacher Straße/Rosenheimer Straße schweifen. Gegenüber gab es ein italienisches Restaurant namens bar tolucci. Weder der Laden, vor dem er gerade saß, noch der Italiener sagten ihm irgendwas. Doch es war genau hier gewesen. Hier an dieser Stelle hatte die Geschichte begonnen. Die Turbine, so hatte die Disco geheißen, in der sie für die damaligen Verhältnisse sehr fremdartige Musik spielten. Während fast ganz Deutschland noch Lambada tanzte, trieb hier die deutsche Technoszene erste zarte Knospen. Torsten hatte weder damals noch heute etwas mit Techno anfangen können. Das war einfach nicht seine Musik. Dennoch war er an dem Abend mitgegangen.

Er schloss die Augen, versuchte den lärmenden Großstadtverkehr auszublenden und sich auf die Beats von damals zu fokussieren. Sie waren an dem Abend zu siebt unterwegs gewesen. Michaela, Gaby, Katrin,

Andrea, Christoph, Jürgen und er. Sieben Jugendliche vom Dorf in einer Szene-Disco mitten in Berlin. Den Tipp, dass in dem Laden an der Rosenheimer Straße nachts der Bär steppte, hatte Gaby irgendwo aufgeschnappt. Gaby, die Hübsche mit den roten Haaren, die seinem Kumpel Jürgen so dermaßen den Kopf verdreht hatte, dass der ihr wie ein Schoßhund schwanzwedelnd auf Schritt und Tritt folgte. Wobei Torsten im Grunde ja nicht viel besser als der Freund war. Er selbst wäre Michaela ebenfalls bis in die Hölle gefolgt.

Die Technobude, in die Gaby sie geschleppt hatte, war von der Hölle auch nicht mehr weit entfernt gewesen. Der Laden war brechend voll. Die Luft so dick, dass man sie hätte schneiden können, und das mit fünf Mark pro Flasche viel zu teure Bier pisswarm. Im Gegensatz zu Torsten, Jürgen und Christoph schien der Schuppen den Mädchen zu gefallen. Während sie zu dritt am Tresen standen und sich das Spektakel ansahen, flippten die vier Mädchen über die Tanzfläche.

Irgendwann war er dann wie aus dem Nichts aufgetaucht. Rico. Groß, blond, gut aussehend und locker fünf oder sechs Jahre älter als Torsten und der Rest der Bande.

„Wer ist denn der Typ da bei Michi?", war Jürgen der Fremde als Erster aufgefallen. Torsten war so in Gedanken gewesen, dass er den Kerl, der da seit geraumer Zeit am Rande der Tanzfläche an einem Pfeiler lehnte und sich mit Michaela unterhielt, vor lauter schwitzenden und zuckenden Leiber gar nicht gesehen hatte.

„Keine Ahnung. Woher soll ich das wissen? Ist halt irgend so ein Typ“, hatte Torsten geantwortet und dabei die Faust geballt. Michi hatte gelacht, während der fremde Mann ihr irgendetwas ins Ohr schrie. Dabei hatte die Hand des Fremden permanent auf ihrer Hüfte gelegen. Michi schien es nicht zu stören. Nein, die schien im Gegensatz zu Torsten einen Heidenspaß zu haben. Er war drauf und dran gewesen, zu den beiden rüberzugehen und dem Kerl zu sagen, dass er gefälligst seine Griffel von Michaela lassen sollte. Getan hatte er es nicht.

„Vielleicht sollten wir mal langsam zurück zur Jugendherberge. Ist schon verdammt spät“, fand Jürgen irgendwann.

Torsten stimmte zu und beobachtete, wie der Unbekannte plötzlich einen Stift aus seiner Jeansjacke zog, um damit etwas auf Michaelas Unterarm zu kritzeln. Vermutlich seine Adresse oder Telefonnummer.

„Darf es für Sie noch etwas sein?“, riss die Stimme einer jungen Frau Torsten aus den Tiefen seiner Erinnerungen in das Hier und Jetzt zurück. Die rhythmischen Beats der Synthesizer verschwanden und wichen dem Lärm der neuzeitlichen Hauptstadtstraßen.

„Nein, danke. Ich würde gerne zahlen“, beschied er die attraktive dunkelhäutige Kellnerin und zückte sein Portemonnaie.

Nein, an diesem Ort würde Torsten nichts mehr finden, was seinen Erinnerungen auf die Sprünge half.

„Da kannst du sagen, was du willst, dieser Rico war nicht ganz koscher. Irgendwas war mit dem im Argen und bei dieser Tussi, die da mit ihm zusammen war, ebenfalls. Ich hab direkt gewusst, dass die beiden nichts taugen“, winkte Jürgen Wacker ab.

„Ach, Quatsch. Ich fand die beiden eigentlich ganz nett. Klar tickten die anders. Stell dir vor, du lebst über zwanzig Jahre hinter dieser Mauer und wirst von einem Tag auf den nächsten in den kapitalistischen Westen katapultiert. Diese Jana war dir doch lediglich suspekt, weil du nicht bei ihr landen konntest und sie stattdessen den Torsten anhimmelte“, konterte seine Frau.

Wacker schaute empört auf.

„Das ist doch vollkommener Käse. Ich wollte doch nichts von der. Ich hatte nur erst gedacht, die beiden wären ein Paar. Die und dieser Rico. Und dann schmeißt der sich an unsere Michaela ran … und sie … sie macht dem Torsten schöne Augen. Wobei es dem noch weniger zu gefallen schien, dass dieser Rico mit Michi flirtete.“

„Also könnte Michaela von diesem Rico schwanger gewesen sein?“, grätschte Nina nun dazwischen, bevor die Eheleute Wacker die unsinnige Diskussion über seine Interessen an einer jungen Frau vor fast fünfunddreißig Jahren noch weiter vertieften. Nina interessierte diese Jana, oder wie immer sie geheißen hatte, nicht.

Von ihr war Michaela bestimmt nicht schwanger gewesen. Das Einzige, was Nina hier interessierte, war Michaela und mit wem die damals Kontakt gehabt hatte. Wer hätte ein Interesse gehabt, die Imkertochter zu töten? Und warum? Ninas Gefühl sagte ihr, dass es eventuell tatrelevant war, welcher Kerl der Erzeuger des ungeborenen Kindes gewesen war. Vielleicht hatte er das Kind nicht gewollt, sie hatten gestritten. Genauso gut könnte aber auch ein Nebenbuhler infrage kommen.

Frauen und Männer tickten bezüglich eines Mordmotivs in einer Beziehung komplett unterschiedlich. Frauen töteten Männer, um sie loszuwerden. Männer töteten Frauen aus Eifersucht, weil sie Angst hatten, dass die Frauen sie wegen eines anderen verlassen könnten.

„Wie? Michi war schwanger?", wunderte sich Gaby Wacker nun und sah dann zu ihrem Mann.

„Ja, guck mich nicht so an. Ich war es bestimmt nicht", tat der es, wie es schien, nicht wirklich ernst gemeint, ab.

„Ja, die Pathologin schätzt, dass Michaela etwa in der fünfzehnten Woche war", bestätigte Nina und beobachtete Jürgens Gattin dabei genau. Die schien davon total überrascht und sah immer wieder zwischen ihrem Mann und Nina hin und her.

„Wusstest du davon?", erkundigte sie sich nach einem Moment der Stille bei ihm.

„Nein. Woher sollte ich davon gewusst haben? So dicke wie du war ich nicht mit Michaela. Mir hätte sie es vermutlich als Letztem erzählt", wehrte der ab.

„Na, vielleicht von Torsten. Dem hat sie doch eigentlich immer alles gesteckt“, antwortete sie.

Nina wurde hellhörig. Zum zweiten Mal war nun der Name Torsten Liebig gefallen.

„Du sprichst von Torsten Liebig?“

Gaby nickte. „Ja. Der Torsten und die Michi waren ganz dicke“, bestätigte sie.

„Waren die ein Paar? Könnte das Kind auch von Torsten sein?“, brachte Kübler, der bisher nur stumm an der Anrichte gelehnt hatte und an seinem Kaffee schlürfte, sich endlich auch einmal ein.

„Nein, das glaub ich nicht. Ich denke, der Torsten hätte zwar gerne was mit Michaela gehabt, für sie war der aber mehr wie ein Bruder … so eine Art Seelentröster. Torsten hätte alles getan, um bei Michi zu landen. Der war es ja auch, der nach der Jahrgangsfahrt noch ein paarmal mit ihr nach Berlin gefahren ist. Der ist mit ihr dahin, obwohl er genau wusste, dass sie zu diesem Typen wollte“, wusste Wacker und schüttelte dabei fassungslos den Kopf.

„Ich habe damals immer geglaubt, der Torsten wäre schwul“, amüsierte sich Gaby.

Jürgen riss die Augen auf.

„Quatsch. Wie kommst du denn auf so einen Unsinn?“, schimpfte er, worauf sie nur mit den Schultern zuckte und antwortete: „Na, weil der sich nie für Mädchen interessiert hat.“

„Doch, hat er. Nur die wollte halt eben nichts von ihm“, erwiderte Jürgen.

„War dieser Rico auch mal hier bei uns im Westerwald oder ist sie nur immer zu ihm nach Berlin?", versuchte Nina das Gespräch wieder in geregelte Bahnen zu lenken.

„Kann sein. Ich meine schon. Aber zu der Zeit hatte ich schon gar nicht mehr so viel mit Michaela zu tun. Die lebte ja mit einem Mal in anderen Sphären. Je länger sie mit diesem Rico rumgemacht hat, umso mehr hat sie sich von der damaligen Clique entfernt. So weit ich mich erinnern kann, wurde es am Ende sogar mit ihrem Abitur ziemlich eng, weil sie vor lauter Mannstollheit in der Schule mehr Fehlstunden hatte, als dass sie anwesend war", behauptete Gaby schnippisch.

„Hat sie denn damals mal geäußert, dass sie nach dem Abi von hier wegwollte?", erkundigte sich Nina.

„Ja, mehrfach", antwortete Jürgen, während seiner besseren Hälfte im gleichen Moment ein klares „Nein" über die Lippen kam.

„Wie gesagt … das ist lange her. So genau weiß ich es eben auch nicht mehr", relativierte er seine Aussage.

„Angeblich verschwand Michaela in der Nacht von Samstag auf Sonntag, direkt nach dem Abiball. Ist da irgendetwas an diesem Abend vorgefallen?", interessierte es Nina.

„Nein. Nicht, dass ich mich erinnern könnte. Aber ich glaube, die Michaela war an dem Abend gar nicht da", war es wieder Jürgen, der zuerst antwortete.

Nina sah zu Gaby. Denkfalten standen auf ihrer Stirn.

„Doch, natürlich war die da. Moment mal", entschuldigte sie sich, erhob sich und verließ den Raum.

„Hast du eine Ahnung, wo Torsten ist?“, nutzte Nina die Abwesenheit von Gaby für eine eher persönliche Frage an den Kollegen.

„Nee, woher sollte ich? Ich habe lediglich mitbekommen, dass der sich spontan ein paar Tage Urlaub genommen hat“, antwortete Wacker, und Nina wusste gerade nicht so recht, ob sie ihm das glauben sollte.

Für ein erneutes Nachhaken blieb auch keine Zeit, da augenblicklich Gaby wieder in die Küche wehte. Sie trug ein dickes, großes, mit rotem Kunstleder bezogenes Fotoalbum vor der Brust, legte es dann direkt neben Ninas Kaffeetasse, die Nina eilig aufhob, damit Gaby sie nicht noch umstieß.

„Da ist sie. Das war Freitagabends vor dem Abiball. Es gab ja auch die Zeugnisse. Da war Anwesenheit sozusagen Pflicht.“

Nina betrachtete die junge Frau in dem hübschen dunkelblauen Kleid. Im Hintergrund war der Eingangsbereich der Stadthalle zu sehen. Doch etwas anderes war ihr gerade noch aufgefallen.

„War der Abiball nicht samstags?“

„Nee, der war am Freitag, am Samstag war Abifete in der Fischbachhütte“, antwortete Wacker.

Nina verstand und deutete wieder auf die Fotos.

„Welcher von den jungen Kerlen ist Torsten?“, erkundigte sie sich, da keiner der Männer auch nur entfernt Ähnlichkeit mit dem Kollegen besaß.

„Der da müsste Torsten sein. Der mit den langen Haaren direkt neben mir“, mischte Wacker sich ein, der sich von seinem Platz erhoben hatte und um den Tisch herumgekommen war.

„Das bist du ... und das ist Torsten?", wunderte Nina sich, da sie darauf nie und nimmer von alleine gekommen wäre.

„Die Michaela ist nicht in der Nacht nach dem Abiball verschwunden. Die war bis zum Ende da, und ich hab sie auch noch an dem Abend drauf gesehen", meinte Gaby nun.

„Ist sie nicht?", fragte Nina überrascht.

„Nein, auf dem Ball Freitagabend war sie bis zum Schluss, und Samstag, also den Abend drauf, hab ich sie auch noch auf der Fete in Daaden im Wald an dieser Hütte gesehen", erinnerte sich Gaby und blätterte weiter.

„An die Fete an der Fischbachhütte kann ich mich fast gar nicht mehr erinnern. Da haben wir so dermaßen die Sau rausgelassen, dass ich noch nicht mal mehr weiß, wie ich heimgekommen bin", amüsierte sich Wacker, während seine Frau einige Seiten des Albums umblätterte und etwas zu suchen schien.

„Da ist sie", sagte Gaby irgendwann und deutete auf eine Frau mit langen blonden Haaren.

„Sicher?", fragte Wacker, da die Blonde auf dem Foto lediglich von hinten zu sehen war. Die Frau trug Bluejeans und eine dazu passende Jeansjacke.

„Von der Kleidung her könnte es passen. Michaela trug, als sie starb, solch eine Jacke und Hose von Levis", wusste Nina von Kim Kunze.

„Nein, das könnte auch sonst wer sein", war Wacker sich aber immer noch nicht sicher, zog das Album näher zu sich und begann, im Stehen darin zu blättern.

„Welche der jungen Damen bist du?", erkundigte sich Nina bei Gaby.

„Keine, ich war die hinter der Kamera. Ich bin nur auf den Fotos vom Vorabend zu sehen. Die hat mein Papa nämlich damals gemacht. Bei der Hüttenfete waren dann ja keine Eltern dabei … was auch gut so war", antwortete sie und kicherte.

Nina verstand. Sie empfand es jedoch als eine Art Wunder, dass es überhaupt so viele Fotos von den beiden Feiern gab. Bei ihrer Abifete damals hatte niemand fotografiert. Da gab es nur die offiziellen Bilder mit Mama, Papa und der Stufe vom Ball.

Heutzutage kursierten ja nach jeder Party zumeist Dutzende von Handyfotos, da wirklich jeder ein Smartphone besaß. Dies war 1990 noch anders gewesen. Da hatte man nicht nur einen Fotoapparat gebraucht, sondern auch einen Film in das Ding hineinlegen müssen, der nach dem Knipsen erst noch entwickelt werden musste. Wenn man Pech hatte, waren die Fotos dann alle zu dunkel oder verschwommen.

Nina nahm ihr Mobiltelefon aus der Jacke, entsperrte es und suchte das Foto, auf dem der goldene Delfin zu sehen war.

„Den schon mal gesehen?", erkundigte sie sich bei Gaby.

„Ja. Den müsste ich sogar noch irgendwo haben“, antwortete sie zu Ninas Überraschung.

„Das ist deiner?“

Die Angesprochene nickte.

„Ja, den hat mir mein Mann damals zum achtzehnten Geburtstag geschenkt. Da waren wir gerade frisch verliebt“, lachte sie, runzelte dann aber die Stirn. „Warum fragst du danach?“

„Den haben wir am Samstag bei Michaela gefunden … das heißt, wir hätten ihn dort eigentlich finden sollen. Dummerweise ist das gute Stück verschwunden. Auf den Aufnahmen der Spurensicherung, die Leon und Torsten gemacht haben, ist er nämlich nicht mehr da.“

„Und was sind das da für Aufnahmen?“, wollte Jürgen wissen und klang dabei sehr verwundert.

„Die habe ich mit dem Handy gemacht. Direkt als ich am Fundort ankam“, sagte Kübler und lächelte.

„Ach so. Hab ich gar nicht mitbekommen, dass du fotografiert hast“, brummelte Wacker.

„Tja, kann passieren, Jürgen. Dafür habe ich nicht mitbekommen, dass du das hübsche Stück, nachdem ich es fotografiert habe, eingesteckt hast“, sagte Kübler so cool, wie es nur ein Typ in einer Schimanski-Jacke sagen konnte.

Seine Worte verfehlten ihr Ziel nicht. Jürgen Wacker wirbelte herum und stierte Kübler wütend an.

„Sag mal, spinnst du? Was soll denn das heißen?“, blaffte er Kübler an, der gerade grinste wie ein Honigkuchenpferd.

„Das soll heißen, dass außer dir, deinem Kollegen Peters und den beiden Hobbyimkern sonst keiner da war, der den Delfin hätte einstecken können."

„Und warum hätte ich das Scheißteil deiner Meinung nach einstecken sollen?", schnaufte Wacker, dem gerade sein Hemdkragen verdammt eng zu werden schien.

„Keine Ahnung. Sag du es mir", antwortete Kübler ihm.

Wacker hob die Hand und zeigte zur Küchentür.

„Raus. Sieh bloß zu, dass du Land gewinnst, bevor ich mich vergesse", sagte der Hausherr so böse, dass es Nina gerade ebenfalls etwas mulmig wurde. Nun gut. Ihre Gedanken waren die gleichen gewesen wie die von Thomas. Wacker hätte die Gelegenheit und eventuell auch ein Motiv gehabt, die Kette an sich zu nehmen. Welches Motiv, war ihr dabei noch nicht ganz klar. Hatte er damals vielleicht doch mehr mit Michaela zu tun gehabt, als er heute bei seiner Frau zugeben wollte? Sie würde es herausfinden. Und ja, sie hätte ebenfalls noch nachgefragt, ob Wacker das Schmuckstück am Samstag an sich genommen hatte. Doch sie hätte es wesentlich diplomatischer als Kübler getan. So, dass der etwas untersetzte Beamte es gar nicht richtig wahrgenommen hätte, dass sie ihm etwas unterstellte. Thomas war in dieser Beziehung eher der Elefant im Porzellanladen.

Jürgen machte nun einen Schritt auf Kübler zu, dessen selbstgefälliges Grinsen mit einem Mal wich.

„Mensch, Jürgen, jetzt beruhig dich wieder. Das war ja mehr so eine hypothetische Überlegung", ruderte Kübler jetzt, was das Zeug hielt, zurück.

„Jürgen, jetzt lass den Thomas doch", schaltete sich Gaby ein und hielt ihren Mann am Arm.

„Nee, lass ich nicht. Ich hab mir in über dreißig Jahren Polizeidienst nie etwas zuschulden kommen lassen, und dann kommt dieser Kasper und behauptet hier in meinen eigenen vier Wänden, dass ich an einem Tatort Beweise geklaut habe", entlud sich die Wut des Gastgebers.

Kübler blickte zu Nina, winkte knapp und meinte dann: „Okay, Nina, ich warte dann mal im Wagen."

Noch bevor sie etwas erwidern konnte, war er durch die Küchentür verschwunden.

Sie hörte noch das Zuschlagen der Haustür. Dann herrschte betretenes Schweigen.

„Musste das jetzt sein?", fragte Gaby irgendwann, während Nina Jürgen beobachtete und versuchte, den Zornesausbruch des Kollegen einzuordnen.

Reagierte so jemand, der nichts zu verbergen hatte?

Nein, eher nicht.

„Und? Meinst du auch, ich hätte den Delfin geklaut?", fragte er an Nina gerichtet.

Sie tat belanglos.

„Keine Ahnung, Jürgen. Ist auch vollkommen egal, was ich denke. Fakt ist nur das, was ich beweisen kann. Mich interessiert derzeit viel eher, ob es sich bei der Kette am Leichenfundort um die handelt, die du damals deiner Frau geschenkt hast, oder ob es die Kette eventuell zweimal gab. Hatte Michaela vielleicht die gleiche oder eine ähnliche wie deine Frau?", wechselte sie nun zumindest im Ansatz das Thema.

Sie beobachtete, wie Gaby angestrengt nachdachte und dann den Raum verließ. Vermutlich würde sie nachschauen, wo das Schmuckstück abgeblieben war. Nina besaß eine Schmuckschatulle, in der sie solche Dinge aufbewahrte. Das Kästchen oder vielmehr der Kasten mit den in Samt ausgeschlagenen Schublädchen war ein Geschenk ihrer Schwiegermutter gewesen – der Kasten inklusive diversem recht kostspieligem Inhalt, den Nina noch nie getragen hatte. Darunter befanden sich Stücke, die bereits Schwiegermamas Großmutter besessen hatte. Isabelle, die Mutter ihres Mannes Klaus, hatte Nina damit, ohne sie zu fragen, zur Hüterin des Familienschmucks gemacht. Vielleicht würden irgendwann Chiara oder Sarika Gefallen daran finden. Ninas Ding war dieses ganze Glitzerzeug mitnichten.

„Mensch, Jürgen, jetzt krieg dich mal wieder ein", zischte sie dem Kollegen zu, der sich wieder auf die Eckbank schob, wo sich noch immer sein Teller mit dem Brötchen und sein Kaffee befanden.

„Vielleicht hat der Kübler ja den Delfin eingesteckt … oder sein blöder Köter hat ihn gefressen", schien der sich jedoch immer noch nicht zur Gänze beruhigt zu haben.

„Ich find das Ding gerade nicht. Aber es ist vollkommen ausgeschlossen, dass meine Kette all die Jahre bei Michaela war. Ich habe sie nach Michis Verschwinden selbst gelegentlich noch getragen. Könnte sein, dass ich sie irgendwann mal Lena oder Lisa gegeben hab", meinte Gaby, die nun zurück in die Küche kam.

Nina kannte die eineiigen Zwillinge Lena und Lisa. Die beiden müssten so um die dreißig sein und waren, wenn sie sich nicht irrte, beide bereits verheiratet.

„Also kann es sein, dass es zwei identische von diesen Anhängern gibt?", hakte Nina noch einmal nach, da sie glaubte, dies aus Gabys Aussage herauszuhören.

„Ja, ich glaube, die Michi hatte den gleichen", bestätigte sie und wandte sich dann an ihren Mann. „Hattest du die Kette damals nicht im AKA-City gekauft?"

„Kann sein", brummelte der und strich dabei Margarine auf eine Brötchenhälfte.

„Doch, die gab es im AKA. Ich hatte die damals gesehen und dir davon erzählt. Dann sind du und Torsten dahin und habt die gekauft", schien seine Frau sich besser an die Geschehnisse von vor fünfunddreißig Jahren zu erinnern als Wacker.

„Ja, kann sein. Weiß ich nicht mehr", brummelte der, und Nina hatte gerade das Gefühl, als könnte Jürgen sich noch an viel mehr erinnern, als er in diesem Moment zugab.

„Moin Leon", grüßte Heike Friedrich-Liebig den Kollegen ihres Mannes, als sie das kleine Labor unter dem Dach der Dienststelle betrat.

„Moin Heike“, erwiderte Leon Schwert und schien über ihren Besuch verwundert.

„Ist das die Pistole, die die Kinder gestern an dem Bienenhaus im Wald gefunden haben?“, fragte sie und deutete auf den rostigen Gegenstand, den Leon gerade in einer Art kleinem Aquarium versenken wollte.

„Ja, mal schauen, wie sie aussieht, wenn wir sie in der Elektrolyse hatten. An dem guten Stück hat der Zahn der Zeit heftig genagt“, erwiderte er.

Heike trat neben ihn und beobachtete, wie Leon einen Metallstab mit einem Kabel daran in das Becken legte. Dann schaltete er den kleinen Trafo ein, mit dem die Drähte verbunden waren.

„Faszinierend“, flüsterte sie, als sich an der rostigen Pistole erste Blasen lösten.

„Ich denke, die ist gar nicht mal in einem so schlechten Zustand, wie wir zuerst gedacht haben“, meinte Leon, ließ sich auf einen Stuhl sinken und betrachtete Heike fragend.

Sie seufzte und setzte sich auf den zweiten.

„Okay. Was willst du wissen?“, kam er ohne Umschweife nun direkt auf den Punkt.

„Keine Ahnung. Ich dachte, du könntest mir etwas erzählen, damit ich verstehe, was gerade in meinem Mann vorgeht“, sagte sie, da sie eigentlich gar nicht wusste, was sie fragen wollte und welche Antworten sie gerade suchte.

Sie wusste mittlerweile, dass Torsten in Berlin war. Dies hatte die Ortung seines Mobiltelefons ergeben, die sie eigentlich ohne einen richterlichen Beschluss gar nicht hätte durchführen dürfen. Wenn das rauskam, würde es Ärger geben. Was Heike allerdings egal war.

„Keine Ahnung, Heike. Du kennst ihn besser als ich. Fakt ist, dass dein Mann nichts mit dem Verschwinden des goldenen Delfins zu tun haben kann. Als ich und Kim zu der Toten kamen, war das Teil schon nicht mehr da. Torsten war bis zu dem Zeitpunkt noch gar nicht am Fundort gewesen. Der stand nämlich immer noch abseits und hat irgendetwas mit Jürgen diskutiert", wusste Leon.

„Da bist du dir sicher?"

„Ganz sicher!", bestätigte er.

„Und was genau hatte Torsten mit Jürgen zu besprechen?", hakte sie bereits etwas erleichtert nach.

„Keine Ahnung. Torsten war mir gegenüber in den letzten Tagen nicht sehr gesprächig", antwortete er und beugte sich vor, um einen Blick in das Becken zu werfen, in dem das Wasser oder vermutlich die Säure oder eine Lauge sich langsam eintrübte. So genau kannte Heike sich mit diesen Dingen nicht aus.

„Das ist ziemlich eindeutig eine Makarov PB aus den Siebziger- oder Achtzigerjahren", murmelte er dabei.

„Seltsam. Was macht eine Pistole aus dem Ostblock in einem Waldstück im Westerwald?", überlegte Heike laut und musste wieder an die Peilung des Mobiltelefons von vor wenigen Minuten denken.

Torsten befand sich im ehemaligen Ostteil der heutigen Hauptstadt. Was oder wen suchte er dort?

„Keine Ahnung, wie die hier in den Westen kommt. Vielleicht hat sie, wie so viele andere Dinge, nach dem Zusammenbruch im Osten den Weg über einen Flohmarkt hier in den Westen gefunden", sinnierte er.

„Über einen Flohmarkt? Kann ich mir nicht vorstellen", warf Heike ein.

„Da hab ich schon ganz anderes gehört, was auf diesen sogenannten Polenmärkten alles den Besitzer gewechselt hat. Von Uniformen über Nachtsichtgeräte bis hin zur AK-47 oder Handgranaten wurde da alles zu Kohle gemacht", wusste Leon wohl vom Hörensagen. Dabei gewesen sein konnte er definitiv nicht, da der junge Bursche damals noch nicht einmal geboren war.

Auch Heike hatte von diesen Märkten gehört, glaubte jedoch nicht, dass die Waffe zufällig in diesem Wald gelandet war.

„Wusstest du, dass so eine Makarov aus lediglich siebenundzwanzig Teilen besteht?", meinte Leon.

„Nee, so genau hab ich mich mit diesen Pistolen noch nicht auseinandergesetzt. Ich weiß nur, dass sie spezielle Patronen benötigen, die es damals nur im Osten gab", gab sic ihr Wissen preis und wechselte dann ihrerseits das Thema.

„Was meint denn Kim so? Konnten sie die DNA des Fötus isolieren?", erkundigte sie sich, da sie dies ebenfalls interessierte. Torsten bestritt eine sexuelle Beziehung zu Michaela vehement. Sie seien nur Freunde gewesen. Aber wie hatte schon Klaus Lage gesungen? Tausendmal berührt, tausendmal ist nichts passiert, und dann hat's …

Leon drehte sich um, sah Heike erstaunt an und wollte etwas sagen.

„Leon, es weiß wirklich jeder, dass ihr, du und Kim, zusammen seid", kam sie ihm zuvor.

„Jaja. Das ist ja auch kein Geheimnis. Deshalb heißt das aber nicht, dass wir uns abends zu Hause über Dienstgeheimnisse austauschen. Kim und ich versuchen, tunlichst nicht über unsere Arbeit zu reden. Kim findet das unprofessionell", antwortete er.

„Und wie findest du das?"

„Ich finde, Kim hat recht. Arbeit ist Arbeit und privat ist privat. Ich will es aber auch gar nicht wissen oder mir vorstellen, was ihr den ganzen Tag so über den Tisch geht", antwortete er und sah dann wieder den Sprudelblasen zu, die sich von der Pistole lösten.

„Okay. Dann ruf ich sie gleich selbst mal an", beschloss Heike und erhob sich.

Es brachte sie nicht weiter, mit Leon hier herumzuhocken. Entweder der wusste wirklich nichts oder er wollte ihr, warum auch immer, nichts sagen. Sie vermutete Zweiteres. Und ja, sie hatte dafür, auch wenn es sie nervte, Verständnis. Leon und ihr Mann Torsten waren nicht nur Kollegen, sondern sogar so etwas wie Freunde. Es fiel dem jungen Polizisten vermutlich nicht leicht, mit ihr, der Ehefrau seines Kollegen, über Dinge zu reden, die Torsten oder seine Freundin Kim Kunze ihm vielleicht im Vertrauen erzählt hatten und die nicht für Heikes Ohren bestimmt waren.

Heike würde sich nun wieder Torstens Laptop zuwenden. Wirklich weitergekommen war sie da nämlich noch nicht. Ihr Mann hatte zuletzt endlos damit nach Namen gesucht. Unzählige Profile in den sozialen Medien besucht. Unter anderem hatte er auch mehrfach den Namen Michaela König eingegeben. Wie es schien, war er auch am Samstag und Sonntag noch immer auf der Suche nach einer Spur von ihr im Netz gewesen. So etwas tat ein Mörder nicht. Wenn Torsten damals etwas mit Michaelas Tod zu tun gehabt hätte, würde er nicht vierunddreißig Jahre später nach ihr im Internet suchen.

## Kapitel 11

*Dienstag, 16. Juli 2024, 9:07 Uhr*
*Müggelseedamm/Berlin-Köpenick*

Torsten schaltete den Motor der Harley-Davidson ab, ließ die schwere Maschine auf den Seitenständer gleiten und schwang sich vom Sattel. Er entledigte sich des Helms, stopfte die Handschuhe hinein und befestigte diesen am Lenker des Motorrads.

Doch, er war gerade schon irgendwie stolz auf sich. Er hatte das Haus am Müggelsee tatsächlich, ohne eine genaue Adresse zu kennen, nach vierunddreißig Jahren wiedergefunden. Zumindest war er sich zu fünfundneunzig Prozent sicher, dass es sich bei dem Gebäude auf der anderen Straßenseite um exakt das Haus handelte, in dem Michaela und er damals diesen Rico und dessen Schwester Jana besucht hatten. Eine Weile betrachtete er das Haus und versuchte sich, wie zuvor an den anderen Orten, die er besucht hatte, zu erinnern. An seiner ersten Station, der ehemaligen Disco, hatte dies super funktioniert. Danach war er zu einer Adresse am Prenzlauer Berg gefahren, an der es 1990 noch eine Kneipe gegeben hatte. Die Schankwirtschaft, in der das Bier damals fünfzig Pfennige Ost und ein Schnaps eine

Ostmark kostete, war jedoch längst Geschichte. Überhaupt hatte sich der Stadtbezirk, in dem vor, während und kurz nach dem Fall der Mauer Künstler, Punks und Oppositionelle in besetzten Wohnungen wilde Partys feierten, mächtig gewandelt. Der Prenzlauer Berg hatte all seine Wildheit verloren und war bieder, spießig und dekadent geworden. Nichts war mehr, wie es einmal gewesen war.

An der Stelle, an der damals Ricos Stammkneipe stand, befand sich heute das Parkhaus eines Einkaufszentrums. Schöne neue Welt. Torsten war nicht einmal von seinem Motorrad abgestiegen, um sich alles näher anzusehen, sondern gleich weitergefahren.

Er vermutete, dass es zwischen Michi und Rico bereits in der Disco gefunkt hatte. Sie war es gewesen, die darauf gedrängt hatte, noch mit den beiden Ostdeutschen nach drüben zu fahren, um dort zu feiern. Angeblich, weil es im wilden Osten viel billiger sei. Torsten war dagegen gewesen. Doch anstatt mit Jürgen, Gaby und den anderen zurück in die Jugendherberge zu fahren, war er bei Michaela geblieben. Heute war er davon überzeugt, dass es ein Fehler gewesen war. Vermutlich wäre sie am Ende ohne Torsten mit Rico und Jana in deren Trabi gar nicht mitgefahren. Sie hatte gebettelt, und er war wie immer weich geworden.

Als er später an diesem Abend von der Toilette des Lokals kam, einen Ort, an den er sich mit Grauen ebenfalls noch sehr gut erinnern konnte, da er zuvor noch nie so etwas Versifftes gesehen hatte, hatte er gesehen, wie Michaela hemmungslos mit Rico knutschte. Dessen Schwester Jana schien dies ebenfalls nicht gefallen zu haben. Wenn ihre Blicke hätten töten können, wäre Michaela bereits in dieser kalten Novembernacht, drei Tage nach dem Fall der Mauer, gestorben.

Sie beide waren erst am frühen Morgen und ziemlich betrunken zurück in die Jugendherberge gekommen. Jana hatte sie mit dem Trabi gebracht. Zum Glück hatte niemand der Lehrkräfte etwas gemerkt. Es hatte damals nämlich, obwohl sie alle bereits volljährig waren, Regeln gegeben. Regeln, die ein halbes Jahr vor dem Abitur allerdings keinen der Schüler interessiert hatten. Es würde schon gut gehen. Was hätten die Pauker einem denn so kurz vor dem Ziel noch gekonnt?

Sie waren an den folgenden Abenden noch dreimal in der Spelunke am Prenzlauer Berg gewesen. Jedes Mal im Rudel mit der halben Jahrgangsstufe. Die Kunde vom Bier für fünfzig Pfennige Ost hatte sich innerhalb der Gruppe wie ein Lauffeuer verbreitet. Hinzu kam der günstige Umtauschkurs von drei, vier oder gar fünf zu eins, je nachdem, wo man tauschte. Da waren sie alle dabei gewesen.

Torsten sah an dem großen Haus empor. Hier war er das erste Mal um die Weihnachtszeit 1989 gewesen. Michi hatte unbedingt in den Ferien zu Rico nach Berlin gewollt und ihn so lange belabert, bis er einwilligte, sie zu begleiten.

Nachts hatte Torsten Michaela und diesen Rico gehört. Während sie es mit ihm trieb, hatte er nebenan in einem Gästezimmer gelegen und vor Wut über seine Blödheit in die Kissen geheult. Irgendwann in der zweiten oder dritten Nacht war Torsten dann nach einem Kneipenbesuch zum ersten Mal mit Jana im Bett gelandet. Verliebt war Torsten nicht in Ricos hübsche Schwester gewesen. Er hatte sie gemocht, sie ihn ebenfalls. Sie hatten beide ihren Spaß gehabt. Für ihn das erste Mal. Sie, die sie zwei oder drei Jahre älter als er war, schien schon etwas mehr Erfahrung gehabt zu haben. Für Jana war der Sex mit ihm einfach nur ein großer Spaß gewesen. Sonst nichts.

Zweimal war Torsten im Frühjahr noch mit Michaela nach Berlin gefahren. Jana hatte er nach diesen Weihnachtsferien allerdings nie wieder gesehen. Sie studiere in Dresden und komme nur noch selten nach Berlin, hatte Rico ihm auf sein Nachfragen erklärt und dabei doof gegrinst.

Obwohl er ein wenig enttäuscht war, sie beide Male nicht anzutreffen, hatte Torsten weder den Versuch gemacht sie anzurufen noch ihr zu schreiben.

Aus den Augen, aus dem Sinn. Und wenn er ehrlich war, konnte er sich heute sogar auch nur noch sehr vage an sie erinnern.

Selbst ihr Nachname war ihm entfallen. Bestimmt hieß sie heute auch anders. Hatte geheiratet, Kinder bekommen und lebte irgendwo weit weg von Berlin.

Am letzten Wochenende, als er im Netz nach Rico suchte, hatte er auch versucht, sie ausfindig zu machen. Was sich allerdings ohne einen kompletten Nachnamen als unmöglich herausstellte. Er konnte sich vage erinnern, dass es irgendetwas wie Jablonski, Janovski, Jaselski oder so ähnlich gewesen war. Die ersten beiden Buchstaben waren ein Ja und der letzte ein I. Da war er sich noch sicher. Dies wusste er auch nur noch, weil ja auch ihr Vorname mit einem Ja begann. Ja Ja. so etwas konnte man sich gut merken.

Unschlüssig stand er nun auf dem Gehweg vor dem Haus und betrachtete die frisch renovierte Fassade. Sollte er das Tor zum Vorgarten öffnen und zur Haustüre gehen? Die alte Villa hatte damals Ricos Eltern gehört. Getroffen hatte er die beiden nie. Ricos Vater war angeblich ein Angestellter der Botschaft der DDR in Russland gewesen.

Jana hatte Torsten irgendwann einmal erzählt, dass sie die meiste Zeit ihrer Kindheit und Jugend mit den Eltern im Ausland verbrachte habe. Zumeist in Moskau oder in Prag.

„Kann ich Ihnen helfen?", riss Torsten die Stimme einer Frau aus seinen Tagträumen.

Er fuhr herum und blickte in das verschwitzte, rote Gesicht einer etwa dreißigjährigen, blonden Frau. Sie trug Sportkleidung. An ihrem Oberarm war ein Mobiltelefon befestigt.

„Ähm, nein, alles gut, ich habe mir nur gerade das Haus angeschaut … interessante Architektur", log er hastig, da er dem Stil dieser alten Villen mitnichten etwas abgewinnen konnte. Diese Häuser mit den kleinen Türmen, ihrem Prunk und den viel zu hohen Decken waren ihm einfach zu groß und unpraktisch. Er wollte gar nicht daran denken, was es an Energie vergeudete, diesen Kasten zu heizen.

„Sorry, aber das Haus steht nicht zum Verkauf", schien die Joggerin ihn nun komplett falsch zu verstehen.

„Ähm, ja, nein, ich hatte auch nicht vor, es zu kaufen", beeilte er sich zu sagen, während sie ihn argwöhnisch musterte, an ihm vorbeitrat und das schmiedeeiserne Gartentor aufschob.

„Was wollen Sie denn dann? Sind Sie etwa Architekt?", hakte sie nach.

„Nein, es ist nichts. Ich muss dann auch mal weiter", antwortete er, blieb aber wie angewurzelt stehen.

„Dann Auf Wiedersehn", sagte sie, machte eine ausladende Bewegung in Richtung Straße, schloss das Tor zum Vorgarten hinter sich und rannte, als wäre der Leibhaftige hinter ihr her, zur Haustür. Torsten blickte ihr hinterher, bis sie im Haus verschwunden war. Nein, die wollte ihn bestimmt nicht wiedersehen. Er ging zurück über die Straße zu seinem Motorrad, kramte eine Zigarette aus seiner Jacke und entzündete sie. Dann lehnte er sich gegen den Sattel des Bikes, nahm einen langen tiefen Zug und blies den Rauch in den Himmel.

Torsten würde sich nicht als einen Raucher ansehen. So eine Schachtel Zigaretten hielt bei ihm zumeist Wochen. Mal rauchte er tagelang gar nicht, ein andermal wurden es dann auch gleich mehrere. Zumeist beim Bier in geselliger Runde. Während er so dastand und paffte, dachte er über seine nächsten Schritte nach. Viel gebracht hatte der Ausflug nach Berlin bisher nicht. Es war naiv gewesen, zu denken, er könnte hier Antworten finden.

Nein, er würde nicht zur Haustüre gehen und klingeln. Nicht nachdem er diesen Käse von wegen der ach so tollen Architektur gelogen hatte. Jetzt, wo ihm die Straße und die Hausnummer des Hauses wieder bekannt waren, würde es einfacher sein, online über diese Leute zu recherchieren. Ein Blick in die Meldedaten, und er würde wissen, wer da heute lebte. Wobei er sich keine allzu großen Hoffnungen machte, dass das Haus noch immer Ricos Familie gehörte. Vierunddreißig Jahre waren eine lange Zeit. Viele der Häuser waren zu DDR-Zeiten oder schon vorher enteignet worden. Sie wurden dann zumeist für kleines Geld an treue Genossen weiterverkauft. Ricos Eltern hatten für die Botschaft der Republik gearbeitet. Die waren bestimmt linientreu gewesen.

Nach der Wende standen dann nicht selten plötzlich die enteigneten ehemaligen Besitzer vor der Tür ihrer ehemaligen Immobilien und wollten selbige zurück. Zumeist mit Erfolg. Unrecht blieb nun mal Unrecht.

Während Torsten da so stand und rauchte, hielt plötzlich ein Auto direkt vor ihm auf der Straße. Zu seiner Verwunderung handelte es sich um einen silberblauen VW Bus mit der Aufschrift *Polizei*.

Die vorderen Türen des Bullis öffneten sich, und zwei uniformierte Beamte stiegen aus.

„Guten Tag, Polizeioberkommissar Henrichsen, dürften wir Sie kurz fragen, was Sie hier machen?“, fragte der Fahrer des Polizeiwagens, während sein Partner einige Meter abseits mit der Hand an der Waffe sicherte.

„Klar dürfen Sie fragen. Ich parke hier und rauche in aller Ruhe eine Zigarette. Das ist, soweit ich weiß, nicht verboten“, antwortete er freundlich, drückte die Kippe an seinem Stiefel aus und steckte sie dann, aus Ermangelung eines Aschenbechers, kurzerhand in seine Jackentasche. Die Kippe im Beisein der Berliner Beamten einfach auf den Boden zu werfen, würde er tunlichst unterlassen. Da war der Ärger nämlich bereits vorprogrammiert.

„Nein, das ist nicht verboten. Dennoch würden wir gerne einmal Ihren Ausweis, den Führerschein und die Fahrzeugpapiere zu diesem wunderschönen Gefährt sehen“, forderte der Polizist ihn auf.

„Kein Problem, Herr Oberkommissar“, bestätigte Torsten und begann damit, den Reißverschluss seines Tankrucksacks zu öffnen, in dem sich neben seinem Portemonnaie auch die gewünschten Papiere befanden.

„Darf ich mich nach dem Grund der Kontrolle erkundigen? Sie halten ja vermutlich nicht bei jedem Bürger an, der am Straßenrand steht und eine Zigarette raucht“, erkundigte er sich und sah dabei kurz hinüber zu dem Haus.

Am Fenster, direkt neben der Haustür, entdeckte er die Joggerin.

„Wir haben einen Hinweis von einer Anwohnerin bekommen, dass ein Fremder …", der Beamte zögerte kurz und sah dann ebenfalls zu der Frau am Fenster.

„Ach so. Ich verstehe, die Dame denkt, ich wäre ein Gauner und würde die Häuser auskundschaften", vollendete Torsten. Der Beamte grinste und studierte dabei die Papiere des Motorrads.

„Und, Herr Liebig, was meinen Sie? Hat die Dame recht? Sind Sie ein Gauner?", lächelte der Polizist, winkte seinen Kollegen herbei und reichte diesem die Papiere. Der ging damit zu dem Bulli, um dort nun zu überprüfen, ob irgendetwas gegen Torsten vorlag. Er würde nichts finden.

„Nein, Herr Oberkommissar Henrichsen. Ich bin genauso wenig ein Gauner wie Sie und der Kollege", meinte Torsten, zog nun doch noch den Dienstausweis aus seinem Geldbeutel und zeigte ihn.

„Oh, Sie sind ein Kollege?", war der Oberkommissar sichtlich erstaunt, nahm das Kärtchen und sah darauf.

„Ja, aber im Urlaub", entgegnete Torsten und folgte dem Blick des Beamten, der nun wieder zu dem Haus gerichtet war. Die Joggerin hatte ihren Platz hinter der Gardine verlassen und kam nun, die Hände in den Taschen ihres Hoodies versenkt, auf das Gartentor zu.

„Wir könnten rübergehen und das Ganze aufklären, damit sich die junge Dame keine weiteren Sorgen machen muss", schlug Torsten vor.

„Gut. Aber ich gehe kurz vor. Sie warten hier bitte", entschied der Uniformierte, ging zu der Blonden, sprach mit ihr und zeigte ihr sogar Torstens Ausweis. Sie wirkte seltsam überrascht. Auf einen Wink von Henrichsen folgte Torsten.

„Entschuldigen Sie, ich hatte gedacht, Sie wären …", begann sie, worauf Torsten beschwichtigend die Hände hob.

„Nein, nein. Sie müssen sich nicht entschuldigen. Ich muss um Verzeihung bitten. Ich habe Sie erschreckt und war zugegebenermaßen auch nicht ganz ehrlich zu Ihnen. Die Architektur Ihres Hauses interessiert mich nämlich nicht im Geringsten", gab er nun zu.

Die Joggerin kräuselte die Stirn.

„Und warum standen Sie dann vor meinem Haus?", fragte sie nun wieder etwas misstrauisch.

„Auch wenn das für Sie vielleicht etwas seltsam klingt, aber ich bin vor vielen Jahren schon einmal hier gewesen. Damals wohnten in dem Haus Freunde von mir", log er erneut, da Rico bestimmt kein Freund von ihm gewesen war. Nein, in Wahrheit hatte er den Kerl nicht ausstehen können.

„Wie hießen diese Leute, und wann war das?", schien er ihre Neugierde geweckt zu haben.

„Bitte schön. Ihre Papiere. Alles in Ordnung", mischte sich nun der zweite Polizist ein und reichte Torsten die Dokumente.

„Ja, wir wären dann auch mal wieder weg. Schönen Tag noch und nichts für ungut", verabschiedete sich nun auch Polizeioberkommissar Henrichsen.

Torsten beobachtete, wie die beiden in den Streifen-Bulli stiegen und davonfuhren.

„Hallo ... Sie haben mir immer noch nicht gesagt, wie diese Leute hießen“, wartete die Joggerin wohl noch immer auf eine Antwort. Dass die junge Dame seinetwegen gleich die Polizei verständigte, damit hätte Torsten nicht gerechnet.

„Rico und Jana. Meine Freunde und ich haben die beiden im November 1989 kurz nach dem Mauerfall in einer Westberliner Discothek kennengelernt und waren dann nachher noch ein paarmal hier bei ihnen zu Hause“, blieb er nun bei der Wahrheit.

Die Joggerin lächelte und begann wissend zu nicken.

Torsten schöpfte Hoffnung. Sollte er tatsächlich jemanden gefunden haben, der die beiden ebenfalls kannte und ihm bei seiner Suche weiterhelfen konnte?

„Kennen Sie die beiden?“, fragte er deshalb sofort nach.

Die Frau wiegte den Kopf hin und her.

„Da muss ich Sie enttäuschen, Herr ... wie war noch Ihr Name?“, erkundigte sie sich.

„Torsten Liebig“, stellte er sich vor und reichte ihr die Hand über das Tor.

Sie winkte allerdings ab, zog das Tor auf und reichte ihm erst dann die ihre.

„Nadine Jablonski. Jana Jablonski war meine Mutter“, sagte sie und klang mit einem Mal wesentlich netter und freundlicher als bei ihrem ersten Aufeinandertreffen vor gut und gerne einer Viertelstunde.

„War, bedeutet …“, er zögerte damit, seine Frage zur Gänze auszusprechen.

„Krebs. Mama ist vor drei Jahren verstorben.“

„Oh, das tut mir sehr leid. Mein Beileid“, entfuhr es ihm, und irgendwie versetzte ihm diese Nachricht einen Hieb in die Magengegend. Ja, er bereute es, sich nicht vielleicht doch noch einmal bei ihr gemeldet zu haben. Wobei, nein, sie hätten sich eh nichts zu sagen gehabt. Vermutlich waren sie beide damals nur aus Mangel an Alternativen im gleichen Bett gelandet. Aber egal. Sie war tot, und er bereute es, dass er sie nicht doch noch einmal kontaktiert hatte. Dazu musste man kein Liebespaar sein. So etwas tat man auch unter Freunden.

„Kann ich Ihnen einen Kaffee anbieten?“, erkundigte Nadine sich und machte eine einladende Handbewegung zum Haus hin.

Torsten sah sie erst überrascht, dann belustigt an.

„Erst rufen Sie die Polizei, und jetzt laden Sie mich auf einen Kaffee in Ihr Haus ein“, lachte er.

Sie zuckte mit den Schultern und lächelte.

Hübsch war sie, die Tochter von Jana. Doch Torsten könnte nicht sagen, ob sie ihrer Mutter ähnlich war. Die Erinnerungen an Jana Jablonski aus Berlin waren immer noch Schemen, die nicht deutlicher werden wollten.

Er wischte den Gedanken an Jana beiseite. Er war nicht wegen ihr hier, sondern um etwas über Rico Jablonski herauszufinden. An den konnte er sich nämlich noch um einiges besser erinnern. An ihn und sein plötzliches Erscheinen auf der Abifeier im Daadener Wald an der Fischbachhütte.

Thomas Kübler saß am Steuer des 911er und beobachtete seit geraumer Zeit die Haustüre der Wackers. Verdammt, wo blieb Nina denn nur? Obwohl der Porsche im Schatten der Bäume parkte und er die Seitenfenster heruntergelassen hatte, wurde es langsam unangenehm warm in der Karre. Vielleicht sollte er die Scheiben einfach wieder schließen und den Motor samt der Klimaanlage starten? Er verwarf den Gedanken zum zigsten Mal wieder, griff sein Mobiltelefon und las die eingegangene Nachricht von Alexandra. Ein Foto der beiden Hunde, wie sie im Garten unter dem Walnussbaum lagen und dösten. Ja, Hund bei Küblers müsste man sein.

Doch anstatt jetzt im Schatten zu chillen oder zumindest etwas Sinnvolles zu arbeiten, hockte er hier und wartete auf die Kollegin, die mit Hochdruck in einem Fall ermittelte, den sie niemals aufklären würden. Vierunddreißig Jahre waren einfach eine zu lange Zeit. Zeugen konnten sich nur noch vage erinnern. Wirkliche handfeste Spuren gab es nach all der Zeit ebenfalls keine. Tausende Menschen waren in den letzten Jahren durch diesen Wald und quasi direkt über Michaela Königs Leiche getrampelt. Die Zeugen von damals waren heute teilweise Polizisten und logen, was das Zeug hielt. Und wenn man sie dann beim Lügen ertappte, lag es entweder an der mangelnden Erinnerung oder sie drohten einem Prügel an.

Kübler war sich ziemlich sicher, dass Wacker die Kette mit dem Delfin eingesteckt hatte. Der hatte das Schmuckstück bei der Leiche gesehen und sofort gewusst, dass es sich um das Schmuckstück handelte, welches er damals seiner Frau zum Geburtstag geschenkt hatte.

Klar hatte Gaby Wacker das gute Stück vorhin nicht finden können. Bestimmt hatte sie es damals beim Beseitigen der Leiche verloren, und ihr Mann Jürgen hatte es am letzten Samstag wiedergefunden. Die Frage war nur, wo die Kette mit dem Delfin sich jetzt befand. Besaß Wacker das Teil noch oder war das längst auf Nimmerwiedersehen in irgendeinem Tümpel gelandet?

Was aber auch egal war. Im Moment deutete alles auf Totschlag. Michaela König war erwürgt oder erdrosselt worden. Rechtlich war die Angelegenheit demnach bereits seit vier Jahren verjährt.

Was taten sie also noch hier? Sie vernichteten sinnlos Steuergelder. Nicht mehr und nicht weniger.

Endlich tat sich nun etwas am Haus. Nina trat ins Freie. Jürgen war bei ihr. Zumindest schien er sich wieder abgeregt zu haben. Doch so viel stand fest, Thomas würde die nächste Zeit einen Bogen um den Kollegen machen.

Unter dem Arm trug Nina das große Fotoalbum. Dieses würde dann mit an Sicherheit grenzender Wahrscheinlichkeit spätestens morgen auf seinem Tisch zur Auswertung landen. Die verehrte Hauptkommissarin Moretti hatte für solche Dinge nämlich keine Zeit, da sie dann wieder in der Gegend herumrasen musste.

Nina riss die Beifahrertüre auf und ließ sich auf den Sitz fallen.

„Na, wird ja auch Zeit", stellte er fest.

„Mensch, Kübler, musste das eben sein?", stöhnte sie und schaute ihn vorwurfsvoll an.

„Was musste sein? Dass jemand mal die Wahrheit sagt? Ja, ich glaube, das musste tatsächlich mal sein. Der Dicke und seine Alte denken nämlich, sie könnten uns verarschen", spie er zornig aus und startete den Motor.

„Und wenn. Deshalb musst du da nicht wie ein Elefant im Porzellanladen wüten. Man kann solche Dinge auch ein wenig gefühlvoller hinterfragen."

„Du ja. Ich nicht. Das Leben ist zu kurz, um zu lange um den heißen Brei herumzureden."

„Aha, da spricht der alte Oberkommissar Thiel aus dir", veräppelte sie ihn jetzt auch noch.

Okay, zugegeben hatte er diese Redewendung tatsächlich von Hans Peter Thiel übernommen. Thomas mochte Thiel. Der war ein guter und geradliniger Polizist gewesen. Okay, manchmal ging der Alte ihm auch schon mal auf den Geist. Aber in kriminalistischen Dingen war der ihm schon ein Vorbild.

„Wohin jetzt?", ging Kübler daher auf Ninas Geplänkel gar nicht weiter ein.

„Zu Katrin Vogelsang", sagte sie knapp.

„Und wo wohnt diese Frau Vogelsang?“

Nina begann in den Ausdrucken zu suchen, die sie vorhin, bevor sie zu Wackers ins Haus gingen, achtlos in den Fußraum gepfeffert hatte.

„Die wohnt heute in Müschenbach bei Hachenburg“, las sie ab.

Thomas trat auf die Bremse.

„Du willst nicht wirklich einfach so ohne einen Termin nach Müschenbach rasen?“, schimpfte er.

„Doch, will ich.“

„Dann würde ich sagen, wir halten jetzt an der Dienststelle, ich steige aus, und du fährst alleine weiter“, schlug er vor. Und ja, es war ihm wirklich ernst damit.

„Quatsch, Kübler. Jetzt stell dich mal nicht so an und fahr weiter“, antwortete sie und begann auf ihrem Telefon herumzutippen.

„Wen rufst du an?“, erkundigte er sich, als sie das Gerät bereits am Ohr hielt.

„Guten Morgen, Frau Vogelsang, mein Name ist Kriminalhauptkommissarin Moretti“, stellte sie sich allerdings bereits der Dame am anderen Ende der Leitung vor.

Zufrieden nahm er zur Kenntnis, wie Nina mit der Dame einen Termin vereinbarte. Sie war also doch noch lernfähig.

„Sie ist gerade auf der Arbeit, wird sich aber die Zeit nehmen, um uns ein paar Fragen zu beantworten“, klärte Nina ihn über das auf, was er eh schon mitbekommen hatte.

„Und wo genau ist diese Arbeit?“, musste er jetzt nur noch wissen, da er dies nicht hatte verstehen können.

„Frau Vogelsang arbeitet in der Hachenburger Brauerei.“

„Okay, dann auf zur Brauerei“, gab er wie immer klein bei. Sie war nun mal die Chefin.

Heike klappte den Laptop zu, legte den Kopf in den Nacken und schloss die Augen.

Ihre Recherchen liefen gerade ins Leere. Torstens Computer brachte sie keinen Deut weiter. Ihr Mann hatte immer wieder nach zwei Namen gesucht, zwei Personen, die irgendwann einmal in Berlin-Ost gelebt hatten.

Zwei Menschen, von denen er lediglich die Vornamen kannte und von denen er wusste, dass sie in Köpenick in der Nähe des Müggelsees gelebt hatten. Rico und Jana. Torsten hatte etliche Nachnamen ausprobiert. Gemeinsam hatten sie lediglich, dass alle mit Ja begannen und mit einem I endeten. Bei einem der Vornamen war er sich wohl ebenfalls nicht sicher gewesen, da er auch bei Rico mehrere Schreibweisen versucht hatte. Vermutlich handelte es sich bei diesem nämlich nur um eine Kurzform von Enrico oder Ricardo.

„Du bist also nach Berlin, um die beiden vor Ort zu suchen“, flüsterte sie leise die einzig brauchbare Erkenntnis des Morgens.

Dann schnellte sie vor, griff sich den Hörer des Telefons und wählte die Nummer von Gerichtsmedizinerin Kim Kunze.

Diese nahm bereits nach zweimal Klingeln ab und meldete sich mit ihrem Namen.

„Guten Morgen, Kim, hier spricht Heike Friedrich-Liebig. Ich hoffe, ich störe nicht?"

„Nein, kein Problem. Was gibt es denn?", erkundigte sich die Pathologin.

„Ich wollte nachfragen, ob es schon Ergebnisse bezüglich der genetischen Untersuchungen an dem Skelett aus dem Wald gibt?"

„Ja, die gibt es. Wir konnten sowohl die DNA der jungen Frau als auch die des ungeborenen Fötus isolieren", antwortete Kim.

„Wow, das hätte ich nicht gedacht, dass ihr nach all den Jahren noch DNA des Kindes findet", war Heike wahrlich erstaunt.

„Ja, wirklich daran geglaubt hatte ich selbst nicht", amüsierte sich die junge Ärztin.

„Dann könnten wir die DNA des Fötus also nun mit der von potenziellen Vätern vergleichen, um herauszufinden, von wem Michaela König schwanger war?"

„Das könnten wir, wenn wir uns tatsächlich sicher sein können, dass es sich bei der Toten wirklich um Michaela König handelt", entgegnete die Medizinerin zu Heikes Erstaunen.

„Nina meinte, die Gesichtsrekonstruktion auf Basis des Schädels sei eindeutig", wunderte sich Heike.

„Jein. Die beiden Damen sind sich schon sehr ähnlich. Aber wirklich bewiesen ist es für mich erst, wenn wir einen DNA-Abgleich mit einer Probe von Michaela oder einem noch lebenden Verwandten haben. Die Probe von Fridolin König war schon mal negativ. Die Tote vom Bienenhaus war definitiv nicht seine Tochter."

„Nein. Aber das wussten wir bereits, Fridolin König konnte wohl keine Kinder zeugen. Michaela stammte aus einer vorehelichen Beziehung der Mutter, und ihr vermeintlicher Bruder war adoptiert", erklärte Heike.

„Gibt es sonst noch lebende Blutsverwandte?", fragte Kim nach.

„Keine Ahnung, werde ich aber überprüfen", versprach Heike.

„Vielleicht finden wir noch DNA in Michaelas ehemaligem Zimmer?", schlug Kim weiter vor.

„In ihrem Zimmer? Da weiß ich nicht, ob das noch existiert nach so langer Zeit", erwiderte Heike, da sie sich dies nicht vorstellen konnte.

„Doch, das existiert noch. Leon und seine Kollegen werden sich das heute Nachmittag ansehen", war die Pathologin besser informiert als Heike.

„Ach, ich dachte, du und Leon redet privat nicht über die Arbeit", rutschte es ihr daraufhin heraus.

„Machen wir auch nicht. Außer, es betrifft Fälle, an denen wir beide arbeiten. Dann ist es aber auch nicht mehr privat, sondern dienstlich", lachte Kim.

Heike überlegte eine Weile, bevor sie ihre nächste Frage stellte.

„Heike, bist du noch dran?", fragte Kim bereits nach.

„Jaja, ich bin noch dran", beeilte sie sich.

„Ist was?"

„Ja, da wäre tatsächlich noch etwas. Ich wollte dich um einen kleinen Gefallen bitten", suchte sie nach den richtigen Worten.

„Nur zu. Was kann ich für dich tun?", forderte Kim sie auf.

„Du bist doch im Besitz von DNA-Vergleichsproben aller Kollegen?", begann Heike vorsichtig.

„Ja, bin ich. Falls einer von euch wieder mal einen Tatort kontaminiert", bestätigte Kim.

„Könntest du die DNA meines Mannes mit der von dem Fötus abgleichen?", fragte sie und spürte dabei deutlich den Kloß in ihrem Hals und das Unbehagen, welches diese Bitte ihr bereitete.

„Schon passiert", antwortete die Medizinerin zu Heikes Verwunderung wie aus der Pistole geschossen.

„Und?"

„Negativ. Weder die deines Mannes noch irgendeine andere der mir vorliegenden Vergleichsproben passt zu der des Fötus."

Heike fiel wahrlich ein Stein vom Herzen.

„Welche anderen hast du denn noch mit der des Kindes verglichen?", interessierte es sie allerdings jetzt doch noch.

„Na, alle, die mir vorlagen. Ist ja dank des Kollegen Computer kein großer Akt. Unter anderem war auch die von Fridolin König dabei, die Nina mir am Montag gebracht hat. Hätte ja durchaus sein können, dass er sich an dem Mädchen vergangen hat. Aber die waren alle negativ. Das Kind stammt von einem derzeit noch unbekannten Herrn."

# Kapitel 12

*Dienstag, 16. Juli 2024, 9:52 Uhr*
*Müggelseedamm/Berlin-Köpenick*

„Schön haben Sie es hier“, stellte Torsten fest, als er das alte Haus mit den hohen Decken und dem großzügigen Eingangsbereich betrat. Es kam ihm, obgleich er seit so vielen Jahren nicht mehr hier gewesen war, irgendwie vertraut, gleichzeitig aber auch fremd vor. Damals, so glaubte er sich zu erinnern, hatten an den Wänden neben der Treppe, die sich bis in die obere Etage erstreckte, dunkle, erdrückende Tapeten geklebt. Darüber noch düsterere Bilder. Geweihe und andere Jagdtrophäen hatten die spießige Optik komplettiert.

Heute zierten helle Farben und bunte Kunstdrucke das imposante Treppenhaus. Es wirkte wohnlicher und lebendiger.

Hinter der Haustür, neben einem Garderobenschrank, standen mehrere Schuhpaare wild durcheinander. Kleine und große. Kinder und Damenschuhe. Herrenschuhe entdeckte Torsten keine. Einen Mann schien es hier zumindest derzeit nicht zu geben.

Torsten bückte sich, um die Schnallen seiner Stiefel zu öffnen.

„Das wird nicht nötig sein. Sie müssen die Stiefel nicht ausziehen. So eng sehen wir das nicht“, beeilte sie sich zu sagen, streifte nun ihre Turnschuhe ab und kickte sie zu den anderen Schuhen in die Ecke neben dem Schrank.

Anschließend folgte Torsten ihr in die Küche. Auch hier sah es vollkommen anders aus als damals. Moderne Küchenschränke mit Fronten aus leuchtendem türkisfarbenem Hochglanzlack. Dazu hellgraue Arbeitsflächen und Einbaugeräte aus Edelstahl. Der alte Dielenboden darunter war geschliffen und versiegelt worden.

„Sie mögen Farben?“, stellte Torsten fest.

„Ja, ich schon. Mein Ex hat es gehasst“, erwiderte sie amüsiert.

„Und nur weil er Farben hasste, ist er jetzt Ihr Ex?“, hakte Torsten nach, erschrak ein wenig über sich selbst und entschuldigte sich daher sogleich für seine unangebrachte Neugierde. „Sorry, das geht mich ja nun wirklich nichts an.“

„Nein, nein, schon gut. Mein Ex ist mein Ex, weil er mich mit seiner Sekretärin betrogen hat. Der Klassiker“, antwortete sie und schien über den Umstand der Trennung nicht wirklich traurig.

„Sie haben mir immer noch nicht gesagt, warum Sie erst die Polizei herbeirufen haben und mich nun zum Kaffee einladen?“, hakte er noch einmal nach, da er die plötzliche Offenheit der zuvor eher ängstlichen und zurückweisenden Nadine nicht nachvollziehen konnte.

Sie drehte sich um und blickte ihn eindringlich an.

„Weil Sie etwas gesagt haben, das mich neugierig gemacht hat.“

„Und das wäre?“, interessierte es ihn nun doch brennend.

„Sie kannten meinen Onkel Rico und meine Mutter Jana“, antwortete sie.

„Na ja, was heißt jetzt, kannte. Wir haben einige Male miteinander gefeiert und durften dann hier in einem der Gästezimmer übernachten. Oben unter dem Dach. Rico war damals mit einer sehr guten Freundin von mir zusammen. Ich war da mehr so der Anstandswauwau, wenn sie ihn hier in Berlin besucht hat“, relativierte er seine Aussage von vorhin ein wenig.

„Was kann ich Ihnen anbieten? Einen normalen Kaffee, Espresso oder lieber einen Latte macchiato?“, erkundigte sie sich.

„Einen ganz normalen schwarzen Kaffee bitte. Ich bin da ein wenig oldschool.“

„Wann hatten Sie das letzte Mal mit Rico und meiner Mutter Kontakt?“, fragte sie weiter, während sie sich an dem sehr teuer wirkenden Kaffeeautomaten zu schaffen machte.

„Den Rico habe ich zuletzt am Samstag, den 16. Juni 1990, gesehen. Deine Mutter … ich meine, Ihre Mutter, irgendwann kurz nach Neujahr“, verbesserte er sich, da er versehentlich und in Gedanken ins Du gewechselt war.

„Kein Problem. Ich habe es nicht so mit Etikette und Förmlichkeiten, du kannst mich ruhig weiter duzen“, schlug sie vor.

„Okay, Nadine. Gerne. Ich bin Torsten."

Schweigend stand sie an der Maschine und überlegte. Er beobachtete sie dabei. Nadine war hübsch und besaß eine sehr sportliche Figur. Was sie wohl beruflich tat, dass sie vormittags die Zeit hatte, joggen zu gehen und sich hier mit ihm zu unterhalten? Sie war alleinerziehend, machte aber auf ihn nicht den Eindruck, als würde sie am Hungertuch nagen.

„Wenn du Rico tatsächlich am 16. Juni 1990 noch getroffen hast, dann musst du einer der Letzten gewesen sein, der ihn gesehen hat", sagte sie nach einer Weile.

„Wieso … was ist denn mit ihm? Ist er … verschwunden oder tot?", war er nun doch erstaunt.

„Keine Ahnung. Mama hat immer gemeint, er sei vermutlich tot oder habe irgendetwas ausgefressen und sei deshalb untergetaucht", antwortete sie und taxierte ihn nun. Er hielt dem Blick ihrer grün-grauen und durchaus sehr interessanten Augen stand.

„Rico war damals, wie ich bereits erwähnte, mit Michaela König zusammen. Sie ist ebenfalls an diesem Tag spurlos verschwunden", sagte er leise und überlegte krampfhaft, was diese neuen Erkenntnisse zu bedeuten hatten. Rico war an dem Abend von Michaelas Verschwinden auf dieser Party aufgetaucht. Die beiden waren gemeinsam gegangen und danach spurlos verschwunden. War dies die Spur, die er suchte? Hatte Rico tatsächlich Michaela getötet und war dann abgehauen?

„Und? Was denkst du? Sind die beiden tot oder untergetaucht?“, riss sie ihn aus seinen Gedanken und schob ihm die Kaffeetasse hin.

„Bei Michaela bin ich mir mittlerweile ganz sicher, dass sie nicht abgehauen ist. Ihre Leiche wurde am Samstag in einem Waldstück im Westerwald gefunden, welches damals ihrer Familie gehört hat. Sie war nie wirklich weg. Ihre sterblichen Überreste haben all die Jahre unter der Veranda eines Bienenhauses gelegen“, ließ er die Katze aus dem Sack.

Ihre Augen weiteten sich. Sie trat ans Fenster und sah hinaus. Eine Weile herrschte eine gespenstische Stille, die nur von einem gelegentlichen Zischen und Glucksen des Kaffeeautomaten unterbrochen wurde.

„Du bist nicht zufällig hier vorbeigekommen. Du suchst nach Rico, weil du denkst, dass er etwas mit dem Tod dieser Michaela zu tun hat“, sagte sie irgendwann, drehte sich um und taxierte ihn skeptisch.

„Ja. An dem Abend, als sie verschwand, war er bei ihr. Die beiden wurden zuletzt auf einer Party in einer Grillhütte etwa zehn Kilometer von dem Bienenhaus entfernt gesehen“, gab er zu.

Nadine kam auf ihn zu, lächelte und nickte dabei. Eine Reaktion, die Torsten so nicht erwartet hätte. Wobei er auch nicht hätte sagen können, welche andere Reaktion er bei ihr vermutet hätte.

„Vielleicht kann ich dir helfen, ihn zu suchen, ihn zu finden, oder zumindest könnten wir beide versuchen, etwas über ihn herauszufinden“, sagte sie dann.

„Du willst mir helfen?", war er über ihr Angebot mehr als erstaunt.

„Ja."

„Warum, wenn ich fragen darf? Du bist ihm nie begegnet", wunderte er sich.

„Sagen wir, ich bin krankhaft neugierig und hatte bisher immer einen guten Riecher für interessante, lohnende Storys", antwortete sie und ging dann an ihm vorbei zur Küchentüre.

Torsten war seit Langem in seinem Leben wieder einmal sprachlos, obgleich ihm gerade zig Fragen durch den Kopf schwirrten. Diese Nadine strahlte ein unfassbares Selbstbewusstsein aus. Diese Frau wusste, was sie wollte.

„Ich geh eben schnell duschen und mich umziehen. Wenn du noch einen Kaffee magst, bediene dich. Ist bei dem Kasten einfacher, als es aussieht", sagte sie hastig und war, bevor er etwas erwidern konnte, in den Flur verschwunden. Er hörte, wie sie die Treppe in die obere Etage hinaufsprintete.

Torsten blickte sich um. Auf dem großen Küchentisch entdeckte er ihre Handtasche. Noch einmal sah er zur Tür, dann erhob er sich, griff nach der Tasche und zog sie auf. Diese Frau rief die Polizei, weil sie sich von ihm in irgendeiner Art und Weise bedroht fühlte. Minuten später lud sie ihn in ihr Haus ein, bot ihm das Du an und ließ ihn alleine in ihrer Küche zurück, während sie duschen ging. Das passte gar nicht zusammen. Er wurde das Gefühl nicht los, dass mehr hinter alldem steckte. Diese Nadine wollte irgendetwas von ihm.

Der erste Gegenstand, den er sich griff, war ihre Geldbörse, in der sich allerdings nur wenig Bargeld befand. Dieses interessierte ihn auch nicht. Er checkte das Fach mit den Karten. Nadine war im Besitz eines Führerscheins und war Mitglied im ADAC. Sie besaß gleich mehrere Kreditkarten bei zwei unterschiedlichen Kreditinstituten. Sie ging ins Fitnessstudio oder war zumindest bei einem solchen angemeldet. Die junge Dame war privat krankenversichert. Er las ihr Geburtsdatum, erschrak kurz, begann dann zu rechnen und war erleichtert, als er begriff, dass sein erster Verdacht nicht zutraf.

Bei der letzten Karte, die er aus der Geldbörse zog, handelte es sich um einen offiziellen Presseausweis. Nadine war also Journalistin. Dies erklärte die Neugierde und ihr angebliches Näschen für gute Storys. Sollte dies tatsächlich der Grund für den Sinneswandel sein? Sah sie in ihm eine gute Geschichte? Er legte die Geldbörse beiseite und suchte dann ohne Hektik weiter in der Handtasche. Er hatte genügend Zeit. Duschen und umziehen würde schon noch einen Moment dauern. Neben den üblichen Dingen, die Frauen für gewöhnlich mit sich herumschleppten, entdeckte er einen Stapel recht schlichter, weißer Visitenkarten. Die Angaben darauf waren eher spärlich. Ihr Name Nadine Miller-Jablonski. Freie Journalistin. Eine Mobilnummer und eine Mailadresse mit der Endung web.de.

Sonst nichts! Keine Zeitung, für die sie schrieb, oder irgendeine Sendeanstalt. Eines der Kärtchen steckte er in die Tasche seiner Lederjacke, die restlichen legte er zurück in die Handtasche.

Er musste grinsen, als er einen Schlagring und eine Dose mit Pfefferspray entdeckte. Nadine wusste sich also zu verteidigen. Da konnte er von Glück sagen, dass sie bei ihm lediglich die Polizei gerufen und nicht selbst Hand angelegt hatte.

Ob sie auch wusste, dass das Mitführen eines Schlagrings unter das Waffengesetz fiel und strafbar war?

Ein Geräusch vom Flur her ließ ihn aufschrecken. Hastig warf er den Schlagring und das Spray zurück in die Lederhandtasche und schob diese auf ihren Platz zurück.

Die Haustür wurde ins Schloss geworfen.

„Mama?", rief eindeutig die Stimme eines Jungen.

Torsten hörte Schritte, die sich näherten. Dann stand der Bengel in der Tür. Torsten würde ihn auf etwa zehn Jahre schätzen. Etwas älter als sein Sohn Louis und etwas jünger als Florentina.

Als der Bursche Torsten entdeckte, erstarrte er für einen Moment.

„Guten Morgen. Ich bin der Torsten, deine Mama ist oben und zieht sich eben schnell um", erklärte er sich.

Der Junge erwiderte nichts, sondern rannte los und polterte die Treppe hinauf. Nun gut. Die Reaktion war verständlich. Da saß ein unrasierter Kerl in Lederkluft und schweren Motorradstiefeln in der heimischen Küche und trank Kaffee. Torsten hätte als Kind bei diesem Anblick vermutlich ebenfalls das Weite gesucht.

Gerichtsmedizinerin Kim Kunze zog die Kapuze des Einwegoveralls über den Kopf und betrat dann das Zimmer unter dem Dach im Betzdorfer Kreuzland.

Eigentlich gehörte es nicht zu ihren Aufgaben, an Orten wie diesen nach der DNA von Menschen zu suchen, die seit nunmehr vierunddreißig Jahren verstorben waren. Nein, solche Dinge waren Aufgabe der Kriminalpolizei, sprich, die ihres Lebensgefährten Leon Schwert und dessen Kollegen. Allerdings war dieser Fall aufgrund der langen Zeit seit Michaelas Verschwinden etwas komplizierter. Vermutlich waren, seitdem das Opfer zuletzt hier gewesen war, unzählige Menschen in diesem Raum gewesen. Hinzu kamen der Schmutz und Staub der Jahrzehnte. Kim hatte daher beschlossen, die Kollegen von der Polizei ein wenig zu unterstützen. Außerdem war sie neugierig gewesen, wie diese Michaela wohl gewohnt hatte.

Staub und Dreck, das sah sie sofort, waren in rauen Mengen vorhanden. Ansonsten machte das Mädchenzimmer den Eindruck einer Zeitkapsel. Sie sah zu dem Balken unter der Decke, der von der linken zur rechten Schräge quer durch das Zimmer verlief. An diesem hatte sich vor einigen Jahren, das wusste sie von Leon, die

Mutter des Mädchens erhängt. Eine wirklich traurige Familiengeschichte, bei der sie aufpassen musste, dass diese ihr nicht zu nahe kam. Zu viel Nähe behinderte die Professionalität.

Interessiert betrachtete sie die Poster an den Wänden, die eindeutig aus der *Bravo* stammten. Das Blatt hatte Kim nie regelmäßig gelesen. Eher gelegentlich mal bei einer Freundin reingesehen, um sich zu bestätigen, dass das nichts für sie war. Die brachten einfach nichts über die Themen und Bands, die Kims Interesse geweckt hätten. Auch das, was dieser Dr. Sommer seinen pubertierenden Lesern empfahl, sah sie noch nicht einmal als lustig, sondern einfach nur als doof an.

Seit Kims zwölftem Lebensjahr besaß sie ein Abo des *Metal Hammer*. Das war gut so, und das würde sich auch in absehbarer Zeit nicht ändern. Das fand auch ihr Lebensgefährte Leon. Wobei sie, jetzt wo sie beide zusammenwohnten, doch überlegen sollte, wenigstens eines der Abos zu kündigen. Ein Exemplar pro Haushalt reichte vollkommen.

„Was schaust du?“, erkundigte ihr Lebensgefährte sich nun direkt hinter ihr.

„Ich überlege, ob ich auch nur einen von diesen Fatzken kenne“, gestand sie ehrlich und deutete auf die Poster unter der Dachschräge.

„Das da ist Limahl“, wusste er und deutete auf ein großes Plakat, das aus mehreren DIN-A4-Seiten zusammengeklebt worden war.

Sie drehte sich verwundert um.

„Woher weißt du so etwas?“

„Na, weil es da steht“, grinste er und deutete auf die Schrift am Rande des *Bravo*-Starschnitts.

„Ach so. Keine Ahnung, wer das sein soll. Noch nie von dem Typ gehört“, fand sie, zuckte mit den Schultern und überlegte, wo sie mit dem Sammeln der Proben am besten anfangen könnten. Sie entschied sich für das Bett. Blieb nur zu hoffen, dass in diesem nach dem Verschwinden Michaelas nicht regelmäßig andere Menschen geschlafen hatten.

Es hatte dann doch noch ein paar Minuten gedauert, bis Nadine Miller-Jablonski aus der oberen Etage zurückkam. Torsten hatte die Zeit genutzt, um die untere Etage ein wenig zu erkunden. Gesucht hat er nach nichts Bestimmtem, war jedoch an einer Wand im Wohnzimmer fündig geworden. Fotos. Gleich mehrere Dutzend davon. Ein Bild sagte angeblich oft mehr als tausend Worte. Dem konnte er in diesem Falle unumwunden zustimmen.

Die meisten der Fotos waren neueren Datums und zeigten Kinder. Schnappschüsse aus dem Urlaub, Einschulung, Geburtstage. Der Junge, der eben vor Torsten nach oben geflüchtet war, schien das ältere der beiden Kinder zu sein. Neben ihm gab es dann noch ein etwas jüngeres Mädchen. Viele der Bilder zeigten Nadine zu allen Zeitpunkten ihres Lebens. Als Baby, als Schulkind, als Teenager, an der Seite eines Mannes in einem weißen Brautkleid und schwanger mit Babybauch. Den Vater der Kinder zeigte keines der Fotos. Der hatte wohl absolutes Wandverbot.

Torsten erkannte auch Jana auf gleich mehreren der Bilder. Und mit jeder Sekunde, die er sie auf den Fotos betrachtete, wurden die Erinnerungen an sie wieder ein wenig klarer und vertrauter. Verdammt, war das lange her! Als er sie traf, war er gerade einmal neunzehn gewesen und bis über beide Ohren in eine Frau verliebt, die ihn lediglich als ihren besten Kumpel sah. Vielleicht hatte er sich deshalb nicht wirklich auf Jana einlassen können. Ja, vielleicht hätte er sich sogar in Jana verliebt, wenn da nicht Michaela zwischen ihnen gestanden hätte. Torsten hatte mit Jana geschlafen und dabei an Michaela gedacht. So etwas Krankes könnte ihm heute nicht mehr passieren. Wie auch? Seine Traumfrau war zu Hause und wartete auf ihn. Eine andere außer ihr würde es nicht geben. Ein Gedanke, der ihm sogleich ein schlechtes Gewissen bereitete. Er musste heute unbedingt noch mit Heike telefonieren. So wie es gerade war, konnte es nicht bleiben. Er vermisste sie und die Kinder. Und anstatt bei ihr im Westerwald zu sein, befand er sich im Haus einer Jugendaffäre und deren bildhübscher, alleinstehender Tochter.

„Ach, hier bist du", hörte er Nadine mit einem Mal sagen.

Torsten zuckte erschrocken zusammen.

Sie trat neben ihn und sah auf das Foto, vor dem er eine gefühlte Ewigkeit gestanden und es angeglotzt hatte.

„Mama fehlt mir so unendlich“, flüsterte sie und strich mit den Fingern sanft über das Glas des Bilderrahmens.

„Das mit deinem Jungen, dass ich ihn erschreckt habe … das tut mir leid“, entschuldigte er sich ausweichend.

„Muss es nicht. Außerdem hat Henri sich längst wieder beruhigt und sitzt in seinem Zimmer an der Spielekonsole. Kann also nicht so schlimm gewesen sein“, winkte sie ab.

„Hast du irgendwo ein Foto von Rico? Ich finde hier keines“, fragte er.

„Ja, sogar ein paar. Die sind aber alle in dieser Akte hier“, antwortete Nadine und deutete auf eine dicke, abgegriffene rote Pappmappe in ihrer linken Hand.

„Was ist das alles?“, erkundigte er sich erstaunt.

„Das sind Unterlagen, die wir oder vielmehr die meine Mama über ihren Bruder gesammelt und aufbewahrt hat. Ich dachte, wir schauen es uns mal gemeinsam an. Vielleicht kommt dir ja etwas bekannt vor oder dir fällt dazu etwas ein, das Mama und ich nicht wissen konnten“, erklärte sie, drehte sich um und ging in Richtung Küche. Torsten folgte ihr.

Als er den Raum betrat, fiel sein erster Blick auf ihre Geldbörse, die immer noch an der Stelle auf dem Tisch lag, an der er sie eben kurz abgelegt hatte, um ihre

Handtasche zu durchsuchen. Mist, warum hatte er sie nicht sofort wieder wie beabsichtigt zurückgelegt? Er könnte sich gerade selbst ohrfeigen für so viel Blödheit. Wie hatte ihm, der er ansonsten auf solche Kleinigkeiten immer penibel achtete, dies durchgehen können?

Auch Nadine schien zu bemerken, dass etwas nicht so war, wie es sein sollte. Doch sie sagte nichts, hob die Geldbörse lediglich auf und pfefferte sie ohne hineinzusehen zurück in ihre Handtasche. Ihr Blick dabei sprach jedoch Bände.

„Noch einen Kaffee?", erkundigte sie sich.

Er verneinte und setzte sich stattdessen wieder hin.

Sie reichte ihm die Mappe, widmete sich dann aber wieder der Kaffeemaschine.

Torsten schlug den zugegebenermaßen recht schweren Ordner auf und begann darin zu blättern. Es gab unzählige zumeist vergilbte Zettel. Einige waren mit Schreibmaschine, andere mit der Hand geschrieben und, wie er fand, nur schwer lesbar. Die handschriftlichen Aufzeichnungen stammten von mindestens zwei Personen. Während die eine, Torsten vermutete eine Frau hinter der Schrift, sehr sauber und leserlich schrieb, handelte es sich bei der anderen wohl eher um einen Schmierfinken.

„Deine Mutter hat Rico für tot erklären lassen?", wunderte es ihn, als er den Schriftverkehr und die Urkunde des Amtes entdeckte.

„Ja, aber sie war bis zum Schluss immer davon überzeugt, dass er noch lebt", antwortete Nadine.

„Verstehe ich nicht. Wenn sie davon überz…"

„Es war wegen des Hauses und der Kohle meiner Großeltern. Rico hätte damals das Erbe für das Haus antreten müssen. Da es kein Testament gab, waren Mama und er zu gleichen Teilen erbberechtigt. Rico hätte das Erbe annehmen oder ausschlagen müssen. Für beides hätte er persönlich erscheinen müssen, um zu unterschreiben … also, wenn er denn noch gelebt hätte", erklärte sie das, was Torsten nun auch einleuchtete.

Torsten entnahm der Mappe ein loses, gelbstichiges Foto und betrachtete den jungen Mann darauf. Es zeigte Rico in etwa zu der Zeit, als Torsten ihn kennengelernt hatte.

Was zum Geier hatte Michaela damals an dem Typen gefunden?

„Meine Mutter war der festen Überzeugung, dass Ricos Verschwinden mit seiner Arbeit zu tun hatte", erzählte Nadine weiter und ließ sich nun auf einen Stuhl ihm gegenüber nieder.

Torsten blickte auf.

„Was hat er denn gearbeitet? Ich dachte, Rico wäre Student gewesen?", wunderte er sich.

„Das war nur Fassade. In Wahrheit war Rico genau wie seine Eltern in der Hauptabteilung II des MFS", berichtete sie.

„Was muss ich darunter verstehen?", hakte Torsten nach, da er sich nicht sicher war, was dies bedeutete. Eine Ahnung hatte er allerdings.

„Was der MFS war, weißt du?"

„Ja, schon. Ich weiß, dass MFS für Ministerium für Staatssicherheit steht. Ich meine diese Abteilung II. Davon habe ich bisher noch nie gehört", antwortete er, ohne zu zögern. Torsten hatte sich im Grunde nie wirklich für Dinge wie die Stasi interessiert.

„Die Abteilung II war zuständig für die Spionageabwehr. Dazu zählte unter anderem auch die offensive Spionageabwehr, also die aktive Spionage bei westlichen Geheimdiensten und Behörden", erklärte sie ihm, was er tatsächlich beinahe vermutet hatte.

Dennoch verstand er gerade den Zusammenhang nicht. Was könnte das Verschwinden von Michaela und Rico mit dessen Job beim Ministerium für Staatssicherheit zu tun haben?

„Mama hat damals ebenfalls für den Verein gearbeitet. War wohl so eine Art Familientradition. Dem Vaterland und der Partei treu bis in den Untergang", riss Nadine ihn jedoch abrupt aus seinen Gedanken.

„Jana war ebenfalls bei der Stasi?", stieß er überrascht aus.

„Ja, aber sie war nicht stolz darauf. Anders als ihr Bruder und der Rest der Sippe hatte Mama wohl bereits früher verstanden, dass es vorbei ist und es besser wäre, die Verbindungen zu kappen. Im Januar 1990 ist sie ausgestiegen und abgetaucht, bis der Spuk dann im Herbst mit der Wiedervereinigung zur BRD endgültig ein Ende hatte. Meine Großeltern waren, als die Mauer fiel, an der Botschaft in Chile. Die sind erst gar nicht mehr zurückgekommen, sondern haben ihren Lebensabend dann dort verbracht. Hab sie nie kennengelernt. Die ganze Sippe hatte damals Dreck am Stecken", erklärte sie und hob entschuldigend die Schultern.

Torsten begann langsam den Kopf zu schütteln. Nein, was Nadine da gerade von sich gab, konnte unmöglich wahr sein. Das musste sie sich ausgedacht haben. Dass Janas Eltern im Ausland waren, hatte er gewusst. Wobei er immer gedacht hatte, die wären irgendwo im Ostblock. Aber Jana und Rico? Die waren doch keine Spione gewesen. Zwar hatte er die beiden nicht wirklich gut gekannt, doch die Vorstellung, die Geschwister könnten für die Staatssicherheit gearbeitet haben, wollte einfach nicht in sein Weltbild passen.

„Nein, das kann nicht sein", sagte er daher leise.

„Doch, Torsten. Mama war eine Mitarbeiterin des MFS, und wenn sie und Rico euch damals angesprochen haben, dann könnte dies gut gewesen sein, weil sie euch anwerben wollten", behauptete Nadine.

„Ach, das ist doch Unsinn. Wir waren damals noch Schüler. Standen kurz vor dem Abitur. Was sollten die für ein Interesse gehabt haben, uns zu kontaktieren?"

„Eben. Du, Michaela und vermutlich auch eure Freunde waren damals allesamt an einem Punkt, an dem sich eure berufliche Zukunft entscheiden würde. Wusstest du denn damals bereits, wie deine Zukunft aussehen sollte?", fragte sie und lächelte dabei wissend. Torsten musste einen Moment überlegen, bis er antwortete.

„Ich hatte mich damals bereits für ein Studium bei der Polizei entschieden. Wenn ich mich richtig entsinne, kam die Zusage kurz vor Weihnachten. September 1990 begann dann die Ausbildung", flüsterte er.

„Und Michaela? Wollte die nicht zum Verfassungsschutz?", fragte Nadine.

Torsten schüttelte den Kopf.

„Nein, wie kommst du darauf? Wobei … ja. Kann sein, dass sie mal darüber nachgedacht hat. Michaela hatte, soweit ich weiß, noch nirgendwo eine Zusage gehabt. Die hat sich auf mehrere Ausbildungsstellen beworben und war total unschlüssig, was sie mit ihrem Leben anfangen sollte. Am Schluss wollte sie wohl erst mal ein Jahr reisen und die Welt ansehen", entgegnete er.

Nadine beugte sich über den Tisch und tippte auf die Akte.

„Genau. Und das steht da alles drin! Rico hat genau aufgeschrieben, wo sie sich wann beworben hat. Der hat jedes ihrer Worte fein säuberlich dokumentiert. Da steht sogar, wann und wie oft er sie gevögelt hat und wie sie es am liebsten hatte."

Torsten begann hektisch zu blättern, bis er fand, wonach er suchte. Hinter den losen Zetteln und Fotos befanden sich mehrere sehr dünne graue Aktenmappen. Eine davon mit dem Namen Michaela König auf dem Deckblatt. Er schlug sie nicht auf, sondern las stattdessen hastig die Namen auf den anderen Umschlägen. Fünf Frauennamen. Keiner von ihnen sagte ihm etwas. Seinen eigenen Namen fand er nicht.

„Gibt es auch eine Akte über mich?", erkundigte er sich bei Nadine, die ihm interessiert zusah und dabei grinste.

„Nein. Falls es sie gegeben hat existiert sie nicht mehr. Ich befürchte, Mama hat einige ihrer Notizen geschreddert. Vor allem die, für die sie sich geschämt hat“, antwortete Nadine.

Torsten ließ die Unterlagen sinken, sprang auf und ging im Zimmer umher. Seine Gedanken rasten. Im Vorbeigehen griff er sich eine der dünnen Kladden, las zuerst den Namen Madeline Guthardt auf der Front, schlug sie auf und überflog die mit Schreibmaschine geschriebenen Sätze. Torsten war über das, was da stand, erschüttert.

„Er hat es mit all denen gleich gemacht. Er hat sie angesprochen, ihnen schöne Augen gemacht und sie Stück für Stück um den Finger gewickelt, bis sie alles für ihn getan hätten. Das Glück der Damen war, dass die DDR damals schon Geschichte war. Es war vorbei. Nur haben viele von diesen Verbrechern es nicht begriffen und immer weitergemacht“, erzählte Nadine, während Torsten gerade die intimsten Dinge las, die man sich vorstellen konnte. Ob diese Frauen wussten, was in diesen Akten stand? Ob sie wussten, dass dieser Rico ein Agent gewesen war? Vermutlich nicht.

Er schlug die dünne Mappe wieder zu und warf sie zurück auf den Tisch. Seine Hand hielt vor der Akte mit dem Namen Michaela König inne. Er musste wissen, was Rico über sie geschrieben hatte. Vielleicht lag dort vor ihm gerade der Schlüssel zu dem Fall um Michaelas Verschwinden. Dennoch zögerte er.

„Du weißt, was da drinsteht?“, fragte er stattdessen an Nadine gewandt.

„Ja, ich habe jedes Wort mehrfach gelesen und dennoch keinen Hinweis darauf gefunden, warum Rico hätte abhauen müssen. Er hat keiner der Frauen körperlich etwas angetan. Er hat sie benutzt und ausgehorcht. Das ist zwar schäbig, aber nicht strafrelevant. Rico kannte auch keine großen Staatsgeheimnisse, für die irgendein Geheimdienst ihn hätte einsperren oder gar beseitigen müssen. Der war noch ein ganz kleines Licht. Seine Aufgabe war es lediglich, diese naiven Mädchen anzuwerben, aufzubauen und sie an den richtigen Stellen zu positionieren. Eine uralte Masche, wie sie auch im Rotlichtgewerbe seit langer Zeit funktioniert. Da gibt es doch auch diese smarten Jungs, die den Frauen so lange das Blaue vom Himmel versprechen, bis die alles tun würden, um ihrem Lover zu helfen. Die einen gehen, um ihrem Traumtypen aus einer vermeintlichen Klemme zu helfen, mit einem fremden Kerl ins Bett. Die anderen verraten ihr Land. Nur einmal. Dann noch mal. Dann immer und immer wieder. Wenn die Mädchen dann merken, dass man sie nur benutzt und missbraucht hat, ist es zu spät, um auszusteigen", erklärte Nadine kühl und ohne irgendeine Regung.

Torsten wusste, was sie meinte. Er war lange genug Polizist, um zu verstehen, wie solche Dinge funktionierten. Er wusste, wie Männer Frauen in Abhängigkeiten trieben. Was ihn gerade schockte, war der Umstand, dass er selbst es damals nicht bemerkt und auch bis heute nicht verstanden hatte, dass die Geschwister Jana und Rico ein falsches Spiel gespielt hatten. Hinzu kam die Frage, welche Rolle ihm selbst zugedacht gewesen war. Hatte Jana sich lediglich mit ihm eingelassen, weil er ebenfalls ein potenzieller Kandidat für die Stasi war? Oder hatte sie vielleicht die Aufgabe gehabt, Rico den Rücken freizuhalten, damit dieser freie Bahn bei Michaela hatte?

„Du hast gesagt, du habest Rico zum letzten Mal am 16. Juni auf einer Party bei euch im Westerwald getroffen?", fragte sie nun zum wiederholten Mal.

„Ja. Das sagte ich."

„Was wollte er dort? Seine Aufzeichnungen über die Frauen enden alle im April. Es finden sich keinerlei Einträge nach dem 12. April", sagte sie zu seinem Erstaunen, und so langsam wurde Torsten klar, dass Nadine sich nicht erst seit gestern mit dem, was ihr Onkel getrieben hatte, auseinandersetzte. Nadine brauchte diese Unterlagen schon lange nicht mehr zu lesen, um zu wissen, was in ihnen stand. Sie hatte bereits jedes Wort davon verinnerlicht.

„Denkst du tatsächlich, dass da eine große Story dahinterstecken könnte?", fragte er, da er dies nicht glauben konnte. Die Welt wollte diesen Spionagemist aus dem Kalten Krieg doch schon lange nicht mehr hören. Das alles war Schnee von gestern.

„Ja. Ich habe für solche Geschichten ein sehr feines Näschen. Und das brauche ich auch. Berlin ist teuer, und ich habe drei Mäuler zu stopfen", unkte sie.

Und, nein, Torsten glaubte Nadine kein Wort, dass diese vom Journalismus ein Haus wie dieses unterhalten konnte. Die Schreiberlinge, die er so kannte, waren am Ende des Monats froh, wenn sie noch etwas im Kühlschrank hatten und den Sprit für ihren Wagen zahlen konnten. Mit Journalismus allein wurde man nicht reich. So wie die Bude aussah, besaß Nadine Kohle. Wo auch immer die herstammte.

„Ich habe auf den Fotos drüben im Wohnzimmer gesehen, dass du noch eine Tochter hast?", fragte er, um das Thema zu wechseln, und tat, als würde er sich nach selbiger umblicken.

„Annabelle. Sie ist sieben und derzeit mit ihrem Vater in Schottland im Urlaub. Charles, mein Ex, stammt von dort, und im Moment sind ja Ferien", erklärte sie.

„Und dein Sohn ist nicht mitgefahren?", wunderte es ihn.

„Henri? Nein, er und Charles haben derzeit ein eher schwieriges Verhältnis. Da ist Ärger vorprogrammiert. Henri hat entschieden, vorerst nicht mehr mit seinem Vater mitzufahren, und wir respektieren das. Bei uns wird niemand gezwungen", sagte sie und deutete dann wieder auf den Stapel Papier vor Torsten auf dem Tisch.

„Bisher sind Mama und ich immer davon ausgegangen, dass Rico unmittelbar nach dem 12. April verschwunden sein muss. Diese Aktennotizen waren, bis du vorhin erzählt hast, dass du ihn am 16. Juni noch einmal gesehen hast, sein letztes Lebenszeichen", berichtete sie.

Torsten griff nach seinem Mobiltelefon und googelte nach den Feiertagen im Jahr 1990.

„Der 12. April war Gründonnerstag. In den Osterferien war ich zum letzten Mal gemeinsam mit Michaela hier in diesem Haus. Angereist sind wir am Fünften oder Sechsten. Am 12. April war ich allerdings schon wieder zu Hause. Michaela ist noch über die kompletten Feiertage und, wenn ich mich recht entsinne, sogar bis zum Ende der Ferien geblieben“, versuchte er anhand des alten Kalenders zu rekonstruieren.

„Warum seid ihr nicht gemeinsam nach Hause gefahren? Gab es Streit?“, hakte sie nach.

Torsten zuckte mit den Schultern. „Nein, es war wohl mehr so, dass wir uns nichts mehr zu sagen hatten. Ich war zu einem Störfaktor geworden“, gestand er.

„Du hast Michaela geliebt, oder nicht?“, fragte Nadine.

Er sah sie eine Weile an.

„Du hättest auch eine gute Psychologin werden können“, antwortete er dann ausweichend. Er kannte diese Frau noch nicht einmal eine Stunde. Dennoch sprach er mit ihr über Dinge, die außer ihm selbst niemanden etwas angingen. Andererseits empfand er das Gespräch mit ihr als sehr angenehm.

Sie grinste nun und nickte.

„Ja, wusste ich es doch. Du warst in diese Michaela verknallt. Und als du gemerkt hast, dass du sie endgültig an Rico verloren hast, bist du abgehauen“, brachte sie es ziemlich genau auf den Punkt.

Torsten wich ihrem Blick aus und blätterte weiter in den Unterlagen.

„Merkwürdig, dass er nichts mehr über die anschließenden Treffen mit ihr aufgeschrieben hat. Michaela muss nach Ostern nämlich mindestens noch einmal hier bei ihm in Berlin gewesen sein“, sagte er, um das Thema wieder auf Spur zu bringen.

„Vielleicht konnte er nichts mehr aufschreiben. Außer dir will ihn ja danach niemand mehr gesehen haben. Diese Michaela können wir ja auch nicht mehr fragen, ob sie tatsächlich bei ihm war“, antwortete sie schnippisch.

Torsten verstand sofort, was sie damit andeuten wollte, blieb aber gelassen.

„Ach so. Du willst sagen, ich hätte meinen Nebenbuhler unmittelbar nach dem 12. April im Streit getötet und anschließend draußen im Garten verscharrt oder im See versenkt“, antwortete er frech.

„Und? Hast du?“

„Nein. Und das weißt du auch. Ansonsten würdest du nämlich nicht mit mir in deiner Küche sitzen und Small Talk halten.“

„Stimmt. Würde ich nicht“, gab sie zu.

„Besitzt du einen Fotokopierer oder besser noch einen Scanner?“, fragte er sie mit Blick auf die Unterlagen.

„Ja, in der Redaktion. Ich würde sagen, wir fahren eben schnell hin und geben die Akte einer der Praktikantinnen, damit diese das erledigt“, schlug sie vor und überraschte ihn damit aufs Neue. Es gab also doch eine Redaktion, in der sie arbeitete.

„Das können wir doch auch eben schnell selbst erledigen“, erwiderte er.

„Nein, wir beide fahren in der Zwischenzeit nämlich zu Onkel Fred und statten ihm einen Besuch ab.“

„Wer ist Onkel Fred?“

„Das wirst du dann sehen“, entschied sie, erhob sich, raffte die Unterlagen zusammen und griff dann ihre Handtasche.

„Wir nehmen meinen Wagen. Besser, du stellst dein Motorrad, während wir unterwegs sind, hinter das Haus. Nicht, dass die Maschine noch Begehrlichkeiten weckt“, sagte sie und verschwand in den Flur.

Torsten sah ihr hinterher. Irgendetwas an dieser Situation gefiel ihm nicht. In ihm schlugen sämtliche Instinkte Alarm. Nadine wusste mehr, als sie zugab. Was für ein Spiel trieb die hübsche Journalistin da gerade mit ihm? Wie konnte die sich eine solche Hütte leisten? Auf ihrer Visitenkarte hatte gestanden, sie sei eine freie Journalistin. Dazu eine dieser kostenlosen E-Mail-Adressen. Eine Frau mit Geheimnissen. Torsten würde vor ihr auf der Hut sein müssen.

# Kapitel 13

*Dienstag, 16. Juli 2024, 11:14 Uhr*
*Westerwaldbrauerei/Hachenburg*

„Bitte schön, nehmen Sie Platz. Ich sage Frau Vogelsang Bescheid, dass Sie da sind. Kann ich Ihnen so lange etwas zu trinken anbieten? Ein Hachenburger Pils zum Beispiel oder ein Hachenburger Hell?“, fragte der nette Mittvierziger, der mit seinen Jeans, den schicken Sneakers und einem Poloshirt der Brauerei so gar nicht wie der Kellner eines Biergartens aussah.

„Haben Sie auch etwas Alkoholfreies?“, erkundigte sich Nina, da sie ja, obgleich sie sich in einer Brauerei befanden, immer noch im Dienst waren. Da ging es nicht, dass sie von der Polizei am frühen Tag schon Bier tranken. So etwas taten die Bullen nur in schlechten Filmen oder in Bayern.

„Wir hätten unter anderem ein alkoholfreies Pils, alkoholfreies Natur-Radler, Weizen, Hachenburger Malz, unseren Cola-Mix Kalter Kaffee oder ganz neu unsere Hachenburger Brauer-Brausen in Kräuter oder Wildbeere“, schlug er vor.

„Brauer-Brause? Das hört sich interessant an“, fand Nina und bestellte sich gleich einmal eine davon in

Wildbeergeschmack. Kübler nahm, ohne lange zu überlegen, ein Malzbier.

„Sag mal, das ist doch hier keine öffentliche Kneipe oder vertue ich mich da jetzt?“, flüsterte er, nachdem der Herr gegangen war, um Frau Vogelsang zu verständigen und um die Getränke zu holen.

„Nee, eher nicht. Das scheint mir so eine Art Besprechungsraum, Kantine und Besucherzentrum in einem zu sein. Eben nur unter freiem Himmel“, fand Nina und sah sich in dem hübschen Gartenlokal mit den typischen Biergartenstühlen und Tischen um, die im Schatten großer Schirme standen. Einige der Tische waren besetzt. Und da sie sich nicht vorstellen konnte, dass die Menschen in den Klamotten der Brauerei allesamt Fans der Marke waren, musste es sich bei denen wohl um Mitarbeiter handeln, die gerade irgendetwas Dienstliches besprachen. Das würde auch die Tablets und Computer erklären, die einige von ihnen dabeihatten.

„Also, wenn wir so einen Freisitz im Kriminalkommissariat hätten, ginge ich auch mal mehr vor die Tür“, meinte Kübler todernst, und Nina musste schallend lachen.

„Guten Morgen. Ich geh dann mal davon aus, dass Sie die Herrschaften von der Polizei sind“, mischte sich nun eine Dame mit hellgrauen kurzen Löckchen und unzähligen Sommersprossen im Gesicht ein.

Nina erhob sich.

„Ja, das sind wir. Und Sie sind dann wohl die Frau Vogelsang. Schön, dass Sie so kurzfristig Zeit für uns haben", begrüßte Nina sie, gab ihr die Hand und stellte dann auch noch sich und den Kollegen Kübler vor.

„Natürlich nehme ich mir die Zeit, Frau Moretti. Immerhin warte ich ja seit vierunddreißig Jahren, dass die Polizei sich endlich einmal rührt", antwortete sie lächelnd mit einem leicht bissigen Unterton.

„Wie darf ich das verstehen?", hakte Nina nach.

Katrin Vogelsang setzte sich auf den Stuhl an der Stirnseite des Tisches, genau zwischen sie beide, und hob dann abwehrend die Hände.

„Entschuldigen Sie, Frau Moretti, dass ich das jetzt einfach einmal loswerden muss. Aber es hat wirklich verdammt lange gedauert, bis die Polizei im Vermisstenfall Michaela König endlich einmal wach werde. Ich rede mir jetzt seit ziemlich genau vierunddreißig Jahren den Mund fusselig. Und was hat sich getan? Nichts! Da verschwindet eine junge Frau spurlos, und niemanden außer mir scheint es zu interessieren", schimpfte sie leise, aber, wie Nina fand, dabei sehr höflich. Und ja, im Grunde hatte Katrin Vogelsang mit dem, was sie sagte, ja auch recht.

„Okay, stimmt, Frau Vogelsang, da muss ich Ihnen leider zustimmen. Aber ich hoffe, Sie akzeptieren es als Entschuldigung, dass ich und der Kollege Kübler gerade einmal in die Grundschule gingen, als Michaela König verschwand. Bis zum letzten Samstag wussten wir noch nicht einmal, dass es jemals eine Michaela König gegeben hat", antwortete Nina ebenso freundlich.

„Frau Moretti, bitte nicht falsch verstehen. Der Vorwurf ging nicht an Sie und Ihren Kollegen persönlich.

Dennoch würde mich interessieren, warum Sie gerade heute zu mir kommen und Fragen haben, die Michaela betreffen. Was ist seit letztem Samstag anders als in den vierunddreißig Jahren zuvor?"

„Wie kommen Sie auf Samstag?", grätschte Kübler dazwischen.

„Ihre Kollegin sagte doch gerade, dass sie vor letztem Samstag noch gar nicht wusste, dass es eine Michaela König gegeben hat", konterte die Vogelsang.

Kübler überlegte kurz und nickte dann. Manchmal war der echt schwer von Begriff.

„Am letzten Samstag wurden am alten Bienenhaus der Familie König die sterblichen Überreste einer toten jungen Frau gefunden. Wir gehen derzeit davon aus, dass es sich um Michaela handelt. Der Zeitpunkt des Eintritts des Todes passt ungefähr zu dem von Michaelas Verschwinden von vor vierunddreißig Jahren", ließ Nina die Katze aus dem Sack.

Katrin Vogelsang schob erschrocken die Hand vor den Mund. Ihre Augen weiteten sich. Ninas Gefühl sagte ihr, dass das Entsetzen der Frau nicht gespielt war.

„Am Bienenhaus im Seifer Wald?", fragte sie total schockiert nach.

„Ja, am Bienenhaus im Seifer Wald. Finden Sie das so abwegig?"

Katrin Vogelsang hob die Schulter.

„Ich weiß nicht … ich war da ja in den letzten Jahren häufiger mal, meist mit dem Hund. Ich habe auch Fotos gemacht und so ein bisschen dokumentiert, wie die Hütte nach und nach verfällt. Ich finde es faszinierend zu beobachten, wie die Natur sich Flächen, die der Mensch nicht mehr nutzt, zurückerobert. Wir waren damals oft dort … bei den Bienen. Ich mag Bienen. Habe sogar schon mal überlegt, mir selbst ein paar Völker zuzulegen", erzählte sie leise.

Nina sah zu dem smarten Kellner auf, der gerade die Getränke brachte.

„Danke schön", bedankte sie sich brav und nippte sofort neugierig an ihrer Brause, die, das musste sie zugeben, wirklich super und ganz anders schmeckte, als sie es sich vorgestellt hatte. Nur erschloss sich ihr der Umstand, was eine Wildbeerenbrause mit einem Brauer oder einer Brauerei zu tun haben könnte, noch nicht.

„Kann ich dir auch was bringen, Katrin?", erkundigte der Kellner sich bei Frau Vogelsang und legte ihr, als er ihre Tränen entdeckte, die Hand auf die Schulter.

Sie schüttelte den Kopf.

„Danke, Jens. Ich mag gerade nichts", schluchzte sie.

Er blickte ratlos zu Nina und Kübler.

„Aber du meldest dich, wenn ich oder die Kollegen was für dich tun können?", schien er ehrlich besorgt um seine Kollegin zu sein.

Sie nickte, versprach, dies zu tun, woraufhin er abzog. Nina sah ihm hinterher und beobachtete, wie er zu einem der Nachbartische ging, an dem zwei Männer in weißen Businesshemden warteten. Er reichte den Kerlen zur Begrüßung die Hand und setzte sich dann zu ihnen an den Tisch. Sie würde wetten, dass es sich bei den beiden um irgendwelche Geschäftspartner handelte. Geschäftsverhandlungen würde sie auch aus Hundert Metern Entfernung erkennen.

„Netter Typ, euer Kellner“, fand auch Kübler an Katrin Vogelsang gewandt und nippte dann an seinem Malz.

Katrin Vogelsang drehte den Kopf, sah Kübler mit großen Augen an und begann dann gequält zu lachen.

Deutlich war zu sehen, wie Thomas darüber nachdachte, welches Fettnäpfchen er gerade wieder bediente.

Katrin Vogelsang beugte sich vor und erklärte es ihm. „Der Jens ist hier kein Kellner.“

„Ach nee. Was ist er denn dann?“, hakte Kübler nach, und auch Nina war gespannt, welchen Job der junge Mann wohl innehatte.

„Dem Jens Geimer, dem gehört die Brauerei. Das ist unser Chef“, klärte sie den Sachverhalt.

„Oh. Wie ein Chef kam der jetzt aber gar nicht rüber“, fand Nina und nippte ein weiteres Mal an ihrer Brause.

Doch, das Zeug war wirklich lecker.

„Ja, der ist schon ein feiner Kerl“, antwortete Katrin Vogelsang, die sich nun wieder ein wenig gefangen zu haben schien.

„Frau Vogelsang, Sie waren es, die damals noch vor den Eltern zur Polizei gegangen ist und versucht hat, Michaela als vermisst zu melden. Erzählen Sie uns bitte mal, was Sie dazu bewogen hat“, kam Nina nun endlich zur Sache.

„Na, einer musste doch aktiv werden. Michi wäre niemals einfach so abgehauen, ohne sich zu verabschieden. Die hätte mir was gesagt oder mir geschrieben. Auch einfach so ihre Eltern zu beklauen, um dann bei Nacht und Nebel zu verduften, das hätte sie nicht getan."

„Sie meinen diese Sache mit dem Diebstahl der Honigkasse?", fragte Kübler.

Frau Vogelsang winkte ab.

„Ja, das meine ich. Aber das ist sowieso Quatsch. Sie musste die nicht klauen. Das Geld aus der Honigkasse stand ihr nämlich eh zu. Außer Michaela hat sich in der Familie doch keiner um die Bienen und das ganze Drumherum gekümmert. Michis Opa, also der Vater ihrer Mutter, der war früher Imker gewesen. Von ihm hatte Michaela den ganzen Kram bereits von klein auf gelernt. Michi und ihr Opa waren ein Herz und eine Seele. Michaelas Mutter hat sich nie für die Imkerei interessiert. Die Bienenliebe hat in der Familie irgendwie eine Generation komplett übersprungen. Das ist im Übrigen auch so eine Sache, die nicht ins Bild passt. Die Michi wäre niemals abgehauen, wenn sie nicht wen gehabt hätte, der sich um ihre Bienenvölker kümmern würde. Nachdem sie weg war, gab es auch keinen Honig mehr bei den Königs. Die haben die Völker im Wald einfach sich selbst überlassen. Spätestens im folgenden Winter sind die armen Viecher dann vermutlich alle zugrunde gegangen. Wenn ich nicht wegen des Studiums nach Göttingen … Ist aber auch egal", schimpfte Katrin.

Katrin Vogelsangs Worte lösten bei Nina einen Denkprozess aus. Warum hatte die Freundin Michaela als vermisst gemeldet? Warum waren die Königs so sicher, dass Michaela nur fortgelaufen war? Das passte doch alles nicht. Die Gedanken, die Katrin Vogelsang gerade beschrieb, hätten doch eigentlich die der Eltern sein müssen.

Nein, diese Leute hatten für Ninas Geschmack einfach nicht genug nach ihrer Tochter gesucht. Dies wurde ihr immer deutlicher. Michi war weg gewesen, und die hatten es akzeptiert. Wenn eines von Ninas Kindern morgen abhauen würde, dazu zählte sie auch Sarika, die bereits erwachsene Tochter ihres Mannes Klaus, dann würde sie alle Hebel in Bewegung setzen, um zumindest herauszufinden, wo sie waren und ob es ihnen gut ging.

Auch die Tatsache, dass die Leiche unter den Dielenbrettern des Bienenhauses gelegen hatte und niemand aus der Familie König etwas davon bemerkt haben wollte, schrie doch zum Himmel. Es widersprach jedem Verständnis und jeder Logik und wollte Nina einfach nicht in den Schädel.

Sie selbst war schon an Hunderten von Leichenfundorten gewesen, und an fast allen hatte man den Tod förmlich riechen können. Der Tod stank zum Himmel! Nicht immer – aber zumeist.

Vielleicht hatten die Königs nur nicht nach Michaela gesucht, weil sie die ganze Zeit gewusst hatten, dass sie da lag, wo sie nun gefunden worden war? Doch wie sollte Nina das beweisen? Die Mutter war tot. Der Stiefvater nicht eben redselig und dem Tod ebenfalls näher als dem Leben.

Der Einzige aus der Sippe, der noch etwas wissen könnte, war der Adoptivbruder. Doch wenn dieser mit der Tat in Verbindung stand, hätte er dann zugelassen, dass das Grundstück an Fremde verkauft würde? Nein, wenn die Familie hinter der Tat stand, wäre das Bienenhaus nicht versteigert worden. Die hätten zugesehen, dass es weiter im Besitz der Familie blieb, oder zumindest die Knochen geborgen und anderweitig versteckt.

„Wussten Sie, dass Michaela im Juni 1990, als sie starb, schwanger war?“, fragte Nina.

Die Augen von Katrin Vogelsang weiteten sich. „Nein. Das wusste ich nicht.“

„Jetzt, wo Sie es von mir wissen, könnten Sie mir spontan einen potenziellen Erzeuger des Ungeborenen nennen?“, hakte Nina wie aus der Pistole geschossen nach und wartete dann.

Katrin Vogelsang antwortete jedoch nicht spontan, sondern überlegte erst eine Weile.

„Vermutlich wird es von diesem Ossi gewesen sein, den sie bei unserer Klassenfahrt in Berlin kennengelernt hat. Oder von Torsten Liebig. Der Torsten ist sogar ein paarmal mit ihr in Berlin gewesen. Wer weiß schon, was die da alles so getrieben haben“, sagte sie abwertend und irgendwie missgünstig.

Nina betrachtete sie und überlegte, ob Katrin Vogelsang lediglich ein Problem mit Michaelas Lebenswandel gehabt hatte oder ob sie gar eifersüchtig oder neidisch war, dass sie nicht in Berlin dabei gewesen war, um … was auch immer zu treiben.

„Wann haben Sie Michaela das letzte Mal gesehen?“, kam Nina lieber wieder zur Sache, bevor das Ganze hier noch zu schlüpfrig wurde.

„Das war samstagabends gegen elf, kurz nach der Prügelei in der Fischbachhütte bei Daaden“, antwortete sie, ohne diesmal lange zu überlegen.

„Welche Prügelei?“, wunderte sich Nina, nicht nur über den Umstand, dass Katrin Vogelsang sich sogar noch an die Uhrzeit erinnern wollte. Weder Jürgen noch seine Frau Gaby hatten etwas von einer Prügelei berichtet.

„Na, die zwischen diesem Ossi, dem Torsten Liebig und dem Jürgen Wacker“, erzählte Katrin Vogelsang Nina gerade tatsächlich etwas vollkommen Neues.

„Um was ging es da?“

Frau Vogelsang hob die Schultern.

„Keine Ahnung. Wenn ich mich recht entsinne, fing es damit an, dass sich dieser Ossi … verdammt, wie hieß der Typ denn noch?“, überlegte sie.

„Kann es sein, dass der Rico oder so ähnlich hieß?“, schlug Nina vor.

„Ja, das kann sein. Also, dieser Rico tauchte da plötzlich auf der Fete auf und wollte die Michaela abholen. Die hat sich zwar gefreut, dass er da war, schien aber noch gar keine Lust zu haben, die Fete zu verlassen. Torsten und Jürgen sind dann zu dem Os… zu diesem Rico hin und haben ihn aufgefordert, er solle sich vom Acker machen. Ja, und dann ging es rund. Rico gegen die beiden anderen“, erzählte Katrin Vogelsang und schien bei dem Gedanken an die Ereignisse von damals irgendwie amüsiert.

„Ziemlich unfair, zwei gegen einen“, kommentierte Kübler.

„Nein, eher nicht. Unsere beiden Klassenhelden waren nämlich bereits ziemlich besoffen, und dieser andere wusste, wie man austeilt.“

„Und wie ist das Ganze ausgegangen?“, war Nina nun mächtig neugierig.

„Nun ja. Der Torsten und der Jürgen haben sich eine blutige Nase geholt, und Michi ist mit ihrem Typen auf und davon. Und das … das war definitiv das letzte Mal, dass sie irgendwer gesehen hat.“

„Was war mit Torsten Liebig und Jürgen Wacker? Sind die beiden noch länger auf der Party geblieben oder sind sie dann ebenfalls gegangen?“, fragte Kübler das, was auch Nina gerade interessierte.

Katrin Vogelsang überlegte ziemlich lange und hob dann erneut die Schultern.

„Keine Ahnung. Das ist jetzt wirklich zu lange her. Kann ich nicht sagen. Das Einzige, was ich noch weiß, ist, dass wir alle mächtig einen im Tee hatten. Die meisten hatten ja ihre Schlafsäcke dabei oder haben in ihren Autos gepennt. Abifete ist halt nur einmal im Leben“, gestand sie.

„Haben Sie auch dort übernachtet oder sind Sie noch nach Hause?“, fragte Kübler, der sich auf seinem Tablet eifrig Notizen machte.

Katrin begann zu überlegen und schüttelte dann den Kopf.

„Nein, ich bin dann irgendwann nach Mitternacht von meinem damaligen Freund abgeholt worden. Wir sind dann zu mir gefahren."

„Also können Sie gar nicht wissen, ob Torsten Liebig oder Jürgen Wacker dageblieben sind. Die beiden könnten auch noch irgendwann hinter Michaela und deren Freund hinterhergefahren sein", kombinierte Kübler.

„Ja, im Grunde könnten sie das schon. Aber wie gesagt, es ist wirklich schon sehr lange her", antwortete sie nun verunsichert.

Nina nahm ihr Mobiltelefon und suchte nach dem Foto mit dem kleinen goldenen Delfin.

„Den hier schon mal gesehen?", fragte sie und hielt Frau Vogelsang das Telefon hin.

„Ja, den gab es damals bei AKA-City in der Schmuckabteilung. Der war aber nicht echt. Zumindest kann ich mir nicht vorstellen, dass das für 29,95 echtes Gold ist", amüsierte sie sich.

„Sie wissen sogar noch, was die Kette gekostet hat?", war Nina erstaunt.

„Ja klar. Dreißig Mark waren eine Menge Kohle damals. Kohle, die ich nicht hatte. Deshalb habe ich das Teil auch da geklaut", erklärte sie und lächelte irgendwie verlegen.

„Sie haben die Kette gestohlen?", fragte Kübler so laut, dass von den anderen Tischen die Gäste oder wohl eher Katrin Vogelsangs Kollegen herübersahen.

Kübler, dem die Reaktion der Umhersitzenden ebenfalls nicht entgangen war, wiederholte die Frage daher noch einmal flüsternd, aber nicht weniger entsetzt.

Katrin Vogelsang nickte und lachte dabei.

„Ja. Ich war jung, doof und naiv und habe geglaubt, mir und den anderen etwas beweisen zu müssen. Was meint ihr beiden, was damals in diesem Kaufhaus alles geklaut wurde? Wenn da nachmittags nach Schulschluss Horden von Schülern durchzogen, ging da der Punk ab. Das war bei vielen auch mehr so eine Art Mutprobe. Ich bin da heute jetzt auch nicht stolz drauf. Wobei ... doch, irgendwie schon. Heute hätte ich da nämlich viel zu viel Schiss vor, erwischt zu werden“, amüsierte sie sich.

Nina winkte schmunzelnd ab.

„Das mit der Klauerei in diesem Kaufhaus war zu meiner Zeit nicht besser. Ich hatte damals mal am Busbahnhof bei einem Kumpel erwähnt, dass ich mal wieder ein paar neue Adidas-Turnschuhe bräuchte. Hätte ich geahnt, dass der Verrückte schnurstracks ins AKA latscht und eine ganze Sporttasche voll von den Dingern klaut, dann hätte ich vermutlich meine Klappe gehalten“, berichtete sie amüsiert ein Anekdötchen aus ihrer Jugend.

„Eine ganze Tasche voller Turnschuhe?“, stieß Kübler aus.

„Ja klar. Der ist in die Sportabteilung marschiert, hat sich da eine neue große Adidas-Sportasche geschnappt und von jeder Größe des Schuhs ein Paar gemopst. Weil er meine Schuhgröße nicht kannte“, kicherte Nina.

Ja, heute konnte sie tatsächlich über diese Aktion lachen, auch wenn sie diese natürlich mittlerweile aufs Schärfste verurteilte.

Der Kumpel von damals hatte das Ganze bis heute auch noch nicht begriffen und saß derzeit, wie sie wusste, auch wieder einmal wegen diverser Delikte im Strafvollzug.

Nina bemerkte, wie Küblers Blick total entgleiste.

„Ja was, Kübler? Du weißt doch selbst, wie das bei Halbwüchsigen läuft. Die stacheln sich gegenseitig auf, und dann passieren solche blöden Sachen. Wenn wir jeden verhaften und wegsperren würden, der als Teenie mal einen Lolli geklaut hat, dann würde es verdammt einsam auf deutschen Straßen werden“, erklärte sie ihm.

„Das mag ja sein. Aber du hast diese Schuhe damals doch sicher nicht angenommen?“, wollte er wissen.

Nina verdrehte die Augen und widmete sich wieder Frau Vogelsang. Sie hatte Besseres zu tun, als mit Kübler über Schuhe zu diskutieren, die sie längst schon nicht mehr besaß.

„Frau Vogelsang, Sie sind sich also sicher, dass dies die Kette ist, die Sie damals aus dem Kaufhaus mitgenommen haben?“

Frau Vogelsang sah noch einmal auf das Foto und nickte. Dabei schielte sie kurz zu Kübler, über dessen Verhalten sie sich immer noch zu amüsieren schien.

Der schmollte gerade, als hätte er drei Jahre hintereinander nichts zu Weihnachten bekommen.

„Dann frage ich mich allerdings, wie die Kette mit dem Delfin an den Hals von Michaela König kommt", war Nina neugierig.

„Ganz einfach. Weil ich Michaela die irgendwann mal geschenkt habe. Immerhin war sie meine beste Freundin", antwortete sie.

„Kann es sein, dass es mehrere davon gibt? Besaß noch jemand aus Ihrer damaligen Clique so eine?", hakte Nina nach.

„Ja, davon sind oder waren zumindest im Raum Betzdorf Dutzende unterwegs. Wobei die nicht alle gleich waren. Es gab sie in verschiedenen Farben", erklärte Frau Vogelsang.

„Wieso Farben? Gold ist doch Gold", knurrte Kübler.

„Sie meinen diesen kleinen bunten Stein, der das Auge markiert", wusste Nina genau, was sie meinte, und deutete auf den kleinen roten Punkt, bei dem es sich vermutlich um einen Stein aus buntem Glas handelte.

„Genau. Der Delfin, den ich Michaela geschenkt hatte, hatte einen roten Stein. Das Auge meines Delfins ist grün", antwortete sie, zog eine kleine goldene Kette durch den Halsausschnitt ihres T-Shirts und zeigte sie Nina.

„Oh", meinte Nina da nur erstaunt, als sie den kleinen goldenen Anhänger daran erblickte.

Damit, einen solchen Delfin in echt zu sehen, hatte sie nämlich nun gar nicht gerechnet. Wahrlich ein Zufall, dass Katrin das Teil gerade heute trug. Aber wenn sie die Kette nach all den Jahren noch regelmäßig bei sich hatte, dann musste ihr viel daran liegen. Wobei die aber ja auch irgendwie zeitlos und sehr hübsch war. Die würde bestimmt auch Ninas Tochter Chiara gefallen.

„Das Teil ist dann wohl vermutlich auch geklaut“, stellte Kübler fest.

„Nein, die habe ich ein paar Tage nach der anderen ehrlich erworben. Noch mal habe ich mich dann doch nicht getraut, eine zu stibitzen“, antwortete Frau Vogelsang.

„Darf ich ein Foto davon machen?“, kam Nina eine spontane Idee.

Katrin Vogelsang stimmte zu, worauf Nina das gute Stück unverzüglich ablichtete.

„Die Gaby Wacker hat erzählt, dass sie damals ebenfalls so eine besessen hat. Der Jürgen hat sie ihr wohl zum Geburtstag geschenkt“, erzählte Nina und beobachtete Frau Vogelsangs Reaktion darauf.

Diese lächelte.

„Ja, das kann gut sein. Die Gaby wollte immer schon gerne das haben, was auch andere hatten. Und wenn die Gaby etwas wollte, ist der Jürgen sofort gesprungen und hat es ihr besorgt“, sagte sie dann irgendwie süffisant.

„Sie, Michaela, Andrea Steinel und die Gaby waren damals beste Freundinnen?“, hakte Nina deshalb sofort einmal nach.

Katrin Vogelsang zuckte mit den Schultern.

„Waren wir das wirklich? Damals hätte ich Ihre Frage sofort bejaht. Aber heute? Nee, ich denke nicht. Wir sind gemeinsam zur Schule gegangen und haben die

Nachmittage miteinander verbracht. Mehr nicht. Richtige Freundinnen hätten sich bestimmt auch nach der gemeinsamen Schulzeit irgendwann noch mal getroffen. Aber aus den Augen, aus dem Sinn", sagte sie abfällig und sah dann in Gedanken versunken auf den Tisch.

„Wenn die Michaela noch gelebt hätte, dann hätte die sich bei mir gemeldet. Die war nämlich anders als die anderen beiden Gänse", flüsterte sie kaum hörbar.

Nina hatte das Gefühl, dass Katrin der Tod der damaligen Freundin tatsächlich sehr naheging. Den gleichen Eindruck, den sie bereits bei Torsten gehabt hatte. Bei den anderen, die sie bisher befragt hatten, war dies anders gewesen. Die hatten zwar auch irgendwie bestürzt reagiert, waren aber ziemlich schnell wieder gefasst gewesen. Katrin und Torsten nicht.

„Können Sie uns noch weitere Angaben zu diesem Rico machen?", hakte Nina nach.

Katrin Vogelsang schüttelte den Kopf.

„Nein, ich hab den Typen maximal drei- oder viermal gesehen. Die ersten Male bei der Jahrgangsfahrt nach Berlin. Da waren wir fast jeden Abend in so einer seltsamen Kneipe am Prenzlauer Berg. Da wartete er schon immer auf Michaela. Und dann noch einmal bei der Abifete. Ich könnte den noch nicht einmal mehr richtig beschreiben. Zu lange her. Der Einzige, der ihn außer der Michaela etwas besser kannte, war Torsten. Der ist ja, wie bereits gesagt, später noch mal mit Michi nach Berlin gefahren", berichtete sie und stand dann unvermittelt auf.

„Ich müsste dann jetzt mal wieder zurück an die Arbeit."

Nina blickte sich erstaunt um. Komisch, in dem einen Moment noch total entspannt, und jetzt tat sie plötzlich hektisch.

„Gut, ich denke, wir wären dann auch so weit durch. Falls wir noch Fragen haben, würden wir uns einfach noch einmal telefonisch melden", fand aber auch Nina, dass es langsam an der Zeit war, das Gespräch zu beenden.

„Ach ja, wir müssen die Getränke noch zahlen", fiel ihr ein, als sie bereits aufgestanden waren, und sie sah sich nach dem netten Chef um.

Dieser schien die Aufbruchstimmung am Nachbartisch mitbekommen zu haben, da er sein Gespräch mit den beiden Herren unterbrach, sich ebenfalls erhob und die wenigen Schritte auf sie zukam.

„Das geht natürlich auf unseren Deckel. Aber es würde mich noch interessieren, wie Sie unsere Brauer-Brause denn nun fanden?", erkundigte er sich.

„Die war echt lecker. Werde ich mir jetzt wohl öfter mal gönnen, aber …", Nina zögerte einen Moment und überlegte, ob die Frage wohl angebracht wäre.

„Ja?", ermunterte er sie allerdings.

„Warum macht ihr als Brauerei jetzt eine Brause? Müsst ihr umdisponieren, weil die Leute euer Bier nicht mehr mögen?", musste sie jetzt doch noch wissen.

„Doch, mögen sie noch. Mit wachsender Begeisterung sogar. Alles gut. Aber bei so einem Brauprozess entsteht ja nicht nur Bier, sondern auch eine Substanz, die wir in den Mengen, wie sie bei uns entsteht, gar nicht haben wollen", meinte er, und Nina verstand gerade nur Bahnhof.

„$CO_2$. Beim Gärungsprozess entsteht jede Menge $CO_2$. Ein Teil davon bleibt als Kohlensäure im Bier, ein großer Teil davon verpufft aber einfach in die Atmosphäre. So war das immer schon beim Brauen, muss aber ja nicht so sein. Schließlich wollen auch wir unseren ökologischen Fußabdruck noch weiter verkleinern Deshalb fangen wir heute sämtliches $CO_2$, das bei der Gärung unserer Biere entsteht, auf und verwenden es für andere Prozesse und neue Getränke", berichtete er sichtlich stolz.

„Ach so. Die Blubberblasen in der Brause sind die überschüssige Kohlensäure aus dem Bier", verstand Nina nun.

„Genau so ist das, Frau Kommissarin. Und wenn Sie und Ihre Kollegen das näher interessiert, dann kommen Sie doch einfach mal zu einer unserer Bier-Erlebnis-Touren vorbei. Ich müsste mich jetzt nämlich wieder um die beiden Herren kümmern", meinte er und deutete zu den beiden Vertretertypen an dem anderen Tisch.

Nina versprach, dies bei Gelegenheit einmal zu machen, und meinte es tatsächlich auch so.

So eine Tour mit anschließender Verköstigung mit Freunden und Kollegen wäre bestimmt nicht nur interessant, sondern auch lustig.

„Der war echt nett, der Chef", fand Nina, als sie außer Hörweite mit Kübler zum Parkplatz ging.

„Ja, der läuft bestimmt auch nicht mit geklauten Turnschuhen rum“, knurrte Thomas.

„Mensch, Kübler. Du hast echt nicht mehr alle Latten am Zaun. Ich war damals vierzehn oder fünfzehn. Außerdem habe ich sie ja auch gar nicht selbst geklaut“, antwortete sie.

Thomas blieb stehen.

„Mitgefangen, mitgehangen. Verdammt, Nina. Wir sind Polizisten. Wir haben eine Vorbildfunktion, und du trägst geklaute Turnschuhe“, schimpfte er.

Nina sah auf ihre Füße.

„Ersten sind dies hier Sneakers, und zweitens habe ich die ehrlich gekauft“, antwortete sie schnippisch und ging einfach weiter in Richtung des Wagens. Kübler würde sich irgendwann schon wieder beruhigen. Was der wohl sagen würde, wenn er wüsste, dass Nina die alten Adidas-Treter irgendwann später, als die ihr schon lange nicht mehr passten, an ihre Freundin Alexandra Kübler weitergegeben hatte und die Retroschlappen heute im Küblerschen Schuhschrank wohnten? Vermutlich würde er dann vollkommen durchdrehen.

Leon hob zum wiederholten Male die alte Pistole aus dem Elektrolysebad und entfernte weiter die Kruste aus grobem Schmutz und Rost. Mehr und mehr sah das Ding wieder aus wie damals, als es irgendwer in den

Wald geworfen hatte. Aus einer Eingebung heraus versuchte er, das Magazin zu entfernen, und wunderte sich dann, dass dieses bereits wieder problemlos funktionierte.

„Na, wer sagt es denn?“, flüsterte er, hängte den Rest der Pistole zurück ins Becken und begann damit, die Patronen im Kaliber 9 x 18 aus dem Magazin zu lösen. Auch dies funktionierte nach all den Jahren noch erstaunlich gut. Leon war sich sicher, dass, wenn man einige Stunden an Arbeit und Fleiß in die Waffe investierte, diese sogar wieder funktionieren könnte. Testen würde er es nicht, da die Gefahr bestand, dass das eventuell doch sehr müde Material ihm dann um die Ohren flog.

Doch es war gut, dass das alte Schießeisen nun hier bei ihnen und nicht mehr bei den Kindern war, die die Waffe im Wald gefunden hatten. Nicht, dass die noch Unfug damit anstellten.

Er säuberte die Patronen und legte sie auf ein Tuch vor sich auf den Tisch. Vier Stück. Acht hätten es eigentlich sein sollen. Eine steckte eventuell noch in der oberen Kammer. Aber wo waren die restlichen drei abgeblieben? Niemand lud eine solche Pistole unvollständig.

„Tja, wer hat wohl mit dir auf was zuletzt geschossen?“, flüsterte er leise und widmete sich dann wieder dem Karton mit den Sachen aus Michaela Königs Zimmer.

# Kapitel 14

*Dienstag, 16. Juli 2024, 13:45 Uhr*
*Prenzlauer Berg/Berlin*

Nadine Miller-Jablonski war wie eine dieser mathematischen Formeln mit zu vielen Unbekannten. Unlösbar und undurchsichtig wie eine Wand aus Beton. Eine Frau mit vielen Geheimnissen. Zumindest empfand Torsten sie als eine solche.

Bevor sie zu diesem ominösen Onkel Fred in die Schrebergartenkolonie gerast waren, musste Nadine noch einige Dinge abklären und besorgen. Was dies, außer dem Kopieren der Unterlagen, genau sei, sagte sie nicht.

Nachdem er sein Motorrad in den Garten hinter der Villa gebracht hatte, verbannte sie Torsten auf den Beifahrersitz ihres Mercedes Cabriolets und war dann mit ihm in die Redaktion gefahren. So zumindest bezeichnete sie die angemietete Etage in einem Bürogebäude am Prenzlauer Berg. Nadines Fahrstil würde er als extrem gewöhnungsbedürftig und riskant bezeichnen. Sie schien, wenn sie Auto fuhr, permanent in Eile zu sein, auch wenn sie es wie heute gar nicht eilig hatte.

Torsten hatte ihr vorgeschlagen, im geparkten Wagen in der Tiefgarage zu warten, doch Nadine hatte darauf gedrängt, dass er sie bitte in die Redaktion begleiten möge. Vermutlich traute sie ihm immer noch nicht wirklich über den Weg. Was er ihr aber nach der verpatzten Aktion mit der durchsuchten Handtasche nicht verübeln konnte. Noch immer ärgerte es ihn, dass er vergessen hatte, ihre Geldbörse zurückzulegen.

Torsten zählte in der Redaktion an die fünfzehn Mitarbeiterinnen. Auf den ersten Blick beschäftigte das *JAJA*-Magazin ausschließlich Frauen in den verschiedenen Lebensabschnitten. Da war von der vermutlich noch minderjährigen Praktikantin bis zur baldigen Rentnerin alles vertreten. Einen Mann entdeckte er nicht.

Was ihm auffiel, war, dass alle Damen im Büro eines gemeinsam hatten. Der Umgang der Frauen mit Nadine war äußerst respektvoll und zuvorkommend. Man hielt ihr die Türe auf und fragte sie, ob man ihr einen Kaffee bringen sollte.

Während sie wie eine Prinzessin durch die Büros wirbelte, wartete Torsten in einer Art Empfangsbereich, wo er von den Vorbeihastenden beäugt wurde, als wäre er ein seltenes Kunstwerk.

Interessiert griff er sich eines der Magazine, die dort auslagen, und begann darin zu blättern. Gehört hatte er von *JAJA*, dem Blatt für die moderne Frau, noch nie. Auch die Themen, die die Zeitschrift behandelte, waren nicht wirklich die seinen. Doch er konnte sich vorstellen, dass seiner Frau Heike das Klatschblatt gefallen würde. Die las solche Illustrierten gelegentlich.

Aus einer Eingebung heraus zog er sein Mobiltelefon aus der Tasche und gab den Namen des Magazins bei Google ein. Er benötigte einige Sekunden, bis er fand, wonach er suchte.

„Von wegen freie Journalistin“, flüsterte er leise zu sich selbst und überlegte dann, ob Nadine es ihm wohl noch erzählen würde, dass sie mitnichten als Redakteurin für diese Zeitung arbeitete. Nadine war dieses Magazin. Sie war die alleinige Eigentümerin des Ladens. Keine Prinzessin, sondern die Königin.

Doch warum stand das nicht auf ihrer Visitenkarte? Warum stand da nichts außer ihrem Namen, einer Telefonnummer und einer jederzeit austauschbaren E-Mail-Adresse?

Vom Verlagsgebäude bis zu der Kleingartensiedlung war es nicht weit, weshalb Nadine vorschlug, den Wagen in der Tiefgarage stehen zu lassen und zu Fuß zu gehen.

Dem hatte Torsten nichts entgegenzusetzen. Nein, im Grunde ging er gerne auch längere Strecken. Sonntags wanderte er oft mit Heike durch den Westerwald. Auf Schusters Rappen nahm man auch viel mehr wahr, als wenn man mit dem Auto von A nach B raste. Außerdem konnte er sich nicht mit dem Fahrstil seiner neuen Bekannten anfreunden.

„Tolle Firma hast du dir da aufgebaut“, wagte er einen Vorstoß, als sie das Gebäude durch den Haupteingang zur Straße hin verließen.

Sie schüttelte den Kopf.

„Nein, hab ich nicht. Das Magazin war Mamas Ding. Ich habe mich da nur ins gemachte Nest gesetzt“, antwortete sie und winkte lässig ab.

„Dennoch hältst du den Laden am Laufen“, lobte er sie, da dies eben sein Eindruck gewesen war.

Sie seufzte.

„Wenn ich ehrlich sein soll, habe ich in den letzten Monaten oft daran gedacht, *JAJA* zu verkaufen. Andererseits ist es aber auch schwierig, Mamas Erbe loszulassen“, gestand sie.

„*JAJA* steht für Jana Jablonski?“, fragte er, obgleich ihm dies schon beim ersten Lesen des Zeitschriftennamens klar gewesen war.

Sie nickte und ging schnurgerade auf einen kleinen Kiosk zu.

„Du rauchst?“, fragte er verwundert, als sie gleich eine ganze Stange Zigaretten und einen Sixpack Bier kaufte.

„Nur nach gutem Sex“, hauchte sie ihm zu und begann zu lachen, als er wohl gerade dreinschaute wie ein angeschossenes Kaninchen. Sie bezahlte bar. Sein Blick fiel auf ein Bündel Geldscheine in ihrem Geldbeutel. Die waren vorhin noch nicht dort gewesen.

„Nein, Quatsch. Die sind nicht für mich. Die sind für Onkel Fred. Kleine Geschenke erhalten die

Freundschaft“, erklärte sie und hatte gerade einen Heidenspaß.

„Ist dieser Onkel Fred tatsächlich dein Onkel oder handelt es sich bei dem Wort ‚Onkel‘ mehr so um einen Spitznamen?“, erkundigte sich Torsten, während sie weitergingen.

„Onkel Fred ist eigentlich der Onkel meiner Mutter gewesen, ein Großonkel sozusagen. Es ist aber auch sein Spitzname. Solange ich denken kann, nannten ihn immer alle nur Onkel Fred“, erklärte sie ihm.

„Und der lebt da ganz offiziell in der Laubenkolonie?“, fragte er, da er einmal gehört hatte, dass dies in den meisten Städten nicht erlaubt war.

„Nein, das Wohnen in der Laube ist nicht gestattet. Man darf da nur gelegentlich mal übernachten. Offiziell wohnt Onkel Fred bei uns am Müggelseedamm. Da hat er sich aber zugegebenermaßen in den letzten Jahren nicht mehr blicken lassen. Die Post bring ich ihm dann bei Gelegenheit schon mal in seiner Laube vorbei. Wobei Onkel Fred so gut wie nie Post bekommt“, berichtete sie, während sie nun das Gelände des Kleingartenvereins „Bornholm II“ betraten.

„Wir müssen dringend mit Torsten reden. Der hat uns echt nur einen Bruchteil von dem erzählt, was er vermutlich wusste“, meinte Nina, nachdem auch die nächste Zeugin auf ihrer Liste die Prügelei auf der Abifete erwähnt hatte. Frau Held, so hatte die ehemalige Mitschülerin von Michaela König geheißen, konnte sich aber beim besten Willen nicht mehr erinnern, wer sich da damals geprügelt hatte und um was es gegangen war. Sie habe dies nur am Rande mitbekommen. Dass Michaela König in der Nacht verschwunden sei, sei für sie neu, und so wirklich habe sie die ja auch gar nicht gekannt. Sie selbst sei einige Tage später nach Freiburg gegangen, um dort zu studieren.

Nach dieser Aussage hatte Nina dann das Gespräch auch beendet. Nein, die meisten auf Torstens Liste konnten oder wollten sich einfach nicht mehr erinnern.

„Nina, ich sag es dir: Wir werden diesen Fall niemals lösen. Ich würde zwar wetten, dass es dieser Rico war, aber von dem haben wir weder einen vollständigen Namen noch ein Foto noch eine ordentliche Beschreibung. Wobei der heute ja auch vermutlich ganz anders aussieht als 1990. Außerdem wird er, falls wir ihn dann doch ganz unverhofft finden sollten, behaupten, dass es sich um einen Unfall mit Todesfolge oder im besten Fall um Totschlag im Affekt gehandelt hat. Beides ist längst verjährt“, wiederholte Kübler sich und hatte mit dem, was er da von sich gab, vermutlich auch noch recht.

Dennoch würde Nina nicht lockerlassen. Michaela König hatte ein Recht darauf, dass die Polizei herausfand, was mit ihr geschehen war, und dass der Schuldige gefasst wurde. Was dann die Gerichte damit machten, das lag nicht mehr in ihrem Einflussbereich.

Sie antwortete dem Kollegen nicht, sondern blickte stattdessen aus dem Beifahrerfenster auf die vorbeifliegenden Landschaften. Von Kim Kunze wusste sie, dass Torsten Liebig definitiv nicht der Vater von Michaela Königs ungeborenem Kind war. Auch hatte er nichts mit dem goldenen Delfin zu tun. Weder hatte Michaela diesen von ihm noch hatte er etwas mit dem Verschwinden des Schmuckstückes zu tun. Alle seine Aussagen in dem Fall hatten sich bisher als wahr erwiesen. Er hatte nicht gelogen, aber, da war sie sich sicher, einiges verschwiegen. Die Frage war, warum?

„Wir fahren zurück ins Büro und schauen uns noch mal den ganzen Papierkram an, den wir von dem alten König und aus Michaelas Zimmer haben", beschloss sie und schielte zu Kübler, der nun durchaus erleichtert wirkte.

Bei dem Kerl war wahrlich Hopfen und Malz verloren. Dennoch mochte sie ihn.

„Ahhh, meine Lieblingsnichte", begrüßte der alte Mann Nadine und drückte sie an sich.

Dabei ließ er Torsten nicht aus den Augen.

„Onkel Fred, ich habe dir was mitgebracht. Die Post, ein paar Zigaretten und was zu trinken", sagte sie und legte einen Brief, eine Postkarte und die Stange Zigaretten auf den alten hölzernen Küchentisch, der unter einem großen knorrigen Apfelbaum stand und von dessen gedrechselten Beinen gut und gerne gerade zwanzig unterschiedliche Schichten Lack abblätterten. Das Bier versenkte sie, wohl um es kühl zu halten, in einem Korb in der Regentonne.

„Wer ist denn der da? Ein neuer Macker?", erkundigte er sich bei Nadine und ließ sich schwer auf einen Stuhl an dem Tisch sinken.

„Nein, keine Angst, Onkel Fred. Von Kerlen habe ich erst mal genug. Die machen nur Dreck und Ärger. Das da ist Torsten, ein alter Freund von Mama", stellte sie ihn vor, während die kleinen Augen des alten Mannes Torsten Millimeter für Millimeter scannten. Torsten schaute ganz ungeniert zurück. Irgendwie erinnerte der verrunzelte, eingelaufene Greis ihn gerade an den Jedi-Meister Yoda. Diesen kleinen grünen Außerirdischen aus Star Wars. Nur dass es sich bei Onkel Fred nicht um einen Jedi-Meister, sondern um einen alten Offizier der Stasi handelte. Wirklich grün war der auch nicht. Eher so eine ergraute Erscheinung.

Fred trug Sandalen, dazu schwarze Socken, eine graue Stoffhose und ein weiß geblümtes Hemd, das in den Siebzigerjahren bestimmt einmal todschick gewesen war. Sämtliche Klamotten waren dem Mann viel zu groß. Der Alte reichte Torsten gerade einmal bis zu den Schultern. Wobei Torsten aber davon ausging, dass der vermutlich früher einmal ein stattlicher Kerl gewesen sein musste. Damals, als ihm die Kleider, die er gerade trug, noch wie angegossen passten. Es war schon seltsam, wie Menschen im Alter wieder schrumpften, bevor sie eingingen wie eine Primel.

Ob er selbst in einigen Jahrzehnten wohl auch einmal so aussehen würde?

Torsten würde den Alten auf irgendetwas um die neunzig Lenze schätzen, dennoch waren seine Bewegungen für das Alter noch sehr fließend.

„So. Ein Freund von Jana bist du also. Ich hatte bisher gar nicht gewusst, dass Jana Freunde hat", verschoss der Senior nun direkt einmal einen Giftpfeil.

Torsten antwortete nicht, konnte sich aber ein Grinsen gegenüber Meister Yoda nicht verkneifen.

Dass der ein Stinkstiefel war, stand außer Frage.

„Du sollst nicht so über Mama reden", schimpfte Nadine.

„Ich rede, wie mir es passt", meckerte der Alte, griff nach einer bereits offenen Packung Zigaretten und zündete sich eine an.

„Magst du deinem Gast nichts zu trinken anbieten?", fragte sie und deutete auf die Regentonne.

„Nein. Hab ihn nicht eingeladen, den Herrn Torsten Liebig", knurrte er, und Torsten wurde hellhörig. Woher wusste der alte Mistkerl seinen Namen? Nadine hatte ihn lediglich mit seinem Vornamen vorgestellt. Hatte es sie doch gegeben – die Stasi-Akte Torsten Liebig? Wusste dieser Mann mehr über Torsten, als ihm lieb war?

Der alte Fuchs lächelte. Wie es schien, konnte der tatsächlich seine Gedanken lesen.

„Immer noch bei der Polizei?“, fragte Onkel Fred weiter.

Und ja, der wusste genau, wer Torsten war.

„Ja, immer noch bei der Polizei. Und Sie, Herr Jablonski, einmal Stasi, immer Stasi?“, konnte Torsten sich nun eine Breitseite nicht verkneifen.

Sogleich fing er sich einen bösen Blick von Nadine ein.

„Was ist? Er hat angefangen“, empörte Torsten sich und sah dann wieder zu Onkel Fred, der sich gerade köstlich zu amüsieren schien.

„Du gefällst mir, Torsten, Freund von Jana. Die Frage, die sich mir nur gerade stellt, ist, warum du herkommst und meine Ruhe störst? Wirfst du dich an unsere kleine Nadine ran oder was treibst du in Berlin?“, kam der Alte zur Sache.

„Es gibt eine Spur zu Rico. Torsten und seine Kollegen haben am letzten Wochenende die Leiche von dem Mädchen gefunden, mit dem Rico zuletzt zusammen war“, berichtete Nadine und holte drei der Flaschen, die sie eben erst in der Tonne versenkt hatte, wieder heraus, um sie zu öffnen.

Obwohl der alte Mann versuchte, es sich nicht anmerken zu lassen, konnte er seine aufkeimende Neugierde kaum verhehlen.

„Wie hieß das kleine Luder noch gleich?“, hakte Onkel Fred nach, und Torsten war davon überzeugt, dass der genau wusste, wie Michaela hieß. Der versuchte gerade nur, sich dumm zu stellen.

„Michaela König“, antwortete Nadine.

Der alte Mann nickte, als wäre es ihm ebenfalls gerade wieder eingefallen.

„Und warum kommst du jetzt zu mir? Was hab ich mit diesem toten Mädchen zu schaffen?“, fragte Onkel Fred und zog dann wieder an seiner Zigarette.

Nadine stellte derweil die Bierflaschen auf den Tisch und setzte sich nun ebenfalls.

„Der Letzte, mit dem Michaela lebend gesehen wurde, war Rico Jablonski, und da ich weder in den Archiven der Polizei noch im Internet irgendetwas über ihn gefunden habe, bin ich nach Berlin gefahren, um nach ihm zu suchen. Genauer gesagt, an die Stelle in Berlin, an der ich ihn vor dem Abend des 16. Juni 1990 zuletzt gesehen habe. Das war in der Villa seiner Eltern am Müggelseedamm“, erklärte Torsten, griff nach der Bierflasche und trank einen Schluck daraus.

Der Alte nickte wissend, zog mehrmals an seiner Kippe und trank dann ebenfalls von seinem Bier. Dabei ließ er Torsten keine Sekunde aus den Augen.

„Hörst du, Onkel Fred? Rico wurde am Abend des 16. Juni noch gesehen. Mama hat immer geglaubt, er wäre schon Wochen vorher verschwunden“, ereiferte Nadine sich.

Der alte Mann schüttelte den Kopf und winkte ab.

„Deine Mutter hatte doch gar keine Ahnung. Wo war sie denn, als hier alles den Bach runterging? Abgehauen ist sie! Weggelaufen anstatt dem nachzugehen, wofür wir sie ausgebildet haben“, schimpfte er und begann dann heftig zu husten.

Torsten beobachtete, wie er immer wieder nach Luft rang und das Husten und Japsen dann langsam wieder nachließen.

Er schämte sich noch nicht einmal dafür, als ihm der Gedanke kam, dass es um den Alten nicht einmal schade wäre. Der nette Onkel Fred war kein Netter. Der war ein alter, verbitterter und hundsgemeiner Drecksack. Sonst nichts. Dennoch wäre es gut, wenn der wenigstens noch so lange weiterlebte, bis er Torsten erzählt hatte, was er wissen wollte.

Dass Michaela tot war, schien Onkel Fred überrascht zu haben; dass Rico am 16. Juni 1990 noch mit ihr gesehen wurde, hingegen nicht. Nein, im Gegensatz zu Jana und deren Tochter hatte der Alte gewusst, dass Rico im Sommer noch im Westerwald gewesen war. Oder er hatte zumindest gewusst, dass er zu diesem Zeitpunkt noch gelebt hatte.

„Woher wussten Sie, dass ich Polizist bin?", erkundigte sich Torsten, als Fred sich wieder gefangen hatte.

Im Juni 1990 hatte er zwar schon eine Zusage der Polizeischule gehabt, aber er war zu dem Zeitpunkt noch kein Polizist gewesen. Der Alte oder seine Stasi-Freunde mussten ihn also auch noch nach diesem Datum in irgendeiner Form auf dem Schirm gehabt haben, um dies zu wissen.

„Na, woher wohl? Wir hatten dich und einige andere von Michaelas Kontaktpersonen noch eine Weile unter Beobachtung."

„Weshalb?"

„Na, weil wir sicher sein mussten, dass du tatsächlich nichts wusstest. Außerdem hätte es ja sein können, dass Rico oder vielmehr seine Freundin dich noch einmal kontaktieren", kicherte der Alte.

„Wen meinst du mit ‚wir'?", stellte Nadine eine, wie Torsten fand, berechtigte Frage.

Der Alte winkte ab.

„Das spielt heute keine Rolle mehr. Das waren damals eben andere Zeiten. Ist jetzt auch egal. Rico und seine Freundin sind weg … Man soll die Toten ruhen lassen."

„Nein, Onkel Fred. Ich will jetzt endlich wissen, um was es damals ging. Mama hat immer behauptet, dass Rico da wohl noch in irgendetwas anderes verwickelt gewesen sein müsste. Etwas, das mit dem MFS und seiner Arbeit dort zu tun hatte. Welche Aufgabe hatte Rico? Was hat er für das MFS getan?", schrie Nadine nun und sprang wie eine Raubkatze auf. Einen Moment hatte Torsten die Befürchtung, sie würde auf den Senior losgehen. Doch kurz vor ihm stoppte sie und funkelte ihn nur noch böse an.

Onkel Fred sah sie mit großen Augen an und begann dann erneut zu lachen.

„Dich hätten wir damals gebraucht. Du wärest bestimmt nicht so eine Enttäuschung wie Jana und Rico gewesen. Aber gut. Wie gesagt, jetzt ist es ja eh zu spät. Wir wurden abgewickelt. Ein ganzer Staat wurde einfach das Klo heruntergespült", lachte er höhnisch und griff zu einer weiteren Zigarette. Bei dem Konsum würde die Stange, die Nadine ihm mitgebracht hatte, nicht lange halten.

„Wenn es doch jetzt eh egal ist, dann kannst du es ja auch erzählen", versuchte Nadine es nun wieder auf die sanfte Art.

„Rico sollte etwas für uns außer Landes bringen. Genauer gesagt, nach Chile. Sein Flug war für den 18. Juni um halb sieben morgens ab Frankfurt/Main gebucht. Es gab zwei Tickets. Eines für ihn und eines für diese Michaela König. Rico hatte darauf bestanden, sie mitzunehmen, die Sache mit dem Luder war ihm wohl ernster, als wir es zuerst gedacht hatten. Aber so ist das bei den jungen Leuten. Wenn das Hirn erst in den Schwanz rutscht … Na, lassen wir das. Ich habe eingelenkt, da ich gedacht habe, dass ein junges Liebespaar eine perfekte Tarnung sein könnte. Was aus heutiger Sicht wohl ein Fehler war. Gefühle hindern Männer am Denken. Na ja, was soll ich sagen? Die Maschine nach Chile ist ohne die beiden Turteltauben abgeflogen. Sie waren definitiv nicht an Bord", antwortete er.

„Um was ging es da genau? Was sollte er außer Landes bringen?", war Torsten nun wirklich sehr neugierig.

„Es ging unter anderem um Geld. Um viel Geld. Wenn ich mich nicht irre, müssen es so an die zweihundert Millionen Schweizer Franken gewesen sein. Eher ein paar Millionen mehr", gestand der alte Mann.

„Zweihundert Millionen Franken. Das muss aber ein großer Koffer gewesen sein", fand Torsten und versuchte sich vorzustellen, wie groß der Haufen mit dem Bargeld hatte sein müssen.

„Unsinn. Es ging doch nicht um Bargeld. Es ging um Zahlen. Kundennummern, Kontonummern und die Zugangsschlüssel zu den jeweiligen Konten in der Schweiz. Die Schweizer Banken, allen voran die Credit Suisse, galten auch schon für die DDR als besonders sicher und vertrauenswürdig. Dumm ist es nur, wenn du die Nummern zu den Konten, auf denen deine Penunzen liegen, nicht mehr hast. Wenn du sie verlierst. Dann hättest du das Geld auch direkt verbrennen können. Das liegt dann nämlich bis zum Jüngsten Gericht gut verwahrt in einem Schweizer Bankkeller“, schimpfte er.

„Rico ist mit einem Teil des verschwundenen Partei- und Staatsvermögens abgehauen?“, stieß Nadine überrascht aus.

Der Alte hob die Schultern.

„Na ja, bis vorhin habe ich das tatsächlich geglaubt. Aber jetzt, wo sie die Leiche seiner Freundin gefunden haben, bin ich mir da nicht mehr so sicher“, sagte er und blies den Rauch seiner Zigarette in den wolkenlosen Berliner Himmel.

Als Thomas sich gegen kurz nach fünf mit seinem Dienstporsche und voll aufgedrehter Klimaanlage seinem Eigenheim näherte, war er froh, dass endlich Feierabend war. Für dieses Herumrasen, so wie Nina es immer am liebsten tat, würde er sich in diesem Leben nicht mehr begeistern können. Überhaupt war die Kollegin gelegentlich ziemlich anstrengend.

Ihre Ansage vorhin im Büro, morgen Marcello mit in den Außendienst zu nehmen, hat er wohlwollend aufgenommen und ihr im Gegenzug vorgeschlagen, sich dann in dieser Zeit mit dem Schreiben der restlichen Gesprächsprotokolle des heutigen Tages zu beschäftigen. Solche Dinge lagen ihm wesentlich mehr als sinnlose Verhöre von Zeugen, die sich nicht mehr erinnern konnten oder wollten.

Viel hatten sie heute, seiner Meinung nach, nicht erreicht. Dennoch gab es da einige Hinweise aus den Gesprächen, denen Kübler aus dem Büro heraus nachgehen könnte. Er würde noch einmal bei Gaby Wacker anrufen und sie wegen deren Delfins löchern. Er wollte das Ding endlich sehen. Der auf dem Foto, welches Gaby mit dem Schmuckstück zeigte, hatte ein blaues Auge gehabt. Zumindest sah es auf dem alten vergilbten Bild blau aus. Thomas hatte da mittlerweile so eine Theorie, was am Samstag mit dem rotäugigen Delfin passiert sein könnte, den er zufällig mit den Knochen abgelichtet hatte. Nur die Beweise dazu fehlten ihm noch.

Auch den Kollegen Jürgen Wacker würde er sich morgen noch einmal vorknöpfen. Natürlich nur am Telefon, die Gefahr, dass der Kollege erneut ausrastete, fand Thomas dann doch zu schlecht einschätzbar.

Aber jetzt war erst einmal Feierabend. Den Rest des Tages würde er gepflegt chillen. Zuerst ein Bad im aufblasbaren Pool, danach ein Nickerchen auf der Hollywoodschaukel. Abends dann mit den Kindern Lagerfeuer und Stockbrot. Die drei wollten nämlich nachts im Garten zelten. Was Kübler im Prinzip als ziemlich unsinnig ansah. Warum sollte man freiwillig in einem Zelt auf dem Boden schlafen, wenn das bequeme eigene Bett keinen Steinwurf entfernt war? An die ganzen Krabbeltiere draußen in der Wiese wollte er dabei überhaupt nicht denken. Aber wenn die Kinder dies wollten, dann sollten sie das machen.

Erste Bedenken, dass es mit dem chilligen Feierabend doch nichts geben könnte, beschlichen ihn, als die heimische Einfahrt in Sichtweite kam. Direkt gegenüber auf der anderen Straßenseite parkte ein Pritschen-Lastwagen. Wem der gehörte, wusste er, auch ohne dass er die Firmenwerbung auf der Seite hätte lesen können.

Was zum Kuckuck wollte denn der SP-Landdesign bei ihnen zu Hause? Nun gut, dass der Gartenbauer mit seiner Mannschaft einmal im Jahr vorbeikam, war normal. Zumeist im Frühling schnitten die Jungs die wie Unkraut wuchernde Hainbuchenhecke und die Trauerweide zurück. Dazu brauchte es schweres Gerät. Da Motorsägen nicht zu Küblers bevorzugten Werkzeugen gehörten und die Gefahr, dass er sich damit verletzte, viel zu groß war, mussten eben die Profis ran.

Peter Schäfer, so hieß der Chef der Truppe, wohnte im Dorf und war alleine schon deshalb erste Wahl. Außerdem machten die Burschen das auch sehr ordentlich und zu einem fairen Kurs.

Die Frage war nur, was die heute, mitten im Sommer, bei ihnen trieben. Thomas setzte den Blinker, musste aber dann noch vor der Einfahrt abbremsen. An der Stelle, wo er für gewöhnlich seinen Dienstporsche zu parken pflegte, stand bereits ein Anhänger, wie man ihn für Baumaschinen nutzte.

Kurzerhand blieb er einfach mitten auf der Straße stehen und stieg aus.

Deutlich war von hinter dem Haus das Brummen eines Dieselmotors zu hören. Thomas schwante Übles. Der Einfachheit halber lief er den Weg um das Haus herum direkt in den Garten.

„Hey Thomas, grüß dich", brüllte ihm der drahtige, dünne Kerl mit der Kappe auf dem Kopf gegen den Lärm des Baggers zu. Auf diesem saß eine strahlende Alexandra Kübler und bewegte hoch konzentriert die zahlreichen Hebel der Maschine. Der gut gelaunte Landdesigner lehnte derweil an der Wand, rauchte und beobachtete sie dabei.

„Hallo Peter, sag mal, was gibt das denn, wenn das fertig ist?", erkundigte Thomas sich, obgleich er sich ziemlich sicher war, was das geben sollte, wenn es fertig war. Frau Kübler hob gerade die Grube für den neuen Familienpool aus.

Peter Schäfer blickte ihn irritiert an.

„Deine Frau hatte heute Morgen angerufen und gefragt, ob wir diesen Sommer noch Zeit hätten, bei euch zu baggern. Das passte gerade super. Wir können euch den Pool nämlich noch spontan ausheben, weil wir momentan eine Baustelle haben, wo wir den Boden wieder verfüllen können. So müssen die anderen die Erde nicht kaufen, und ihr seid den Dreck kostenlos los. Manchmal passt es halt optimal", erklärte er.

„Und warum sitzt nicht du auf dem Bagger, sondern meine Frau?", interessierte es Thomas brennend.

Der Landdesigner verdrehte die Augen.

„Ich mach gleich weiter, wenn mein Kollege mit dem zweiten leeren Lastwagen wieder zurück ist. Solange wollte Alexandra unbedingt mal selbst probieren. Die kann da echt penetrant nervig sein. Aber die macht das gut. Die kann gleich morgen bei uns anfangen", lachte Peter.

Thomas hatte genug gesehen. Genervt machte er kehrt und ging zurück zu seinem Wagen. Dass es früher oder später ein Schwimmbecken im Küblerschen Garten geben würde, das hatte er schon gestern Abend befürchtet. Wenn Alexandra sich so etwas in den Kopf setzte, dann zog sie das ohne Wenn und Aber durch. Okay, im Grunde fand er so etwas ja auch toll, und dank des Erbes von Oma Fini konnten sie sich das auch durchaus leisten. Aber musste denn immer alles sofort sein? Konnte man solche Dinge nicht mal in Ruhe planen? Ständig irgendeine andere Hauruck-Aktion.

Thomas wollte doch einfach mal wie andere Kerle von der Arbeit nach Hause kommen, die Füße hochlegen und Fünfe gerade sein lassen.

Aber jetzt war Schluss. Ab sofort würde er sich über solche Dinge nicht mehr aufregen. Sie wollte einen Pool, dann sollte sie sich kümmern. Wegen ihm konnte die ganze Bagage ab sofort machen, was sie wollte. Solange sie ihm alle seine Ruhe ließen.

Er hatte jetzt Feierabend. Er würde jetzt zum Supermarkt fahren, eine neue Zwei-Liter-Dose Walnusseis besorgen und die ganz alleine auf seiner Veranda genießen. Am besten mit den neuen Kopfhörern auf den Ohren. Die Teile besaßen nämlich eine Geräuschunterdrückung. Da brauchte man noch nicht einmal Musik dafür. Einfach aufsetzen und anschalten. Dann konnte die Welt um einen herum explodieren, und man bekam nichts mehr davon mit.

# Kapitel 15

*Dienstag, 16. Juli 2024, 20:40 Uhr*
*Schmitz-Gasse/Betzdorf*

Was war dies doch für ein herrlicher Abend, fand Nina und rekelte sich auf dem neuen Gartensofa. Das Teil war echt superbequem. Nina war satt, hatte nach dem Essen eine Runde im Pool gedreht und anschließend lange und ausgiebig geduscht. Das Wetter war sommerlich, in der Luft lag der Duft von trocknendem Heu, und die Kinder übernachteten heute bei Oma Inge und Opa Hans Peter. Sturmfrei für Mama und Papa.

„Wusstest du, dass Alexandra und Thomas jetzt auch einen Pool bekommen? Alex hat mir vorhin Fotos und ein Video aufs Mobiltelefon geschickt. Die haben heute bereits angefangen auszubaggern", meinte Klaus, ließ sich mit zwei Flaschen Bier neben ihr auf das Rattan-Gartensofa fallen und reichte ihr eine der kalten Pullen.

„Echt jetzt? Da hat Thomas heute gar nichts von erzählt", wunderte sich Nina, beugte sich vor und griff nach ihrem Mobiltelefon, welches seit geraumer Zeit auf dem Tisch lag.

Mit dem Gerät in der einen und dem Bier in der anderen lehnte sie sich an Klaus an. Tatsächlich hatte die

Freundin ihr auch Fotos und Videos der Baustelle gesendet.

„Da baggert die Chefin noch selbst", lachte Klaus, während Nina mit Erstaunen das dazu passende Video betrachtete, welches Alex vermutlich auch an jeden gesendet hatte, der es nicht sehen wollte.

„Tz, die ist und bleibt ein verrücktes Huhn", musste Nina da wieder einmal fassungslos feststellen. Wobei sie bei Alexandra gar nichts mehr wunderte. Mit Alex als Freundin wurde es nie langweilig.

In Momenten wie diesen musste Nina gelegentlich noch daran denken, wie sie beide sich damals kennengelernt hatten. Fast vierzehn Jahre waren seitdem vergangen. Der Beginn ihrer Freundschaft war nicht optimal verlaufen. Nina hatte Alexandra damals bei dichtem Schneetreiben und Minustemperaturen hochschwanger auf dem Parkplatz vor der örtlichen Aldi-Filiale aufgegriffen. Kurz vorher hatte sie Alexandras damaligen Freund in selbigem Laden beim Klauen erwischt und festgenommen. Da Nina damals in dieser Situation nicht wusste, wo sie das Mädchen hätte unterbringen sollen, hatte sie sie kurzerhand mit zu sich nach Hause genommen. Im Nachhinein gesehen eine der besten Entscheidungen ihres Lebens.

„Sag mal, hat das gerade an der Haustüre geklingelt?", erkundigte sich Klaus, schob sie sachte von sich weg und erhob sich. Nina sah ihm hinterher, wie er zum Haus ging.

Wer würde denn um die Uhrzeit noch etwas von ihnen wollen?

Sie nutzte die Zeit seiner Abwesenheit und checkte die anderen Nachrichten auf ihrem Mobiltelefon. Die Kollegin Heike Friedrich-Liebig hatte dreimal versucht, Nina anzurufen. Vermutlich genau in der Zeit, als sie unter der Dusche stand. Da Heike für gewöhnlich nicht einfach nur mal so anrief, entschied Nina, die Kollegin umgehend zurückzurufen.

Als das Gerät bereits wählte, sah sie, wie Klaus durch die offene Terrassentüre zurückkam. Bei ihm war Heike.

Nina legte also hastig wieder auf, erhob sich und ging der Kollegin, die auch schon irgendwie eine gute Freundin war, entgegen.

Heikes Augen waren gerötet. Sie hatte geweint.

„Es gibt News von Torsten. Er hat eine Spur zu diesem Rico gefunden. Also zumindest haben wir jetzt einen konkreten Namen", sagte sie und tat zumindest, als wäre sie von den Neuigkeiten begeistert.

Doch Nina kannte Heike zu gut, um nicht hinter ihre Fassade blicken zu können. Der Kollegin ging es mies. Da war noch etwas anderes.

„Jetzt setz dich erst mal hin und erzähl. Klaus holt dir in der Zeit ein Bier … oder magst du lieber etwas anderes? Wir hätten auch noch einen guten italienischen Rotwein oder eine Cola?", bot Nina ihr an.

Heike entschied sich für den Rotwein und setzte sich dann neben Nina auf das Gartensofa. Klaus ging derweil ins Haus und ließ sie alleine.

„So. Dann erzähl mal", forderte Nina sie auf.

„Torsten hat vorhin angerufen. Er ist in Berlin. Er fährt die Orte ab, an denen er damals mit Michaela in der Zeit vor ihrem Verschwinden gewesen ist. Er meint, das würde ihm helfen, sich nach solch langer Zeit wieder an alles zu erinnern", begann sie.

Nina konnte sich ein Grinsen nicht verkneifen. Hatte sie es doch gewusst, dass der Kollege nicht einfach nur Urlaub machte.

Die Geschichte, die Heike ihr dann allerdings erzählte, klang aber doch sehr an den Haaren herbeigezogen.

„Die Staatssicherheit soll versucht haben, Michaela und Torsten anzuwerben?", fragte Nina dann irgendwann ungläubig dazwischen und schielte zu Klaus, der, nachdem er mit dem Wein zurückgekommen war, es sich in einem der beiden Rattan-Sessel bequem gemacht hatte.

„Kann sein. Die haben Hunderte oder gar Tausende von Spionen angeworben. Die wenigsten von denen haben es in irgendwelche wichtigen Ämter oder Positionen geschafft. Das muss man sich vorstellen, wie wenn man beim Angeln mehrere Köder auswirft. An irgendeinen wird schon ein Fisch anbeißen. Der eine Köder bekommt lediglich einen Job irgendwo als Hausmeister. Andere arbeiten sich hoch bis in das Vorzimmer des Bundeskanzlers. So wie damals bei Christel und Günter Guillaume. Die beiden hat die Stasi auch auf gut Glück in den Westen geschickt. Am Ende ist dann sogar Willi Brandt über Günter zu Fall gekommen. Wenn du nur genügend Lose im Topf hast, steigt die Möglichkeit, dass eines davon der Hauptgewinn ist, immens", erklärte Klaus, der anders als Nina in diesen Dingen sehr belesen war.

„So etwas Ähnliches hat Torsten auch gemeint", meinte Heike und goss sich großzügig aus der Rotweinflasche nach.

„Ich weiß nicht. Für mich klingt das alles ein wenig zu sehr an den Haaren herbeigezogen", antwortete Nina, nippte an ihrem Bier und stellte die noch fast volle Flasche zurück auf den Tisch.

Vielleicht, so kam es ihr in den Sinn, wäre es besser, nüchtern zu bleiben. So wie Heike sich gerade an dem Rotwein vergriff, würde irgendwer sie nachher noch nach Hause fahren müssen. Die Kollegin selbst noch mit dem Wagen fahren zu lassen, wäre unverantwortlich. Klaus als Chauffeur schied ebenfalls aus, da er auch schon ein wenig getrunken hatte.

Sie sah zu Heike, die in Gedanken versunken das Weinglas in der Hand drehte. Bei dem, was die Kollegin bisher erzählt hatte, konnte Nina keinen Grund für die Tränen erkennen, die diese bestimmt noch bis kurz vor dem Besuch bei ihnen vergossen haben musste.

„Sag mal, Klaus, wolltest du nicht heute Abend noch in den Proberaum, um ein bisschen Gitarre zu spielen?", fragte sie daher aus einer Eingebung heraus und versuchte dabei gleichzeitig mit ihrer Mimik die Botschaft zu vermitteln, dass sie gerne einmal mit Heike alleine sprechen würde.

Wie so oft verstand er sofort, was sie ihm sagen wollte.

„Ja, stimmt. Ich habe da den ganzen Tag schon so eine Melodie im Kopf, die ich gerne einmal ausprobieren und zu Papier bringen möchte."

Er winkte Heike, die gerade ein wenig irritiert schien, zu und latschte dann mit dem Bier in der Hand zu dem Gartenhaus am Rande des Grundstücks, in dem sich der Proberaum seiner Band befand.

„Ich wollte euch beiden jetzt aber nicht den Abend versauen. Ich kann auch wieder gehen, wenn es nicht passt", schien Heike allerdings sehr wohl verstanden zu haben, warum Ninas Mann tatsächlich das Feld geräumt hatte.

„Nein, nein. Kein Problem. Der Klaus spielt uns jetzt schön was vor, und du erzählst mir, warum du geweint hast", schlug Nina vor.

Heike klappte den Umschlag ihres Tablets auf und schob es Nina hin. Diese blickte kurz darauf, verstand aber nicht, was die Kollegin ihr damit sagen wollte. Die Fotos auf dem kleinen Monitor zeigten eine hübsche Blondine, die vermutlich an die zehn Jahre jünger als Nina und Heike war.

„Wer ist das?", erkundigte sich Nina.

„Das ist die Journalistin, mit der er sich heute getroffen hat. Nadine Miller-Jablonski. Geboren am 25. Juli 1990. Geschieden. Zwei Kinder. Wohnhaft in Berlin. Sie leitet einen Verlag, dessen alleinige Gesellschafterin sie auch ist", erklärte Heike.

„Ja und?", verstand Nina nicht.

Von der Journalistin hatte Heike nämlich bereits vorhin berichtet. Angeblich war der ebenfalls 1990 verschwundene Rico Jablonski ihr Onkel gewesen. Sie hatte Torsten geholfen, diesen alten Stasi-Mann zu treffen, von dessen Aussagen Nina immer noch kein Wort glaubte.

„Die Schlampe wohnt am Müggelseedamm in Berlin, wo sie sich auch gerade aufhält", zischte Heike bösartig.

„Woher weißt du, wo sie gerade … ach, Heike. Du hast jetzt aber nicht ohne einen richterlichen Beschluss oder triftigen Grund ihr Handy geortet?", stöhnte Nina und brach den Satz ab.

„Was meinst du, wer gerade bei ihr ist?", keifte Heike und wischte auf ihrem Tablet herum.

Nina hatte so eine Ahnung, wer da wohl bei der hübschen Blondine zu Hause war. Dennoch hob sie die Schultern und tat, als hätte sie keinen Schimmer.

„Mein sauberer Ehemann. Mir erzählt er, dass er sich ein Hotel sucht, und in Wahrheit ist er bei dieser Schlampe", wurde Heike nun irgendwie vulgär.

„Ja und? Es ist ja noch früh am Abend. Vielleicht quatschen sie noch über diesen Rico und dessen Stasi-Sippschaft. Du denkst doch nicht wohl im Ernst, dass Torsten und diese … Ach, Heike. Du spinnst doch. Das würde Torsten niemals machen", tat Nina ab und überlegte im gleichen Zug, wie eine Nina Moretti reagieren würde, wenn sie erfuhr, dass ihr Mann Klaus mit dieser hübschen Blondine in deren Villa Small Talk hielt. Begeistert wäre sie vermutlich nicht.

„Keine Ahnung, was ich denken soll“, erwiderte Heike, klatschte das Tablet neben sich auf die Polster und begann zu schluchzen.

Nina rutschte näher und nahm sie in den Arm.

„Heike, Torsten macht so etwas nicht. Du wirst sehen, das ist alles nur ein doofes Missverständnis“, flüsterte sie, war aber in dem Moment nicht wirklich vom Wahrheitsgehalt ihrer eigenen Worte überzeugt. Nina schätzte Torsten. Der war ein anständiger, ehrlicher Typ. Aber wie sagte der alte Bulle Hans Peter Thiel immer? „Nina, du kannst den Leuten nur immer bis vor die Stirn sehen. Denk von deinem Gegenüber immer ein Stück schlechter, als du selbst bist. Dann liegst du niemals falsch.“

„Was hältst du davon, wenn ich uns noch eine Flasche Rotwein hole und du heute Nacht bei uns in einem der Gästezimmer schläfst?“, schlug Nina nach einer Weile vor.

Heike schüttelte den Kopf und schob sie weg.

„Nee, du … Danke für die Einladung. Aber ich muss endlich wissen, woran ich bei dem Kerl bin. Seit Samstag ist der irgendwie nicht mehr er selbst. Ich nehme mir morgen frei und fahre jetzt gleich noch nach Berlin“, entschied Heike, schniefte und wischte sich mit dem Handrücken die Tränen von den Wangen.

„Und das machst du bestimmt nicht, meine Liebe“, konterte Nina.

„Doch“, schien Heike entschlossen und erhob sich.

„Heike, du bist betrunken. Ich lass dich so nicht nach Berlin fahren. Wenn du dich unbedingt vor Torsten lächerlich machen möchtest, dann ruf ihn an.“

Heike schüttelte den Kopf.

„Nein, ich fahr da jetzt hin und krall mir die Schlampe“, fauchte sie und stapfte davon.

Nina überlegte nur den Bruchteil einer Sekunde, bis ihr Entschluss feststand. Nein, das konnte sie nicht zulassen! Noch während sie die Entscheidung traf, wusste sie bereits, dass es vermutlich eine Dummheit war. Sie eilte der Kollegin hinterher, die bereits ihre Wagenschlüssel in den Händen hielt, und entriss ihr diese.

„Sag mal, spinnst du?“, fauchte die sie an, und Nina hatte das Gefühl, als lallte Heike bereits.

„Ja. Vermutlich bin ich total bekloppt. Du wartest jetzt genau hier. Ich zieh mir nur eben schnell was anderes an und sag Klaus Bescheid“, beschied sie die Kollegin und rannte dann mit Heikes Wagenschlüsseln zu Klaus in den Proberaum.

Dieser war nicht begeistert, als Nina ihm ihre Pläne verkündete. Dennoch hatte er, wie so oft, wieder Verständnis für das, was sie tat. Anschließend hastete sie hinauf in Bad und Schlafzimmer, wo sie ein paar Sachen zusammenraffte und in den kleinen Rucksack stopfte.

Nachdem sie auch noch ihre Pistole eingepackt hatte, rannte sie hinunter in die Einfahrt. Heike wartete bereits an ihrem Wagen.

„Wir müssen noch irgendwo laden. Der Akku ist fast leer“, meinte die Kollegin, als Nina bereits die Hand am Türgriff des SUV hatte.

Nina stöhnte und sah zum Carport, in dem Maggiolino parkte. Nein, das war ebenfalls keine gute Idee. Für lange Autobahnfahrten war der kleine alte Käfer einfach nicht die erste Wahl.

Sie zog also Heikes Wagen auf und stieg ein.

„Wir könnten am Struthof beim REWE-Markt laden“, schlug Heike vor, während sie sich anschnallte und Nina bereits rückwärts aus der Einfahrt rollte.

„Nein, wir fahren jetzt zu Kübler und holen den Dienstwagen. Immerhin ist unser Ausflug nach Berlin ja eher dienstlicher Natur. Ich möchte selbst mit diesem Stasi-Heini und der Journalistin reden“, hatte Nina längst für sich entschieden.

Und ja, sie war tatsächlich neugierig auf Torstens Spur in Berlin. Wobei sie immer noch nicht glaubte, dass an der Geschichte etwas dran war.

Was sie allerdings innigst hoffte, war, dass sie Torsten morgen früh in Berlin alleine in seinem Bett antrafen.

„Ach, Mausbär. Jetzt ist es auch mal wieder gut mit Schmollen“, fand Alexandra und schmiegte sich an ihn.

Thomas seufzte und legte den Arm um ihre Schulter.

„Ich schmoll gar nicht mehr“, gab er zu und schaute über die Weiden hinüber zum Wald. Hinter Molzhain war bereits vor einigen Minuten die Sonne untergegangen. Der Geruch von Heu und Sommerblumen hing schwer in der Luft. Wie sollte er dabei noch schmollen können? Es ging ihnen gut. Verdammt gut.

„Sag mal, was treiben die Kinder eigentlich schon wieder an diesem vermaledeiten Bienenhaus? Ich dachte, wir wollten Stockbrot über dem Lagerfeuer machen“, interessierte es ihn viel mehr.

„Die montieren noch die Wildkameras“, kicherte Alexandra.

„Warum zum Kuckuck montieren die Wildkameras?“, erkundigte er sich.

„Na, weil ich ihnen heute Morgen von unserer nächtlichen Begegnung mit diesem Unbekannten erzählt habe. Linus hatte dann die Idee, die Wildkameras zu montieren, um zu schauen, wer sich da des Nachts herumtreibt“, erklärte sie ihm.

Und ja, Thomas war gerade irgendwie stolz auf seinen Sohn. Die Idee war gar nicht mal so dumm. Die beiden Wildkameras hatte Thomas letztes Jahr bei einem Discounter für die Kinder erstanden. Die Qualität der Fotos war zwar im Vergleich mit den heutigen Handykameras mies, was aber bei dem günstigen Preis mehr als verständlich war. Doch für den Zweck reichte es vollkommen. Außerdem konnten die Teile auch nachts aufnehmen. Was am Ende zählte, waren die Ergebnisse. Linus und Leah hatten mit den Billigteilen bereits einiges an tollen Fotos aufgenommen. Darunter Vögel, Eichhörnchen, einen Marder, ein Hermelin, Füchse, Rehe und Wildschweine. Das alles hier bei ihnen im oder direkt am Garten. Besonders interessant hatte Thomas die Bilder von den beiden Waschbären gefunden, die des Nachts das Vogelhaus auf dem Geländer der Veranda plünderten.

Alex erhob sich und spähte zum Wald.

„Ist noch nichts von ihnen zu sehen. Wir hätten also noch etwas Zeit", stellte sie grinsend fest, setzte sich blitzschnell auf ihn, küsste ihn und begann sein Hemd aufzuknöpfen. Und ja, er musste zugeben, dass ihm dies gerade außerordentlich gut gefiel. Er fasste ihre Taille und schob hastig ihr T-Shirt nach oben, streifte es über ihren Kopf und warf es zur Seite.

„Hallo, ihr zwei. Ich hoffe, ich komme nicht ungelegen. Hatte mir schon gedacht, dass ihr im Garten seid", ließ mit einem Mal Ninas Stimme Küblers Puls in die Höhe schnellen.

Er sprang erschrocken auf und sah sich um. Alex rutschte von seinem Schoß und plumpste zu Boden.

Von der Hausecke her kam Nina Moretti auf sie zu, die nun erst zu begreifen schien, dass sie ungelegen kam.

„Mensch, Nina, kannst du nicht klingeln wie andere Leute auch?", schimpfte er, während Alex auf dem Boden liegend gackerte wie ein Huhn. Es war ja wieder klar, dass seine Frau das lustig fand. Er nicht! Nein, wozu besaßen sie eigentlich eine Klingel an der Haustüre? Bestimmt nicht, damit jeder Hinz und Kunz außen herum durch den Garten stolperte.

„Oh. Sorry. Konnte ja nicht ahnen, dass ihr … Ähm, ich bräuchte auch nur mal schnell den Schlüssel vom

Dienstporsche", stammelte sie verlegen, grinste dabei aber blöde.

„Wieso? Wozu brauchst du um diese Zeit noch den Porsche?", blaffte er sie an.

„Heike und ich müssen zu einer Befragung nach Berlin. Torsten ist da auf etwas gestoßen."

„Jetzt? Mitten in der Nacht!"

„Ja, jetzt, Kübler. Gib mir einfach den Schlüssel, und dann könnt ihr gerne … was auch immer ihr gerade tun wolltet", sagte sie.

„Der hängt am Schlüsselbrett. Ich hol ihn eben schnell", mischte Alexandra sich ein, griff sich ihr T-Shirt vom Boden und flitzte ins Haus.

„Ja, und wie komme ich morgen zur Arbeit?", fiel ihm dazu im Moment nur noch ein.

„Hier sind die Schlüssel von Heikes Wagen. Den solltest du aber am besten noch laden, bevor du damit fährst. Der Akku ist fast leer", beschied sie ihn und warf ihm den Schlüssel zu.

Nein, heute war irgendwie so gar nicht Thomas' Tag gewesen.

Torsten lauschte in die Dunkelheit. Es war ein seltsames Gefühl, nach all den Jahren wieder in diesem Zimmer unter dem Dach der Villa am Müggelseedamm zu sein. Wieder waren da dieses Vertraute und das Fremde gleichzeitig. Im Raum selbst hatte sich kaum etwas geändert. Der Muff der letzten Jahrzehnte hing schwer in der Luft. Sowohl die Tapeten als auch die Bilder und Möbel waren die gleichen wie damals. Schmutzig oder staubig war es nicht. Der Raum schien regelmäßig gereinigt, aber nur selten benutzt zu werden.

In einer Ecke standen unter Tüchern verborgen die dunklen, alten Gemälde aus dem Treppenhaus. Daneben Kisten, in denen sich die Jagdtrophäen befanden. Warum verwahrten zuerst Jana und nun auch Nadine den Krempel noch auf? Bei Torsten wären die Staubfänger längst im Müll oder auf dem Flohmarkt gelandet. Wobei die alten Bilder, so hässlich wie sie waren, vermutlich auch einen gewissen materiellen Wert besaßen. Alt und selten bedeutete ja zumeist auch wertvoll.

Noch immer war Torsten sich nicht sicher, ob es nicht ein Fehler gewesen war, Nadines Einladung anzunehmen, bei ihr und ihrem Sohn in der Villa zu übernachten. So wie die Gedanken in seinem Kopf gerade umherwirbelten, würde er vermutlich eh kein Auge zumachen. Dieses Zimmer erdrückte ihn und ließ sein Hirn gerade auf Hochtouren rotieren.

In diesem Bett hatte er zum letzten Mal an Ostern 1990 gelegen und sich genau wie heute den Kopf über unzählige Dinge zerbrochen.

Vorhin hatte er mit Heike telefoniert und ihr von Rico und dessen Verschwinden erzählt. Auch über den Besuch in der Laubenkolonie bei diesem alten Stasi-Mann hatte er ihr alles berichtet. Wie immer hatte sie ihm zugehört und sachlich nachgefragt, wenn sich ihr Dinge nicht genau erschlossen. Er war sich sicher, dass sie genau in diesem Moment an ihrem Computer saß und alles, was er ihr erzählt hatte, nachrecherchierte. Zu Rico, zu diesem Onkel Fred und auch über seine Gastgeberin, über die sie alles hatte wissen wollen. Natürlich hatte er ihr die Wahrheit erzählt. Wer Nadine war und wie er sie getroffen hatte.

Sofort hatte er allerdings auch Heikes aufkeimende Eifersucht wahrgenommen, weshalb er versucht hatte, so wenig wie möglich von Nadine zu erzählen. Nicht, dass Heike da noch auf dumme und vollkommen unsinnige Gedanken kam.

Gelegentlich neigte Heike dazu, zu dramatisieren, obgleich er ihr nie einen Grund dafür gegeben hatte. Bei seinen Vorgängern, den Männern, mit denen sie früher in einer Beziehung gelebt hatte, war dies anders gewesen. Die hatten Heike nach Strich und Faden betrogen. Ein gebranntes Kind scheute nun mal das Feuer, auch wenn da gar keines mehr war.

Heike war zu dem geworden, was man gemeinhin unter einem Kontrollfreak verstand. Sie musste immer ganz genau wissen, wo er und die Kinder waren und was sie gerade taten. Einige Jahre war sie deswegen sogar in therapeutischer Behandlung gewesen. Schuld daran waren nicht nur ihre früheren Partner. Nein, der letzte Tropfen, der ihre Psyche zum Überlaufen brachte, war einem Vorfall geschuldet, der sie und die kleine Florentina beinahe das Leben gekostete hätte.

Dass Torsten heute im Haus der gut aussehenden Journalistin übernachtete, hatte er ihr daher, genau wie den Umstand, dass er damals mit deren Mutter geschlafen hatte, verschwiegen. Er wollte einfach nicht, dass Heike sich da wieder in etwas hineinsteigerte. Das mit Jana war lange vorbei. Sie war ein Geist aus seiner Jugend. Sonst nichts.

Als er am Morgen Nadines Handtasche und Papiere durchgesehen hatte, war er natürlich auf ihr Geburtsdatum gestoßen. Nadine war am 25. Juli 1990 geboren worden. Nächste Woche wurde sie vierunddreißig.

An dem Tag oder vielmehr in den Nächten, als Torsten mit Jana schlief, war diese wohl schon mindestens in der achten Woche schwanger gewesen. Nadine musste irgendwann um den Mauerfall herum gezeugt worden sein. Das konnte er also definitiv nicht gewesen sein. Den Eindruck, dass die kesse Ostberlinerin kein Kind von Traurigkeit gewesen war, hatte er damals schon gehabt. Während es für ihn das erste Mal gewesen war, hatte sie schon einiges an Erfahrung gehabt.

Erneut lauschte Torsten in die Dunkelheit und musste wieder an Michaela denken. Ricos Zimmer war in den Neunzigern direkt nebenan gewesen. Die Wände dünn und hellhörig. Torsten hatte keine Ahnung, was sich dort heute befand. Vielleicht ebenfalls noch ein Gästezimmer mit der Tendenz zur Rumpelkammer.

Überhaupt schienen Nadine und ihre Familie die Zimmer unter dem Dach nicht zu nutzen. Das Leben der kleinen Familie spielte sich in den zwei unteren

Etagen des geräumigen Hauses ab. Im Grunde war die Bude für eine vier- oder wie in diesem Fall nur noch dreiköpfige Familie viel zu groß. Er würde schätzen, dass die Villa locker an die dreihundertfünfzig Quadratmeter Wohnfläche besaß. Wie konnte die junge Frau sich so ein Haus leisten? Alleine die Heizkosten mussten astronomisch hoch sein. Verdiente Nadine mit ihrer Zeitschrift tatsächlich so gut oder gab es noch andere Einnahmequellen?

Er musste an die verschwundenen Millionen denken, die dieser Onkel Fred erwähnt hatte. Sollten die am Ende doch nicht alle in Schweizer Bankkellern verschimmeln?

Er vernahm ein Knarren und blickte automatisch in Richtung der Tür. War da etwas gewesen? Vermutlich nicht. Das Haus war über einhundert Jahre alt und der hölzerne Dachstuhl ebenso. So ein altes Haus schlief niemals. Es lebte, atmete, knackte und bewegte sich permanent.

Doch erneut nahm er das Knarren wahr und bemerkte nun auch den Streifen Licht unter der Türe. Deutlich waren kleine, sich bewegende Schatten zu erkennen, die eindeutig von Füßen stammten. Irgendwer stand da vor der Tür. Die Sekunden verstrichen. Die Person schien auf etwas zu warten oder noch unschlüssig zu sein. Torsten überlegte, ob er etwas sagen sollte. Noch während er darüber nachdachte, bewegte sich allerdings die Türklinke. Ein Lichtschein fiel ins Zimmer.

„Hallo … bist du noch wach?“, hörte er Nadine fragen.

„Ja. Was ist denn?“, erkundigte er sich.

Er beobachtete, wie sie eintrat, und reckte sich gleichzeitig nach dem Schalter der alten Nachttischlampe. Einen Moment blendete ihn das Licht der kleinen Glühbirne, weshalb er schützend die Hand zwischen Augen und Lampe hielt.

Nadines Gesichtsausdruck war ernst und irgendwie auch verlegen. Das Haar war wirr und sah aus, als hätte sie bereits geschlafen oder zumindest darauf gelegen. Sie trug das Oberteil eines Pyjamas, das ihr bis knapp über den Po reichte. Sein Blick glitt zu ihren wirklich makellosen langen Beinen, und er musste sich zwingen, nicht daraufzustarren.

Nadine ging zu einem Stuhl, der neben der Tür an der Wand stand, nahm ihn, drehte ihn mit der Lehne zu Torsten und setzte sich rücklings darauf, sodass zumindest ihr Oberkörper zum Teil von der hohen, schmalen, mit rissigem Leder bezogenen Lehne verdeckt wurde. Er merkte, wie er nervös wurde, und entdeckte die Schachtel mit den Zigaretten ihrer Hand.

„Ich dachte, du rauchst nicht?“, fragte er noch einmal genau wie am Nachmittag.

Sie zuckte mit den Schultern und lächelte.

„Wie gesagt … gelegentlich mal eine danach“, flüsterte sie und spreizte ihre Beine hinter der Stuhllehne. Torsten merkte, wie er noch nervöser wurde.

„Gefall ich dir?“, erkundigte sie sich.

„Nadine, was soll das?", erwiderte er ausweichend.

„Nichts soll das. Ich möchte lediglich wissen, ob ich dir gefalle?", wiederholte sie die Frage.

„Nadine, ich bin glücklich verheiratet. Und ja, du gefällst mir. Ich mag dich, weil du eine wirklich clevere, toughe junge Frau bist, die mit beiden Beinen im Leben steht. Ich bin froh, dass ich dich kennlernen durfte und dass du mir in diesem alten Fall hilfst. Nicht mehr und nicht weniger", antwortete er und bemerkte, wie ihm das Herz gerade bis zum Hals schlug. Aus irgendeinem Grund musste er jetzt an Heike denken. Nein, er würde seine Frau nicht betrügen. Auf keinen Fall.

„Und was würde passieren, wenn ich jetzt rüberkomme und zu dir unter die Decke schlüpfe?", wollte sie wissen, und Torsten hatte mit einem Mal das Gefühl, dass die Fragen nicht wirklich ernst gemeint waren. Nadine war nicht hier, um zu ihm ins Bett zu steigen. Wenn sie unbedingt mit ihm hätte schlafen wollen, warum auch immer, dann läge sie längst bei ihm und hätte sich nicht erst noch auf den Stuhl gesetzt. Dazu die Lehne, die wie eine schützende Barriere zwischen ihnen stand.

„Vermutlich würde ich mich dann für deine Gastfreundschaft bedanken, aufstehen und doch in ein Hotel fahren", antwortete er wahrheitsgemäß.

„Wieso, ist doch nix dabei? Wir ficken, schwitzen, powern uns so richtig aus, haben eine schöne Zeit und rauchen anschließend eine Zigarette danach. Morgen geht das Leben dann weiter. Schwamm drüber, und alles ist wieder vergessen. Deine Frau ist Hunderte Kilometer weg und wird nie erfahren, was in diesen vier Wänden geschehen ist“, tat sie ab, und Torsten hatte das Gefühl, als läge da eine gewisse Aggression in ihrer Stimme.

„Wenn du das so siehst, dann tut mir das leid für dich, Nadine. Für mich sind Partnerschaft und Vertrauen etwas sehr Wertvolles. So etwas setzt man nicht einfach aufs Spiel wegen ein paar Minuten Spaß“, erklärte er und überlegte nun, ob es für ihn nicht doch an der Zeit wäre zu gehen.

Was immer hier gerade ablief, es war nicht gut.

„Bei Jana warst du damals nicht so zimperlich. Hat sie dir besser gefallen als ich?“, fragte sie und klang nun wütend.

Torsten begann zu verstehen. Daher wehte der Wind. Nadine wusste, dass er und ihre Mutter zusammen im Bett gewesen waren. Nur darum ging es ihr gerade. Aber weshalb?

„Das mit deiner Mutter war etwas anderes“, winkte er ab und bemerkte erst, als er den Satz ausgesprochen hatte, dass er gerade indirekt zugegeben hatte, mit Jana geschlafen zu haben.

„Wieso war das anders? Ihr habt euch nicht geliebt, … ihr habt hier einfach nur so aus Langeweile gevögelt, und du bist am nächsten Tag abgehauen. Aus den Augen, aus dem Sinn“, spie sie nun aus.

„Es ist besser, ich geh jetzt“, entschied er, da der Verlauf des Gespräches ihm immer suspekter vorkam.

Er schwang sich mit dem Rücken zu ihr aus dem Bett, raffte seine Hose und schlüpfte hinein.

„Nein, du bleibst gefälligst hier und hörst mir zu“, befahl sie.

Torsten zog seine Jeans hoch und drehte sich langsam um.

Auch Nadine war aufgesprungen. Ihre Augen funkelten ihn zornig an.

„Okay, Nadine. Reden wir. Aber dann bitte wie vernünftige Menschen und so, dass ich auch verstehe, was du mir sagen möchtest“, entschied er, trat um das Bett herum an ihr vorbei, drehte den Stuhl um und deutete darauf.

„Setz dich und sag mir geradeheraus, was du von mir hören willst und warum du so wütend auf mich bist“, erklärte er und ließ sich dann wieder auf die Bettkante nieder.

Anstatt sich wieder auf den Stuhl ihm gegenüber zu setzen, ließ sie sich neben ihm aufs Bett sinken. Nähe, die ihm Unbehagen bereitete.

Dann griff sie unter ihr Pyjamaoberteil und zog einen verknitterten Briefumschlag hervor, den sie dort im Bund ihrer Unterwäsche deponiert hatte, und reichte ihm diesen. Dabei kullerten Tränen über ihre Wangen.

„Was ist das?“, fragte er und las den mit Tinte geschriebenen Namen auf dem Umschlag. Zu seiner Verwunderung stand dort sein eigener.

„Den hat mir Mama gegeben, kurz bevor sie starb. Ich sollte dich suchen und ihn dir geben“, antwortete Nadine.

„Aber das hast du nicht?“

Sie schüttelte den Kopf und wischte sich mit dem Ärmel ihres Pyjamas die Tränen von den Wangen.

„Nee. Vielleicht hätte ich es irgendwann mal getan … keine Ahnung“, sagte sie leise.

Torsten drehte den Umschlag in seinen Händen und betrachtete die aufgerissene Kante.

„Du hast ihn gelesen?“, fragte er, ließ es aber nicht vorwurfsvoll klingen.

„Ja, die berufliche Neugierde, von der ich dir erzählt habe“, schluchzte sie und konnte bereits wieder ein bisschen lächeln.

Torsten nickte. Ja, er war wahrlich neugierig, was Jana ihm da mitteilen wollte. Etwas, das er vermutlich erst erfahren sollte, wenn sie bereits tot war.

„Als die beiden Streifenbullen dir heute Morgen meinen Namen nannten, wusstest du sofort, wer ich war. Nur deshalb hast du mich ins Haus gebeten“, begriff er nun endlich. Sie nickte.

„Ja. Ich hatte aber niemals damit gerechnet, dass du in diesem Leben tatsächlich noch einmal hier auftauchen würdest“, antwortete sie.

Torsten zog die Briefbögen aus dem Umschlag, faltete sie auseinander und begann zu lesen. Sie waren, wie der Name auf dem Kuvert, eindeutig mit einem Füllfederhalter geschrieben worden.

Jana hatte eine schöne Handschrift besessen, das hatte er schon am Nachmittag in den Notizen in der Akte bemerkt.

Torsten las die Zeilen langsam und mit Bedacht. Nein, mit dem, was sie dort schrieb – damit hätte er niemals gerechnet.

## Kapitel 16

*Mittwoch, 17. Juli 2024, 5:35 Uhr*
*Müggelseedamm/Berlin*

Obgleich die Sonne schon über dem Horizont stand, war der Tag für Ninas Empfinden noch ziemlich weit entfernt. Es war gerade einmal halb sechs am Morgen, und sie war nach der langen Fahrt ziemlich platt. Im Gegensatz zu ihr erwachte das Leben in der Großstadt bereits langsam.

Auch in der Straße am Müggelseedamm regte es sich bereits. Nina beobachtete einen älteren Herrn mit einem Dackel, der im Morgenmantel, mit Pantoffeln an den Füßen, über den Gehweg vor der Villa schlurfte, in der sich laut Heikes Recherchen gerade deren Mann Torsten befand.

Sie parkte den Porsche direkt gegenüber von dem Haus am Straßenrand, schaltete den Motor aus und fasste dann blitzschnell nach dem Arm der Kollegin, die bereits im Begriff war, aus dem Wagen zu springen.

„Mensch, Heike. Bleib hier. Du kannst da doch nicht morgens vor sechs die Leute aus den Betten klingeln."

Die Kollegin streifte Ninas Hand beiseite.

„Doch, kann ich“, fauchte sie, verließ den Sportwagen und warf die Tür zu.

Im Gegensatz zu Nina hatte die Kollegin unterwegs mehrere Stunden geschlafen. Nun gut, Rotwein machte schläfrig, auch wenn man Kummer hatte.

Nina zögerte einen Moment und folgte ihr dann doch. Sie hatte gleich gewusst, dass es eine dumme Idee gewesen war, mit Heike noch in der Nacht nach Berlin zu rasen. Andererseits hätte Nina es nicht mit ihrem Gewissen vereinbaren können, die Kollegin des Nachts alleine fahren zu lassen. Heike war nicht nur ziemlich aufgewühlt, sondern auch ziemlich angetrunken gewesen.

Doch immerhin gab es auch eine Spur zu Rico. Dem Mann, über den Nina gestern bereits einiges bei der Befragung der Zeugen gehört hatte. Der Kerl, den Michaela bei einer Jahrgangsfahrt im November 1989 kennen- und lieben lernte. Dass der Typ seit damals verschollen war, passte und half Nina dabei, eine Art Szenario in ihrem Kopf zu entwerfen.

Rico war im Sommer 1990 in den Westerwald gekommen, um seine Freundin Michaela zu besuchen. Vielleicht sogar, um sie abzuholen oder mit ihr durchzubrennen.

Michaela war schwanger von ihm und hatte von zu Hause weggewollt. Am Tag zuvor hatte sie bereits ihre Klamotten gepackt. Nach dem Streit zwischen Rico, Torsten und Jürgen in dieser Grillhütte waren die beiden Verliebten zum Bienenhaus gefahren. Doch was war dort passiert? Hätten Rico und Michaela sich gestritten, und es war eskaliert? War noch jemand anders dabei gewesen? Wenn Rico Michaela im Streit erwürgt hätte, dann hätte er einen guten Grund gehabt, im Anschluss unterzutauchen. Der Kerl war zum nächsten Flugplatz gerast und ans Ende der Welt geflüchtet. Zumindest würde dies sein Verschwinden erklären.

Torsten wollte angeblich herausgefunden haben, dass dieser Rico ein Mitarbeiter der Stasi gewesen war und versucht hatte, junge Mädchen aus dem Westen anzuwerben, damit diese irgendwann für die DDR spionierten. In ihren Augen ausgemachter Quatsch. Der Tod von Michaela war, wie so oft, wieder irgendein Beziehungsding. Es hatte mehrere Interessenten gegeben, und bei einem der Jungs waren am Ende die Sicherungen durchgebrannt.

Auch die Sache mit den Konten in der Schweiz und den verschwundenen Millionen klang nicht wirklich glaubwürdig.

Nein. Es ging wie so oft um eine Beziehungstat.

Als Nina die Haustüre erreichte, hatte Heike bereits geklingelt.

„Du machst dich hier gerade voll zum Affen", raunte Nina der Freundin zu und war sich schon darüber im Klaren, dass dies auf sie beide zutraf. Immerhin war sie doofe Kuh mitgefahren.

Heike klingelte ein weiteres Mal und begann nun auch noch, mit der Faust gegen die Tür zu schlagen.

„Heike, lass uns wieder fahren. Wir trinken irgendwo in Ruhe einen Kaffee, frühstücken eine Kleinigkeit und schauen später noch mal hier vorbei“, versuchte Nina ein weiteres Mal die Freundin zu bremsen.

„Spinnst du? Wir sind doch nicht die ganze Nacht durchgerast, um jetzt in aller Seelenruhe irgendwo Kaffee zu trinken“, fauchte diese zurück.

Nina winkte ab und machte kehrt. Nein, es reichte. Sie würde im Wagen warten und vielleicht ein paar Minuten die Augen schließen, bevor sie hier noch vor Müdigkeit aus den Latschen kippte.

„Ja hallo? Was ist denn los?“, hörte sie dann aber eine sehr verschlafene Stimme durch einen schmalen Spalt an der Tür sagen.

„Mein Name ist Heike Friedrich-Liebig, ich würde gerne meinen Mann sprechen. Und zwar sofort!“, herrschte Heike die Dame an und warf sich so heftig gegen die Haustüre, dass diese nach hinten aufflog. Die andere, eindeutig diese Journalistin, von der Heike ihr ein Foto gezeigt hatte, kam ins Straucheln und begann mit den Armen zu rudern, um nicht das Gleichgewicht zu verlieren.

Tja, solche Dinge passierten, wenn man im schlaftrunkenen Zustand die Sicherungskette nicht vorlegte, bevor man die Haustüre öffnete, kam es Nina, vollkommen unangebracht, in den Sinn.

Wobei … nein, kein normaler Mensch rechnete um diese Uhrzeit mit einer wütenden Ehefrau.

„Sag mal, geht’s noch?“, blaffte die andere und rannte dann augenblicklich hinter Heike her, die auf Geratewohl ins Haus stürmte.

Ohne zu zögern, ging Nina dazwischen und bereute es zum wiederholten Male, mit nach Berlin gefahren zu sein.

„Auseinander. Schluss jetzt hier", schrie sie und packte die Fremde am Arm.

Die funkelte sie böse an. „Und wer bist du jetzt?", wollte die hübsche Mittdreißigerin wissen.

Nina zog ihren Dienstausweis aus der Tasche und hielt ihn so, dass die Jüngere ihn sehen konnte.

„Kriminalhauptkommissarin Moretti, ich bin eine Kollegin von Herrn Liebig", stellte Nina sich vor.

Heike hatte mittlerweile gewendet und kam zurück.

„Wo ist er? Wo ist Torsten?"

„Ja, was weiß ich? Der schläft vermutlich. Es ist ja noch mitten in der Nacht. Könnt ihr beiden Weiber mir jetzt endlich mal erklären, was hier abgeht?", wollte die Hausherrin wissen.

Nina bemerkte am oberen Ende der Treppe eine Bewegung. Ein Junge, etwa um die zehn Jahre alt, lugte verstört um die Ecke der Brüstung. Dann stand da plötzlich ein total verschlafener Torsten in Boxershorts und einem alten AC/DC-T-Shirt neben dem Jungen.

„Heike? Nina?", stammelte er und kam dann kopfschüttelnd und ziemlich fassungslos die Treppe heruntergelaufen.

„Was machst du bei dieser Schlampe?", fauchte Heike ihn sogleich an.

Torsten antwortete nicht. Zorn stand nun in seinem Gesicht. Er ging zu Heike, packte sie am Arm und zog sie hinter sich her in den nächsten Raum, dessen Türe nur Sekunden später krachend ins Schloss fiel.

„Sorry. Normalerweise ist meine Kollegin eine von den ganz Ruhigen", glaubte Nina nun erst einmal sagen zu müssen und reichte der total perplex blickenden Frau im Pyjamaoberteil die Hand.

„Jetzt noch mal in Ruhe: Mein Name ist Nina Moretti. Ich bin eine Kollegin von Torsten und Heike. Tut mir echt leid, dass wir … ich hatte noch versucht, sie aufzuhalten …"

„Die Kuh ist doch total bekloppt", schnaufte die Fremde, deren Namen Nina schon wieder vergessen hatte.

„Nein, ich glaube, sie hat da nur etwas in den falschen Hals bekommen", versuchte Nina zu erklären.

„Denkt die etwa, ich und ihr Mann hätten …?", empörte die Frau sich und ging dann in Richtung der verschlossenen Tür, hinter der kein Laut zu hören war.

„Na ja … Torsten ist ja kein hässlicher Typ … vielleicht ein bisschen zu alt für dich … aber das wäre ja jetzt auch nicht wirklich ungewöhnlich", wagte Nina einen Versuch, es vorsichtig zu formulieren. Und ja, irgendwie wären der Kollege Liebig und die Blondine schon ein hübsches Paar, wenn da nicht der Ring an seinem Finger wäre, kam es ihr in den Sinn.

„Nein. Das ist Quatsch. Der ist auch gar nicht mein Typ. Der Torsten war ein Freund meiner Mutter und meines verschwundenen Onkels. Ich recherchiere seit Jahren immer mal wieder in dem Fall. Und da er noch kein Hotel hatte, hab ich ihm einfach vorgeschlagen, im Gästezimmer zu übernachten", antwortete sie, und Nina glaubte ihr.

Zumindest im Ansatz. Dennoch wurde sie das Gefühl nicht los, dass es da noch etwas gab, das die Blonde ihr verschwieg. Ihr Blick fiel wieder auf den Jungen, der sich nun auf die oberste Stufe der Treppe gesetzt hatte und interessiert zuhörte.

„Ihr Sohn?", fragte Nina und deutete auf ihn.

Die Frau erschrak. „Henri, was machst du denn da? Geh bitte wieder ins Bett. Mama kommt gleich zu dir."

Henri verdrehte die Augen, erhob sich und schlurfte davon.

„Gibt es bei Ihnen Kaffee? Ich bin die ganze Nacht durchgefahren", erkundigte sich Nina und erntete dafür einen überraschten Blick aus großen, aufgerissenen Augen ihrer Gastgeberin.

„Ist was?"

„Sie und Ihre Freundin, die denkt, dass ich was mit ihrem Mann hätte, stürmen vor Tag mein Haus und fragen mich dann auch noch nach einem Kaffee? Finden Sie das nicht ein bisschen dreist?"

„Nun ja. Zugegeben ist das normalerweise nicht meine Vorgehensweise. Aber ich denke mir, wir beide sollten die Zeit nutzen, während die beiden ihre Probleme regeln, um uns einmal über unsere Fälle auszutauschen. Diese Geschichte mit Ihrem Onkel und dessen damaliger Freundin Michaela König. Man soll doch immer das Angenehme mit dem Nützlichen verbinden. Außerdem hatte ich gedacht, wir beide wären schon beim Du“, tat Nina erstaunt und hielt ihr die Hand hin. „Ich bin die Nina.“

„Nadine“, seufzte Nadine, schlug ein und deutete auf eine offen stehende Tür.

„Okay, Nina. Am besten, du gehst schon mal in die Küche und schaltest diese monströse Kaffeemaschine ein. Die braucht immer so endlos lange, bis sie warm ist. Ich zieh mir nur eben schnell was über und schaue nach Henri“, sagte sie und rannte dann nach oben. Nina sah ihr hinterher, bis sie hinter der Brüstung verschwunden war.

Sie war nun seit über vierundzwanzig Stunden auf den Beinen. Entweder sie bekam jetzt ein Bett oder jede Menge Koffein. Ob sie Torsten und sein seltsames Verhalten in den letzten Tagen danach besser verstehen würde, wagte sie jedoch zu bezweifeln. Dieser Mann steckte voller Geheimnisse. Stille Wasser sind tief, traf es bei ihm ziemlich eindeutig.

„Moin Thomas. Sag mal, warum kommst du heute mit Heikes Wagen zur Arbeit?“, erkundigte sich Marcello Berlutschi, als Thomas direkt neben dessen Alfa Romeo parkte und aus Heikes SUV stieg.

„Na, warum wohl? Weil die beiden Damen mit dem Porsche unterwegs sind“, knurrte er.

„Welche beiden Damen?“, hakte der Neapolitaner auch prompt nach.

„Na, wer wohl? Nina und Heike“, antwortete Kübler und ging neben Marcello her über den Parkplatz.

„Und wo sind die beiden? Ich dachte, ich sollte heute mit Nina raus, um noch einige Zeugen im Fall Bienenkönigin zu befragen.“

Kübler blieb abrupt stehen.

„Was zum Geier soll denn bitte schön der Fall Bienenkönigin sein?“, fragte er, obwohl er ziemlich genau wusste, was Marcello meinte.

„Na, diese Sache mit dem toten Mädchen an dem Bienenhaus“, erklärte der Halbitaliener.

Kübler verdrehte die Augen und setzte sich wieder in Bewegung. Dabei schüttelte er fassungslos den Kopf. Wer dachte sich bloß immer solch einen Mist aus? Der Fall Bienenkönigin. Diese junge Frau hatte einen ordentlichen Namen gehabt. Michaela König und nicht Bienenkönigin. Sie waren hier doch nicht bei *CSI Miami* oder dem *Tatort*.

Als er keine Minute später sein Büro betrat, erhöhte sich sein Puls aufs Neue.

„Was willst du denn schon am frühen Morgen hier? Haben sie dir das Bett verkauft?“, blaffte er den alten Bullen an, der an Ninas Schreibtisch hockte und wie so oft in Akten blätterte, die ihn nichts angingen.

Thiel grinste.

„Jungchen, hast du schlecht geschlafen oder warum schon am frühen Morgen so mies gelaunt?“, erkundigte sich Thiel und nippte an einer Tasse Kaffee. Wie es aussah, war der wohl schon länger hier.

„Nein, ich habe super geschlafen. Alles ist hier bestens. Außer diesem alten Bullen, der seine Nase wieder einmal in Dinge steckt, die ihn nichts angehen", schoss er zurück, warf seine Tasche auf die Schreibtischplatte und hängte seine Jacke ordentlich an die Garderobe hinter der Tür.

„Sag mal, Kübler, was macht denn unsere Nina in Berlin?", war der Alte auch darüber bereits wieder bestens informiert.

„Keine Ahnung, Thiel. Aber wenn du sie mal triffst, dann frag sie mal. Mir erzählt sie ja nix. Bei mir steht sie nur mitten in der Nacht auf der Veranda und will die Schlüssel für den Dienstwagen", schimpfte er und musste wieder an den peinlichen Vorfall von gestern Abend denken. Danach hatte er noch nicht einmal mehr Lust gehabt auf das, was Alex und er vor der Störung vorgehabt hatten. Was aber auch eh schwierig geworden wäre, da kurz darauf die Kinder zurück aus dem Wald gekommen waren.

„Du weißt also auch nichts Genaues?", begriff Thiel endlich.

„Nein, ich weiß nichts", gestand Thomas, goss sich einen Kaffee ein und begann dann damit, wie an jedem Morgen seine Sachen auszupacken und sich auf die Arbeit vorzubereiten.

Thomas brauchte seine Strukturen und sein gewohntes Umfeld. Alles musste seine Ordnung haben. Irgendwann, nach etwa fünf oder zehn Minuten, erhob Thiel sich von Ninas Schreibtischstuhl und verabschiedete sich. Thomas atmete auf, als er endlich gegangen war. Ihn zu ignorieren war immer noch die beste Art, ihn loszuwerden.

Nachdem er die Nachrichten in seinem E-Mail-Postfach abgearbeitet hatte, begann er damit, den Bericht der Befragung von Katrin Vogelsang zu schreiben. Da er sich, im Gegensatz zu Nina, bereits während des Gespräches ordentliche Notizen gemacht hatte, würde das Ganze ruckzuck passiert sein.

Während des Tippens fiel Kübler dann aber doch noch eine Ungereimtheit auf. Wobei es sich mehr um ein fehlendes, aber bei Ermittlungen wichtiges Detail handelte. In diesem Falle war dies Katrin Vogelsangs Alibi. Wobei Kübler nicht glaubte, dass die Frau eines benötigte. Nein, die Vogelsang würde er als Tatverdächtige ausschließen. Immerhin war sie diejenige gewesen, die Michaela König als vermisst hatte melden wollen.

Dennoch musste alles seine Ordnung haben. Spontan griff er zum Telefonhörer und wählte ihre Nummer.

„Guten Morgen, Frau Vogelsang, hier ist noch mal Kriminaloberkommissar Thomas Kübler. Die Kollegin Moretti und ich waren gestern bei Ihnen in der Brauerei“, erklärte er sich, als sie sich meldete.

Frau Vogelsang schien nicht wirklich erstaunt.

„Hören Sie, Frau Vogelsang, ich sitze gerade an dem Gesprächsprotokoll von gestern, und da ist mir aufgefallen, dass wir vergessen haben, Sie nach dem Namen Ihres damaligen Freundes zu fragen. Dem Herrn, der Sie nachts von der Party abgeholt hat. Könnten Sie mir diesen der Form halber noch eben nennen, damit ich ihn notieren kann?", fragte er freundlich.

„Mein damaliger Freund … warum ist das denn so wichtig?", schien sie verunsichert.

„Ist es nicht, ich muss das aber hier eintragen", tat er belanglos.

„Puhhh, wie hieß der noch?", stöhnte sie, und Kübler glaubte sich gerade zu verhören. Wollte die ihm jetzt wahrhaftig weismachen, dass sie sich nicht mehr an den Namen eines Kerls erinnern konnte, der sie von der Abifete abgeholt und den sie dann mit zu sich nach Hause genommen hatte?

„Hören Sie, Herr Kübler, da muss ich jetzt passen. Ich komme gerade nicht mehr auf den Namen. Aber wenn er mir wieder einfällt, dann würde ich mich bei Ihnen melden", sagte sie und verabschiedete sich, bevor er noch etwas erwidern konnte.

Thomas starrte auch noch einige Sekunden, nachdem sie aufgelegt hatte, den Hörer in seiner Hand an. Er hasste es, wenn man ihn veräppeln wollte. Aber so etwas von. Und natürlich würde er rausbekommen, mit wem die Vogelsang damals liiert gewesen war. So sprang die nicht mit ihm um.

„Herzlichen Glückwunsch, Frau Moretti ... Nina. Du bist bisher eine der ganz wenigen Gäste, die das Monstrum auf Anhieb gebändigt bekommen haben“, meinte Nadine, als sie irgendwann mit frisierten Haaren und in Laufkleidung die Küche betrat.

Nina winkte ab.

„Mein Bruder in Neapel besitzt die gleiche Kaffeemaschine“, gab sie zu.

„Ach, du stammst aus Italien?“, erkundigte sich Nadine und stellte nun ebenfalls eine Tasse unter den Ausguss der Maschine.

„Nein, ich bin Deutsche mit italienischen Wurzeln. Das ist ein Unterschied. Mein Papa kam als Gastarbeiter nach Deutschland, wo er dann meine Mutter kennengelernt hat“, gestand Nina und betrachtete die junge, sportliche Mutter. Nadine besaß eine wirklich tolle Figur. Doch vermutlich tat sie auch einiges dafür. So etwas bekam oder behielt man nicht, wenn man vierundzwanzig Stunden am Tag mit Kartoffelchips und Cola auf dem Sofa abhing.

„Die beiden scheinen sich ja auch wieder beruhigt zu haben“, fand Nadine nach einem Blick aus dem Fenster.

Nina erhob sich, trat zu Nadine ans Fenster und sah hinaus. Das Haus lag direkt an einem See. Vermutlich dem Müggelsee, nach welchem die Straße benannt worden war.

Torsten und Heike saßen auf einer Bank direkt am Wasser und unterhielten sich. Sein Arm lag um ihre

Schulter. Auf den ersten Blick schien also alles wieder im Lot zu sein.

Während der Kaffeeautomat hinter Nina zischte und dampfte, beobachtete sie die beiden.

„Hand aufs Herz: Der Torsten hat wirklich nicht versucht, dich anzugraben?“, überlegte Nina laut und hätte sich, noch bevor sie den Satz vollendet hatte, dafür ohrfeigen können.

Nadine sah sie mit großen Augen an. Und ja, zu viel Offenheit machte gelegentlich sprachlos.

„Nein, wie kommst du auf so etwas? Der Typ ist lammfromm. Mein Ex wäre nicht so zurückhaltend gewesen, wenn nachts eine halb nackte Frau zu ihm aufs Zimmer gegangen wäre und ihm ein Schäferstündchen angeboten hätte“, antwortete sie.

Nun war es an Nina, dumm zu gucken.

„Keine Angst, ich wollte gar nichts von ihm, das war mehr so ein Test, wie er reagieren würde“, grinste Nadine, und Nina hatte das Gefühl, dass es sich gerade ebenfalls um einen Test handelte. Nadine wollte sehen, wie Nina reagierte.

Zum Glück läutete Ninas Telefon just in diesem Moment. Sie blickte kurz auf das Display und nahm das Gespräch dann an.

„Moin Leon. Was gibt es denn?“, begrüßte sie den jungen Kollegen und hörte ihm dann geduldig zu, was er zu berichten hatte.

„Danke, dass du mich sofort informiert hast. Aber check doch bitte mal, ob es bei uns in der Region in den

Jahren 1990 bis, sagen wir mal, 2000 irgendwelche Fälle gab, in denen eine solche Waffe verwickelt war. Und wart ihr jetzt noch mal in dem Wald und habt euch die Stelle angesehen, an der das Motorrad und die Pistole gelegen haben?"

Leon verneinte, und Nina spürte bereits, wie ihre Halsschlagader zu pochen begann. Irgendwie hatte sie das Gefühl, dass der ganze Verein sich derzeit auf der Tatsache ausruhte, dass Michaela bereits seit vierunddreißig Jahren tot war. Immer getreu dem Motto, auf einen Tag mehr oder weniger kommt es nun auch nicht mehr an.

„Dann macht das jetzt. Besorg dir ein paar Leute, fahrt in diesen Wald und dreht da noch mal jeden Stein um. Und frag die Kollegen vom LKA, ob sie euch einen Hundeführer mit Leichenspürhund schicken können", gab sie klare Anweisungen.

„Warum einen Leichenspürhund?", fragte Leon verdattert nach.

„Es gibt Grund zu der Annahme, dass es damals zwei vermisste Personen gab. Und da Michaela nicht erschossen wurde, könnte es ja sein, dass da noch jemand anderes im Waldboden schlummert", erklärte sie ihm den Verdacht, der ihr gerade gekommen war. Wirklich überzeugt war sie davon nicht. Nein, sie vermutete immer noch, dass Rico Jablonski Michaela getötet hatte und dann abgehauen war. Das Einzige, was sie gerade irritierte, war die Sache mit der Pistole.

Leon versprach Nina, sie auf dem Laufenden zu halten, und verabschiedete sich.

„Gibt es etwas Neues im Fall Michaela König?", erkundigte Nadine sich, die nun mit übereinander geschlagenen Beinen am Küchentisch saß und Kaffee trank.

„Ja, aber ich darf es dir nicht sagen", antwortete Nina und überlegte, ob sie, wenn sie Nadine etwas erzählte, Täterwissen preisgab. Vielleicht ja. Andererseits schied die Blondine schon alleine wegen ihres Alters als Täterin aus.

„Schade, und ich dachte, wir wollten uns, was den Fall betrifft, ein wenig austauschen", antwortete Nadine ziemlich ungerührt.

„Okay. Wir haben in dem Wald, unweit von Michaelas Leiche, eine alte Pistole gefunden. Eine Makarov PB. Im Magazin der Waffe fehlen drei Patronen. Also eigentlich vier, aber eine befand sich noch im Lauf", gab Nina einen Teil der Informationen preis.

„Torsten hat gemeint, Michaela König sei erwürgt oder erdrosselt worden", war Nadine gut informiert.

„Ja, das stimmt. Dennoch fragen wir uns gerade, wie die Waffe dort in den Wald kam und wer damit auf wen geschossen hat. Meinem Kollegen ist es heute Morgen gelungen, die Seriennummer der Pistole zu entziffern. Die Waffe wurde in den Achtzigern hergestellt und an das MFS ausgeliefert. Dummerweise existieren keine Unterlagen mehr, an wen die Waffe dort ausgegeben wurde", erklärte Nina und trank den letzten Schluck aus ihrer Kaffeetasse.

Nadine nickte und schien zu überlegen.

„Meine Mama besaß ebenfalls eine Makarov PB. Die Dinger gab es im Osten wie Sand am Meer. Wobei die

PB, also die schallgedämpfte Version, wohl etwas seltener war", erwähnte sie dann wie beiläufig.

Nina, die sich gerade wieder der großen Kaffeemaschine zugewandt hatte, drehte sich zu Nadine um.

„Na, sieh mal an. Da kennt sich aber jemand aus", stellte sie fest.

Ninas Bemerkung schien an Nadine einfach so abzuprallen.

„Eine Ahnung, wo Mamas Pistole abgeblieben ist?", hakte Nina nach.

„Ja, die hat sie mir vererbt. Die befindet sich im Wohnzimmer im Safe", gab sie unumwunden zu.

„Darf ich sie mal sehen?", fragte Nina.

„Klar. Ist ja kein Geheimnis", antwortete Nadine und erhob sich.

Nina folgte ihr ins Wohnzimmer. Bei dem Safe handelte es sich tatsächlich noch um einen solchen. Ein schweres, großes, brusthohes, metallenes Monster, welches vermutlich schon etliche Jahrzehnte alt war.

Nadine stellte ihre Kaffeetasse darauf ab und drehte dann an dem großen Rad, um die Kombination einzugeben.

„Wer kennt die Zahlen außer dir sonst noch?", erkundigte sich Nina eher beiläufig.

„Niemand", antwortete Nadine.

„Noch nicht einmal dein Ex-Mann?"

„Nein, der wäre auch der Letzte, dem ich sie verraten würde", antwortete sie und hatte dabei wieder dieses überlegene Lächeln aufgesetzt.

Nina hatte keine Ahnung, wie sie Nadine einschätzen sollte. Auf der einen Seite war die ihr irgendwie sympathisch. Doch wirklich vertrauen würde sie ihr nicht.

Nadine zog den Safe auf, griff hinein, entnahm einen flachen Metallkasten und reichte ihn Nina. Die klappte ihn auf und sah hinein. Die Makarov steckte in einer aus Moosgummi sauber ausgesägten Einlage. Neben der Pistole ruhten der dazugehörige Schalldämpfer und zwei Magazine ohne Patronen. Munition entdeckte sie keine.

„Du weißt schon, dass man dafür einen Waffenschein und eine Waffenbesitzkarte benötigt?", erkundigte sich Nina und unterzog die Waffe einer Prüfung. Ein wirklich sehr schönes und gepflegtes Stück.

Nadine griff ein weiteres Mal in den Safe und reichte ihr dann die gewünschten Unterlagen. Nina schlug die Waffenbesitzkarte auf und staunte nicht schlecht. Die Makarov PB war nicht der einzige Eintrag in der Karte, die auf Nadines Namen ausgestellt war.

Nina blickte an Nadine vorbei in den Tresor, in dem hochkant mehrere Jagdwaffen lagerten.

„Du gehst zur Jagd?", fragte sie verwundert.

„Nein, ich besitze zwar einen Jagdschein, aber eigentlich hasse ich es. Mama hat es gemocht, und in gewissen Kreisen öffnet es einem gelegentlich auch schon mal die eine oder andere Tür", gestand Nadine.

Von irgendwoher hörte Nina nun das Klingeln eines Mobiltelefons.

„Das ist meins. Vermutlich die Redaktion. Ich müsste da mal kurz rangehen", entschuldigte sie sich und eilte zurück in die Küche.

Nina packte die Makarov wieder in ihre Schachtel, verschloss sie und legte die Waffe zurück in den Safe. Es war leichtsinnig von Nadine gewesen, den Safe einfach offen zu lassen und sich dann zu entfernen. Nina nutzte die Gelegenheit, um einen Blick auf das Innere zu werfen.

Es gab nichts, was sie als Polizistin nicht schon einmal in einem solchen Tresor gesehen hätte. Einige Schatullen, in denen sich wohl Schmuck befand, Akten und Bündel mit Bargeld. Grob geschätzt an die zwanzigtausend Euro. Da hatte Nina mit ihrem ersten Eindruck doch richtig gelegen. Nadine Miller-Jablonski war nicht arm.

# Kapitel 17

*Mittwoch, 17. Juli 2024, 9:10 Uhr*
*Kriminalinspektion Friedrichstraße/Betzdorf*

„Moin Kübler", grüßte Polizeihauptmeister Wacker, als er das Büro betrat und sich suchend umsah.

„Guten Morgen, Jürgen", erwiderte Kübler den Gruß und beäugte den Besucher skeptisch. Nach dem Gefühlsausbruch des Kollegen am gestrigen Tag würde er erst einmal ein wenig Abstand wahren.

„Sag mal, wo ist denn die Nina?", erkundigte Wacker sich irgendwie zögerlich.

„Na, wo wohl? Die ist im Außendienst und rast wie immer in der Gegend herum", antwortete er und wüsste wirklich gerne, was der Uniformierte von der Kollegin wollte. Der hatte irgendetwas auf dem Herzen.

„Okay, dann komm ich später …"

„Nee, nee, mein Lieber, bleib mal noch hier. Ich habe da noch ein paar Fragen an dich. Wollte dich eigentlich eh gerade anrufen", bremste er Jürgen, der sich bereits rückwärts auf den Flur schob und die Türe zuziehen wollte.

„Fragen? An mich?", wunderte der sich und kam zurück.

„Ja, an dich. Nimm dir einen Kaffee und setz dich hin. Wir müssten noch mal was klären", beschied Kübler ihn.

Jürgen kam herein, schloss die Tür und griff nach einer der gespülten Kaffeetassen auf dem Kühlschrank.

„Also … wenn das wegen gestern ist … das tut mir leid, dass ich da ein wenig laut geworden bin. Ich weiß ja, dass ihr solche Dinge fragen müsst", brummelte er, während er sich einen Kaffee eingoss.

„Ach ja, den trinkst du mal besser schwarz", bremste Thomas ihn nun erst einmal, als Wacker sich aus dem Tetra Pak, der oben auf dem Kühlschrank stand, Milch eingießen wollte.

Der Kollege roch nun daran, verzog angewidert das Gesicht und stellte die Packung zurück.

„Solltest du mal wegschütten, bevor … na, ist ja auch egal", winkte er ab.

„Das wegen gestern … Schwamm drüber", stellte Kübler jetzt erst einmal klar.

„Genau … Schwamm drüber", fand auch Wacker, setzte sich an Ninas Schreibtisch und sah ihn dann erwartungsvoll an.

„Also, ich hätte da als Erstes eine Frage, die eigentlich nicht dich direkt betrifft, bei der du mir aber bestimmt helfen könntest", begann Thomas.

„Schieß los, Thomas."

„Die Katrin Vogelsang, die hat ausgesagt, dass du und der Torsten euch auf der Abifete in der Fischbachhütte mit Rico Jablonski, dem Freund von Michaela, zuerst gestritten und dann geprügelt hättet."

„Ich dachte, du hättest eine Frage, die mich nicht betrifft?“, fiel Wacker ihm ins Wort.

„Ja, hab ich auch. Wenn du mich mal ausreden lassen würdest“, antwortete Kübler und wollte dann in seinen Ausführungen fortfahren. „Nach der Prügelei …“

„Wir haben uns nicht geprügelt“, fiel Wacker ihm erneut ins Wort.

„Habt ihr nicht?“

„Nee, wir wollten nur mit dem Typen reden. Aber der hat uns dann ohne Vorwarnung jedem einen Schlag auf die Nase gegeben. Das nenne ich nicht Prügelei. Bei einer Prügelei haut die andere Partei zurück. Das haben wir nicht. Danach war der Kerl aber auch direkt mit Michaela verschwunden“, maulte Wacker und fasste sich an die Nase, als würde die ihn heute noch schmerzen.

„Okay, dann notier ich das mal so. Aber sag mal, die Katrin Vogelsang, die wusste nicht mehr, ob du und Torsten auf der Fete geblieben oder ob ihr nach Hause seid. Sie wäre angeblich kurz nach Mitternacht von ihrem Freund abgeholt worden“, kam Kübler nun langsam zu seiner eigentlichen Frage.

„Gaby und ich haben in ihrem D-Kadett Kombi im Kofferraum geschlafen. Wo Torsten abgeblieben ist, weiß ich nicht mehr“, antwortete Wacker.

„Und was ist mit der Katrin Vogelsang?“

„Keine Ahnung. Mit der war ich nie so dicke. Mit manchen aus deinem Jahrgang kommst du eben gut aus und mit anderen gar nicht. Die Vogelsang ging so gar nicht.“

„Dann weißt du bestimmt auch nicht, mit wem die damals zusammen war, wer ihr damaliger Freund war?“

„Doch. Da kann ich mich noch sehr gut dran erinnern. Ich glaube nämlich, das war das erste und letzte Mal, dass die überhaupt einen Kerl hatte. Soviel ich weiß, hatte sie danach nur noch Freundinnen“, berichtete Wacker.

„Ach so … du meinst, die ist …“

„Ja, ist sie hundertpro“, bestätigte Wacker.

„Ja, und mit wem war sie dann damals zusammen?“

„Na, mit dem Sascha … dem Sascha König.“

„Nein!“, stieß Kübler überrascht aus.

„Doch, wenn du es nicht glaubst, frag sie doch selbst.“

„Hab ich bereits!“

„Und? Was hat sie gesagt?“, hakte Jürgen nach.

„Sie hat gemeint, sie könne sich nicht mehr daran erinnern, wie ihr damaliger Freund hieß.“

Wacker begann zu lachen und klopfte auf die Tischplatte.

„Ha! Vermutlich, weil sie selbst den Fehlgriff wieder vergessen möchte“, amüsierte er sich.

Thomas ließ sich in seinem Bürostuhl zurücksinken und dachte nach. Hatte das etwas zu bedeuten, dass die Katrin Vogelsang mit dem Bruder ihrer Freundin ein Verhältnis hatte? Vielleicht wollte Frau Vogelsang aber auch wirklich nur nicht über dieses Thema reden. Merkwürdig war es allemal.

„Sag mal, Jürgen, was genau wolltest du eigentlich von Nina?“, fiel Thomas ein, da der Kollege ja vermutlich einen guten Grund gehabt hatte, nach ihr zu suchen.

„Ähm … ja … das ist jetzt nicht so wichtig“, antwortete der Uniformierte.

„Ist es wegen der Kette mit dem Delfin?“, wagte Kübler einen Schuss ins Blaue.

An der Regung des älteren Polizisten erkannte er sofort, dass er mit seinen Vermutungen richtiggelegen hatte.

„Ja … nee. Ich wollte ihr nur sagen, dass die Kette wiederaufgetaucht ist“, gestand er.

„Die, die ich letzten Samstag am Bienenhaus fotografiert habe?“, war Kübler erstaunt.

„Nein … ja … ich meinte eigentlich die, die ich meiner Frau damals gekauft habe. Lisa, meine Tochter, hatte sie bei sich. Gaby hat sie ihr wohl mal irgendwann vor Jahren gegeben. Ich hatte das gar nicht mitbekommen“, meinte er, zog einen zerknitterten Umschlag aus seiner Jacke und reichte ihn Thomas über die beiden Schreibtische herüber.

Thomas beugte sich vor, griff danach, öffnete ihn und schüttete den Inhalt auf den Schreibtisch.

Da lag sie nun. Die feingliedrige goldene Kette mit dem kleinen Delfin daran. Das rote Auge des Meeressäugers funkelte und blitzte in der Sonne, die durch das Fenster auf den Tisch fiel. Fast könnte man glauben, es handele sich tatsächlich um einen echten Rubin. Doch bei einem Wert von damals dreißig Mark war das Ding bestimmt nur buntes Glas.

„Okay", meinte Kübler und betrachtete das Schmuckstück eine Weile.

In seinem Kopf wirbelten die Gedanken. Dachte Wacker eigentlich, Thomas wäre doof?

Irgendwann, nachdem Torsten zurück ins Haus gekommen war, um sich etwas Ordentliches anzuziehen, wie er selbst sagte, war Nina hinaus zu Heike in den Garten gegangen. Die Kollegin saß noch immer auf der Bank und starrte auf den See.

„Und, habt ihr euch ausgesprochen?", erkundigte Nina sich und ließ sich neben Heike auf die Bank sinken.

„Ja, haben wir", bestätigte diese.

„Und was sagte er? Ist er sauer, dass wir hier aufgeschlagen sind?", fragte Nina weiter, obgleich sie gerade das Gefühl hatte, dass Heike nicht reden wollte.

Doch damit würde diese jetzt nicht durchkommen. Nina war keine sechshundert Kilometer mit ihr durch die Nacht gerast, damit die Freundin jetzt auf Durchzug schaltete.

„Nein, ist er nicht. Er hat sich sogar bei mir entschuldigt", sagte sie, hob einige Kieselsteine auf und begann damit, diese in den See zu werfen.

„Wofür entschuldigt?“, verstand Nina nicht.

„Na, wegen der Sache mit der blonden Prinzessin“, erklärte sie und deutete zum Haus hinter ihnen.

„Wie, ich dachte, er hätte nichts mit ihr gehabt?“, verstand Nina gerade nur Bahnhof.

„Nee, mit ihr hatte er auch nichts. Aber mit ihrer Mutter Jana. Der Schwester von Rico Jablonski“, antwortete Heike.

„Und wo ist die jetzt? Wohnt die auch hier?“, hakte Nina nach und ärgerte sich, dass sie Heike gerade alles aus der Nase ziehen musste. Sie hasste solch eine Konversation.

Heike drehte sich zu Nina um und sah sie an.

„Die Frau ist vor ein paar Jahren verstorben. Torsten hat sie und diesen Rico 1989 in einer Kneipe in Berlin kennengelernt. Am darauffolgenden Weihnachtsfest war er dann mit Michaela König hier in der Villa zu Besuch. Wohl bis über Silvester. Als Torsten dann an Ostern 1990 noch mal mit Michaela hier war, war Jana Jablonski wohl bereits abgereist. Auch danach hat er sie nie mehr getroffen“, berichtete sie.

Nina verstand nicht, wo das Problem lag.

„Damals war Torsten neunzehn oder zwanzig. Da hatten wir doch alle mal unsere erste Liebschaft. Dafür muss er sich doch nicht entschul… Ach du Scheiße. Du meinst, Nadine Miller-Jablonski ist …?“, ging Nina mit einem Mal ein Licht auf.

„Ja. Nadine ist, zumindest behauptete das diese Jana in einem Brief, den sie an Torsten geschrieben hat, von ihm“, schniefte Heike und warf nun weiter Kiesel in den See.

Nina dachte über das Gehörte eine Weile nach.

„Und wo ist jetzt das Problem?“, fragte sie nach einer Weile und wartete dann geduldig auf eine Antwort. Heike hielt inne. Nina konnte sehen, wie es in ihr arbeitete.

„Es gibt keins. Nur hier“, Heike tippte sich an die Schläfe. „Das Problem ist einzig und alleine in meinem Kopf. Ich muss das erst einmal irgendwie verstehen, dass er nun eine erwachsene Tochter hat.“

„Na … Aber wenn ich es richtig verstehe, dann hat er selbst es bisher doch auch nicht gewusst?“, fragte Nina noch einmal nach.

„Nein. Hat er auch nicht. Und wenn nicht zufällig Michaela Königs Leiche aufgetaucht und er deshalb nach Berlin gefahren wäre, dann hätte er es vermutlich nie erfahren. Nadine muss wohl auch erst gezögert haben, ihm diesen Brief zu geben“, berichtete Heike.

„Apropos Brief. Leon hat vorhin angerufen. Die Kollegen vom LKA haben sich wegen Michaelas Abschiedsbrief und den beiden Postkarten gemeldet“, wechselte Nina nun das Thema, um Heike auf andere Gedanken zu bringen. Die würde sich, sobald sie die neue Situation erst einmal verarbeitet hatte, schon wieder beruhigen.

„Und?“

„Alle drei Dokumente wurden von ein und derselben Person, vermutlich einer Frau, geschrieben. Aber diese Frau war definitiv nicht Michaela König. Die Handschrift, die wir auf anderen Schriftstücken in ihrem

Zimmer gefunden haben, ist zwar ziemlich ähnlich, aber nicht identisch. Außerdem hat Leon herausgefunden, dass die Pistole, die Küblers Kinder in der Nähe des Bienenhauses gefunden haben, in den 1980er-Jahren an das Ministerium für Staatssicherheit ausgegeben wurde. An wen genau kann er nicht sagen, da es darüber keine Akten mehr gibt", erzählte sie und bemerkte sogleich, wie Heike aus ihrem Stand-by-Modus zu erwachen schien.

„Ich werde zu Torsten gehen und ihn nach diesem Brief von Jana Jablonski fragen. Der war angeblich auch handgeschrieben", schlug Heike vor.

„Ach, du meinst, dass Jana den Abschiedsbrief und die Postkarten geschrieben hat. Okay, einen Versuch ist es wert. Wobei sich mir noch nicht erschließt, warum Jana Jablonski die Sachen in Michaelas Namen verfasst haben sollte", erwiderte Nina.

„Das weiß ich auch nicht. Aber wir sollten das auf alle Fälle überprüfen", fand Heike, warf die restlichen Kiesel in ihrer Hand auf einmal in den See, stand auf und ging zum Haus.

Nina blieb sitzen und beobachtete zwei Schwäne, die langsam am Ufer vorbeizogen. Ob es jemanden störte, wenn sie hier auf der Bank ein Nickerchen machte, kam es ihr in den Sinn. Bestimmt nicht. So ein Fünf-Minuten-Powernap würde bestimmt auch nicht schaden.

„Moin Thomas“, grüßte Kriminalkommissar Leon Schwert, als er Küblers Büro an diesem Vormittag betrat.

„Tach Leon. Nina ist nicht da“, stellte Kübler sofort einmal klar.

„Ich weiß. Nina ist mit Heike bei Torsten in Berlin“, war der Kollege, wie es den Anschein hatte, bestens informiert. „Ich wollte fragen, ob du Zeit hast, mit uns noch mal zu diesem Bienenhaus zu fahren. Immerhin kennst du dich dort am besten aus“, erklärte der junge Beamte sich.

„Weshalb das jetzt?“, interessierte es Kübler.

„Nina besteht darauf, dass wir uns doch noch einmal den Fundort des Motorrades und der Waffe genauer ansehen. Außerdem ist sie wohl davon überzeugt, dass da im Wald noch eine weitere Leiche liegen könnte.“

„Hat sie auch gesagt, wessen Leiche das sein soll?“, fragte Kübler verwundert nach.

„Ich denke, es geht um den damaligen Freund von Michaela König“, antwortete Leon und teilte Thomas dann noch die Neuigkeiten über die gefundene Makarov, die fehlenden Patronen und das Ergebnis der Schriftvergleiche mit.

„Na ja, dass eine Tote keine Postkarten mehr schreibt, war zu erwarten“, erwiderte Kübler und sah auf die Liste mit den zu erledigenden Aufgaben für den heutigen Tag. Die hatte er sich wie immer morgens bei Dienstbeginn mit einem Bleistift auf einem Block notiert. Einige Punkte waren immer noch offen. Doch keiner davon war wirklich wichtig.

„Okay, ich komme mit“, entschied er deshalb. Der Seifer Wald war ja quasi ein Heimspiel. Von da wäre er dann bei Feierabend auch schnell zu Hause.

Außerdem würden sie die Kinder bitten müssen, ihnen noch einmal genau den Fundort des Motorrades und auch den der Pistole zu zeigen. Eine Sache, die eigentlich längst erledigt sein sollte. Wenn es um seine Kinder ging, war Thomas lieber dabei.

Damit, dass seine Frau Heike heute Morgen in Berlin auftauchte, hatte Torsten Liebig nicht gerechnet. Doch er hätte es eigentlich besser wissen müssen, da er sie lange und gut genug kannte. Heike war eine super Ermittlerin. Zu glauben, dass sie ihre Fähigkeiten auf das Dienstliche begrenzte, war sehr dumm von ihm gewesen.

Bei dem Gespräch draußen am See hatte er ihr alles gestanden. Wobei „gestehen“ in diesem Falle das falsche Wort war, da er in seinen Augen nichts Verwerfliches getan hatte.

Er war neunzehn und Single gewesen. Er hatte mit einer wenige Jahre älteren Frau geschlafen, die ebenfalls in keiner festen Beziehung war. Sonst nichts.

Es war damals Janas Entscheidung gewesen, auf Nimmerwiedersehen zu verduften. Ein Anruf von ihr oder ein Brief, in dem sie ihm mitgeteilt hätte, dass die Nächte mit ihr ein Nachspiel hatten, hätten ihm gereicht. Torsten hätte die Verantwortung für das Kind übernommen. Zumindest wollte er glauben, dass sein neunzehnjähriges Ich dies getan hätte. Jana hatte entschieden, das Kind alleine zu bekommen und den Vater bei Ausstellung der Geburtsurkunde mit „unbekannt" anzugeben.

So wie sie schrieb, war es anfangs noch nicht einmal sicher gewesen, dass die kleine Nadine, die fast neun Wochen zu früh auf die Welt kam, überleben würde.

Janas Brief deckte sich mit dem, was er ausgerechnet hatte. Nur dass Nadine ein Frühchen von nicht einmal zweitausend Gramm gewesen war, hatte er in seine Rechnung nicht mit einbezogen.

Ja, sie habe ihn tatsächlich gemocht. Nicht mehr und nicht weniger. Dass sie und Rico ihn und Michaela belogen hätten, dafür schäme zumindest sie sich. Ihm noch einmal unter die Augen zu treten, sei daher auch nicht möglich gewesen.

Als Torsten frisch gewaschen und rasiert zurück in die Küche kam, saßen Heike und Nadine gemeinsam am Küchentisch und unterhielten sich. Alles schien so, als säßen da einfach nur zwei Frauen, die sich flüchtig kannten und über Belangloses sprachen. Doch für ihn waren sie das nicht. Die eine war die Frau, die er liebte, und die andere seine Tochter, von der er einfach nicht wusste, was er von ihr halten sollte. Nadine war eine starke Frau. Eine, die mit beiden Beinen erfolgreich im Leben stand und ganz genau wusste, was sie wollte. Sie war so gar nicht wie er. Nein, er sah sich noch nicht einmal auf Augenhöhe mit ihr. Nadine stand über den Dingen. Jemand, der es gewohnt war, anderen zu sagen, wo es langging. Heike und er waren da ganz anders. Ja, er würde sie beide tatsächlich als bürgerlich bezeichnen, während seine Tochter eher etwas Monarchisches an sich hatte. Das klang dumm … war es vermutlich auch. Zu hoffen, dass sich zwischen ihnen beiden ein Vater-Tochter-Verhältnis aufbauen könnte, war illusorisch. Spätestens morgen würden sich ihre Wege wieder trennen. Nadine hatte vierunddreißig Jahre keinen Vater gebraucht und schien auch nun keinen mehr zu wollen. Vielleicht würde er ihr irgendwann einmal schreiben, an Weihnachten oder zu ihrem Geburtstag. Mehr konnte er sich derzeit nicht vorstellen.

„Wo ist Nina?“, erkundigte er sich und blickte sich suchend nach der Kollegin um.

„Eben war sie noch draußen am See“, antwortete Heike und deutete zum Fenster.

Torsten trat an selbiges, sah hinaus. Nina saß auf der Bank, auf der er und Heike vorhin gesessen und sich ausgesprochen hatten. Sie wirkte zusammengesunken und rührte sich nicht.

„Ich glaube, sie schläft“, überlegte er leise.

„Sie hat eben gemeint, sie sei die ganze Nacht durch gefahren“, wusste Nadine.

„Wir benötigen für unsere Ermittlungen eine Schriftprobe von Jana Jablonski“, wechselte Heike nun sehr bestimmt das Thema.

„Wozu das?“, fragte er, fuhr herum und hörte dann zu, was seine Frau ihm zu sagen hatte.

„Ja. Das klingt logisch. Obwohl ich nicht glaube, dass uns das weiterbringt. Warum hätte Jana das tun sollen?“, gestand er und sah zu Nadine, deren Telefon wieder einmal klingelte. Die junge Frau war gefragt. Darin bestand kein Zweifel.

Er beobachtete, wie sie das Gespräch annahm, sich mit ihrem Namen meldete und dann eine Weile zuhörte. Dabei veränderte sich ihre Mimik. War das nun Erstaunen, Unglaube oder Entsetzen?

„Okay, ich komme sofort vorbei“, entschied sie am Ende und legte auf.

„Etwas Schlimmes passiert?“, erkundigte er sich.

Sie nickte.

„Das war Rudi, ein Nachbar meines Onkels aus der Gartenkolonie. Onkel Fred wurde soeben mit einem Rettungswagen in eine Klinik gebracht“, antwortete sie und erhob sich.

„Ich fahre mit“, entschied Torsten spontan und blickte zu Heike, der dies nicht wirklich recht zu sein schien.

„Wenn ich zurück bin, fahren wir gemeinsam nach Hause“, beeilte er sich daher noch schnell zu sagen.

Sie nickte und schien zu überlegen.

„Ich denke, ich begleite euch“, sagte sie dann entschlossen.

Ninas Nacken und Rücken schmerzten höllisch, als sie sich noch total benommen von der Bank am See erhob. Der am Morgen noch so strahlend blaue Himmel hatte sich zugezogen, und der Wind, der ihr über den See entgegenblies, hatte aufgefrischt.

Total verschlafen blickte sie sich um. Da war sie doch tatsächlich auf dieser Bank fest eingeschlafen. Langsam und noch wankend ging sie zum Haus, dabei checkte sie ihr Telefon.

Unter anderem war da eine Nachricht von Heike. Verdammt, warum schrieb die ihr? Hätte die nicht einfach rauskommen und sagen können, was Sache war?

Sie las die WhatsApp und verstand. Die Kollegen waren gemeinsam mit Nadine Miller-Jablonski noch einmal zu diesem alten Stasi-Mann gefahren. Anscheinend war der ins Krankenhaus eingeliefert worden. Warum auch immer.

Zum Glück stand die Tür zum Wohnzimmer offen, sodass Nina ins Haus kam.

In der Küche traf sie auf den kleinen Jungen, den sie am Morgen bereits oben an der Treppe gesehen hatte.

„Guten Morgen. Bist du ganz alleine?", erkundigte sie sich bei dem Bengel, der sich gerade eine Riesenportion Schokocreme auf eine Scheibe Toast schmierte.

„Nein. Du bist ja da. Die Mama hat gesagt, ick soll aufpassen, dass dich niemand klaut", antwortete der Kleine frech und klang, als wäre er ein ausgemachter Klugscheißer.

„So, sagt sie das? Hat sie auch gesagt, dass du darauf achten sollst, dass ich nicht verhungere?", fragte Nina, setzte sich zu dem Knirps und bediente sich an der Tüte mit dem Toastbrot.

„Nee, das hat sie nich. Aber ick will mal nich so sein", grinste er und reichte ihr das mit Schokocreme beschmierte Messer.

„Ich bin übrigens die Nina", stellte sie sich jetzt erst mal vor.

„Ick bin der Henri. Mama sagt, du bist eine Polizistin?", fragte er.

„Ja. Bin ich", bestätigte Nina.

„Und die anderen beiden sind auch Bullen?"

„Bullen sagt man nicht", belehrte sie ihn und biss in das Schokobrot. Dabei las sie auf ihrem Mobiltelefon ihre Mails und weitere Nachrichten.

Kübler hatte ihr ein Foto gesendet. Es zeigte einen schmutzigen goldenen Delfin mit rotem Glasauge.

„Is was? Du guckst, als hättest du ein Gespenst gesehen", wollte nun auch prompt der kleine Klugscheißer wissen, während Nina mit offenem Mund das leckere Brot sinken ließ.

„Ach, sieh an. Die Frau Hauptkommissarin Moretti ruft dann doch mal zurück", konnte Kübler sich einen verbalen Seitenhieb nicht verkneifen.

Immerhin waren, seit er Nina das Foto von dem Delfin gesendet hatte, fast vier Stunden ins Land gegangen.

„Sorry, Kübler. Aber auch eine Nina Moretti muss sich mal kurz aufs Ohr hauen dürfen, wenn sie die ganze Nacht gefahren ist", antwortete sie und wollte dann natürlich sofort wissen, was es mit dem Delfin auf sich hatte.

„Der Jürgen hat das Teil am Samstag genommen", sagte Kübler und versuchte es belanglos klingen zu lassen.

„Warum macht der so etwas?", kam dann auch prompt die Frage, mit der er gerechnet hatte.

„Na, weil er gedacht hat, es wäre der, den er seiner Frau damals zum Geburtstag geschenkt hat. Der ist aber gestern wieder bei einer von seinen Zwillingen aufgetaucht", erklärte Kübler ihr.

„Trotzdem, das ist doch ein Beweismittel. Der kann doch nicht einfach …"

„Es tut ihm ja leid. War wohl mehr so ein Reflex", entschuldigte Kübler den Kollegen und wartete dann, dass Nina etwas sagte.

„Bist du noch dran?", fragte er nach einer Weile der Stille nach.

„Ja, ich überlege", sagtc sic.

„Was?"

„Warum Wacker geglaubt hat, dass es die Halskette seiner Frau war? Wieso hätte die bei einer Toten liegen sollen? Außer …"

„… dass Wacker denkt, seine Frau hätte etwas mit dem Tod ihrer Freundin Michaela zu tun", vollendete Thomas den Satz, da dies genau seinen Überlegungen entsprach.

„Auf alle Fälle müssen wir, sobald ich wieder zu Hause bin, noch mal mit ihm reden", entschied Nina.

„Wie läuft es denn mit Torstens Spur in Berlin?", interessierte es Thomas, während er an einen Baum gelehnt den Kollegen zusah, die gerade eine Grube im Waldboden aushoben. Kübler glaubte nicht, dass Leon und die Koblenzer Kollegen da noch etwas finden würden. Sein Sohn Linus war ordentlich in dem, was er tat. Wenn der Junge sagte, dass da außer dem Motorrad nichts gewesen war, dann war da auch nichts gewesen.

„Die Spur in Berlin ist kalt. Wenn du mich fragst, ist das hier absolute Zeitverschwendung", fand Nina und klang dabei irgendwie genervt.

„Na ja, du musstest ja unbedingt dahin."

„Das hatte andere Gründe. Das hab ich für Heike und Torsten getan. Das Gleiche würde ich im Übrigen auch für dich und deine Holde tun", antwortete sie patzig.

„Aha. Was ist denn mit den beiden? Haben die irgendwie Stress miteinander?", hakte er da doch gleich mal nach.

„Da kann ich jetzt nicht drüber reden. Ich bin nicht alleine. Sag mir lieber mal, was du und die anderen so treiben", wechselte Nina das Thema.

„Ich bin gerade mit den Kollegen am Bienenhaus, wir drehen hier jeden Stein noch einmal um", berichtete er.

„Habt ihr die Leichenspürhunde dabei?"

„Nein, das ist nicht so einfach. Die Kollegen vom LKA meinen, dass es nach so vielen Jahren keinen Sinn mehr macht, mit ihren Hunden zu suchen. Da bräuchten wir schon speziell ausgebildete kroatische Cadaver Dogs", erklärte er ihr das, was der zuständige Beamte ihm vorhin erzählt hatte.

„Ach ja, habe ich schon von gehört. Das sind die Hunde, mit denen sie nach vermissten Soldaten und Massengräbern aus dem Balkankrieg suchen", schien Nina bestens Bescheid zu wissen.

„Ja. Es gibt da wohl zwei private Hundeführer aus Kroatien, die schon des Öfteren für deutsche Behörden gearbeitet haben. Die sind aber derzeit für das LKA Niedersachsen tätig. Wenn sie da fertig sind, kommen sie zu uns. Kann aber noch ein paar Tage dauern", berichtete er.

„Du, Kübler, ich melde mich gleich noch mal. Heike und Torsten sind gerade zurückgekommen", sagte sie plötzlich und legte dann einfach auf.

Thomas steckte das Handy ein, ließ sich auf den Stamm eines umgestürzten Baumes sinken und sah dann weiter Leon und den Koblenzer Kollegen zu, wie sie mit Schweiß auf der Stirn, dick eingepackt in ihre weißen Overalls, im Waldboden gruben. Nein, darauf hätte er jetzt überhaupt keine Lust. Und da dies nicht zu seinen Aufgaben gehörte, würde er auch keine Schaufel anrühren. Einer musste die Arbeiten schließlich auch mit einem kühlen Kopf überwachen.

Aus einer Laune heraus rief er seinen Sohn Linus an.

„Und, Linus, hast du dir die Aufnahmen der Kameras angesehen?“, fragte er direkt und ohne Umschweife.

„Ja, Papa. Aber da ist außer den üblichen Tieren nichts drauf“, antwortete sein Junior.

„Okay, Linus. Ich sag euch Bescheid, wenn die Kollegen fertig sind. Dann könnt ihr die Kameras ja noch einmal aufhängen“, schlug er vor, verabschiedete sich und legte dann auf.

# Kapitel 18

*Mittwoch, 17. Juli 2024, 12:44 Uhr*
*Müggelseedamm/Berlin*

Als Torsten zusammen mit Heike und Nadine die Küche der Villa betrat, saßen Nina und Henri zusammen am Tisch und aßen Toast mit Nutella.

Nina telefonierte, während Henri ihn und Heike misstrauisch beäugte.

Torsten war jetzt seit einem Tag hier und hatte mit dem Jungen bisher noch kein Wort gewechselt. Im Grund war er ja dessen Großvater. Ob der Bengel das wusste? Wenn nicht, war es auch nicht schlimm. Er hatte kein Problem damit, der Vater einer erwachsenen Tochter zu sein. Aber ein Opa? Nein, dazu fühlte er sich einfach noch zu jung. Er hatte noch Pläne für dieses Leben. Er wollte mit Heike und auch seinen Kindern noch Dinge erleben. Er war gerade einmal dreiundfünfzig. Das Leben war eh zu kurz und konnte schneller enden, als man es dachte.

Woran der alte Mann, dieser Onkel Fred, gestorben war, würde sich zeigen. Gestern noch ein boshafter Mistkerl, heute schon tot. Ein seltsamer Zufall, dass der nur einen Tag starb, nachdem er von Torsten erfahren hatte, dass das Geld, nach dem er seit über dreißig Jahren suchte, vermutlich nicht bei Michaela König und Rico Jablonski war, sondern eher bis zum Ende aller Tage auf mehreren Schweizer Nummernkontos verschimmeln würde.

Fred Jablonski war während der Fahrt ins Krankenhaus verstorben. Er zeige Vergiftungserscheinungen, hatte der Arzt gemeint. Aber ob es sich tatsächlich um ein Gift handelte, wollte oder konnte ihnen weder der Mediziner noch ein Kollege der Berliner Polizei genau sagen. Man müsse die Obduktion abwarten, hatte es lediglich geheißen. Torsten konnte sich nicht vorstellen, warum dem Alten jemand etwas angetan haben sollte.

„Was glotzt du so?“, fragte der Zehnjährige nun, dem Torstens nachdenkliche Blicke scheinbar aufgefallen waren.

„Ich glotze nicht“, antwortete er und sah zu Heike, die sich ein Grinsen verkneifen musste. Sah die gerade auch den Opa in ihm?

„Ich versteh das nicht. Onkel Fred ist nicht der Typ, der sich selbst was antut“, sagte Nadine leise, die an den Herd gelehnt ein Glas Wasser trank.

„Wie? Dieser Onkel Fred ist verstorben?“, wunderte sich Nina, die gerade ihr Telefonat beendet hatte.

„Ja, ein Nachbar hat ihn heute Morgen leblos in seinem Häuschen gefunden. Wie es schien, hat er irgendetwas genommen … oder auch nicht“, unterrichtete Heike die Kollegin.

„Onkel Fred macht so etwas nicht. Der ist… der war dafür doch viel zu selbstverliebt. Bei Onkel Fred war zuerst immer nur er und dann seine scheiß Arbeit. Das Einzige, um was dieser Mann in seinem Leben getrauert hat, war, als seine verdammte DDR den Bach runterging. Da ist er bis heute nicht drüber hinweggekommen", fand Nadine und fixierte ihren Sohn, der weiter aß, als wäre nichts gewesen. Seltsam, weder Nadine noch der Junge zeigten irgendeine Art von Anteilnahme.

„Was passiert denn jetzt mit Onkel Freds Laube?", fragte Henri lediglich interessiert nach einer Weile in die Stille.

Nadine hob die Schultern.

„Keine Ahnung, ist mir aber auch egal", antwortete sie.

„Haben die Kollegen die Laube versiegelt?", erkundigte sich Nina.

Nadine zuckte erneut mit den Schultern. „Keine Ahnung. Gesagt hat niemand etwas."

„Darf ich sie mir mal ansehen? Ich war noch nie in einem Berliner Schrebergarten", fragte Nina, und Torsten war sich sofort darüber im Klaren, dass Nina nicht nur aus bloßer Neugierde dahin wollte. Die witterte gerade irgendetwas.

„Oh ja, das würde ich mir auch mal gerne ansehen", fand Heike und sah zu Nadine.

„Okay, ich denke, ich müsste mich da eh mal blicken lassen, um zu klären, wie es weitergeht. Außer mir bleibt ja niemand, der sich um den Nachlass von Onkel Fred kümmern könnte. Einen Bestatter muss ich auch noch kontaktieren", schien Nadine mit einem Mal in eine Art Arbeitsmodus zu wechseln.

„Henri, geh bitte nach oben und zieh dir etwas Ordentliches an. Du kannst ja nicht den ganzen Tag alleine zu Hause bleiben", entschied sie.

Henris Begeisterung hielt sich sichtlich in Grenzen.

„Kann ich nicht einfach zu Jonas gehen?", schlug der Junge nämlich sogleich und ziemlich motzig vor.

Und ja, Torsten war sich gerade sicher, dass er den Bengel nicht mochte.

Nina hatte tatsächlich in ihrem Leben zuvor noch nie einen Berliner Schrebergarten gesehen. Eine Oase mitten in einer Wüste aus Beton, Asphalt und Millionen von Menschen.

Sie selbst hatte fast zehn Jahre in Köln gelebt. Sie wusste, wie es war, im fünften Stock einer Mietskaserne ohne Balkon zu hausen. Die Seele schrie da förmlich nach ein bisschen Grün.

Nina war dann entweder in einen der Kölner Stadtgärten gegangen oder hatte einen Zug nach Hause in den Westerwald bestiegen.

Onkel Fred hatte in seinem Garten gewohnt, und das, obwohl dies offiziell wohl nicht gestattet gewesen war. Wo kein Kläger, da kein Richter.

Die Laube selbst war ein stickiges, verrauchtes Loch. Der Geruch von kaltem Zigarettenrauch hing wie bleierner Nebel in dem großen Raum, als Heike und Nina ihn betraten.

„Pfui Deivel. Wie kann einer in diesem Gestank nur leben?“, entrüstete sich Heike.

„Na ja, jetzt ist er tot. Aber ich wage zu bezweifeln, dass der Mief aus der Bude jemals noch einmal rausgeht“, entgegnete Nina und kramte ein paar Einweghandschuhe aus ihrer Jackentasche. Ohne diese würde sie hier bestimmt nichts anfassen.

„Hast du noch welche für mich?“, erkundigte sich Heike.

Noch einmal griff Nina in ihre Jeansjacke und reichte der Kollegin das letzte Paar, welches sie noch dabeihatte. Sie würde zu Hause daran denken müssen, neue einzustecken.

„Was suchen wir eigentlich?“, erkundigte Heike sich, während Nina ein altes Küchenbuffet öffnete.

„Keine Ahnung. Das Übliche. Alles und nichts“, antwortete Nina und sah zu Heike, die mit angewidertem Gesicht gerade die Matratze aus dem Bettgestell hob.

„Wie findest du jetzt eigentlich deine neue Stieftochter? Ihr wart doch vorhin zusammen unterwegs“, erkundigte Nina sich wie beiläufig und sah zur Tür. Nicht, dass Nadine Miller-Jablonski unverhofft hinter ihnen auftauchte. Diese war mit Torsten beim Vereinsvorstand der Gartensiedlung, um einige Dinge zu klären.

„Keine Ahnung. Ich frage mich die ganze Zeit, ob sie tatsächlich so ein kaltes, abgebrühtes Miststück ist, wie sie tut, oder ob das alles nur Fassade ist", hatte Heike wie es schien den gleichen Eindruck von Nadine wie Nina.

„Na ja. Zumindest wird sie keine Ansprüche an ihren Erzeuger stellen. So von wegen Unterhalt oder so. Finanziell steckt die uns alle zusammen zigmal in die Tasche", fand Nina.

„Ja, das glaub ich auch. Ich denke mir nur, dass Torsten sie nicht so einfach des Weges ziehen lassen kann. Mein Mann, der hat, was dies betrifft, so ein Friede-Freude-Eierkuchen-Helfer-Syndrom. Das siehst du doch schon daran, dass er meint, er müsse ihr helfen, diesen Onkel unter die Erde zu bekommen", schnaufte Heike und könnte damit natürlich recht haben.

„Hat er gesagt, wie lange er noch in Berlin bleiben wird?", erkundigte sich Nina und zog nun nacheinander die Schubladen des Küchenschranks auf, während Heike die Bretterwand hinter dem Bett inspizierte.

„Als wir draußen am See auf der Bank saßen, hat er mir versprochen, mit uns gemeinsam nach Hause zu fahren. Das war allerdings, bevor der Stasi-Onkel den Löffel abgegeben hat."

„Könnten Sie mir bitte mal verraten, was Sie hier in Onkel Freds Laube treiben, meine Damen?", keifte mit einem Mal die Stimme einer älteren Dame hinter Nina.

„Wir sind von der Kriminalpolizei und ermitteln", antwortete Nina frech, da Heike und sie hier in Berlin mitnichten etwas zu ermitteln hatten.

Streng genommen war das, was sie hier taten, Hausfriedensbruch. Wobei aber ja Nadine, als einzige Angehörige des Verstorbenen, ihnen erlaubt hatte, sich in der Laube umzuschauen. Ein behördliches Siegel gab es ebenfalls nicht.

„Und was ermitteln Sie? Onkel Fred wird nicht begeistert sein, dass Sie ihm hier alles zerwühlen", schimpfte die Alte, die Nina mindestens auf Mitte achtzig bis neunzig schätzen würde.

Nina stellte die Suche ein und ging einen Schritt auf die Dame zu. Dabei zog sie ihren Dienstausweis aus der Tasche und zeigte ihn vor. Ihren Finger legte sie so über das Wappen von Rheinland-Pfalz, dass die Alte es nicht erkennen konnte. Sicher war sicher.

„Kriminalhauptkommissarin Moretti, das ist meine Kollegin Frau Kriminalhauptkommissarin Friedrich-Liebig. Und ja, da haben Sie vermutlich recht, dass dem Herrn Jablonski das nicht gefallen würde. Aber leider wird er sich nicht mehr darüber beschweren können, da er heute Morgen leider verstorben ist", klärte Nina sie auf und ließ dann schleunigst den Ausweis wieder in ihrer Jackentasche verschwinden.

„Wie? Der Fred ist tot?", fragte das Mütterchen, die in ihrem Kostüm und dem himmelblauen Hut ein wenig aussah wie die Mutter der verstorbenen englischen Königin.

„Ja, leider. Aber dürfte ich auch fragen, wer Sie sind und was Sie hier tun?", drehte Nina den Spieß jetzt einfach mal um.

„Ich bin die Lotti. Und heute ist Mittwoch. Mittwochs spielen wir immer Canasta", antwortete Queen Mum und sank auf einen Stuhl vor dem Fenster.

„Ach so. Na, das wird dann aber wohl in Zukunft ausfallen müssen", rutschte es Nina ziemlich pietätlos heraus.

Zu ihrem Glück schien Lotti aber überhaupt nicht richtig zugehört zu haben.

„Jetzt haben sie ihn am Ende dann wohl doch noch um die Ecke gebracht", flüsterte die nämlich nur leise und starrte auf einen Punkt draußen im Garten.

„Wen meinen Sie mit DIE?", hakte Nina sofort nach.

„Na, wen wohl ... die anderen. Den BND, den Verfassungsschutz. Die waren doch alle hinter ihm her", zischte Lotti und guckte weiter aus dem Fenster.

Nina sah zu Heike, die mit ihrem Zeigefinger eine kreisende Bewegung direkt an ihrer Schläfe machte.

Ja, vermutlich hatte die Kollegin recht damit, dass bei Lotti nicht mehr alle Schrauben festsaßen. Dennoch würde Nina erst einmal am Ball bleiben und hören, was Queen Mum zu sagen hatte.

„Und warum waren die vom BND und dem Verfassungsschutz hinter dem Onkel Fred her?", erkundigte sie sich und versuchte, dabei todernst zu bleiben.

„Na, warum wohl? Die haben doch auch nach dem Geld gesucht. Fräulein, merken Sie sich das ruhig mal: Es geht am Ende immer nur ums Geld! Immer!"

„Sie meinen die verschwundenen Millionen aus dem Partei- und Staatsvermögen?", glaubte Nina zu wissen, welches Geld gemeint war.

„Genau die“, erklärte die Alte und sah immer noch hinaus in den Garten.

„Wusste der Onkel Fred denn, wo das Geld versteckt war?“, fragte Nina erstaunt.

„Nein. Da hat er ja die ganzen Jahre nach gesucht. Aber er hatte einen Verdacht.“

„Welchen Verdacht?“

Die Alte drehte sich um und sah Nina skeptisch an.

„Ich weiß nicht, ob ich euch beiden trauen kann. Am Ende schnüffelt ihr auch noch für die anderen“, knirschte sie nun und sah sich in dem Raum um.

„Doch, können Sie. Wir sind die Guten“, erklärte Nina.

Die Alte begann zu kichern und winkte ab. „Das sagen sie alle.“

„Waren Sie eigentlich auch beim MFS?“, mischte Heike sich nun ein, die die Untersuchung der Laubenwände erfolglos abgebrochen hatte.

„Ja, natürlich. Daher kennen Onkel Fred und ich uns ja. Über zwanzig Jahre war ich in der Hauptabteilung III“, berichtete Lotti stolz und schaute dabei irgendwie melancholisch.

Nina hatte keine Ahnung, für was diese Abteilung zuständig gewesen war, also würde sie Lotti fragen.

„Abteilung III, was haben Sie da genau gemacht?“, fragte sie.

„Die Hauptabteilung III war zuständig für die Spionageabwehr im Bereich Fernmelde- und Elektronische Aufklärung und natürlich die grenzüberschreitende

Telefonüberwachung. Stellen Sie sich vor, Fräulein, ich hatte sogar ein paarmal den Willy Brandt am Ohr. Der war ja eigentlich ein ganz charmanter Mann. Der konnte mit den Damen. Was für ein Jammer, dass der auf der falschen Seite … aber nun ja. Der ist ja auch schon lange tot", seufzte sie, und Nina musste an sich halten, um nicht laut loszulachen. Die alte Lotti war eine hauptberufliche Lauscherin gewesen. Die hatte, wie es schien, den ganzen lieben langen Tag als das Ohr an der Wand anderer Leute verbracht.

Nina konnte sich vorstellen, dass dies kurzfristig ein ganz interessanter Job sein könnte. Sie wäre auch bei gewissen Leuten schon mal gerne Mäuschen. Aber doch nicht ein Leben lang, tagein, tagaus.

„Ich denke ja, dass der Rico Jablonski mit der Kohle abgehauen ist", warf Nina Lotti nun ein weiteres Bröckchen hin. Nicht, dass sie glaubte, dass die olle Schachtel tatsächlich etwas wusste. Doch irgendwie fand Nina sie und ihre Geschichte interessant und erheiternd.

Zu Ninas Verwunderung schüttelte Queen Mum allerdings nun den Kopf.

„Nein, ich habe es dem Fred hundertmal gesagt, dass die den armen Jungen längst um die Ecke gebracht haben", glaubte Lotti zu wissen.

„Wer? Der BND oder der Verfassungsschutz?"

„Die einen sind nicht besser als die anderen. Aber fragt doch mal Jana. Die war schon immer ein ganz gerissenes Luder. Bei der weiß man bis heute nicht, auf welcher Seite sie genau steht", behauptete Lotti.

„Jana Jablonski? Aber die ist doch tot?“, wandte Heike ein.

Die Alte lächelte, erhob sich vom Stuhl und wackelte schwerfällig zum Ausgang der Laube.

„Jaja, die ist auch tot. Doch die einen sagen so, die anderen so. Aber wenn ihr beide meint, dass sie tot ist, dann wird das ja wohl so sein“, sagte sie und verließ die kleine Hütte.

Vor der Türe blieb sie noch einmal stehen und drehte sich um.

„Ach, übrigens. Das Wühlen könnt ihr euch sparen. Das, was ihr zwei sucht, ist nicht in der Laube“, sagte sie, grinste schelmisch und ging dann ihres Weges. Nina trat an die Tür und sah ihr hinterher.

„Na, die hat den Knall aber auch noch nicht gehört. Die alte Schachtel war ja total bekloppt“, hörte sie Heike hinter sich lachen.

„Keine Ahnung, ob die wirklich so bescheuert ist, wie sie zeitweise getan hat“, war Nina sich mittlerweile gar nicht mehr so sicher, was Lotti betraf.

„Wie meinst du das?“

Nina hob die Schultern. Vielleicht war an diesem ganzen Agentenquatsch doch irgendwo etwas Wahres dran. Zwar glaubte sie nicht, dass Michaela König wegen irgendeiner Spionagegeschichte hatte sterben müssen. Der Kalte Krieg war 1990 doch längst hinter dem Pflug gewesen. Außerdem gab es in der ganzen Geschichte keinen Grund, warum jemand Michaela töten sollte. Wobei … doch! Einen gab es vielleicht.

„Es geht immer nur ums Geld. Aber fragt doch mal Jana. Die war schon immer ein ganz gerissenes Luder“, wiederholte sie die Sätze der alten Dame.

Michaela König war vermutlich im Juni 1990 gestorben. Genau wussten sie es ja eigentlich nicht. Prinzipiell hätte die junge Frau tatsächlich auch Monate nach der Abifete ermordet worden sein können und war tatsächlich zwischendurch verreist gewesen. Alles sprach nur derzeit für die Nacht im Juni.

Einige Wochen später war Nadine geboren worden. Wo war deren Mutter Jana Jablonski in der Zeit, als Michaela starb, gewesen? Wo hatte sie das Kind bekommen? Woher stammte die Kohle der Familie? Konnte man mit der Erstellung einer Zeitschrift reich werden?

Sie würde Kübler darum bitten, sich Nadine, Jana und Fred Jablonski einmal genauer anzusehen. Wenn es da etwas zu finden gab, würde Kübler auch etwas finden. Nina blickte zu Heike, die sich auf den Stuhl ans Fenster setzte, wie Queen Mum vorhin aus dem Fenster schaute und dabei überlegte. Sie selbst trat derweil ins Freie und blickte sich dort um. Hinter den Wipfeln der Obstbäume erhob sich der Beton der Stadt. Sie ging zu einem uralten hölzernen Küchentisch, der unter einem Apfelbaum im Freien stand. Überall an dem Tisch blätterte die Farbe ab und verlieh ihm einen wunderbaren patinierten Vintage-Look.

Immer noch müde ließ sie sich auf einen der Stühle fallen.

Heike trat nun ebenfalls aus der Laube und ging schnurgerade an Nina vorbei zu einem großen Vogelhaus, das an einer Kette von einem Birnbaum hing, der ähnlich alt und knorrig war wie der Apfelbaum, unter dessen breiter Krone Nina im Schatten saß und gähnte.

Interessiert beobachtete sie, wie die Kollegin an dem Vogelhaus herumhantierte. Ein wirklich schönes Stück, welches sich auch super im Garten des Hauses Moretti machen würde. Nur, wie sollten sie das sperrige Teil in dem doch eher beengten Porsche mitnehmen können? Nina würde daher gleich einmal ein Foto davon machen, damit Klaus, der seit Jahren selbst eines bauen wollte, eine Vorlage besaß.

Die Frage müsste gerade auch eigentlich lauten, was Heike da tat. Konnte man das Teil vielleicht zerlegen? Wie es schien, ja.

„Mach nichts kaputt", rief Nina der Kollegin zu, die gerade das komplette Unterteil des Häuschens von der oberen Hälfte mit dem Dach gelöst hatte und es nun neben sich auf die Wiese stellte.

„Ich glaub, ich habe was gefunden", triumphierte Heike, bückte sich und blickte von unten in das Dach des Vogelhauses, welches immer noch an einer Kette von oben gehalten in der Luft schwebte.

Nina sprang auf. Die alte Frau! Diese Lotti hatte vorhin die ganze Zeit auf dem Stuhl am Fenster gehockt und auf das Vogelhaus gestarrt, fiel es ihr nun wieder ein.

„Die alte Dame hat vorhin die ganze Zeit so komisch auf dieses Häuschen geglotzt", war dies auch Heike aufgefallen.

„Und was ist drin?", wollte Nina wissen und sah dann zu, wie Heike eine gelbe Plastiktüte mit der Werbung eines Discounters darauf in den Händen hielt. Die mit Unmengen von Panzertape zusammengeklebte Tüte war unter dem kleinen Dach des Vogelhäuschens deponiert gewesen. Da wäre Nina zugegebenermaßen nicht drauf gekommen.

„Auf alle Fälle ist es schwer", antwortete Heike, ging damit die wenigen Meter zum Tisch und begann dann dort das Päckchen auszupacken.

„Hab ich dir doch gesagt, dass diese Lotti nicht so bekloppt war, wie sie getan hat", musste Nina da noch einmal loswerden.

„Na ja … die einen sagen so, die anderen so", wiederholte Heike die Worte der alten Dame.

Das Päckchen aus dem Vogelhaus enthielt Papier und eine in ein öliges Tuch eingeschlagene Pistole. Zumindest ließen Gewicht und Form des Bündels darauf schließen.

Nina griff nach dem Tuch und wickelte die Waffe aus.

„Sieht aus wie eine alte Walther PP, ist aber wohl keine", stellte sie nach einer ersten Untersuchung fest und las die seitliche Beschriftung auf dem Schlitten.

*1001-0-Cal.7,65* war dort eingraviert worden.

Nina zog das Magazin heraus. Die Pistole war geladen.

„Vielleicht der Nachbau einer Walther. Hab mal gehört, dass die PP wohl häufiger kopiert wurde. Torsten kann uns sicher mehr darüber sagen“, mutmaßte Heike und widmete sich nun dem restlichen Inhalt des Paketes.

„Was diese alten Menschen immer mit all dem Papier wollen“, stöhnte sie beim Anblick der alten, vergilbten dünnen Aktenmappen.

„Tja, da sind der Gauck-Behörde wohl gut zwei Kilo Akten durch die Lappen gegangen“, fand Nina und tippte dann auf eine der grauen Aktenmappen.

„Ach du meine Güte“, entfuhr es Heike, nachdem auch sie den Namen darauf gelesen hatte. Sie schob den restlichen Stapel beiseite und schlug nun diese auf.

„Meinst du, das ist eine gute Idee, wenn du die Stasi-Akte deines Mannes liest?“, war Nina gerade ein wenig besorgt.

„Unbedingt. Mein Mann hat nämlich nichts zu verheimlichen. Außerdem ist das wohl keine Stasi-Akte. Die Einträge stammen alle aus den Jahren 1990 bis 1992. Zu der Zeit existierte die Stasi schon lange nicht mehr“, fand Heike.

Nina blickte zu dem Gartentor. Von Torsten und Nadine war noch nichts zu sehen. Sie hatte keine Ahnung, wie lange die beiden noch mit diesem Gartenvereinsheini benötigten.

„Heike, lass uns den ganzen Krempel zusammenpacken und zum Porsche bringen“, schlug Nina daher vor.

„Das ist unfassbar! Die haben Torsten tatsächlich noch nach 1990 überwacht", meinte die Kollegin und hielt Nina einige Schwarz-Weiß-Fotos hin.

Nina überflog sie hastig und sah dabei immer wieder zum Gartentor. Dann riss sie Heike die Mappe aus der Hand und legte die Fotos zurück.

„Hey, was soll das?", beschwerte diese sich.

„Das schauen wir uns später an. Ich möchte nicht, dass dein Mann und die Prinzessin Wohlgeboren das sehen", erklärte Nina, raffte alles zusammen und schob es wieder in die Plastiktüte. Die Waffe ließ sie in ihrer Jackentasche verschwinden.

„Ich gehe schnell zum Wagen und bring den Kram weg", entschied sie und bemerkte ein Grinsen auf Heikes Gesicht.

„Was hast du?", erkundigte sich Nina.

„Prinzessin Wohlgeboren … du bist auch überhaupt nicht gehässig", lachte Heike.

Nina griff sich, ohne eine Antwort zu geben, die Tüte und marschierte los.

„Falls wer fragt, ich hole uns was zu trinken aus dem Wagen", rief sie Heike noch zu.

Der Porsche parkte auf einem öffentlichen Parkplatz, keine einhundert Meter von der Laube entfernt neben dem ebenfalls feuerroten Mercedes Cabriolet von Nadine Miller-Jablonski. Einen guten Geschmack hatte sie ja. Der Schlitten würde Nina ebenfalls zusagen. Wobei sie aber doch lieber bei ihrem alten VW Käfer blieb. Bei dem wusste Frau wenigstens, was sie hatte.

Als Nina Minuten später zurück an die Laube kam, saßen Heike, Torsten und Nadine an dem Tisch unter dem Apfelbaum. Vor sich einige kleine Getränkeflaschen.

„Hallo Nina, wir haben dir eine Cola light aus dem Kiosk mitgebracht“, begrüßte Torsten sie.

„Na, hoffentlich ist die kälter als die Plörre aus dem Wagen“, meinte Nina und stellte die warmen Flaschen ebenfalls zu den anderen auf den Tisch.

Nadine wirkte nachdenklich. Torsten berichtete Heike und Nina kurz von dem Gespräch mit dem Vorstand des Schrebergartenvereins. Der Verein würde sich um die Neuvermietung der Parzelle kümmern. Nadine solle einpacken, was sie gerne behalten wolle. Um den Rest von Onkel Freds Kram würden sich der Verein oder der Nachpächter kümmern.

Für Ninas Geschmack ging das alles viel zu fix. Der alte Mann war noch nicht unter der Erde, und sein gesamter Krempel wurde bereits entsorgt.

„Was ist denn mit dem Vogelhaus passiert?“, fragte Nadine, die bisher noch gar nichts gesagt hatte, nach einer Weile.

„Keine Ahnung“, log Heike.

„Aber das war eben doch noch nicht“, meinte Nadine irritiert und ging zu dem zerlegten Häuschen hinüber, um es sich anzusehen.

„Vielleicht war das die Queen Mum. Die schlich hier eben, als wir aus der Laube kamen, im Garten herum“, setzte Nina noch einen drauf.

„Wer?", erkundigte sich Torsten, und auch Nadines Gesichtsausdruck sprach Rätsel.

Nina erklärte, wen sie meinte, und schilderte auch den Eindruck, den sie vom Geisteszustand der Alten gehabt hatte.

„Lotti Gerdes war hier?", wusste Nadine dann sofort, um wen es sich handelte.

„Ja, kann sein. Uns hat sie sich aber nur mit Lotti vorgestellt. Sie war wohl früher einmal eine Kollegin deines Onkels", bestätigte Nina.

Nadine nickte wissend und betrachtete das Innere des Vogelhauses.

„Jaja, stimmt, die Lotti kommt immer mittwochs zum Canasta", schien sie auch darüber Bescheid zu wissen.

„Das sieht aus, als könnte man da irgendetwas drinnen deponieren", meinte Torsten, der sich nun auch dem Vogelhaus zugewandt hatte.

„Tja, wenn da was war, dann ist es jetzt weg", fand Nina.

Nadine schien das Interesse an dem Vogelhaus bereits wieder verloren zu haben, da sie sich nun wieder ihrem klingelnden Handy widmete.

„Und was machen wir jetzt?", fragte Heike und sah auf ihre Armbanduhr.

„Ich denke, wir fahren zur Villa an den Müggelseedamm, holen meine Klamotten und das Motorrad und verduften dann", schlug Torsten zu Ninas Verwunderung vor. Sie hätte damit gerechnet, dass er noch hätte bleiben wollen. Doch dem schien nicht so zu sein. War er etwa der neuen Tochter bereits überdrüssig?

„Erst mal muss ich was Ordentliches zu beißen bekommen“, protestierte Nina nun erst einmal, da sie außer zwei Scheiben Toast mit Schokoladencreme heute noch nichts zu essen gehabt hatte. Darüber hinaus war es ihr bereits in den Sinn gekommen, sich vielleicht ein Hotel zu suchen, um erst einmal ein wenig auszuruhen. Andererseits wollte sie aber doch auch nach Hause. Zurück könnte Heike dann auch mal ein Stück fahren. Immerhin hatte sie die halbe Nacht auf dem Beifahrersitz geschlafen.

„Ich kenne da einen super Japaner“, mischte Nadine sich ein, die ihren Gesprächspartner am Telefon bereits nach einigen Sekunden abgewürgt und das Telefonat beendet hatte.

„So ein Laden mit rohem Fisch?“, erkundigte Nina sich skeptisch.

„Ja, das auch. Aber es gibt auch gekochtes und Gebratenes. Vertraut mir, es wird euch gefallen“, sagte Nadine, und Nina hatte da gerade so ihre Zweifel, ob sie der hübschen Blonden tatsächlich vertrauen wollte. Und das nicht nur wegen des Essens.

„Hier ist nichts mehr. Die Kinder haben tatsächlich jeden Krümel, den es zu finden gab, bereits aufgespürt“, meinte Leon und ließ sich neben Thomas auf den Baumstamm sinken.

„Meinst du nicht, ihr müsstet das Loch wieder zuwerfen?“, fand Thomas und reichte dem Kollegen eine Flasche Mineralwasser aus der Kühltasche, die er eben von zu Hause geholt hatte. Wenn man schon die Aufsicht innehatte, musste man sich schließlich auch um das Wohl der arbeitenden Mannschaft kümmern.

„Meinst du, dass irgendwer in diesem Wald Wert darauf legt, dass wir das Loch wieder zuwerfen? Also, ich glaub das nicht, dass hier ein Loch mehr oder weniger auffallen wird. Wenn es einen stört, dann soll derjenige sich keinen Zwang antun und es selbst zuschaufeln“, schimpfte Leon und trank einen großen Schluck.

Der arme Kerl war klatschnass geschwitzt, was bei der schwülen Luft aber auch kein Wunder war. Hinzu kam, dass Thomas das Gefühl nicht loswurde, dass sämtliche Mücken und Fliegen des Naturschutzgebietes von Minute zu Minute nerviger und aggressiver wurden.

„Hast recht, mein Lieber. Ich würde auch sagen, jetzt ist erst mal Feierabend. Ich würde mich nicht wundern, wenn das heute noch ein kräftiges Gewitter gibt“, entschied Kübler und verteilte die restlichen Kaltgetränke an die Koblenzer Kollegen, die neben ihrem VW Bus standen und sich aus den weißen Overalls schälten. Die Jungs waren alle klatschnass und fix und fertig.

Von weither vernahm Thomas nun ein dumpfes Grollen. Die Wipfel der Bäume begannen sich im auffrischenden Wind heftig zu bewegen. Hatte er es doch bereits geahnt, dass sich da etwas anbahnte. In einigen Minuten würde es im Westerwald ziemlich ungemütlich werden.

# Kapitel 19

*Donnerstag, 18. Juli 2024, 07:42 Uhr*
*Maxx Hotel/Jena*

Dieser Ausflug nach Berlin hatte so ein bisschen was von einem Kurzurlaub, fand Nina und schaufelte sich eine große Portion Rührei auf ihren Teller. Dazu ein Brötchen, ein paar Streifen Speck und einige Tomatenstückchen, damit es wenigstens nach gesund aussah.

Dummerweise hatten sie ihre Rückfahrt gestern bei Jena kurzfristig unterbrechen müssen. Wie aus dem Nichts hatte es mit einem Mal angefangen, zu gießen wie aus Eimern. Dazu Hagel und heftige Sturmböen.

Für Nina und Heike im 911er prinzipiell kein Problem. Dumm war das Ganze nur für den Motorradfahrer mit der schweren Harley gewesen, dem sie von Berlin bis Jena gefolgt waren. Torsten war bis auf die Unterwäsche durchnässt. Und da auch Nina und Heike in den letzten sechsunddreißig Stunden kaum geschlafen hatten, war die Entscheidung, im nächstbesten Hotel einzukehren, nicht schwergefallen.

Abends hatten sie dann noch zu dritt im Hotelrestaurant gesessen und über den Fall gesprochen. Eine wirklich sehr angenehme Arbeitsatmosphäre.

Zum ersten Mal seit letztem Samstag hatte Nina das Gefühl gehabt, dass Torsten ihr nichts vorenthielt, sondern ihr und Heike gegenüber ehrlich und offen schilderte, was 1990 abgelaufen war. Seine Aussagen deckten sich mit denen, die Jürgen Wacker am Vortag bei Thomas gemacht hatte. Es hatte keine wirkliche Rauferei gegeben. Rico habe ausgeteilt, noch bevor sie beide hätten reagieren können. Was aber vermutlich daran gelegen hatte, dass dieser nüchtern gewesen war, während Wacker und Liebig ziemlich betrunken gewesen waren. Rico sei, zumindest würde Torstsen dies im Nachhinein so sehen, sehr aggressiv und nervös gewesen.

Wann er ins Bett beziehungsweise zum Schlafen in seinen alten Mercedes getorkelt sei, wusste Torsten nicht mehr genau. Auch wann genau die anderen die Party verlassen hätten, könne er nicht mehr sagen. Jürgen Wacker und seine heutige Ehefrau Gaby seien aber am Morgen, als er ziemlich verkatert aus seinem Wagen stieg, noch an der Grillhütte gewesen. Auch diese Aussage deckte sich mit dem, was Wacker behauptet hatte. Der wollte mit seiner Frau in deren Opel Kadett Kombi genächtigt haben.

„Stimmt, die Katrin Vogelsang war damals kurz mit Sascha König zusammen", war es Torsten auch wieder eingefallen, als Nina ihn mit Wackers Aussage konfrontierte, die Kübler ihr schriftlich per Mail gesendet hatte.

„Sagt mal, ihr beiden, was war eigentlich in dem Vogelhaus in Onkel Freds Schrebergarten versteckt?", hatte Torsten sich dann irgendwann während des Essens bei ihnen erkundigt.

„Woher sollen wir das wissen?“, hielt Nina direkt dagegen, konnte aber dann doch nicht an sich halten.

„Wie hast du gemerkt, dass wir …“, begann Heike und ließ dann erstaunt Messer und Gabel sinken.

„Na, weil ich euch beiden schon zu lange kenne. Also, was hat Nina, kurz bevor Nadine und ich in die Laube zurückkamen, ins Auto gebracht?“

Selbstverständlich hatten sie Torsten dann von dem Fund berichtet.

„Nein, das ist kein Problem für mich, wenn ihr lest, was Onkel Fred und seine Leute da über mich geschrieben haben. Ich habe mir nichts vorzuwerfen, weshalb da eigentlich nichts drinstehen dürfte, was mich in irgendeiner Form diskreditieren könnte“, hatte Torsten zu Ninas Erstaunen gemeint und dann noch hinzugefügt, dass es als Polizist auch seine Aufgabe sei, im Privatleben von anderen herumzustochern. Wenn seine Kollegen dies jetzt auch einmal bei ihm täten, dann wäre dies halt so. Eine, wie Nina fand, sehr korrekte, aber auch mutige Einstellung.

Offen hatte Nina ihn dann gefragt, ob er denn ein Problem damit habe, wenn sie Nadines DNA mit der seinigen abgleichen würden. Doch auch dem hatte Torsten zugestimmt, aber darum gebeten, das Ergebnis nicht direkt ans Schwarze Brett der Dienststelle zu heften. Was für Nina eigentlich selbstverständlich war.

Von Nadine hatten sie die Erlaubnis zu einem Vaterschaftstest nicht explizit eingeholt. Nadine hatte jedoch der Entnahme einer DNA-Probe grundsätzlich zugestimmt. Die Probe wurde benötigt, um damit gegebenenfalls den Vater des ungeborenen Babys von Michaela König zu identifizieren. Nadine war die nächste noch lebende Verwandte von Rico Jablonski. Rico und Jana Jablonski waren, zumindest war Nadine sich da ziemlich sicher, blutsverwandte Geschwister. Der Vergleich von Nadines DNA und der des Fötus müsste also ebenfalls eine Blutsverwandtschaft belegen. Zumindest war dies der Plan.

Nadine war nicht dumm. Nina war davon überzeugt, dass die kesse Berlinerin genau wusste, dass sie ihre DNA auch mit der von Torsten abgleichen würden.

Nina blickte auf die Uhr an ihrem Mobiltelefon.

Langsam könnten die beiden Kollegen aber jetzt doch mal zum Frühstück kommen. Immerhin hatten sie heute Vormittag bis nach Betzdorf noch ein paar Hundert Kilometer zu fahren.

Als Kübler an diesem Morgen das gemeinsame Büro betrat, war Ninas Schreibtisch immer noch verwaist. Doch wenigstens hatte sie sich gestern Abend noch einmal kurz bei ihm gemeldet und mitgeteilt, dass sie die Nacht auf halbem Wege in einem Hotel verbringen würde. Wie es schien, hatte es auch in Ostdeutschland später noch heftig gewittert. Das Telefonat mit Nina hatte lediglich an die fünf Minuten gedauert. Dennoch war Kübler nun, was die neuesten Erkenntnisse im Fall Michaela König anbetraf, im Bilde.

Im Gegensatz zu Nina war er selbst von der Möglichkeit eines geheimdienstlichen Motivs begeistert.

Thomas war belesen, was die Geschichte der 70er-, 80er- und 90er-Jahre betraf. Der Deutsche Herbst und die RAF. Der Mauerfall und die Stasi. Das waren Themen, die ihn interessierten.

Er hatte sogar schon mehrfach überlegt, sich beim Verfassungsschutz oder dem BND zu bewerben, diese Möglichkeit dann aber doch immer wieder verworfen. Aus nur einem Grund: Diese Dienste unterhielten kein Büro, welches er innerhalb von einer Viertelstunde von seinem Wohnort aus erreichen könnte. Ein Umzug oder zu pendeln schieden für Thomas aus. Er wollte morgens aus seiner Haustür gehen, zur Arbeit fahren und pünktlich zum Feierabend wieder daheim bei seiner Familie sein.

Nein, so wie die Sache aussah, würde er irgendwann hier in Betzdorf in den Ruhestand gehen. Und im Grunde war dies auch gut so.

Nachdem er Kaffee gekocht und seinen Rechner hochgefahren hatte, arbeitete er zuerst die Dinge der gestrigen Liste ab, zu denen er wegen des sinnlosen Einsatzes am Bienenhaus nicht mehr gekommen war. Es war bereits halb zehn, als er endlich den letzten Punkt streichen konnte.

Nach der Liste war vor der Liste, weshalb Thomas direkt mit einer der Aufgaben begann, die Nina ihm am gestrigen Abend aufgegeben und welche er sich fein säuberlich notiert hatte.

Als Erstes galt es, drei Personen zu durchleuchten. Eine von Küblers Spezialitäten. In so etwas war er richtig gut.

Alle drei hatten eines gemeinsam: Alle hießen mit Nachnamen Jablonski. Wobei die Jüngere, eine gewisse Nadine, einen Doppelnachnamen besaß. Nadine war auch die Einzige der drei, die noch lebte. Die anderen beiden waren verstorben. Sein Mobiltelefon pfiff leise und kündigte damit den Eingang einer Nachricht an. Thomas nahm das Gerät, öffnete das Foto, welches Alex ihm gesendet hatte, und betrachtete es eine Weile. Das Foto zeigte eine tiefe Grube, in welche gerade Beton aus einem großen Betonmischer-Lastwagen platschte. Die Bodenplatte ihres neuen Gartenpools nahm also Formen an.

Hoffentlich wusste Alex tatsächlich, was sie da gerade tat.

Es war irgendwo auf der A4 zwischen Eisenach und Bad Hersfeld, als Ninas Telefon wieder einmal läutete.

„Moin Leon, was gibt es denn?“, erkundigte sich Nina bei dem jungen Kollegen.

„Moin Nina. Ich wollte nur kurz Bescheid geben, dass der Vergleich der Handschriften negativ war. Die Schriftprobe, die ihr mir gestern Nachmittag von dieser Frau Jana Jablonski gesendet habt, stimmt definitiv nicht mit der Schrift auf den Postkarten und dem Brief überein."

„Das ist schade", fand Nina.

„Ja, aber mir ist noch eine andere Idee gekommen. Unter den Sachen, die du mir aus Michaelas Zimmer gebracht hast, waren zwei Poesiealben. Vielleicht könnte ich die mal zu der Spezialistin schicken. Vielleicht ist unter den Einträgen ja einer, der passen könnte", schlug Leon vor.

Nina blickte kurz zum Beifahrersitz, wo Heike saß und skeptisch blickte.

„Na ja, diese Alben stammen vermutlich aus der Grundschulzeit. In der Oberstufe kursierte so etwas ja eher weniger. Ich glaube nicht, dass uns die Handschriften von Grundschülern weiterbringen. Bis zum Abitur verändert sich eine Handschrift vermutlich extrem. Aber du kannst die Dame vom Fach ja mal fragen, ob sie sich diese Arbeit machen möchte. Ausschließen sollten wir derzeit nichts", meinte Nina, verabschiedete sich und legte dann auf.

„Jana Jablonski hat die Briefe also schon mal nicht geschrieben", wiederholte Heike die neueste Erkenntnis und schien von dieser Tatsache ebenfalls ein wenig enttäuscht.

„Sie hätte doch auch gar keinen Grund gehabt, die Postkarten zu schreiben", überlegte Nina laut.

„Aber wenn sie Michaela getötet hätte, dann hätte sie zumindest einen Grund gehabt, den Brief, der am Morgen nach Michaelas Verschwinden in der Küche der Königs lag, geschrieben zu haben. Dieser Brief ist doch der Grund dafür, dass die Eltern nie nach Michaela gesucht haben. Hätte es ihn nicht gegeben, dann hätten die Eltern sich doch Sorgen gemacht und nach ihr gesucht", fasste Nina noch einmal zusammen.

„Ja, aber wer war überhaupt in der Lage, den Brief in die Küche auf den Tisch zu legen? Michaela war es definitiv nicht selbst. Also kann es doch nur jemand gewesen sein, der genau gewusst hat, dass Michaela nicht mehr zurückkommt und der gleichzeitig auch Zugang zum Haus der Familie König hatte. Der Vater, die Mutter oder der Bruder", zählte Heike auf.

„Oder irgendein Fremder, der mit Michaelas Haustürschlüssel ins Haus gelangt ist", entgegnete Nina.

„Wenn, dann eine Fremde. Die Grafologin ist sich doch sicher, dass der Brief von einer Frau geschrieben wurde", wiederholte Heike die Ansicht der Expertin.

Nina winkte ab.

„Das ist doch Quatsch. Auch die kann sich irren. Ich habe das nämlich die Tage mal im Internet recherchiert. Das Geschlecht eines Menschen ist aus der Handschrift nicht ersichtlich. Rein gefühlsmäßig kann eine Schrift mehr männlich oder mehr weiblich aussehen, aber man kann keinen sicheren Schluss auf das Geschlecht des betreffenden Schreibers ziehen. Es gibt nämlich Männer mit mehr weiblichen Eigenschaften und Frauen mit mehr männlichen Eigenschaften. In jedem Individuum sind ja immer auch Anlagen des anderen Geschlechts vorhanden und zwar im leiblichen, seelischen und geistigen Bereich“, berichtete Nina von ihren Recherchen im Netz.

„Ah ja. Wenn du das meinst“, fand Heike und schien so gar nicht ihrer Meinung zu sein.

Eine Weile fuhren sie schweigend weiter.

„Wann, sagtest du, kommt Sascha König von seiner Geschäftsreise zurück?“, fragte Nina nach einer Weile in die Stille.

„Am Freitag. Torsten und ich werden gemeinsam hinfahren.“

„Das habt ihr schon geplant?“, war Nina überrascht, da sie geglaubt hatte, Torsten würde, da er ja für die ganze Woche Urlaub eingereicht hatte, diesen zu Hause verbringen.

„Ja, wir haben heute Morgen beschlossen, die Kinder am Freitag gemeinsam bei meiner Mutter abzuholen, und dieser Sascha König wohnt ja praktisch direkt um die Ecke“, erklärte Heike.

„Torsten hat doch erzählt, dass Michaela nicht die Einzige war, mit der Rico Jablonski im Auftrag der Staatssicherheit angebandelt hat. Vielleicht sollten wir uns die anderen Damen auch mal genauer ansehen. Verliebte Weiber reagieren gelegentlich über … wie ich gestern Morgen wieder einmal sehr anschaulich miterleben durfte“, spann Nina einen neuen Gedankenfaden.

„Was soll das denn jetzt heißen?", erwiderte Heike, musste dann aber doch selbst lächeln und sagte: „Okay, du hast ja recht, Nina. Ich hätte diesem blonden Miststück am liebsten den Hals umgedreht."

Motorradfahren konnte auch schon mal sehr einsam sein. Nur man selbst, die Maschine und vor sich die Autobahn. Zeit, um nachzudenken. Seine Reise nach Berlin hatte Torsten Liebig mehr Erkenntnisse gebracht, als es ihm lieb war. Zum einen waren die Erinnerungen an die Geschehnisse von vor vierunddreißig Jahren wieder omnipräsent, als wären erst Tage vergangen. Sogar an einige Dinge aus der Nacht der Abifete damals in der Daadener Fischbachhütte konnte er sich nun wieder sehr gut erinnern. Torsten war, wie auch viele seiner Mitschüler, ziemlich betrunken gewesen.

An dem Abend war Rico aufgetaucht, um Michaela abzuholen. Er konnte sich nun wieder daran erinnern, dass sie davon zuerst nicht so begeistert gewesen war. Rico und Michaela hatten heftig gestritten. Nur deshalb waren Torsten und Jürgen Wacker überhaupt dazwischengegangen.

Die Fischbachhütte lag ziemlich tief im Wald. Zu Fuß waren es vom Bahnhof Daaden aus locker drei bis vier Kilometer. Zumeist ging der Weg bergauf. Wie war Rico zur Hütte gekommen? Bestimmt nicht zu Fuß.

Torsten wusste auch nicht, wie Michaela am Nachmittag zur Hütte gekommen war. Sie selbst hatte ja dieses Moped besessen. Eine schicke rot-weiße Yamaha RD. War sie mit der Maschine dort gewesen? Gepäck hatte sie, daran glaubte er sich wieder zu entsinnen, keines gehabt, da sie nachts nach Hause wollte. Es hatte ihn damals nämlich noch gewundert, dass Michi keinen Alkohol hatte trinken wollen. Heute glaubte er zu wissen, warum. Michaela wusste da bereits, dass sie in der fünfzehnten Woche schwanger war.

Heike und Nina hatten ihm gestern beim Abendessen berichtet, dass Michaelas Yamaha wohl all die Jahre im Waldboden am Bienenhaus vergraben gelegen hatte. Hatte Michaela selbst sie dahingefahren oder war Rico damit gefahren? Warum waren die beiden überhaupt noch in der Nacht zum Bienenhaus gefahren? Hatte Michi vielleicht dort ihr Gepäck gelagert? Nein, je mehr er sich über das Auftauchen von Rico den Kopf zerbrach, umso mehr glaubte er, dass Michaela nicht mit ihm hatte mitgehen wollen. Sie hatte gewollt, dass er wieder fuhr. Alleine! Nur deshalb waren er und Jürgen Wacker dazwischengegangen.

Laut Onkel Fred besaß Rico zwei Flugtickets für den nächsten Morgen von Frankfurt am Main nach Chile.

Das Flugzeug war ohne ihn und Michaela abgeflogen. Wo war Rico Jablonski abgeblieben? Wo war die Liste, die Onkel Fred jahrzehntelang gesucht hatte? Torsten war davon überzeugt, dass es sie gab oder zumindest gegeben hatte. Ansonsten hätten Fred Jablonski und seine Genossen auf der Suche nach ihr nicht noch jahrelang jeden Stein umgedreht. Was hatte Jana mit alldem zu schaffen gehabt? Laut Nadine wusste sie, dass ihr Bruder Rico irgendeinen Auftrag erledigen sollte. Hatte sie wirklich nicht gewusst, welchen?

Nachdem Torsten von dem Büchlein mit den Schweizer Kontonummern erfahren hatte, hatte er sich zuerst gefragt, welchen Sinn das Ganze haben könnte. Wenn er selbst eine Reihe von Zahlen von Deutschland nach Chile senden wollte, würde er diese heute einfach per Mail versenden, mit der Post schicken oder, oder, oder. Die Liste der Möglichkeiten war lang. Warum also ein persönlicher Bote mit einem Buch aus Papier? Das war schon ziemlich oldschool. Doch je länger er darüber nachdachte, desto logischer war diese Vorgehensweise. Diese Leute hatten genau gewusst, wer wie wo und wen bespitzelte. Sie selbst waren Meister dieses Metiers gewesen. Telefone wurden abgehört, Faxe und Mails abgefangen. Wobei das mit den E-Mails 1990 ja noch ziemlich in den Kinderschuhen steckte. Aber egal, wie man es damals gemacht hätte, irgendwer hätte immer mitlesen oder mithören können. Papier war da schon sicherer. Torsten ging davon aus, dass das Buch mit den Kontonummern alleine nichts wert war. Vermutlich waren die Zahlen darin zusätzlich noch irgendwie verschlüsselt. Dass es die Millionen gab und dass nach ihnen von allen Seiten gesucht worden war, war Fakt. Da hatten damals sogar die öffentlichen Medien darüber berichtet. Auch das Ziel des Notizbuches, Chile, machte Sinn. Der damals noch sozialistische Bruderstaat in Südamerika hatte nach dem Fall der Mauer einige der deutschen Ostgenossen aufgenommen. Selbst Erich und Margot Honecker waren nach ihrer Freilassung aus der Haft und teils über Umwege in Chile gelandet, wo beide in den Neunzigern verstarben.

Torsten blickte in den Spiegel zu dem roten Porsche mit den beiden Frauen, der wie eine Klette an ihm klebte. Dies war, wenn er ehrlich zu sich selbst war, auch gut so. Okay, im ersten Moment hatte er sich geärgert, als seine Frau gestern Morgen noch vor Tagesanbruch wie ein Racheengel in die Villa stürmte. Im Nachhinein war er froh gewesen, sie zu sehen und mit ihr zu reden.

Seine Gedanken reisten wieder zurück nach Berlin zu Nadine. Er glaubte ihr und Janas Brief, dass sie tatsächlich seine Tochter war. Warum sollte Jana ihn, was dies betraf, anlügen? Auch ihr musste klar gewesen sein, dass Torsten die Vaterschaft mit Leichtigkeit überprüfen könnte, wenn er dies wollte. Jana hatte vermutlich gewusst, dass er Polizist geworden war. Onkel Fred hatte seinen Werdegang bei der Polizei Schwarz auf Weiß festgehalten. Sogar Fotos von Torsten in Uniform hatte der Stasi-Onkel besessen. Gebracht hatte ihm und seinen Leuten der Aufwand nichts. Jana und auch Ricos Auftraggeber bei der Stasi hatten nach dem Kerl gesucht. Gefunden hatten sie weder ihn noch seine Freundin Michaela. Die Frage, die sich Torsten seit vorgestern stellte, war: War Rico die Flucht gelungen oder war der genau wie Michaela bereits seit Jahren tot?

Torsten hatte keine Ahnung, welche der beiden Möglichkeiten zutreffen könnte.

Thomas Kübler könnte sich die Haare raufen. Diese Familie Jablonski war wahrhaft nebulös. Entweder hatte die Bagage nicht wirklich gelebt oder die waren einfach nur geschickt unter dem Radar geflogen. Einzige Ausnahme war die noch lebende Nadine Miller-Jablonski. Die junge Frau zog eine Spur durch das Internet, über die selbst ein Dummkopf stolpern würde. Nadine war omnipräsent. Facebook, Instagram, X und wie sie alle hießen. Zu ihren Freunden gehörten Schauspieler, Musiker und Prominente aus Politik und Wirtschaft. Eine wirklich sehr gut vernetzte Dame.

Geboren wurde Nadine im Juli 1990 auf der Insel Rügen. Ihre Mutter war Jana Jablonski, der Vater unbekannt.

Aufgewachsen war sie in Berlin. Studium der Sprachwissenschaften und Literatur in Cambridge.

2013 ehelichte Nadine den zwanzig Jahre älteren Investmentbanker Charles Miller auf dessen schottischem Landsitz. Die beiden hatten zwei Kinder. Vor zwei Jahren die Trennung. Seit Januar dieses Jahres geschieden. Sie hatte das Sorgerecht für die Kinder. Nadine besaß mehrere Immobilien in Berlin, in Brandenburg sowie auf Rügen.

Diese hatte sie bis auf die geerbte Villa in Berlin und eines der Häuschen auf Rügen alle selbst gekauft und sanieren lassen. Nadine war, zumindest machte sie nach Küblers Recherchen den Eindruck auf ihn, nicht mit dem goldenen Löffel im Mund geboren worden. Zwar war auch ihre Mutter nicht wirklich arm gewesen, doch hatte die Jüngere den größten Teil ihres Vermögens mit Fleiß und unter Mithilfe des finanzstarken Ehegatten zusammengetragen. Dem Herrn Miller tat finanziell ebenfalls nichts weh. Nadine hatte keinerlei Vorstrafen oder Einträge in irgendeiner Akte. Die einzigen Berührungspunkte mit der Ordnungsmacht gab es bisher im Straßenverkehr. Ihr Führerschein war bereits zweimal einkassiert worden. In beiden Fällen wegen Raserei. Die Frau schien es öfter einmal eilig zu haben.

Nadines Mutter Jana hatte das Licht der Welt 1968 in Moskau als Diplomatenkind erblickt. Ihr Bruder Rico war zwei Jahre zuvor in Dresden geboren worden. Zu Schulbildung, Lehre oder Studium hatte Thomas nichts gefunden. Jana Jablonski hatte vor der Wende gelebt, als wäre sie ein Geist. Es gab nicht einen einzigen Eintrag über sie außer ihrer Geburtsurkunde. 1995 gründete Jana Jablonski dann einen Verlag, der unter anderem das Magazin *JAJA* verlegte. Diese Zeitung war auch die einzige, die bis heute Bestand hatte. Alle anderen Blättchen, die sich mit Essen, Mode und sogar der Jagd befassten, waren schon seit Jahren wieder vom Markt verschwunden. Thomas wunderte sich eh, wer in der heutigen Zeit diese Käseblätter noch kaufte. Wenn er etwas wissen oder etwas lesen wollte, tat er dies im Internet.

2018 übergab Jana Jablonski den Verlag an ihre Tochter Nadine. Kurz darauf, im Mai 2019, verstarb sie auf Rügen. Ihre Asche wurde vor der Insel in der Ostsee beigesetzt.

Im Gegensatz zu ihrer Tochter war gegen Jana Jablonski seitens der Staatsanwaltschaft ermittelt worden. Verdacht auf Steuerhinterziehung und Geldwäsche. Zu einer Verurteilung war es nicht mehr gekommen, da die Angeklagte zwischenzeitlich verstorben war.

Über Fred Jablonski hatte Kübler nichts gefunden, außer dem, was das Berliner Einwohnermeldeamt über ihn wusste. Geboren 1939 in Berlin, zuletzt wohnhaft unter der Meldeadresse von Nadine Miller-Jablonski am Müggelseedamm in Berlin. Verstorben gestern. Der ältere Herr besaß auf den ersten Blick kein Bankkonto und schien finanziell total mittellos zu sein. Die Beträge für seine private Krankenversicherung wurden vom Konto seiner Nichte Nadine bezahlt. Er bezog weder Sozialhilfe noch Rente oder Pension. Ein Umstand, der Kübler stutzig machte. Wovon hatte der alte Mann gelebt?

Thomas Kübler lehnte sich in seinem Bürostuhl zurück und dachte nach. Nicht nur über die Jablonskis. Nein, er musste auch wie so oft an seine Familie, an Alex und die Kinder denken. Laut der Uhr über der Bürotür war es gleich elf. Das war noch nicht einmal

Halbzeit für den Arbeitstag. Feierabend war erst um fünf Uhr nachmittags.

Durch das gekippte Fenster hörte er das dumpfe Grollen eines hubraumstarken Wagens. Ein Sound, der ihm vertraut war wie kein anderer. Er stand auf, ging zum Fenster und blickte hinunter auf den Parkplatz, wo sich gerade die Fahrertür des roten 911er öffnete. Wie es aussah, war Nina alleine. Vermutlich hatte sie Heike schon an deren Haus am Struthof abgesetzt.

Nun gut, dann war es mit der Ruhe im Büro jetzt also wieder vorbei. Dennoch war er neugierig, was es Neues gab. Besonders was Torsten und Heike betraf. Insgeheim mochte Thomas Klatsch und Tratsch. Solange der nicht ihn betraf, war alles bestens.

Er beobachtete, wie Nina an den Kofferraum ging und diesem einen großen Packen Akten entnahm. Hui, das sah nach Arbeit aus.

„Moin Kübler“, grüßte Nina den Kollegen, als sie das gemeinsame Büro betrat.

„Moin Chefin“, antwortete er, blickte von seinem Monitor auf und sah sie dabei irgendwie auffordernd an.

„Ist was?“, erkundigte sie sich und klatschte die gesammelten Unterlagen der letzten Tage auf den Schreibtisch. Nicht nur die aus Onkel Freds Vogelhaus, sondern auch die Aktenkopien, die Nadine Torsten überlassen hatte.

„Nein, nichts Neues. Ich warte, was du so zu erzählen hast – und was das da sein soll“, war der Kollege wie immer neugierig wie ein altes Waschweib und deutete nun auf die Unterlagen.

Nina hielt kurz inne und überlegte, was sie ihm erzählen könnte. Das mit Torsten und dessen Familienzuwachs würde sie in diesen Wänden nicht erwähnen. Das ging außer Torsten und Heike niemanden etwas an. Versprochen war versprochen.

„Das, mein Lieber, ist jede Menge Arbeit für dich. Berichte, Fotos und Notizen, die Jana und Fred Jablonski seit 1990 über Rico Jablonski und alle die Leute, die in dessen Verschwinden involviert waren, zusammengetragen haben“, erklärte sie ihm, was es mit dem Wust an Papier auf sich hatte.

„Hui, die waren aber fleißig, die Jablonskis“, fand er und sah dabei nicht wirklich begeistert aus.

„Ja, das waren sie. Apropos, hast du schon irgendetwas über Jana und Fred herausgefunden?“, erkundigte sie sich und nahm an ihrem Schreibtisch Platz.

Kübler hatte einiges herausgefunden. Das meiste allerdings über Nadine. Was jetzt eher weniger von Belang war.

Einige Dinge wusste Nina bereits. Andere waren neu.

„Nadine wurde auf Rügen geboren“, wiederholte sie eine der neuen Erkenntnisse.

„Ja, weshalb wundert dich das? Wie es aussah, hatten ihre Eltern da schon zu DDR-Zeiten eine Datsche."

„Ich hatte kurz überlegt, ob Jana Jablonski im Sommer 1990 nicht doch vielleicht hier bei uns im Westen war", verriet sie ihre Gedanken dazu.

„Du denkst, dass Jana Michaela getötet haben könnte?"

„Nein, das war nur so eine kurze Eingebung. Das macht allerdings keinen Sinn", erklärte sie und leerte nun den Inhalt ihrer Jackentaschen, in denen sich wieder allerlei Krempel angesammelt hatte, auf dem Schreibtisch.

„Was ist das?", fragte Kübler und zeigte auf die in Stoff eingewickelte Pistole aus Onkel Freds Vogelhaus.

„Irgend so ein Ostnachbau einer Walther PP. Die hat wohl Fred Jablonski gehört. Ich werde sie mal an unsere Ballistikexperten senden. Die sollen schauen, ob die Pistole irgendeine Vergangenheit hat, und sie dann gegebenenfalls entsorgen", sagte sie, wickelte die Pistole aus dem Tuch und ließ sie gemeinsam mit dem Magazin und ohne sie mit ihren Fingern zu berühren in einen Asservatenbeutel gleiten.

Vorstellen konnte sie sich nicht, dass mit dieser Waffe einmal ein Verbrechen verübt worden war. Ein alter Hase wie Onkel Fred würde keine Pistole mit einer kriminellen Geschichte bei sich im Garten verwahren. Doch sicher war sicher.

„Was ist denn aus den Ermittlungen gegen Jana Jablonski geworden, die du eben erwähnt hast?", interessierte es Nina noch, da Kübler darüber noch gar nichts erzählt hatte.

„Nichts. Kurz nach ihrem Tod wurden die Ermittlungen eingestellt. An den Vorwürfen war wohl, zumindest lese ich das hier so, nichts dran. Es gab lediglich einen Verdacht, dem die Staatsanwaltschaft nachgegangen ist", berichtete Kübler ihr.

„Steht da irgendwo, wie dieser Verdacht zustande gekommen ist?"

Kübler nickte.

„Ja, es gab einen anonymen Hinweis", las er aus seinen Notizen vor.

„Anonym?", fragte sie noch einmal nach, da sie es wieder einmal nicht fassen konnte. Die Denunzianten lauerten wahrlich hinter jeder Hausecke. Dabei waren die, die andere ans Messer lieferten, ihrer Erfahrung nach die Schlimmsten. Die meisten Steine warfen die Leute, die selbst im Glashaus saßen. Das war so und das würde immer so bleiben.

## Kapitel 20

*Freitag, 19. Juli 2024, 10:13 Uhr*
*Kriminalinspektion Friedrichstraße/Betzdorf*

„Moin Nina, moin Kübler", grüßte Kriminalkommissar Leon Schwert, als er an diesem Vormittag ihr Büro betrat. Bereits seit gestern, als sie mit Heike zurück aus Berlin gekommen war, hockte Nina über den Akten, die sie von dort mitgebracht hatten. Zugegeben, die Dokumente waren recht interessant, aber dennoch wenig ergiebig, was ihren Fall betraf.

„Moin Leon, was gibt es denn?", erkundigte sie sich daher und war gerade auch ein bisschen froh über die Ablenkung. Tagelang hier im Büro zu sitzen und vergilbtes Papier zu wälzen, war nun mal einfach nicht ihr Ding.

„Die Frau Schubert vom LKA hat sich gerade eben bei mir gemeldet", berichtete er.

„Ach, das ist diese … diese …", fiel Nina wieder einmal der Fachbegriff nicht ein.

„Grafologin beim LKA", half Leon ihr auf die Sprünge.

„Genau die", bestätigte Nina.

„Frau Schubert hat sich die beiden Poesiealben von Michaela König vorgenommen. Das eine stammt aus der vierten Klasse der Grundschule, das neuere aus der fünften", begann Leon, und Nina hatte bereits so eine Ahnung, wie das Ganze ausgegangen war.

„Mach es kurz, Leon. Sie hat keinerlei Übereinstimmungen gefunden. Die Alben sind Nieten", seufzte sie.

„Nein, sind sie nicht. Sie ist sich fast sicher, dass eine der Handschriften in dem neueren Album mit der der Brief- und Postkartenschreiberin identisch ist."

„Was heißt fast?"

„Also, es besteht die Möglichkeit. Für eine nähere Analyse benötigt sie aber noch eine neuere Schriftprobe", gab er zu.

„Und wer ist unsere Kandidatin?", wollte Nina nun endlich wissen.

„Katrin Vogelsang", antwortete Leon und lächelte.

Nina hielt einen Moment inne und überlegte, wie sie die neue Information deuten könnte. Katrin Vogelsang sollte den Abschiedsbrief von Michaela geschrieben haben? Nein, das passte nicht. Katrin war es gewesen, die Michaela als vermisst gemeldet hatte. Wenn sie tatsächlich hinter dem Mord an der Freundin steckte, warum hätte sie das tun sollen? Sie brachte Michaela um und deponierte noch in derselben Nacht in deren Elternhaus einen Abschiedsbrief. Drei Monate später ging sie zur Polizei und meldete die Freundin als vermisst. Wieder einige Monate später schrieb sie in Michaelas Namen eine Postkarte an die Eltern und warf diese in einen australischen Briefkasten. Im Jahr darauf eine weitere Karte aus Neuseeland.

„Die Tussi war mir gleich suspekt“, hatte Kübler sein Urteil über Katrin Vogelsang wohl schon gefällt.

„Nein, Quatsch. Das passt nicht“, tat Nina ab und schilderte den beiden Kollegen dann ihre Bedenken.

„Nun ja, Täter, die im Affekt getötet haben, denken nicht immer rational. Oft sind sie von Schuldgefühlen zerrissen. Vielleicht wollte sie, dass die Polizei sucht und Michaela findet. Dann hätte das Versteckspiel ein Ende. Aber warum schickt sie dann später die Postkarten?“, überlegte Leon.

„Ich würde sagen, wir statten der Dame einen Besuch ab und fragen sie nach ihren Gründen“, fand Kübler zu ihrer Verwunderung, erhob sich und ging zu seiner Jacke.

„Thomas, setz dich wieder hin. Wir brauchen mehr als nur den Vergleich einer Handschrift, bei der sich noch nicht einmal diese ... diese ...“

„Grafologin“, half Leon ihr erneut.

Nina winkte ab.

„Ist ja auch mal egal, wie die heißt. Auf alle Fälle brauchen wir mehr Indizien als das Gekritzel eines Kindes in einem Poesiealbum“, entschied sie, worauf Kübler sich wieder hinsetzte.

Wie kam der überhaupt dazu, aufzustehen? Wollte der tatsächlich freiwillig an die frische Luft und mit ihr in den Außendienst? Das war wahrlich seltsam.

„Was ist mit der DNA-Probe von Nadine Miller-Jablonski?“, erkundigte Nina sich nun erst einmal bei Leon.

„Die habe ich, wie du es mir gestern aufgetragen hast, nachmittags an Kim übergeben. Sobald sie ein Ergebnis hat, wird sie es dir, wie gewünscht, persönlich mitteilen. Nur dir“, antwortete er.

„Warum nur an Nina?“, meldete sich abermals Kübler zu Wort.

„Weil du, mein lieber Thomas, schon genug damit zu tun hast, dir das Leben von Katrin Vogelsang näher anzusehen. Ich will alles wissen, was du über sie herausfinden kannst“, antwortete Nina ausweichend.

Kübler verzog das Gesicht. Die Antwort schien ihn nicht wirklich zu befriedigen, dennoch fragte er nicht noch einmal nach. Wie mit Heike und Torsten besprochen, hatte Nina Gerichtsmedizinerin Kim Kunze gebeten, Nadines DNA nicht nur mit der des ungeborenen Kindes abzugleichen, sondern auch gleich einen Vaterschaftstest zu machen. Torsten war davon überzeugt, Nadines Erzeuger zu sein. Nina hingegen glaubte nur das, was sie Schwarz auf Weiß nachlesen konnte.

Sie sah auf die Uhr. Gegen fünf am Nachmittag wollten Heike und Torsten nach Koblenz, um Sascha König zu befragen. Sascha war angeblich im Sommer 1990 kurzzeitig mit Katrin Vogelsang zusammen gewesen. Er hatte Katrin in der Nacht an der Fischbachhütte von der Party abgeholt. Dafür gab es mehrere Zeugen.

„Wir sind dann ja fürs Erste fertig oder?“, erkundigte sie sich bei Leon, der mit fragendem Blick auf einem der beiden Besucherstühle saß.

„Jaja, ich melde mich, wenn es etwas Neues gibt", wachte dieser aus seiner Starre auf und erhob sich. Auch Nina stand auf.

„Und wo willst du jetzt hin?", erkundigte sich Kübler prompt.

„Ich geh jetzt zu Heike und hör mal, wie weit sie mit den Recherchen zu Sascha König ist. Anschließend besorg ich uns beiden was zu Mittag. Nicht, dass du mir hier noch verhungerst", beschied sie ihn.

„An was dachtest du?", fragte er.

„Lass dich überraschen, mein Lieber."

Der Anruf aus der Gerichtsmedizin war kurz nach ein Uhr am Nachmittag gekommen.

„Hallo Kim. Ich hoffe, du hast gute Nachrichten für uns", begrüßte Nina die Pathologin und sah zu Kübler, der ihr gegenüber hockte und mit Ohren groß wie Rhabarberblätter an seinem Döner mampfte.

„Das kommt darauf an, was du unter guten Nachrichten verstehst, liebe Nina. Die DNA von Nadine Miller-Jablonski deutet auf kein verwandtschaftliches Verhältnis zwischen ihr und dem Fötus von Michaela König."

„Also ist Rico Jablonski entweder nicht mit Nadine Jablonski verwandt oder er ist nicht der Vater", schlussfolgerte Nina.

„Genau so ist das. Allerdings haben wir da noch einen weiteren Treffer", machte Kim es nun spannend.

„Du meinst wegen dieser anderen Vaterschaftssache?", fragte Nina und sah zu Kübler. Sie würde den Teufel tun und Torstens Namen in seinem Beisein nennen.

„Ach, das, ja, das ist ziemlich eindeutig. Die Wahrscheinlichkeit, dass Liebig der Vater von Nadine Miller-Jablonski ist, liegt bei 99,99 Prozent. Aber das meinte ich gar nicht. Ich habe Nadines DNA durch die Datenbank laufen lassen und hatte ein weiteres Match", sagte Kim und berichtete Nina dann, was sie herausgefunden hatte.

„Super, Kim. Das sind wahrlich tolle Neuigkeiten. Danke schön", bedankte Nina sich und fügte dann noch schnell an: „Ach, Kim, diese andere Sache, die mit den 99,99 Prozent … kann das bitte unter uns bleiben?"

„Klar, Nina. Ich kann schweigen wie ein Grab, und die beiden Patienten, die gerade bei mir mithören, sind auch nicht mehr wirklich gesprächig", witzelte sie.

„Erzähl!", wollte Kübler natürlich sofort wissen, nachdem Nina aufgelegt hatte.

„So wie es ausschaut, ist Rico Jablonski, ebenso wie Michaela König, seit vierunddreißig Jahren tot. Seine Leiche oder vielmehr das, was davon noch übrig ist, wurde 2008 bei Bauarbeiten in einem ehemaligen Waldstück bei Westerburg entdeckt", erzählte sie.

„Was? Warum steht das nicht in den Akten?", ereiferte sich Kübler.

„Na, weil der Tote bis heute noch nicht identifiziert werden konnte. Alter und Körpergröße passen aber exakt auf Rico Jablonski. Laut DNA-Abgleich sind er und Nadine Miller-Jablonski Verwandte zweiten oder dritten Grades. Die Todesursache war wohl ein neun Millimeter großes Projektil, welches seinen Kopf durchschlagen hat. Dazu kommen mehrere Frakturen an den Beinen und im Bereich des Brustkorbes, die auf einen schweren Aufprall hindeuten", gab Nina ihr neu erlangtes Wissen preis.

„Die Makarov, die die Kinder im Wald gefunden haben, war eine Neun-Millimeter", flüsterte Kübler.

Nina nickte wissend. Genau der Gedanke war ihr auch gerade gekommen.

„Ich muss noch mal kurz weg", erklärte sie nach einer Weile und stand auf.

„Wohin?"

„Ich denke, Heike und Torsten sollten das noch eben schnell wissen, bevor sie zu Sascha König fahren", log sie nicht wirklich. Natürlich würde sie die beiden Kollegen über den mutmaßlichen Fund von Rico Jablonskis Leiche in Kenntnis setzen. Wichtiger war ihr allerdings die andere Neuigkeit, wobei die im Grunde ja nicht wirklich überraschend war.

„Ganz schön groß, das Loch", fand Kübler, als er vor der Grube im Küblerschen Garten stand. Im Gegensatz zum

Vortag war der Erdboden nun mit einer spiegelglatten Betonfläche versiegelt, aus deren Rand in regelmäßigen Abständen rostige Eisen herauslugten. In der Mitte gab es ein Loch, durch welches das Wasser vermutlich wie bei einer Badewanne wieder aus dem Pool ablaufen konnte. Thomas hatte keine Ahnung, ob das, was seine Frau, Linus und die Mädchen da taten, so richtig war. Von Betonarbeiten hatte er keine Ahnung. Wobei er sich nicht wirklich sicher war, dass dies bei Alex und den Kindern anders war. Die erlangten ihr handwerkliches Wissen, wie es schien, ausschließlich bei YouTube und Co. Thomas würde sie machen lassen. Wenn er jetzt Zweifel äußerte, war er nur nachher wieder der Blöde.

„Morgen früh kommen die ersten Steine. Dann können wir schon anfangen, die Außenmauern hochzuziehen", gluckste Alex neben ihm sichtlich begeistert.

„Sollte der Beton auf dem Boden nicht vorher trocken sein?", fragte er aber nun doch einmal nach, da ihm dies gerade logisch erschien.

„Nö, das passt schon. Der ist jetzt schon ziemlich fest. Da kannst du schon drüberlaufen", belehrte sie ihn, und Thomas war sich sicher, dass er dies nicht wollte.

Nein, eigentlich würde er jetzt am liebsten in das alte Planschbecken mit dem aufblasbaren Rand springen und ein Walnusseis aus der Dose löffeln. Dummerweise hatte das alte Becken diesem riesigen Loch weichen müssen.

„Ich glaub, ich geh mal in die Badewanne", entschied er daher, da Not ja bekanntlich erfinderisch machte.

Als er Minuten später mit der großen Dose Eis im lauwarmen Wasser der Badewanne lag, dachte er über den Fall „Bienenkönigin" nach.

Obgleich er den Namen, den die Kollegen dem Fall gegeben hatten, affig fand, benutzte er ihn nun auch selbst immer häufiger. Was aber auch nichts zur Sache tat.

Thomas hätte nicht gedacht, dass sie nach so langer Zeit noch so viel über die Geschehnisse von vor vierunddreißig Jahren herausfinden würden. Bisher war er immer davon ausgegangen, dass es bei alldem um einen Totschlag im Affekt gegangen war. Jetzt sah plötzlich doch alles nach einem eiskalten Doppelmord aus. Die Frage, die sich ihm stellte, war die, dass Michaelas Leiche am Bienenhaus gelegen hatte, während das zweite Opfer fast fünfzig Kilometer weiter in einem Wald verscharrt worden war. Das wollte ihm einfach nicht einleuchten. Da hätte doch ein großes Loch gereicht. Warum lag Michaela am Bienenhaus unter dem Boden und ihr Macker irgendwo in einem fremden Wald? Wobei Leon es die Tage schon einmal gesagt hatte: Täter in Ausnahmesituationen handelten oft nicht rational.

Hauptverdächtige waren in Küblers Augen ganz klar diese Katrin Vogelsang und deren damaliger Freund Sascha König.

Und obwohl er Außendienst verabscheute, wäre er doch jetzt gerne dabei, wenn Heike und Torsten dem Bruder von Michaela König auf den Zahn fühlten.

Eigentlich hatte Nina heute pünktlich zum Wochenende Feierabend machen wollen. Doch manche Dinge ließen sich einfach nicht aufschieben oder gar ausblenden. Der Umstand, dass Katrin Vogelsang den Brief und die Postkarten an Michaelas Eltern geschrieben hatte, ließ Nina keine Ruhe. Sie hatte an der Steinerother Straße bereits den Blinker nach links gesetzt, um in das Wohngebiet Alsberg, wo sich ihr Zuhause befand, abzubiegen, als sie sich noch einmal umentschied.

Sie musste vor dem Wochenende noch einmal mit Katrin Vogelsang reden. So würde sie sonst nicht abschalten können.

Nina schaltete den Blinker also wieder aus, zog zurück auf die rechte Spur und trat das Gaspedal des vierunddreißig PS starken Boliden voll durch. Oben an der Kuppe am Umspannwerk erreichte sie sogar noch fast die erlaubten siebzig Stundenkilometer. Nun ja, so ein Käfer war eben kein Rennwagen. Die Umgewöhnung auf den Volkswagen, wenn sie zuvor Hunderte Kilometer mit Küblers Dienstporsche gefahren war, war jedes Mal gewaltig.

An ihr Mobiltelefon war Katrin Vogelsang nicht gegangen. Die nette Dame von der Hachenburger Brauerei, wo Nina anschließend anrief, hatte ihr gesagt, dass Katrin bereits im Wochenende sei. Nina fuhr also direkt zu ihr nach Hause in den kleinen Ort Müschenbach, der auf dem Berg oberhalb des Klosters Marienstatt lag.

In der Einfahrt vor dem alten Bauernhaus parkte ein kleiner Twingo, dessen Hellblau schon ziemlich nah an das Marinablau von Maggiolino herankam.

Nina hielt an der Straße, stieg aus und sah sich um. Ein Hund kläffte, dazu das Brummen eines Rasenmähers.

Ja, Reinhard Mey hatte in seinem Song tatsächlich recht gehabt. Zumindest bei schönem Wetter mäht irgendein Depp irgendwo immer.

Nina klingelte, zählte leise bis zwanzig und betätigte dann ein weiteres Mal die Schelle. Nichts tat sich. Noch immer bellte der Hund, und der Rasenmäher knatterte vor sich hin. Kam das von hinter dem Haus? Könnte sein.

Sie ging durch den Garten um das Fachwerkhaus herum und musste daran denken, als sie dies vor ein paar Tagen bei den Küblers getan hatte. Der Blick von Thomas, als er Nina entdeckte, war zu köstlich gewesen.

Links hinter dem Zaun zum Nachbargrundstück tauchte der kläffende Hund auf. Wirklich gefährlich sah der zerzauste kleine Struppi, der sich aufregte, als gäbe es kein Morgen mehr, nicht aus.

Das Dröhnen des Rasenmähers erstarb just in dem Moment, als Nina um die Ecke hinter das Haus trat. Hatte sie doch recht gehabt. Gerade bückte sich eine ziemlich verschwitzte Katrin Vogelsang nach dem Fangkorb mit dem Gras. Als sie sich mit dem Korb in der Hand umdrehte und Nina sah, erschrak sie.

„Meine Güte … Frau Moretti. Wollen Sie, dass mich der Schlag trifft?“, japste sie und hielt sich theatralisch die Hand vor die Brust.

„Sorry, aber ich hatte versucht anzurufen, und auf mein Klingeln an der Haustür haben Sie auch nicht reagiert", entschuldigte Nina sich.

„Kein Problem, Frau Moretti. Was ist es denn diesmal, was Sie von mir wissen möchten?", winkte Katrin Vogelsang ab und deutete auf einen Tisch mit mehreren Stühlen unter einem wunderschönen dicken Walnussbaum.

„Eigentlich interessiert mich heute nur noch eine Sache, Frau Vogelsang. Warum haben Sie damals den Abschiedsbrief und die Postkarten an Michaelas Eltern geschrieben?"

Dass die Breitseite gesessen hatte, war überdeutlich. Ein verbaler Schlag wie die Rechte eines Boxers, der Katrin ins Wanken brachte. Entsetzen stand in ihrem Gesicht.

„Ich, ich … dass …", stammelte sie.

Nina ging zu der Sitzgruppe und ließ sich auf einem der Stühle nieder.

„Frau Vogelsang, setzen Sie sich zu mir und erzählen Sie mir, was damals wirklich vorgefallen ist", bat Nina sie und deutete auf den Stuhl ihr gegenüber.

Katrin begann, langsam den Kopf zu schütteln.

„Nein … Nein … das war ich nicht", stammelte sie.

„Doch, Frau Vogelsang, wir konnten die Handschrift auf den Postkarten eindeutig als die Ihre identifizieren", übertrieb Nina ein bisschen, da selbst diese Frau beim LKA, deren Namen und Berufsbezeichnung sie schon wieder vergessen hatte, sich nicht wirklich sicher gewesen war.

„Nein … ich war das nicht. Ich will, dass Sie jetzt gehen“, wurde Katrin nun lauter.

„Wir wissen auch, dass Sie 1991 für drei Monate in Australien und das Jahr darauf für ein halbes Jahr in Neuseeland waren. Dort haben Sie die Postkarten geschrieben und eingeworfen“, konfrontierte Nina sie mit dem, was Kübler herausgefunden hatte.

„Ihr Studium, von dem Sie uns erzählt haben, haben Sie abgebrochen. Erst ein tadelloses Einser-Abitur, und dann halten Sie keine Ausbildung bis zum Abschluss durch. Schuld ist eine schwere Last, Frau Vogelsang“, versuchte Nina es weiter.

„Ich war es nicht. Ich möchte, dass Sie jetzt bitte gehen“, flehte Katrin nun beinahe. Nina erhob sich und ging auf sie zu.

„Frau Vogelsang, wir glauben nicht, dass Sie Michaela vorsätzlich getötet haben. Sie haben Michaela gemocht. Sie war Ihre beste Freundin. Helfen Sie mir, dass die Wahrheit ans Licht kommt. Egal, was Sie damals getan haben: Es ist längst verjährt. Strafrechtlich kann man Sie nicht mehr dafür belangen. Sie können hier und jetzt Ihr Gewissen erleichtern und anschließend Ihr Leben weiterleben“, sprach Nina ruhig auf sie ein.

„Ich war es nicht. Ich habe Michaela nichts getan … und jetzt gehen Sie bitte“, schluchzte Katrin.

„Okay, Frau Vogelsang. Aber wir beide sind noch nicht fertig. Ich möchte, dass Sie sich am Montagmorgen um Punkt zehn Uhr bei mir auf der Kriminalinspektion in Betzdorf melden", gab Nina für den Moment auf, kramte eine zerknitterte Visitenkarte aus ihrer Hosentasche und legte sie auf den Gartentisch.

„Wenn Sie das Bedürfnis haben, noch vor Montag mit mir zu reden, rufen Sie mich bitte an. Sollten Sie den Termin nicht wahrnehmen, werde ich Sie abholen lassen. Es steht Ihnen frei, einen Anwalt mitzubringen", erklärte Nina, drehte sich um und ließ Katrin Vogelsang einfach stehen. Dabei hatte sie ein dummes Gefühl, die Frau in diesem Zustand alleine zurückzulassen. Hoffentlich machte die jetzt keine Dummheiten.

„Guten Tag", grüßte eine etwa fünfzigjährige Frau mit kurzen blonden Haaren Nina, als sie auf dem Weg zu Maggiolino durch die Einfahrt ging. In ihrer Armbeuge trug die Frau einen Korb mit Einkäufen.

„Guten Tag, wohnen Sie hier?", erkundigte sich Nina bei ihr, da es gerade den Anschein machte.

„Ja. Wollen Sie zu mir oder zu Katrin?"

„Ich war bereits bei Frau Vogelsang. Mein Name ist Nina Moretti von der Kriminalpolizei in Betzdorf", stellte Nina sich vor und zeigte, wie es sich gehörte, brav ihren Ausweis3.

„Geht es wieder um diese Sache mit Katrins damaliger Freundin? Um Michaela?", schien Ninas Gegenüber wohl im Bilde zu sein.

„Ja. Um was es dabei genau geht, darf ich Ihnen aber leider nicht sagen, das kann nur Frau Vogelsang. Aber Sie könnten mir einen Gefallen tun und sich ein wenig um sie kümmern. Frau Vogelsang ist gerade emotional

… nun ja ... Sie werden es gleich bestimmt sehen“, versuchte Nina die Situation ein wenig zu umschreiben.

Katrin Vogelsangs Mitbewohnerin starrte Nina sprachlos an.

„Ja, ich muss dann auch weiter. Auf Wiedersehen“, beeilte Nina sich noch zu sagen und hastete dann über die Straße. Als wäre sie auf der Flucht, sprang sie in ihren Käfer, startete den Motor und brauste davon. Am Ortsausgang von Müschenbach rief sie Heike und Torsten an und berichtete ihnen von dem Gespräch mit Katrin Vogelsang. Dass Katrin Michaela getötet hatte, glaubte Nina nicht. Zumindest nicht, dass sie es alleine gemacht haben könnte. Außerdem ging es ja nicht mehr nur um das Ableben Michaelas, sondern auch um Rico. Vermutlich waren beide in derselben Nacht gestorben. Nein, Katrin war nicht ihre Täterin. Aber sie wusste vermutlich, wer es gewesen war, und hatte ihm geholfen, die Tat zu vertuschen.

# Kapitel 21

*Freitag, 19. Juli 2024, 17:10 Uhr*
*Koblenz-Pfaffendorf*

Kurz nach dem Gespräch mit Nina erreichten Torsten und Heike das Wohnhaus, in dem Sascha König samt Tochter Nele und Enkel Noah lebte. Wie am Montagabend stellte Heike den Wagen auf der anderen Straßenseite direkt gegenüber dem Haus ab.

In der Einfahrt parkte heute ein anthrazitfarbener BMW X7.

„Alle Achtung. Noble Karre", fand Torsten, der neben Heike auf dem Beifahrersitz saß.

„Ja, wenn man bedenkt, dass dem Vater König das Haus und die Grundstücke zwangsversteigert wurden, damit Vater Staat dessen Heimaufenthalt zahlen kann, ist das schon heftig", ärgerte Heike sich.

Von Nele wusste sie, dass Sascha König und sein Stiefvater Fridolin seit Jahren kein Wort miteinander wechselten. Nele hatte den Opa aus dem Westerwald noch nie zuvor in ihrem Leben gesehen oder gesprochen.

Heike hatte der jungen Frau empfohlen, mit dem kleinen Noah einmal hinzufahren, um ihn zu besuchen. Man wusste nie, wie lange dafür noch Zeit blieb.

Irgendwann war es zu spät, und sie würde es vielleicht bereuen, es nicht getan zu haben.

„Also, den Sascha König hatte ich irgendwie anders in Erinnerung?", amüsierte Torsten sich und deutete auf einen jungen Mann in grüner Gärtnerkleidung, der sich mit einer Gartenschere an einem der wunderschönen Rosensträucher zu schaffen machte.

„Ähm, nee … Das wird dann vermutlich der Mann mit den goldenen Händen für die Rosen sein", wusste Heike auch bereits über den Gärtner der Königs Bescheid. Der Name des jungen Mannes, der tagsüber ebenfalls als Gärtner in einer Einrichtung für Menschen mit Handicap arbeitete, war ihr dummerweise schon wieder entfallen. Sie wusste nur noch, dass der irgendwo in der Nachbarschaft der Königs wohnte.

„Moin", grüßte Heike den Gärtner und sah ihm einen Moment zu.

„Moin, willst du zu mir?", fragte der und klang dabei ein wenig wie ein Kind.

„Nein, mein Mann und ich möchten zu Herrn König. Weißt du, ob er zu Hause ist?", erkundigte sich Heike und duzte den Burschen gleich mal zurück.

„Ja, der Sascha ist eben nach Hause gekommen", bestätigte er Heikes Vermutung.

„Hallo, ich bin der Torsten, toller Garten. Hast du das alles gemacht?"

Der junge Mann nickte.

„Wie heißt du denn?", erkundigte Heike sich neugierig, weil ihr der Name des geistig etwas eingeschränkten, aber sehr höflichen jungen Burschen einfach nicht mehr einfallen wollte.

„Ich bin der Richard, Richard Sternberg. Und wer bist du?“

„Ich bin die Heike, und das ist mein Mann Torsten“, stellte sie sich beide vor und bemerkte dann eine Bewegung an der Haustüre.

Ein Mann in den Fünfzigern in dunkler Jeans und einem leuchtend weißen kurzärmeligen Businesshemd trat ins Freie und kam auf sie zu. Er war schlank und machte auf Heike einen durchtrainierten Eindruck. Sein Gesicht wirkte kantig, sein Schädel war kahl rasiert.

„Wir müssen dann mal. Bis später“, verabschiedete sie sich von Richard und ging nun auf Sascha König zu.

„Guten Tag, Frau Friedrich-Liebig. Sie sind ja pünktlicher, als es die Polizei erlaubt“, amüsierte er sich und beäugte dann Torsten neugierig.

„Kriminalhauptkommissar Torsten Liebig“, stellte der sich selbst vor und zeigte seinen Ausweis.

Sascha König hielt inne. Er schien angestrengt zu überlegen, dann fiel wohl bei ihm der Groschen.

„Torsten? Das gibt es doch nicht. Torsten Liebig … na, dass wir uns noch mal begegnen. Das ist ja echt verdammt lange her“, schien er sich über das Wiedersehen tatsächlich zu freuen.

Heike hatte allerdings Zweifel, dass die Freude lange anhalten würde. In ihren Augen war Sascha König derzeit ihr Tatverdächtiger Nummer eins. Spätestens, wenn sie ihm gleich ordentlich auf den Zahn fühlten, war dann Schluss mit lustig.

Sascha König bat sie ins Haus. Sie folgten ihm ins Wohnzimmer, wo er ihnen anbot, Platz zu nehmen.

„Übrigens noch einmal herzlichen Dank, dass Sie sich letztens abends um meine Tochter Nele und meinen Enkel gekümmert haben", bedankte er sich bei Heike und erkundigte sich anschließend, ob sie beide etwas trinken wollten.

Sowohl Heike als auch Torsten lehnten ab, während er sich einen Schluck Wasser eingoss.

„Tja, dann wurde Michaela schlussendlich wohl doch noch gefunden", eröffnete er das Gespräch, als Heike noch über ihre erste Frage nachdachte.

„Was haben Sie all die Jahre gedacht, wo Michaela ist? Haben Sie geahnt, dass sie tot sein könnte, oder …", begann sie und wurde dann jäh von ihm unterbrochen.

„Frau Friedrich-Liebig, lassen Sie das. Wir müssen nicht um den heißen Brei herumreden. Wir sind doch alle erwachsene Menschen und können ehrlich miteinander umgehen. In den letzten Tagen seit unserem ersten Gespräch habe ich viel nachgedacht und zugegebenermaßen viel zu wenig geschlafen. Dann auch noch der Anruf, kurz bevor ihr beiden eben kamt. Ein Geist aus meiner Vergangenheit", sagte er und starrte dabei in das Glas in seiner Hand.

„Wer hat angerufen?", fragte Torsten nach, und Heike glaubte bereits die Antwort zu wissen.

„Katrin. Katrin Vogelsang. Eure Kollegin war vorhin bei ihr und hat sie beschuldigt … so etwas geht gar nicht. Katrin verkraftet das nicht. Sie ist … sie war … Ist auch egal. Sie hat mit alldem am wenigsten zu tun. Ich habe mich entschieden, ein Geständnis abzulegen. Ich möchte endlich reinen Tisch machen“, meinte er und sah abwechselnd zwischen ihr und Torsten hin und her.

„Hast du Michaela getötet?“, fragte Torsten nun geradeheraus.

Sascha König schüttelte den Kopf.

„Nein, habe ich nicht“, antwortete er zu Heikes Verwunderung. Ein Geständnis klang definitiv anders.

„Aber Sie wissen, wer es war?“, hakte sie nach.

Er nickte. „Ja. Rico war es. Dieser Kerl aus Ostberlin. Der Typ war ein totaler Soziopath. Einfach unvorstellbar. Michi hatte bereits Wochen zuvor mit ihm Schluss gemacht. Aber er hat das einfach ignoriert. Der kannte kein ‚Nein‘“, berichtete er. Heike sah zu Torsten, der bestätigend mit dem Kopf nickte und ihm beipflichtete.

„Das kann ich nur bestätigen. Als er Michaela auf der Fete abholen wollte, hat sie sich zuerst geweigert, mit ihm zu gehen. Deshalb sind Jürgen Wacker und ich damals dazwischengegangen. Der Typ war wie auf Droge und ist total ausgeflippt. Ich glaube, sie ist am Ende nur mit ihm mit, um seinen peinlichen Auftritt zu beenden“, schilderte Torsten seine Eindrücke und erntete dafür ein zustimmendes Nicken von Sascha König.

„Ja, Katrin hatte mir davon erzählt, als ich sie später abgeholt habe. Eigentlich war ja ausgemacht, dass ich Katrin und Michaela abhole. Ich hatte die beiden ja auch gemeinsam hingebracht. Katrin und ich sind dann von der Fischbachhütte zu uns nach Hause gerast, da wir die Hoffnung hatten, Michaela und ihn dort zu finden. Als wir im Kreuzland ankamen, parkte auf der anderen Straßenseite, schräg gegenüber der Einfahrt, ein grüner Trabant. Im Haus brannte Licht."

„Wo waren denn zu diesem Zeitpunkt Ihre Eltern?", fragte Heike dazwischen.

„Mama war an dem Morgen für ein paar Tage zu ihrer Schwester in den Schwarzwald. Fridolin war zu Hause. Der hatte wohl schon geschlafen und ist von dem Krach unten im Haus wach geworden", antwortete er, und Heike überlegte, ob es etwas zu bedeuten hatte, dass er seine Adoptivmutter als Mama bezeichnete, den Adoptivvater aber mit Vornamen nannte.

„Ich komm da also mit einem Affenzahn angerauscht und achte erst mal nur auf diesen verfluchten Trabanten rechts von mir. Dieser Rico kam von links und wollte wohl zu seiner Karre … der ist mir quasi direkt vors Auto gerannt. Es knallte. Katrin neben mir hat geschrien wie am Spieß. Ich sitze da wie gelähmt am Steuer und schaue durch die Seitenscheibe auf Rico, der links auf die Wiese geschleudert worden ist. Dann sehe ich Fridolin, wie er im Morgenmantel durch die Einfahrt kommt, zu Rico geht, sich bückt und etwas aufhebt. Ich habe das zuerst gar nicht geschnallt, was der da macht.

Ja … und dann hat er geschossen. Zwei- oder dreimal. Genau weiß ich es nicht mehr. Es hat auch nicht wirklich laut geknallt. Diese Pistole hatte vorne drauf so einen Dämpfer“, berichtete er, und Heike bemerkte, dass seine Hände plötzlich zitterten.

„Ihr Adoptivvater hat Rico Jablonski vor Ihren Augen erschossen?“, war Heike von der Aussage ebenfalls total geschockt.

Sascha nickte und trank einen Schluck Wasser, von dem er jedoch einiges verschüttete.

„Wo war Michaela zu diesem Zeitpunkt?“, fragte Torsten mit ebenfalls zittriger Stimme, und Heike hatte wieder das Gefühl, als gingen ihrem Mann die Erzählungen Sascha Königs näher, als es für ihn gut war.

„Michi … lag in der Küche. Da sah es aus, als hätte ein Orkan gewütet. Und Michi … die lag mittendrin und starrte an die Zimmerdecke. Ich habe bis heute keine Ahnung, warum das Ganze so dermaßen eskaliert ist. Der Typ hat sie doch angeblich geliebt … Der wollte mit ihr bis ans Ende der Welt fahren … und dann bringt er sie um. Warum … also, ich versteh es nicht“, flüsterte Sascha, schüttelte den Kopf und wischte sich mit dem Unterarm eine Träne von der Wange.

„Wusstest du, dass Michaela schwanger war?“, erkundigte sich Torsten.

„Michi war schwanger?“, er hob den Kopf und starrte Torsten an.

„Ja, war sie. Aber so wie es aussah, nicht von Rico Jablonski“, verriet er.

Sascha überlegte einen Moment.

„Woher wollt ihr wissen, dass das Kind nicht von ihm war?“, wunderte er sich.

„Weil wir die Polizei sind und unsere Hausaufgaben machen“, kam Heike ihrem Mann zuvor.

Es ging Sascha König nichts an, woher sie ihre Informationen hatten. Torsten hatte bereits viel zu viele Ermittlungsinterna ausgequasselt.

„Du hast vorhin gesagt, dass Michaela bereits mit Rico Schluss gemacht habe. Weißt du, ob es da einen anderen gab?“, hakte Torsten nach.

„Nein. Keine Ahnung“, sagte er, ohne zu zögern, und Heike hatte zum ersten Mal während des doch sehr offenen Gesprächs das Gefühl, dass Sascha König log.

„Michaela lag also tot in der Küche. Rico draußen am Straßenrand. Warum haben Sie, Ihr Adoptivvater oder Frau Vogelsang an diesem Punkt nicht die Polizei verständigt?“, interessierte es Heike brennend.

Sascha hob die Schultern.

„Keine Ahnung. Diese Frage stelle ich mir im Nachhinein seit vierunddreißig Jahren. Ich denke, es war hauptsächlich wegen Mama. Wenn sie damals von alldem erfahren hätte … Michi war tot. Ich hatte einen Menschen überfahren … Fridolin jagt dem Kerl in seinem Zorn noch eine Kugel in den Schädel … Mama hätte das nicht verkraftet. Wobei … zerbrochen ist sie schlussendlich ja trotzdem. Mit Michis Tod hat das Leben im Haus König aufgehört“, erzählte er und wischte sich eine Träne aus dem Augenwinkel.

„Sie haben also, anstatt die Polizei zu verständigen, beschlossen, das Ganze zu vertuschen. War das Ihre Idee oder die von Ihrem Vater?“

„Fridolin ist nicht mein Vater. War er nie und wird er auch nie sein“, blaffte Sascha König sie an.

„Seine oder Ihre Idee?“, ließ sie sich nicht beirren.

„Seine … wobei ich nach anfänglichem Zögern nicht abgeneigt war, ihn bei diesem Wahnsinn zu unterstützen, immerhin ging es ja auch darum, meine eigene Haut zu retten. Meinen Führerschein wäre ich los gewesen. Ich war, als das passierte, auch nicht mehr ganz nüchtern. Bevor ich Katrin und Michaela abholen wollte, war ich nämlich in Wehbach im alten Bahnhof gewesen“, gab er zu.

„Was war in diesem Bahnhof?“, interessierte sich Heike.

„Da war damals eine Motorradkneipe. Biker‘s Inn. Musste aber vor Jahren dichtmachen“, antwortete Torsten wieder stellvertretend.

Es war kurz nach sieben am Abend, als Heike und Torsten das Haus von Sascha König verließen. Noch im Auto, auf dem Weg zu ihren Kindern, rief Heike Nina an und berichtete ihr von Sascha Königs überraschendem Geständnis. Er war es gewesen, der Michaelas Leiche, ihr Motorrad und die Waffe am Bienenhaus versteckte, während sich Fridolin König um die Entsorgung von Rico und dessen Trabant kümmerte. Es sei Fridolins Idee gewesen, Katrin Vogelsang den Brief schreiben zu lassen. Fridolin habe ihr massiv gedroht. Wenn sie quatschte, würde er sie ebenfalls umbringen. Der Alte sei außer sich vor Wut gewesen, als Katrin einige Wochen später zur Polizei gegangen sei, um Michaela als vermisst zu melden. Sascha habe sogar Angst gehabt, dass Fridolin sein Versprechen wahrmachen und dem Mädchen etwas antun könne.

„Aber wer der Vater von Michaelas ungeborenem Kind war, wissen wir immer noch nicht?“, erkundigte Nina sich, nachdem Heike mit ihren Ausführungen geendet hatte.

„Nein, aber ich denke, es ist auch nicht mehr relevant“, antwortete sie und sah zu Torsten, der schweigend auf dem Beifahrersitz saß und ins Leere starrte. Ihn nahm dies alles sehr mit.

„Ich habe Sascha König gebeten, am Montagmorgen zu uns nach Betzdorf zu kommen, um sein Geständnis dort noch einmal zu Protokoll zu geben. Ich denke, bis dahin sollten wir die Sache jetzt ruhen lassen, Nina. Ich für meinen Teil muss mich jetzt um Louis und Floh kümmern“, sagte Heike, verabschiedete sich von der Freundin und legte auf.

Mittlerweile hatten sie das Reihenhaus, in dem Heikes Mutter lebte, erreicht.

Bevor sie ausstieg, griff sie Torstens Hand.

„Schatz, versuch jetzt bitte wenigstens im Beisein der Kinder, Michaela für ein paar Stunden auszublenden. Die Lebenden brauchen dich jetzt mehr als die Toten“, flüsterte sie und beobachtete, wie er nickte.

„Meinst du, der hätte auch ausgepackt, wenn er sich nicht sicher sein könnte, dass ihm strafrechtlich nichts mehr passiert?“, fragte Torsten.

Heike musste nicht lange überlegen.

„Nein, der hat sein Gewissen erst jetzt erleichtert, wo die Sache bereits verjährt ist. Wenn die anderen beiden seine Aussagen bestätigen, wird der Staatsanwalt das Ganze sofort zu den Akten legen“, war sie sich zu einhundert Prozent sicher.

„Du schon wieder“, stöhnte Fridolin König leise und schwach, als Nina an diesem Samstagvormittag das Zimmer im Betzdorfer Seniorenzentrum betrat. Anders als bei ihren letzten beiden Besuchen saß der Senior nicht in seinem Rollstuhl, sondern lag in seinem Bett. Fridolin König sah nicht nur schlecht aus, es ging ihm wohl auch so. Das hatte auch bereits eine der Pflegerinnen Nina draußen auf dem Flur erzählt.

„Ja, ich schon wieder“, antwortete sie, nahm sich einen Stuhl und setzte sich zu ihm.

„Und was gibt es heute schon wieder?“, krächzte er heiser.

„Wir wissen jetzt, was in der Nacht passiert ist, als Michaela starb“, sagte sie und beobachtete ihn.

„Schön für euch. Aber das bringt sie auch nicht wieder“, antwortete er und wich ihrem Blick aus.

„Die Pflegerin draußen meinte, es ginge Ihnen nicht so gut?", erkundigte sich Nina, obwohl dies mehr als offensichtlich war.

„Was hat das eine mit dem anderen zu tun?", fragte er, ohne sie dabei anzusehen.

„Im Grunde nichts. Ich hatte nur gedacht, dass es vielleicht an der Zeit für Sie wäre, Ihr Gewissen zu erleichtern."

„Ha … Mädchen … bist du jetzt auch noch unter die Pfaffen gegangen? Es gibt nichts, was ich zu beichten hätte", sagte er barsch.

„Und was ist mit dem jungen Mann, dem Sie damals, nachdem Ihr Adoptivsohn Sascha ihn angefahren hat, eine Kugel in den Kopf gejagt haben?", blieb Nina am Ball.

Fridolin drehte den Kopf und sah sie mit kalten Augen an.

„Der? Der Drecksack hatte es verdient! Um den war es nicht schade!"

„Sie geben also zu, Rico Jablonski vor vierunddreißig Jahren erschossen und seine Leiche dann in einem Waldstück bei Westerburg begraben zu haben?", fragte sie nun ohne Umschweife nach.

„Ja, das gebe ich zu. Aber bereuen … bereuen tu ich es nicht. Der Kerl hätte einfach nur da bleiben sollen, wo er hergekommen ist, und unsere Michaela in Ruhe ihr Leben leben lassen, dann wäre ihm nichts passiert und Michaela ebenfalls nichts."

Schweigend betrachtete sie ihn eine Weile, während er schwer atmend zum Fenster blickte.

„Was ist mit eigentlich mit Rico Jablonskis Wagen und seinen persönlichen Gegenständen passiert?", fiel es Nina ein.

„Ist das noch wichtig?", fragte der alte Mann.

„Ja, für seine Familie ist es wichtig, dass wir seinen Tod möglichst lückenlos aufklären", log sie, da es außer Nadine Miller-Jablonski vermutlich niemanden mehr wirklich interessierte, was mit Rico Jablonski passiert war.

Nina hingegen würde schon noch gerne erfahren, wo dieses ominöse Notizbuch abgeblieben war, nach dem Fred Jablonski noch Jahre nach Ricos Verschwinden gesucht hatte.

„Seine Klamotten, die Nummernschilder und den Krempel aus dem Wagen habe ich in einen Müllcontainer irgendwo in einem Industriegebiet in Limburg geworfen", gestand er.

„Und das Auto? Der grüne Trabant?", hakte Nina nach.

„Den habe ich da einfach stehen gelassen. Vor einem Schrottplatz in Elz. Da standen schon mehrere davon. Die Schlüssel habe ich stecken gelassen. Diese Plastikdinger wollte doch damals niemand mehr. Ganz Deutschland stand damals voller herrenloser Trabis. Da kam es auf einen mehr oder weniger auch nicht an", sagte er, und Nina wusste, dass er damit recht hatte. Sie selbst konnte sich noch vage an die seltsamen kleinen Autos erinnern, die wirklich niemand mehr haben wollte und die einfach irgendwo abgestellt wurden, um sie nicht teuer entsorgen zu müssen.

„Warum haben Sie damals nicht die Polizei gerufen?“, erkundigte sich Nina, da sie Fridolins Beweggründe gerne verstehen wollte.

Sie sah, wie es in seinem Kopf arbeitete. Er überlegte lange, bevor er antwortete.

„Sascha und Katrin habe ich erzählt, dass wir es machen müssen, um Sascha zu schützen und weil wir meiner Frau die Wahrheit, dass Michaela tot war, nicht zumuten könnten. Dass wir ihr die Hoffnung nicht nehmen sollten. Aber eigentlich wollte ich einfach nicht dafür in den Knast gehen, dass ich diesen verdammten Kerl für das, was er getan hat, zur Rechenschaft gezogen habe. Er hatte es verdient“, wiederholte Fridolin sich und begann dann zu husten.

Nein, das hörte sich nicht gut an, wie der König hier keuchte, kam es Nina in den Sinn.

Hinter ihr wurde nun die Tür geöffnet, und die Pflegerin, mit der Nina vorhin bereits gesprochen hatte, trat ein.

„Frau Moretti, der Herr König braucht Ruhe. Meinen Sie nicht, es wäre für heute genug?“, fragte sie, ging zu dem todkranken Mann und stellte ihm eine Schnabeltasse mit etwas zu Trinken hin.

Obwohl Nina noch gerne mehr erfahren hätte, musste sie der Frau recht geben. Sie erhob sich, stellte den Stuhl zurück vor das Fenster und trat noch einmal an das Bett.

„Auf Wiedersehen, Herr König … gute Besserung“, wünschte sie ihm und wusste sofort, dass ihre Worte

Unsinn waren. Dass der Zustand des Alten sich noch einmal bessern würde, schien ziemlich aussichtslos. Auch eine weitere Befragung würde es vermutlich nicht mehr geben. Das, was Fridolin König getan hatte, war strafrechtlich längst verjährt. Für eine Mordanklage reichte es definitiv nicht. Und auch wenn – die Chancen, dass der alte Mann den Prozess noch erleben würde, tendierten gegen null.

# Kapitel 22

*Montag, 22. Juli 2024, 9:35 Uhr*
*Kriminalinspektion Betzdorf/Westerwald*

„Kim, du bist und bleibst die Beste“, freute sich Nina über die Nachricht der Rechtsmedizinerin.

„Und? Was meint denn unsere Leichenfledderin?“, erkundigte sich Kübler vom Schreibtisch gegenüber, als Nina das Gespräch mit Kim Kunze beendet hatte.

„Wir wissen endlich, von welcher Drohne unsere Bienenkönigin geschwängert wurde“, berichtete sie ihm sehr euphorisch.

„Na, dann mach es mal nicht so spannend.“

„Sascha König ist mit neunundneunzigprozentiger Sicherheit der Erzeuger des ungeborenen Kindes“, ließ Nina die Katze aus dem Sack.

„Und woher weiß die Frau Doktor das jetzt so genau?“, wollte Kübler wissen.

„Sascha König hat am Freitagnachmittag, als Heike und Torsten bei ihm waren, eine freiwillige Speichelprobe abgegeben“, antwortete Nina.

„Ohhh, das war dann aber ziemlich doof von ihm“, fand Kübler.

„Warum?“

„Na, weil das dann unter Inzest fällt. Die beiden waren Geschwister. Zwar nicht blutsverwandt, aber Verwandtschaft durch Adoption wird gleich behandelt wie Blutsverwandtschaft. So dürfen beispielsweise Adoptivgeschwister ja auch nicht heiraten", belehrte Kübler sie über Dinge, die sie auch selbst wusste.

„Ja, aber jetzt, hier und heute tut es nichts mehr zur Sache. Der Inzest ist, genau wie der Totschlag an Michaela und Rico, längst verjährt. Egal, was damals passiert ist, die werden alle straffrei aus der Sache herauskommen", erwiderte Nina und war davon zugegebenermaßen ein wenig enttäuscht.

„Mein Reden. Das erzähle ich dir schon seit einer Woche, dass wir hier für den Affen ermitteln", erinnerte Kübler sie wieder an seine Bedenken bezüglich eines möglichen Ausgangs dieses Falls.

Nina sank in ihrem Stuhl zurück und blickte auf die Uhr oberhalb der Bürotür.

Doch, sie war zufrieden mit den Ergebnissen ihrer Untersuchung. Sie hatten die Wahrheit herausgefunden. Zumindest hoffte sie dies. Um zehn Uhr, also in einer knappen halben Stunde, würden hoffentlich Sascha König und Katrin Vogelsang vorstellig werden. Nina war gespannt, wie der junge König auf Kim Kunzes neueste Untersuchungsergebnisse reagieren würde.

Dass Michaelas Schwangerschaft das Resultat eines Missbrauchs war, konnte Nina sich nicht vorstellen. Immer wieder hatte sie im Laufe der Ermittlungen gehört, dass Sascha und Michaela sich sehr nahegestanden hatten. Die waren ein Herz und eine Seele gewesen.

Katrin Vogelsang machte sich nichts aus Männern, das hatte sie selbst zugegeben. Nina würde es, nach dem, was sie nun wusste, für möglich halten, dass sie und Sascha nur zum Schein oder gar nicht zusammen gewesen waren. Ja, Sascha hatte an dem Abend nach der Fete seine Freundin an der Daadener Fischbachhütte abholen wollen. Nur hatte die nicht Katrin, sondern Michaela geheißen. Irgendwann wäre die Sache eskaliert. Spätestens nach der Geburt des Kindes wären Fragen aufgekommen. Hatte Michaela Rico an diesem Abend die Wahrheit gesagt? War er deshalb so ausgerastet? Nina musste wieder an eine alte Weisheit ihres Ausbilders damals im Studium denken. Frauen töteten Männer, um sie loszuwerden. Männer töteten Frauen zumeist aus Eifersucht, damit kein anderer Mann sie bekam. Dumm, aber wahr!

# Epilog

*Samstag, 27. Juli 2024, 14:10 Uhr*
*Zentralfriedhof Friedrichsfelde/Berlin-Lichtenberg*

Neben Karl Liebknecht und Rosa Luxemburg würde nun auch der Oberstleutnant a. D. Fred Jablonski hier auf dem Zentralfriedhof Friedrichsfelde seine letzte Ruhe finden.

Der Himmel hatte seine Pforten über Berlin weit aufgerissen. Es goss in Strömen.

„Na, wirklich viele Freunde scheint der Mann nicht gehabt zu haben", stellte Heike fest, die sich dicht an Torsten unter dessen großem Regenschirm drängte.

Er nickte zustimmend und musste mit einem Mal darüber nachdenken, wie viele Menschen wohl irgendwann zu seiner Beisetzung kommen würden. Vermutlich einige mehr als das gute Dutzend Trauernde, die sich um das Urnengrab unter der großen Linde drängten.

Torsten hatte eine Familie, Freunde und Kollegen. Er behandelte andere Menschen stets so, wie er von ihnen im Gegenzug auch gerne behandelt werden würde. Eine Taktik, die sich in den letzten dreiundfünfzig Jahren seines Lebens bestens bewährt hatte.

Er hatte diesen Onkel Fred weder richtig gekannt noch hatte er ihn gemocht. Im Gegenteil. Der alte Stasi-Mann hatte sich in den zwei Stunden, die sie miteinander zu tun gehabt hatten, als ein ausgesprochener Kotzbrocken präsentiert.

Doch das alles tat gerade nichts mehr zur Sache. Torsten, seine Frau Heike und die Kinder waren nicht wegen Onkel Fred nach Berlin gekommen. Nein, der war ihnen ziemlich egal. Der einzige Grund, warum sie hier im strömenden Regen auf dem Friedhof standen, war Nadine. Ein Zeichen, dass er und auch seine Familie für sie da waren.

Vor fünf Tagen hatte Nadine ihn zu seiner Verwunderung abends angerufen, um ihm den Termin für die Bestattung und das Obduktionsergebnis mitzuteilen. Onkel Fred war eines natürlichen Todes gestorben. Ein Gift, wie zuerst vermutet, konnte nicht nachgewiesen werden. Der Mann war siebenundachtzig Jahre alt geworden. Ein, wie Torsten fand, stolzes Alter. Dass der Alte nur einen Tag nach Torstens Besuch verstorben war, war Zufall. Wobei es Torsten schon in den Sinn gekommen war, dass die Nachricht, dass Michaela König und sein Neffe Rico tot waren, dem alten Mann ein Stück seines Lebenswillens genommen hatte. Vierunddreißig Jahre lang hatte Onkel Fred in dem Glauben gelebt, irgendwann eine Spur zu den verschwundenen Millionen zu finden. Damit hatte er Hunderte oder gar Tausende von Stunden verbracht. Vielleicht waren die Einsicht dieses Irrglaubens und der Verlust dieser letzten Illusion der Tropfen gewesen, der das Fass zum Überlaufen gebracht hatte und den Lebenswillen hatte versiegen lassen.

Torsten musste zugeben, dass er nicht damit gerechnet hatte, dass Nadine sich überhaupt noch einmal bei ihm melden würde. Nein, er war im festen Glauben gewesen, dass die junge Frau ihn nicht brauchte und auch an einem weiteren Kontakt mit ihm nicht interessiert sei. Doch dem war nicht so. Er hatte die eigentliche Botschaft ihres abendlichen Anrufs bei ihm verstanden. Lass ihn mich bitte nicht alleine bestatten müssen. Sei bei mir, hatte er deutlich gehört, obgleich sie dies mitnichten so gesagt hatte.

„Heike, die Kinder und ich werden zur Beerdigung kommen", hatte er ziemlich am Ende des Gesprächs spontan erklärt und überdeutlich gemerkt, dass sie sich darüber gefreut hatte.

Heike war weniger begeistert gewesen. Im Gegenteil. Sie war fast ausgerastet, hatte aber dann irgendwann doch eingelenkt. Allerdings nur unter der Bedingung, dass die komplette Familie Friedrich-Liebig in einem Hotel übernachtete und sie sich nachher noch mit den Kindern gemeinsam ein paar Tage Berlin ansahen. Ein Vorschlag, der ihm gefallen hatte. Immerhin waren Sommerferien, und ein Urlaub war eigentlich erst für den Herbst geplant gewesen. Die Städtetour würde ihnen guttun.

Torsten ließ seinen Blick über die Trauergäste schweifen. Er erkannte zwei der anderen Laubenbesitzer. Darunter den Vorsitzenden des Laubenvereins. Bei einer älteren Dame mit Hut handelte es sich vermutlich um Lotti, die Heike und Nina als ein Double der lang verstorbenen Queen Mum beschrieben hatten.

Ja, wenn er es sich recht überlegte, hatten die beiden mit ihrem Vergleich schon recht gehabt.

Rechts und links von Nadine standen ihre Kinder. Das Mädchen hielt die Hand eines Mannes, der in etwa in Torstens Alter war. Sicherlich Nadines Ex, Charles. Nein, der Kerl passt so überhaupt nicht zu der selbstbewussten jungen Frau.

Torsten fixierte Nadine und hatte mit einem Mal das Gefühl, als lächelte sie. Sie stand da, im strömenden Regen auf einem Friedhof, starrte auf einen Punkt in der Ferne und schien sich gerade irgendwie zu freuen. Er bemerkte, wie sich ihre Hand leicht hob, als wollte sie jemanden grüßen, dabei bewegten sich ihre Lippen. Torsten wandte den Kopf und folgte dem Blick seiner Tochter zu einer Trauerweide, unter der etwas abseits eine schlanke, dunkel gekleidete Frau mit einem Kopftuch und Sonnenbrille stand. Wie fast alle Anwesenden hielt sie einen Regenschirm in der Hand. Mit der freien Hand grüßte sie unmerklich in Nadines Richtung zurück. Dann drehte sie den Kopf, sah zu Torsten und deutete ein Kopfnicken an. Galt das ihm? Noch während er darüber nachdachte, drehte sie sich um und ging.

„Nimm bitte mal den Schirm … ich muss mal kurz …“, raunte er Heike zu, drückte seiner erstaunten Frau den Regenschirm in die Hand und eilte in die Richtung, in die die Frau verschwunden war. Dabei überschlugen sich seine Gedanken. Konnte das wirklich sein? Nein, das war unmöglich. Ein Trugbild oder ein Geist. Als er die Stelle erreichte, an der die Unbekannte gestanden hatte, war von dieser weit und breit nichts mehr zu sehen. Von weither grollte der Donner.

Nein, er hatte sich bestimmt geirrt. Jana war tot. Doch wie hatte die alte Lotti angeblich zu Nina gesagt? Die einen sagen so … und die anderen so.

## DANKSAGUNG

Meine lieben treuen Fans und Leser,

Der Abend des 4. November 2011. Das Krimifestival „Betzdorfer Blutbad". Die Premiere meines ersten Kriminalromans *Tod im Lokschuppen.*

Fast dreizehn Jahre sind seitdem vergangen, doch es kommt mir vor, als wäre es erst ein paar Wochen her. Ich weiß noch genau, wie ich auf der Bühne im Haus Hellertal in Alsdorf saß. Obwohl die Lesung in der Nacht stattfand, waren hundertachtzig Zuhörer im Saal. Ich durfte das erste Mal vor großem Publikum aus einem Buch vorlesen.

Der *Tod im Lokschuppen*, der eigentlich nur der ortsansässige „Krimi zum Festival" werden sollte, ist mittlerweile Kult und in zig Auflagen in verschiedenen Verlagen erschienen.

Mit dem *Tod der Bienenkönigin* erscheint bereits der fünfzehnte Band dieser Reihe.

An dem Abend im November 2011 habe ich unter anderem meinen lieben Autorenfreund Klaus-Peter Wolf kennengelernt. Der saß damals im Publikum, hat zugehört und mich seitdem immer wieder unterstützt. Deshalb möchte ich Klaus-Peter an dieser Stelle einmal einen ganz großen Dank aussprechen. Sind unsere Schreibstile auch grundverschieden, so warst und bist du mir doch immer ein großes Vorbild geblieben. DANKE!

Mit Klaus-Peter habe ich an diesem Abend auch seine gute Seele und Sekretärin Annette Liebrenz zum ersten Mal getroffen. Annette und ihr Mann Achim sind über die Jahre nicht nur zu meinen emsigsten Unterstützern, sondern auch zu sehr lieben Freunden geworden. DANKE!

Ein Dank auch an die real existierenden Figuren aus diesem Roman. Da wären zum einen die beiden Imker Dominic Friedrichs und Christian Haas, deren Honig wirklich superlecker ist. Dominic freut sich bestimmt, wenn ihr ihn mal in seinem Restaurant Bürgerstube besucht. Oder ihr lasst euch von Christian im Hotel Zum weißen Stein bekochen. DANKE!

Danke auch an die Hachenburger Brauerei, deren Chef Jens Geimer und sein Team. Es ist nicht selbstverständlich, dass eine Brauerei zwei Tage ihre Lagerhalle räumt, aufhübscht und fünfhundert Stühle aufstellt, damit dort ein Krimiautor die Premiere seines Buches feiern kann. Das war der Kracher. Ich musste euch deshalb einfach mal in diesem Buch erwähnen. DANKE!

An meinen lieben Freund, Fahrer, Chef der „Rumkugeln“, Bodyguard und Mädchen für alles, Heribert Wolf: was würde der Micha bloß ohne dich machen? DANKE!

Danke an meinen langjährigen Musikerfreund und Bassisten Thilo Hess. Es ist mir wahrlich eine Ehre und ein Vergnügen, dich auf der Bühne mit deiner fünfsaitigen Streitaxt neben mir zu wissen. DANKE!

Auch den Rest der „Wäller Rumkugeln“ möchte ich an dieser Stelle nicht vergessen. Ich kenne keinen Autoren, der so ein geiles Team hinter sich hat. Ich hab euch wirklich alle lieb. DANKE, DANKE, DANKE!

Bevor ich mich nun wieder um die Geschehnisse auf Langeoog kümmere, bleibt mir nur noch, euch zu danken. Meinen treuen Fans. Was wäre ein Autor ohne seine Leser? Nichts!

*Euer Micha Krämer*

# Leseprobe

## Mordsbrise

(Erscheint im März 2025)

## Prolog

*Freitag, 21. März 2025, 23:07 Uhr*
*Die Nordsee irgendwo nördlich von Langeoog*

Die Nacht ist über die Nordsee hereingebrochen. Das Meer ist stürmisch und rau. Von Osten her weht eine steife Brise. Es riecht nach Salz und schmeckt nach Meer. Alles ist genau so, wie ich es am liebsten mag. Ich stehe am Steuer der *Hoppetosse* und schaue in Gedanken auf den Horizont. Ich könnte ewig so weitersegeln bis an das Ende der Welt.

Der Himmel hebt sich trotz der Dunkelheit klar von den tosenden Wellen ab. Meine Augen haben sich bereits an das fehlende Licht gewöhnt. Ich sehe alles, was ich sehen muss.

Während das Schiff wie ein Korken durch die aufgewühlte See tanzt, sind meine Gedanken heute ganz woanders. Ich bin nervös wie lange nicht. Für das, was ich geplant habe, gibt es nur einen Versuch. Wenn es schiefgeht – nein, daran will ich gar nicht denken.

Doch mein Entschluss steht fest. Bjarne Hensen muss weg! Endgültig! Er wird … er darf diese Nacht nicht überleben. Seit Tagen habe ich mir jeden meiner Schritte mehrfach und ganz genau überlegt. Ich bin davon überzeugt, dass es das perfekte Verbrechen gibt!

Laut einer Statistik werden zweiundneunzig Prozent aller Morde in Deutschland aufgeklärt. Doch dies stimmt nicht ganz, da laut einer anderen Studie mindestens jedes zweite Tötungsdelikt in Deutschland unentdeckt bleibt. Zumindest habe ich das so im Internet gelesen. Woher diese Leute das wissen wollen, ist mir schleierhaft, da ja niemand wissen kann, wie viele Taten nicht entdeckt werden.

Doch im Grundsatz haben sie recht. Ein Verbrechen ist erst dann perfekt, wenn niemand etwas mitbekommt. Wenn zum Beispiel ein Arzt eine natürliche Todesursache attestiert oder der Tod infolge eines Unfalls eintritt.

Unfälle auf See gibt es bereits so lange, wie es die Seefahrt gibt. Immer schon gingen Personen über Bord und wurden auf Nimmerwiedersehen von der See verschluckt. Einige tauchen irgendwann wieder auf. Andere nicht.

Da kommt es auf einen Unglückseligen mehr oder weniger auch nicht an.

Von unter Deck höre ich Gelächter. Irgendwie tut es mir ja schon leid, dass ich den Jungs ihre Party versauen muss. Auch um Hilla tut es mir leid. Sie wird morgen vergeblich vor dem Traualtar auf ihren Bräutigam warten. Doch Bjarne wäre eh nicht der Richtige für die gute Seele gewesen. Hilla hat etwas Besseres verdient.

Ich fasse an die Tasche meiner Jacke und ertaste das Fläschlein mit den K. o.-Tropfen. Ein letzter Blick noch auf das Navi, den Kompass und die anderen Instrumente. Der Kurs passt. Es wird Zeit, nach unten zu gehen und einen letzten Drink anzurühren. Hoffentlich wirken die Tropfen so, wie ich es hoffe. Zeugen kann ich keine gebrauchen.

# Kapitel 1

*Samstag, 22. März 2025, 11:10 Uhr*
*Seemannshus Insel Langeoog*

„Ich bringe ihn um. Ich bring den Mistkerl um … Wenn ich ihn in die Finger bekomme, bring ich ihn um“, schluchzte Hilla Erichson und stampfte dabei wütend mit dem Fuß auf den Boden.

„Mensch, Hilla, Bjarne wird schon noch auftauchen. Der verpasst doch nicht seine eigene Hochzeit“, versuchte Lotta Dönges ihre Freundin zu beruhigen, obgleich sie sich da nicht mehr so sicher war, dass Hillas Bräutigam sich noch blicken lassen würde.

Die Trauung der beiden hätte bereits vor zehn Minuten beginnen sollen, und von ihm war weit und breit nichts zu sehen.

In ganz kleinem Kreis wollten Hilla Erichson und Bjarne Hensen sich das Ja-Wort geben. Gerade einmal acht Personen waren zu der feierlichen Zeremonie zum Langeooger Seemannshus gekommen.

Das hübsche, weiß getünchte Häuschen mit dem roten Dach, den grünen Fenstern und Verzierungen diente auf der Insel nämlich nicht nur als Heimatmuseum. Nein, hier konnte man auch den Bund fürs

Leben schließen. Das hieß, allerdings nur dann, wenn der angehende Herr Gemahl sich auch zu der Veranstaltung blicken ließ.

„Ja, nicht, dat dem Jungen noch wat passiert ist. War ja schon recht stürmisch letzte Nacht. Ich hab das gleich gesagt, dass das eine Schnapsidee ist, mit dem Segler bei dem Schietwetter rauszufahren. Das würde mich nicht wundern, wenn die mit dem ollen Kahn auf Grund gelaufen oder mit Mann und Maus ertrunken sind", grummelte sich Fiete Erichson, seines Zeichens der Brautvater, besorgt in seinen Bart.

Hilla, die es unweigerlich mitbekommen hatte, begann nun noch lauter zu schluchzen.

„Quatsch, Hilla, da wird schon nix passiert sein. Bjarne und die anderen sind doch erfahrene Segler. Das gibt bestimmt eine ganz simple Erklärung, weshalb die sich verspätet haben", versuchte Lotta die Freundin ein wenig zu beruhigen, obwohl sie sich nicht sicher war, ob Fiete Erichson nicht doch vielleicht recht haben könnte.

Auch Krischan, Lottas Mann, hatte gemeint, dass die Idee der fünf Burschen, bei Schietwetter zum Junggesellenabschied raus aufs Meer zu fahren, ziemlich doof gewesen sei. Wobei zumindest Bjarne, Jasper und Bente sehr erfahrene Segler waren und die Nordsee mit all ihren Tücken kannten. Ob die anderen beiden Kerle ebenfalls etwas von der Segelei verstanden, wusste Lotta nicht, da sie weder den einen noch den anderen kannte.

Okay, gesehen hatte sie die schon mal. Sie wusste, wie die aussahen, und würde sie auf der Straße wiedererkennen. Aber richtig kennen wäre dann doch zu viel gesagt.

Lotta ließ ihren Blick über die anderen Gäste der kleinen Feier schweifen. Acht Leute waren für eine Hochzeitsgesellschaft nicht eben eine Menge. Nein, sie würde das als durchaus überschaubar bezeichnen. Lotta kannte sie alle, da es sich ausschließlich um Insulaner handelte. Gut, eigentlich hätten es ja noch vier mehr sein müssen. Doch die Burschen waren ja, genau wie der Bräutigam, derzeit unauffindbar.

Einer der acht Anwesenden war der Witwer Fiete Erichson, der Brautvater. Fiete stand nun etwas abseits auf der Straße und telefonierte mit ernster Miene. Wen der wohl in der Leitung hatte?

Bjarnes gesamte Familie glänzte, genau wie der Bräutigam selbst, durch Abwesenheit. Was nun irgendwie schon schade, aber auch leider zu erwarten gewesen war. So wie es nämlich aussah, hatten sich die Hensens eine andere Schwiegertochter als Lottas Freundin Hilla gewünscht.

Ein Umstand, der Lotta, wenn sie darüber nachdachte, jedes Mal aufs Neue zur Weißglut brachte.

In Lottas Augen waren alle Menschen gleich. Gut, es gab nette, weniger nette und auch ziemlich fiese Menschen. Die Reeder-Familie aus Hamburg gehörte zur letzteren Kategorie. Geld machte nämlich nicht nur, wie es der Volksmund behauptete, sexy, sondern, so wie es den Anschein hatte, auch ziemlich blöde. Dabei hätten die Hensens sich gar keine bessere Partie als die Hilla für ihren Bjarne wünschen können.

Hilla war nicht nur hübsch, sondern auch ziemlich klug und fleißig. Darüber hinaus auch noch eine gute Seele von Mensch. Eine, der das Wohl ihrer Mitmenschen am Herz lag. Damit war sie allerdings ganz anders als die Hensens aus Hamburg. Vermutlich hatte Bjarnes Sippe deshalb eine Teilnahme an der Hochzeit boykottiert. Aber nun gut. Wer nicht wollte, der hatte bekanntlich schon. Es gab Leute, auf die man gut und gerne verzichten konnte. Leid tat es Lotta nur für Bjarne. Das musste schon hart sein, wenn die eigene Familie einem den Rücken kehrte. Der Einzige, der zur Trauung auf die Insel gekommen war, war Niklas Hensen.

Bjarnes älterer Bruder war vorgestern mit der *Hoppetosse III*, dem nun verschwundenen Segelschiff, aus Hamburg gekommen. Bei ihm ein Freund von Bjarne, den alle nur Schröder oder Nobel Schröder nannten. Wobei es sich bei Nobel nicht um den Vornamen, sondern um einen Spitznamen handelte. Der stammte angeblich von einer Comicfigur. Mit Comics kannte Lotta sich allerdings so gar nicht aus. Manche Dinge musste man einfach nicht wissen.

Hilla war eigentlich Krankenschwester. Auf der Insel gab es aber kein Krankenhaus. Bis vor zwei Jahren hatte sie in der Ubbo-Emmius-Klinik in Aurich gearbeitet. Lust, in Aurich zu wohnen, hatte sie dann allerdings irgendwann keine mehr gehabt. Ein Inselkind blieb nun mal ein Inselkind. Daher hatte Hilla ihren Job in der Klinik gekündigt und war zurück nach Langeoog zu ihrem Papa Fiete Erichson gezogen. Pech für das Krankenhaus und gut für die Praxis von Inselarzt Dr. Jan Martin Bechersheim. Dort arbeitete sie nämlich seither.

Der Herr Doktor und seine Gattin Gina Marie Bechersheim waren natürlich ebenfalls unter den Hochzeitsgästen. Was ja Ehrensache war.

Fiete Erichson hatte sein Telefonat mittlerweile beendet und unterhielt sich nun mit Doktor Bechersheim. Jetzt schauten die beiden sogar sehr ernst zu ihnen herüber.

Lotta spürte, wie ihr Herzschlag sich beschleunigte und sich ein Unwohlsein in ihrer Magengegend ausbreitete. Nein, so wie die beiden gerade guckten – das war gar nicht gut.

Kurzerhand schob sie Hilla, die nun nicht mehr fluchte, sondern einfach nur noch weinte, zu der kleinen grün-weißen Holzbank, wo sie sich kraftlos niedersinken ließ.

„Lotta, da muss was Schlimmes passiert sein … der Bjarne würde mich doch nicht …“, schluchzte sie und schlug die Hände vors Gesicht.

„Quatsch, Hilla. Der Bjarne und die Jungs tauchen schon noch auf. Bestimmt hatten die irgendeine Panne … mit dem Motor oder so“, versuchte Lotta die Freundin zu beruhigen.